정도전 1

KBS 대하드라마

鄭道傳

정현민 대본집

제1권

포레스트북스

차례

난세를 종식하고 새 시대를 열어젖힌 '대(人)정치가' 삼봉 정도전!

14세기 후반, 고려.
권력은 수탈의 도구로 전락한 지 오래,
뜻있는 자들이 떠난 묘당廟堂에는 간신들의 권주가만 드높았다.
외적들은 기진맥진한 고려의 산천을 집요하게 파헤쳤고,
삶의 터전을 떠나 유망하는 백성의 행렬이 팔도를 이었다.

난세亂世, 신이 버린 시공간.
희망이 발붙일 단 한 뼘의 공간도 없을 것 같던 그때.
선비로 산다는 것의 의미를 태산처럼 무겁게 아는 젊은이들이 있었다.
수신제가修身齊家하였으니 난세를 다스려
평천하平天下의 도를 세우는 것이 소임이라 믿었던 고려의 젊은 피.
바로, 후세에 신진사대부라 불리는 성균관의 학사들이었다.
그들은 고려의 마지막 희망이었다.

삼봉 정도전도 그들 중 한 사람이었다.
성리학을 바탕으로 땅에 떨어진 대의를 바로 세우고자 노력했지만
공민왕이 죽은 이후 실권을 장악한 이인임에 의해
머나먼 남도의 끝으로 귀양을 가게 된다.

무려 십 년에 걸친 유배와 유랑생활.

그는 절망의 끝에서 자신의 역사적 소명을 찾아낸다. 바로 역성易姓혁명.

그는 백성의 존경을 한 몸에 받던 무장 이성계를 찾아간다.

이 역사적인 만남이 조선의 건국으로 이어졌다.

정도전은 단순한 혁명가가 아니라 치밀한 기획과 비전을 갖고

새로운 문명을 건설한 설계자이자 창조자였다.

조선 건국 이후 『조선경국전』과 『경제문감』 등 숱한 노작을 통해

재상 정치를 근간으로 하는 중앙집권적 관료 체계의 기반을 확립하는 한편,

한양 천도, 사병 혁파와 같은 개혁을 추진하여 새 왕조의 기틀을 다져나갔다.

그러나 왕권 강화를 주장하던 정적, 이방원의 칼에 비운의 죽음을 맞는다.

조선의 건국자이면서도 역적이라는 오명을 쓰고 죽어가야 했던 정도전…….

그러나 그의 철학과 사상은 면면히 살아남아

조선왕조 오백 년을 지탱하는 힘이 되어주었다.

이 나라의 주인은 백성이다!

국민의 눈물을 닦아줄 진짜 정치가가 온다

갈수록 정치에 대한 불신이 깊어지고 있다.

국민의 눈물을 닦아줘야 할 정치가 오히려 한숨과 냉소의 대상이 되어가는 지금.

그럼에도 정치는 계속될 것이고, 우리는 정치에서 희망을 찾아야 한다.

그리하여 우리는 육백여 년 전 백성의 눈물을 닦아주고자 했던

한 위대한 정치가의 삶을 영상으로 복원하고자 한다.

이 드라마는 한낱 야인에서 조선 건국의 주역이 된 정치가,

정도전의 화려한 상에만 초점을 맞추지 않는다.

전장보다 살벌한 정치의 현장에서 언제 닥칠지 모를 죽음의 공포를 벗 삼아
혁명의 길을 뚜벅뚜벅 걸어간 한 인간의 고뇌와 갈등,
그리고 눈물과 고통을 놓치지 않을 것이다.
시청자들은 자신에게 주어진 운명을 거부하고 한계를 뛰어넘고자 노력한
거인巨人의 생애를 통해 큰 감동과 카타르시스를 느끼게 될 것이다.

여말선초라는 미증유의 난세를 살면서도
가슴 속에 대동大同의 이상사회를 품고 역성혁명을 기획하여
역사의 핏빛 칼날 위를 거침없이 질주해 갔던 삼봉 정도전.
그의 파란만장한 생애가 이제 드라마로 펼쳐진다.

드라마 구성

드라마 〈정도전〉은 공민왕이 시해되기 직전인 1374년 가을부터 정도전이 죽음을 맞는 1398년까지 24년간의 이야기를 그린다. 드라마의 내용은 크게 3부로 나뉘며, 제1부의 내용이 1권과 2권에 수록되며, 제2부의 내용이 3권과 4권에, 제3부의 내용이 5권에 수록되어 있다.

· 제1부 · **천명(天命)** 1374~1385년	공민왕 사후, 이인임의 블랙리스트에 올라 유배와 유랑살이를 전전하던 정도전이 혁명을 결심, 이성계와 의기투합하는 시점까지.
· 제2부 · **역류(逆流)** 1387~1392년	정도전이 이성계와 급진파를 규합하여 숱한 역경을 헤치고 조선을 건국하는 시점까지.
· 제3부 · **순교(殉教)** 1393~1398년	조선왕조 개창 이후 권력의 정점에서 건국 사업을 주도하던 정도전이 요동 정벌을 목전에 두고 이방원에 의해 죽음을 맞는 시점까지.

인물관계도 : 주요 갈등구도와 변천

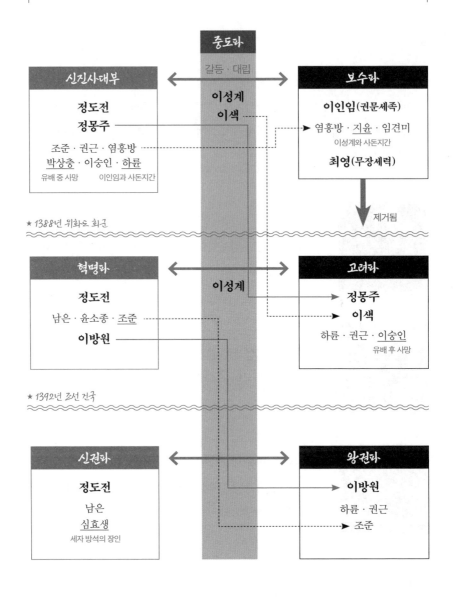

중도파

신진사대부 ←→ 보수파

갈등 · 대립

이성계
이색

정도전
정몽주

이인임(권문세족)

► 염흥방 · 지윤 · 임견미
이성계와 사돈지간

조준 · 권근 · 염흥방
박상충 · 이숭인 · 하륜
유배 중 사망   이인임과 사돈지간

최영(무장세력)

제거됨

★ 1388년 위화도 회군

혁명파 ←→ 고려파

이성계

정도전
남은 · 윤소종 · 조준

이방원

정몽주
► 이색
하륜 · 권근 · 이숭인
유배 후 사망

★ 1392년 조선 건국

신권파 ←→ 왕권파

정도전
남은
심효생
세자 방석의 장인

이방원
하륜 · 권근
► 조준

정도전

본관: 봉화(奉化) ┃ 자: 종지(宗之) ┃ 호: 삼봉(三峰)° ┃ 시호: 문헌(文憲)

—

"이성계와 함께 난세를 끝장내고, 새로운 나라를 만들 것이다."
세상 가장 낮은 곳에서 혁명가로 다시 태어난 사나이

성균관의 학관으로 전의주부°°를 겸하고 있는 신진 유학자. 별 볼 일도 없는 가문 출신이다. 그래도 마냥 꼿꼿하다. 고집, 엄청 세다. 표정이며 행동거지며 여유보단 경직과 강박이 느껴지는 사내다. 각고의 노력 끝에 당당히 조정의 일원이 되었으나, 이 빌어먹을 오백 년 귀족사회는 자신에게 주류의 자리 한 뼘도 내어주지 않았다.

세력도, 배경도 없는 천상 비주류. 그래서 그는 언행에 모가 나고 전투적인 사람이 됐다. 뭐든 예에 어긋나 이치에 맞지 않을라치면 그냥 넘기지 못하고 울컥해버린다. 손윗사람에겐 정곡을 짚고 아랫사람에겐 당장 불호령이 떨어졌다. 독불장군에 호랑이 학관이 그, 정도전이다.

° 삼봉이라는 호는 단양의 도담삼봉에서 차용한 것이라는 설과 그의 옛집인 개경 부근의 삼각산에서 차명한 것이라는 설이 있는데 본 드라마에서는 그가 꿈꾸는 이상향의 모습을 형상화한 단어로 본다.
°° 왕실의 제사를 관장하고 왕의 시호나 묘호를 제정하는 일을 담당하는 관청, 전의시의 정6품 관리.

그런 정도전의 인생에 일대 격변이 휘몰아치게 된다. 자신을 신임했던 두 얼굴의 군주, 공민왕이 갑작스럽게 죽음을 맞은 것이다. 공민왕의 시해 후 역사의 시계를 거꾸로 돌리려는 이인임의 권문세족 세력과 맞섰으나 참담한 패배를 당하며 정도전은 머나먼 남쪽 나주의 거평 부곡으로 유배를 떠난다.

무려 십 년에 걸친 유배와 유랑의 생활로 정치적 생명이 끊긴 채 잊혀진다. 하지만 그는 서생의 무력함을 자조하는 대신 자신의 역사적 소명을 찾아내어 그에 투신하기 시작한다. 천명이 역성혁명에 있음을 깨달은 그는 백성의 존경을 한 몸에 받던 무장 이성계를 찾아가 고려를 무너뜨릴 제안을 하는데……

본관: 영일(迎日) | 자: 달가(達可) | 호: 포은(圃隱) | 시호: 문충(文忠)

—

"이보게 삼봉, 고려를 바로 세울 그날이 반드시 올 것이네."
신진사대부의 좌장, 비주류 정도전의 든든한 후원자

이색의 수제자이자 신진사대부의 좌장. 한마디로 잘난 사람이다. 고려의 우수한 유전인자를 모두 물려받은 것 같은 사내. 약관의 나이에 스승 이색의 학문을 훌쩍 뛰어넘은 국내파 천재이다. 밝고 담대한 기질에 귀공자의 풍모를 가졌다. 언행은 광명정대하고 얼굴엔 늘 여유로운 미소가 떠나지 않는다. 언제나 자신감에 찬 부드러운 카리스마로 좌중을 압도하면서도 맑고 진솔한 모습으로 사람의 마음을 이끈다. 역지사지가 몸에 배어 상대방을 이해하고 진심으로 대하여 주변에 적도 없다. 자타공인 차차기 고려의 문하시중감이다.

유림의 전폭적인 지지와 백성들의 존경이 그를 향한다. 콧대 높은 권문세족조차 정몽주만큼은 함부로 대하지 못한다. 이 같은 입지는 정도전의 관직 생활에도 큰 버팀목이 되어주었다. 정도전의 일이라면 발 벗고 나서는 그를 주변 사람들은 좀체 이해하지 못했다. 그러나 정몽주는 정도전이야말로 쇠락해가는 고려를 위해 큰일을 할 재목이라고 믿었다. 그가 역성혁명이라는 엄청난 구상을 다듬어가는 줄은 꿈에도 모르고……

이성계

본관: 전주(全州) | 자: 중결(仲潔) | 호: 송헌(松軒)

—

"정치가 두레운 거이 아이우다. 정치를 하눈 내가 두레운 거우다."
한평생 고려인으로서의 정체성을 고민했던 서글픈 경계인

최정예 사병집단인 가별초를 거느린 고려의 맹장이자, 변방 동북면의 군벌. 온화한 성품으로 사람의 마음을 움직일 줄 아는 장수. 북방 민족 특유의 거칠면서도 정감 어린 투박함이 그의 이미지다. 장수의 풍모에 어울리지 않는 수줍음을 가진 내성적인 사람이다. 좀체 내심을 드러내지 않는다. 음흉해서가 아니라 신중해서다. 여간해선 표정의 변화가 없다. 특히, 소리 내어 웃지 않는다.

그는 전장보다 조정이 무서웠다. 눈에 보이지 않는 적을 향해 눈에 보이지 않는 칼을 휘둘러대는 조정의 전투가, 그들의 현란한 세 치 혀가, 그들의 논리와 이념이 이성계로서는 무섭고 난해했다. 언젠간 자신도 조정의 세 치 혀끝에서 죽어나갈 운명임을 직감한다. 그렇게 죽을 자리를 찾아가던 그의 앞에 홀연히 나타난 사내, 정도전이었다. 자신의 마음을 꿰뚫어 보기라도 하듯 형형한 눈빛으로 고려의 현실을 개탄하고 맹자의 역성을 논하는 정도전. 이성계는 자리를 물리치지만, 정도전은 여유롭게 웃으며 한 권의 책을 놓고 떠난다. 한 장 한 장 책장을 넘기는 이성계는 자신의 피가 뜨거워짐을 느낀다. 이때부터 그의 방황이 시작된다.

정도전의 요구대로 혁명의 얼굴이 될 것인가?
정몽주가 바라는 고려의 수호신이 될 것인가?

이인임

본관: 성주(星州) | 시호: 황무(荒繆)

"난세가 반드시 나쁜 것이오? 난세야말로 진정 기회의 시대이지 않소?"
권문세족을 대표하는 정치 9단의 원조

성산군 이조년의 손자로 고려의 권문세족을 대표하는 인물이다. 가슴 깊이 경도된 사상이 없어서일까? 역발상의 자유로운 사고를 할 줄 아는 인물이다. 음서로 관직에 진출한 그는 사상의 깊이보다는 탁월한 정치 감각과 테크닉으로 재상의 반열에 올랐다. 현실과 사람을 꿰뚫어 보는 심안을 가졌다. 진정한 처세의 달인이자 용인술의 천재다. 통도 크고 손도 크고 배팅도 할 줄 아는 매력적인 인물이다.

욕망을 가진 성리학자만큼 불온한 싹도 없지 싶었다. 함께할 수 없다면 버려야 했다. 그는 정도전을 멀리 나주로 내친 뒤 정치적 생명을 끊어버린다. 그런 그도 처치 곤란한 인물이 있었으니, 바로 이성계였다. 이인임은 고민 끝에 정몽주를 이성계에게 붙인다. 정몽주가 그의 곁에 있는 한, 고려는 안전할 거라고 믿었다. 그런 그의 판단은 정확했다. 그러나 천하의 이인임조차 생각지 못했던 변수가 있었다. 세월이 흐르면서 그의 뇌리에서 점차 잊혀 갔던 사내, 정도전 말이다. 이인임의 우려는 고려의 변경 함주의 막사에서 현실이 되어가고 있었다.

이성계와 정도전의 결합, 고려 최악의 시나리오 말이다.

우왕

자: 모니노(牟尼奴)

———

왕씨의 아들로 태어나 신씨의 아들로 죽은 사나이
고려 최고의 출생 미스터리, '폐가입진'이 삼켜버린 비운의 왕

고려의 32대 왕. 신돈의 시비인 반야의 소생이다. 신돈의 집에 미행을 갔던 공민왕이 신돈의 첩 반야와 관계하여 낳은 아들. 신돈의 집에서 태어나 여덟 살 때 신돈이 죽자, 유모와 함께 궁으로 들어와 명덕태후의 슬하에서 자랐다. 생모 반야와는 궁에 들어온 이후 다시는 보지 못했고, 왕이 되어서도 행방을 알지 못했다. 대외적으로는 공민왕 말기에 죽은 궁녀 한 씨의 소생으로 되어 있다. 하지만 그가 신돈의 비첩이 낳은 아들이라는 것은 고려 사람이라면 모두 다 아는 사실이다.

고려사 최고의 출생의 비밀을 안고 태어난 그이지만, 임금이 되어서는 성군이 되고자 노력했다. 사람들은 그가 지닌 예상 밖의 영민함에 놀라곤 했다. 수차례에 걸쳐 이인임 일파를 제거하려 했으나 번번이 좌절되었고 그때마다 사람들이 죽어 나갔다. 유모 장 씨의 죽음은 결정타였다. 그는 결국 현실에 무릎을 꿇는다. 이인임과 싸우는 대신 그의 품에서 안락하게 사는 쪽을 택했다. 그렇게 명군의 자질을 타고난 그는 고려 최악의 임금이 되어간다.

최영

본관: 동주(東州) | 시호: 무민(武愍)

—

"군사들의 목숨보다 사직의 안위가 우선이오!"
흰 수염을 휘날리며 전장을 누비는 역발산기개세°의 무인

고려 최고의 용장이자 훈구파의 충신. 뼛속까지 군인이다. 평생 왕명에 복종하는 것 이외의 다른 가치를 허용하지 않았다. 시절이 하 수상하여°° 정치라는 것에 몸을 담기는 했으나, 그와는 맞지 않은 옷임을 안다. 정치는 서생이나 이인임 같은 시정잡배가 하는 것이라 여긴다. 조정에 있을 때나 전장에 있을 때나 그의 관심은 오직 고려 사직의 보위뿐이다.

노블레스 오블리주의 전형적 인물이다. 극단적으로 청렴하고 극단적으로 검소하다. 이런 결벽에 가까운 극단성은 때로 난폭함으로 변질되어 전장과 정치에서 과도한 피를 흘리게 만들곤 했다. 시대에 대한 통찰력과 비전만 갖추었다면 이성계를 능가하는 역사의 대안이 될 수도 있었던 인물이다. 그러나 지나치게 우직한 데다 정치적 감각 또한 부족하여 결정적인 순간마다 이인임의 손을 들어줌으로써 역사의 수레바퀴를 뒤로 돌리는 실책을 범하기도 한다.

°   힘은 산을 뽑을 만큼 매우 세고 기개는 세상을 덮을 만큼 웅대함을 이르는 말.
°° 평소보다 몹시 달라 어수선함을 이르는 말.

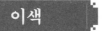

이색

본관: 한산(韓山) | 자: 영숙(穎叔) | 호: 목은(牧隱)

—

"똑똑히 들어두거라! 정치는 부수는 것이 아니라 지키는 것이다!"
고려 최고의 유학자이자 신진사대부의 정신적인 지주

한산군. 신진사대부의 정신적 지주이다. 원나라에서도 손꼽히는 유학자였다. 귀국 후 고려에서 최고의 권위를 누렸고, 정파를 초월한 존경을 받았다. 그래서인지 조금은 권위적이고 보수적인 면이 있다. 타고난 천성이 온건하여 정치적으로도 중도 노선을 표방한다.

진보적 학문을 공부하였지만, 출신과 성장환경은 고려의 주류 중에 주류. 그래서 자신이 키워낸 제자들과도 이따금 세대 차이, 정서 차이를 드러낸다. 학문으로는 최고가 분명하지만, 정치적 단수가 높은 인물은 아니다. 이 점은 스스로도 잘 알고 있다. 자신은 정치보단 학문을 해야 할 사람이라 여긴다. 해서 공민왕 중반 이후로는 정치 현장에서 벗어나 집에서 은거하며 학문과 시작에 정진한다. 우왕 대에 여러 번 출사를 종용받지만, 번번이 사양하면서 조정과 거리를 둔다.

양지

___

사람이 태어날 때부터 갖게 되는 착한 마음, 양지

거평 부곡 촌로 황연의 수양딸. 떠돌이 무녀에게서 태어나 부곡에 버려진 그녀를 황연이 거두어 키웠다. 황연 가족들은 그냥 애기라고 불렀고, 미운 사람들은 업둥이라고 불렀다. 이따금 아무 이유 없이 몸져눕곤 했다. 사람들은 무녀의 딸인 그녀가 신병을 앓는 거라고 믿었다. 그녀 역시 그것이 운명이라면 받아들여야 한다고 생각했다. 운명에 저항한다는 것은 꿈에도 생각해본 적 없었다.

그러다 귀양 온 정도전을 만난다. 정도전은 그녀에게 신병이니 신기니 하는 것은 다 미신이라며 당당히 운명에 맞서라 했다. 그 말에 처음으로 무녀가 아닌 다른 삶이 가능하겠다는 생각을 하게 된다. 하지만 황연의 빚을 갚기 위해 박수무당의 신딸로 팔려 간다. 부곡을 떠나기 전, 정도전에게 이름을 지어 달라 청하고 양지라는 이름을 얻는다.

고려왕실 사람들

공민왕
성군과 폭군의 두 얼굴을 가진 고려 31대 왕. 즉위 초, 『서경』 무일편°을 늘 곁에 두고 군주의 안일함을 경계했던 성군이었으나 개혁을 보좌할 정치세력의 부재와 잇단 외적의 침입으로 절망에 빠진다. 설상가상 노국공주마저 죽자, 그는 불사와 영전 공사에 치중하며 폭군이 되어간다.

명덕태후
공민왕의 어머니이자 왕실의 최고 어른. 왕실의 위엄과 사직의 보위를 위해 죽는 순간까지 이인임 일파와 대치했던 여걸이다.

정비 안 씨
공민왕의 제4비이다. 명덕태후의 사후에 왕실의 최고 어른으로 부상하지만, 아무런 실권도 없어 이름뿐인 자리에 불과하다.

익비 한 씨
공민왕의 제3비이다. 공민왕의 강압에 못 이겨 홍륜과 합방하여 회임하게 된다. 공민왕 사후 딸을 낳고 출가한다. 딸은 태어나자마자 죽임을 당한다.

근비 이 씨
우왕의 제1비이다. 시중 이림의 딸이자 창왕의 어머니. 이림과 인척 관계인 이인임의 적극적인 후원을 받으며 우왕의 제1비인 근비로 책봉된다.

° 어린 나이에 왕위에 오른 성왕이 백성들의 일상인 농상의 어려움을 이해하여 안일에 빠지지 않도록 경계하라는 주공의 가르침을 담고 있다.

경복흥

왕실의 대표적인 외척이자 고려 조정의 문하시중. 아버지는 우대언 경사만으로 명덕태후의 조카 손자이다. 공민왕이 죽기 전까진 조정의 일인자였으나 공민왕 사후 명목뿐인 재상으로 전락한 뒤 점차 뒷방 늙은이 취급을 받는다.

보수파 사람들
—

임견미

이인임의 말이라면 죽는시늉까지 하는 심복 중의 심복이자 극악무도한 간신배. 공민왕 때 우다치° 소속의 모질고 잔인한 군인이었다. 이인임의 비호하에 높은 관직에 올라 제멋대로 권력을 행사한다.

지윤

이인임의 심복. 이성계와는 사돈 관계이다. 공민왕 사후, 이인임을 도와 우왕을 옹립하는 데 공을 세워 실세로 부상한다.

신진사대부 사람들
—

박상충

현학적인 농을 좋아하는 유쾌한 성품이지만 속은 아주 심지가 곧은 선비이다. 성균관의 개성 강한 학사와 유생들을 아우르는 감초 같은 선배이다.

°   고려 후기에 몽골의 영향을 받아 설치된 군사조직. 국왕의 주위에서 근시, 숙위하는 업무를 담당.

하륜

권문세족이 되고 싶었던 사대부. 이인임의 정치적 수제자. 이인복의 조카인 이인미의 딸과 결혼 후, 이인복 아우인 이인임의 심복이 된다. 강한 출세욕만큼이나 처세술과 임기응변에도 뛰어나다.

권근

이색의 문하에서 당대 석학들과 교유하면서 불과 열여섯의 나이에 성균시에 합격했다. 신진사대부 중에선 막내뻘. 공민왕 시해 후 정몽주, 정도전과 함께 배원친명을 적극 주장한다.

이숭인

호는 도은陶隱으로 이색, 정몽주와 함께 고려삼은으로 분류된다. 이색의 문하에서 정몽주, 정도전 등과 함께 수학하였다. 권문세가 출신이지만 권세를 부리지 않으며, 조정에 사대부의 목소리를 내는 몇 안 되는 인재.

이첨

공민왕이 성균관에 직접 행차하여 시험을 치르게 한 후 예문 검열°에 임명한 인물이다. 우왕 초 헌납°°으로 승진하자, 전백영과 함께 상소하여 이인임과 지윤의 처형을 건의했다가 하동으로 유배된다.

염흥방

공민왕 때 장원급제한 명문 신진 관료로 이색과는 친구 사이다. 우왕 초기에는 당대 실세인 이인임을 비판하다 유배까지 가는 나름 골수 개혁 세력이지만, 혹독한 유배 생활 이후 신념보다는 이익과 권력을 좇는 정치 철새가 된다.

°　　예문관과 춘추관에 두었던 정9품 관직.
°°　간관으로서 국왕에 대한 간쟁(諫諍)과 봉박(封駁)을 담당.

이성계의 사람들

경처 강 씨
이성계의 둘째 부인. 고려의 권문세족인 황해도 곡산부 상산부원군 강윤성의 딸로 결단력과 명석함을 겸비한 여인이다. 집안 배경을 등에 업고 이성계의 정치적 보호막이 되어준다. 혁명이란 대업 앞에서 망설이는 남편을 뒤에서 독려한다.

이지란
이성계의 의형제. 호위대장을 자처하는 여진족 귀화인이다. 어눌한 함경도 사투리와 여진족 말이 모국어다. 1371년, 천호로서 부하들을 이끌고 고려에 귀화해 이씨 성과 청해를 본관으로 하사받았다. 이성계와는 숱한 전장에서 동고동락한다.

배극렴
황산대첩 때 왜구를 토벌하기 위해 파견된 9원수 중 하나. 황산대첩 이후 변안열과 함께 도당에 들어간 후 최영, 이성계를 주축으로 하는 무장 출신 계파를 형성한다.

변안열
이성계 휘하에 종군해 황산대첩에 참전한다. 도당에 들어간 후 최영을 주축으로 하는 무장 세력의 일파로 활동한다.

그 외

최 씨
정도전의 처. 재물과는 담을 쌓은 남편을 대신해 가계를 책임지는 생활력 강하고 당찬 여인이다.

득보
정도전의 가내 노비. 정도전을 업어 키운 장본인. 현명하고 꾀가 많다.

황천복
거평 부곡 소재동 촌장 황연의 아들. 양지를 짝사랑한다. 양반에 대한 분노가 아주 깊다.

황연
거평 부곡 소재동의 촌장. 조용하고 부드러운 인품의 노인이다. 오랜 풍상에 세상사 이치를 터득한 현자다.

용어 정리

DIS(Dissolve)   앞의 장면이 사라지고 있는 동안 새 장면이 페이드 인 되는 것.

E(Effect)   주로 화면 밖에서의 음향이나 대사에 의한 효과를 말함.

F.B(Flashback)   과거의 회상을 나타내는 장면 또는 그 기법.

F.I(Fade In)   화면이 점차 밝아지는 것.

F.O(Fade out)   화면이 점차 어두워지는 것.

INS(Insert)   화면의 특정 동작이나 상황을 강조하기 위해서 삽입한 화면.

Na(Narration)   장면에 나타나지 않으면서 장면의 진행에 따라 그 내용이나 줄거리를 장외에서 해설하는 일. 또는 그런 해설.

O.L(Overlap)   한 화면이 없어지기 전에 다음 화면이 천천히 나타나는 이중화면 접속법.

1회

1 _____ 프롤로그 - 고산 구릉 지대 (낮)

능선 너머에선 검은 연기가 몇 가닥 피어오르고, 고개를 넘어온 피난민들이 비탈길을 따라 줄지어 내려온다. 하나같이 헐벗고 굶주림에 지친 모습.

까마귀 한 마리 날아와 나뭇가지에 앉는다. 까마귀의 시선을 따라가면 버려진 노인 한 명이 주먹밥을 손에 쥔 채 지게에 덩그러니 앉혀 있다. 까마귀가 날개를 한 번 퍼덕이면, 기력이 다한 노인의 몸이 서서히 기울어진다. 지게에서 떨어지기 무섭게 득달같이 달려드는 피난민들. 주먹밥을 뺏고, 겉옷을 벗기고, 누더기가 된 짚신마저 가져가 버린다. 행렬은 다시 덤덤하게 이어지고 노인은 조용히 죽음을 맞는다.

그 참혹한 행렬을 거슬러 올라가는 남루한 행색의 나그네. 텁수룩한 수염, 초췌한 얼굴, 다 헤져 천 조각으로 동여맨 짚신... 그러나 안광만은 형형히 빛나는 정도전이다.

2 _____ 프롤로그 - 고개 너머 전쟁터 (낮)

한바탕 격전이 치러진... 뒤엉킨 고려군과 왜구의 시체들. 주인을 잃고 널브러진 병장기와 군기들. 군데군데 피어오르는 검은 연기. 한복판을 가로질러 터벅터벅 걸어오던 정도전, 멈춘다. 시체들을 물끄러미 보던 시선이 초겨울의 싸늘한 태양으로 향한다. 눈부신 듯 실눈을 뜨는 정도전의 얼굴 위로...

정도전 (E) 좀 더 빨리 깨달았어야 했다. 하늘은 오래전에... 고려를 버렸다.

3 _____ 프롤로그 - 정상 (낮)

깎아지른 절벽 위. 허공 위로 불쑥 솟구친 손이 악착같이 돌부리를 거머쥔다. 사력을 다해 기어 올라온 정도전, 가쁜 숨을 몰아쉬며 발 아래 펼쳐진 함흥평야를 굽어본다.

저만치 평야의 끝에 자리 잡은 이성계의 진영이 보인다.

〈자막〉 서기 1383년 가을, 고려 함주(지금의 함경남도 함흥)

비장하게 바라보던 정도전, 정상에서 내려가려는데.

정몽주   (E) 이보게, 삼봉~

정도전, 흠칫 돌아본다. 그러나 정적뿐이다.

F.B》 1회 57씬의

정몽주   자네와 내가 힘을 합쳐 만들어가세. 고려를 바로 세울 날이... 반드시 올 것이네.

현재》

잠시 동요의 빛을 보이던 정도전, 이내 마음을 다잡고 내려간다.

4 _____ 프롤로그 - 이성계의 진영 앞 (낮)

경계가 삼엄하다. 한 무리의 기병들이 어디론가 말을 달려간다. 정도전이 걸어오면 경계병 중 병사1이 창을 겨누며 다가선다.

병사1   누구냐!

정도전, 멈춘다. 후~ 마음을 다잡듯 숨을 고른다.

5 _____ 프롤로그 – 이성계의 막사 앞 (낮)

대장기가 휘날리는 막사 앞에 쪼그려 앉아 꿀꿀이죽을 게걸스럽게 먹는 정도전. 막사에서 이지란이 나온다. 경계심 가득한 눈초리로 정도전을 바라보던 이지란, 들어가라는 듯 턱짓하고. 정도전의 눈이 번득인다.

정도전   (E) 길고 길었던 방황... 여기서 끝낸다. (남은 국물 들이켜며 일어나는)

6 _____ 프롤로그 – 막사 안 (낮)

불당 앞에 좌정해 있는 한 장수의 뒷모습. 정도전, 들어서며...

정도전   (짐짓 여유롭게) 하찮은 떠돌이 거사에게까지 이리 시간을 내어주시니... 천하제일의 덕장이라는 백성들의 청송이 빈말은 아닌 듯싶습니다.

장수가 천천히 몸을 일으켜 돌아선다. 무심한 듯 굳은 표정에 위엄과 카리스마를 풍기는 중년의 사내, 이성계다.

이성계	...하실 말씀이 있다 하셨소?
정도전	(빤히 보는, E) 이자와 함께... 고려를 무너뜨릴 것이다.
이성계	(경계의 빛이 떠오르는)
정도전	삼봉... 정도전이라 하옵니다.
이성계	...이성계요.
정도전	(E) 이자와 함께 난세를 끝장내고... 새로운 나라를 만들 것이다!

이성계를 바라보는 정도전의 결연한 눈빛에서 F.O

7 _____ F.I - 개경 전경 (낮)

송악산이 펼쳐놓은 분지에 터 잡은 고려 도성의 전경.
곳곳에 사찰의 탑들이 마천루처럼 솟아 있다.

〈자막〉 9년 전, 개경

8 _____ 성균관 외경 (낮)

박상충, 급히 걸어와 성균관 안으로 들어간다.

9 _____ 동 뜰 안 (낮)

관원과 노비들, 가지치기며 주변 청소에 한창이다.
현장을 감독 중인 이숭인과 권근. 들어서는 박상충.

권근 (보고 반갑게) 사형!

박상충 (둘러보며) 성균관이 훤하구먼! 귀한 손님이라도 오시는 건가?

이숭인 (인사) 명나라 사신들이 알성을 하겠다 했답니다.

〈자막〉 알성 - 성균관 문묘의 공자 신위에 참배하는 것

권근 헌데 예는 어쩐 일이십니까?

박상충 (큼) 삼봉 지금 어디 있는가?

권근 명륜당에 있을 겁니다.

이숭인 서경을 강론하고 있을 터인데 삼봉 사형은 어찌, (하는데)

박상충, 휑하니 간다. 권근, 이숭인 의아한 듯 마주 본다.

10 ＿＿＿ 동 명륜당 앞 + 안 (낮)

문가에 선 박상충, 벙하다. 서안마다 서책이 펼쳐진 채 텅 빈 실내.

박상충 뭐야? (현판 흘끔 보면 명륜당 맞고, 어디 갔지? 고개 갸웃하는)

정도전 (E) 서경 무일편°!

11 ＿＿＿ 성균관 인근 텃밭 (낮)

도포를 벗어젖힌 유생들, 밭고랑 위에서 낑낑대며 밭을 갈고 있다.

° 군주의 도리를 설명한 서경(書經)의 편명으로 군주의 안일함을 경계한 글.

일각에선 관노들이 어쩔 줄 몰라 하며 지켜본다. 땀 범벅의 정도전, 곡괭이를 어깨에 턱 하니 올린 채 밭고랑을 오가며 일장 연설 중이다.

정도전   주공께서 말씀하시길 '군자 소기무일'이라! 군자는 편안함을 즐겨서는 아니 되고, '선지가색지간난 내일' 하면 '즉지소인지의'라... (하며 앞을 보면)

〈자막〉君子 所其無逸 先知稼穡之艱難 乃逸 則知小人之依

지척에서 건성으로 호미질하는 유생1, 입이 댓 발은 튀어나와 있다.

정도전   (거슬리는 듯 보며) 편안함을 취하기 전에 노동의 고통을 먼저 알아야만 비로소 백성이 무엇을 원하는지 알 수 있다고 하였느니라. (못 참고 곡괭이 내려치는) 해서!!

유생1의 발치에 꽂히는 곡괭이. 유생1이 헉하고 유생들이 주목하면 정도전, 쪼그려 앉아 유생1의 호미를 뺏어 든다. 유생1, 긴장해서 본다.

정도전   (으름장 놓듯) 금상께선 즉위 초에 이 무일편의 가르침을 병풍에 그려놓으시구 조석으로 백성의 고통을 생각하셨다. 헌데... 작금의 고려가 왜 요 모양 요 꼴이 된 것이냐?
유생1   (긴장) 왜... 그런 것입니까?
정도전   조정에 너 같은 밥버러지들이 득시글대기 때문이다.
유생1   (머쓱, 큼~)
정도전   (일어나 유생들에게) 사서오경을 달달 외고 주둥이로 공맹의 말씀을 나불댄다 해서 군자가 되는 것이 아니다! (호미 들어 보이며) 이것의 고통을 모르고 무일을 모른다면...! 머리통에 똥만 가득 찬 밥버러지일 뿐임을 명심해야 할 것이다, 알겠느냐!

유생들, 별로 공감이 안 되는 듯 '예~' 내뱉고 다시 밭갈이한다. 정도전, 땅에 박힌 곡괭이를 뽑아 들어 힘껏 치켜드는데 멀리서...

박상충   (E) 삼봉~!!

정도전 보면, 박상충이 '이보게, 삼봉~' 하며 밭고랑을 넘어온다.

박상충   (다가와 정도전을 구석으로 데려가는) 나 좀 잠깐 보세.
정도전   (끌려가듯 따라가며) 무슨 일입니까?
박상충   (멈춰 유생들 쪽 흘끔 보고는 긴하게) 내 우연히 전리사 판사 영감을 만났다가 자네 승품 문젤 물어봤는데 말일세.

〈자막〉 전리사 - 고려 후기 문관의 인사를 담당하던 기관

정도전   (긴장) 어찌... 됐답니까?
박상충   (안색이 어두워지는, 고개 젓는)
정도전   (굳는)
박상충   판사 영감 말이 지금이라도 이인임을 찾아가서 분경°을 해보라더군.
정도전   분경이라니요? 소생더러 뇌물을 써서 벼슬을 구걸하란 말씀이십니까? 그것도 이인임 같은 작자한테요?
박상충   (답답한 듯) 이번에도 승품이 안 되면 지금 자리마저 위태로울까

°   관원들이 대신들을 찾아다니며 승진 운동을 하던 일.

싫어 하는 소리야.

정도전　...! 그게 무슨 소립니까?

박상충　연유야 어찌 됐건 벌써 십 년째 종칠품... 변방 한직으로 내치기에 자네만큼 만만한 이가 또 어디 있겠는가?

정도전, 기막힌 듯 시선 돌리면 요령 피우던 유생들, 얼른 호미질한다. 딩혹스러운 듯 훅! 한숨 내쉬는 정도전.

12 ____ 쌍화점 앞 + 동 2층 (낮)

쌍화점 2층에서 만두가 툭 떨어지고 거지들이 달려들며 뒤엉킨다. 밖이 내려다보이는 난간 자리에 호위무사와 박가를 대동한 이인임 이 만두를 쪼개어 밑으로 던진다. 맞은편에 최만생이 앉아 있다.

이인임　일전에 부탁하셨던 자들 모두 원하는 벼슬을 받게 될 겝니다.

최만생　(아첨하듯) 아이구, 이거 정말 감사합니다. 수시중 대감...

이인임　전하께선 좀 어떠십니까?

최만생　(쩝) 울증이 갈수록 심해지시니 큰일입니다. 아, 며칠 전엔 글쎄, 어 주를 드시다 말고 내관들을 불러 모으시더니 다짜고짜 매타작을 하시지 않았겠습니까?

이인임　(건성으로) 저런...

최만생　(한숨) 이러다 내가 내 명에 살 수 있을지 원... (시선 돌리다 거지 들 보고는 탐탁잖은 듯) 그나저나 저것들을 도성 밖으로 내치셔야 하지 않겠습니까?

이인임　(왜냐는 듯 보는)

최만생　볼썽사나운 건 둘째 치고 도적 떼로 돌변이라도 하면 큰일이 아닙니까?

이인임   쫓아내지만 않으면 도적이 될 일도 없습니다.

최만생   아니 왜요?

이인임   (만두 집는) 만두 한 쪽이라도 얻어먹을 수 있다고 믿는 자는 만두 접시를 노리지 않으니까요. (던지는)

떨어진 만두에 일제히 달려드는 거지들.

이인임   (내려다보며) 구걸에 맛을 들인 자는 절대... 대들지 못합니다. (미소)

13 _____ 성균관 정록청 안 (낮)

탁자 위, 청자 항아리가 든 보퉁이가 놓여 있다.
의관을 정제한 정도전, 심각한 표정으로 바라본다.

최 씨   (E) 소첩의 패물과 바꾼 것입니다.

14 _____ F.B(회상) - 정도전의 집 안방 안 (밤)

굳은 표정의 정도전에게 앞 씬의 청자 항아리를 밀어놓는 최 씨.

최 씨   (눈치 보듯) 가문이나 연줄이 없는 사람들은 다 분경을 한다 들었습니다. 남들은 은병에 비단까지 갖다 바친다는데 서방님도 성의 표시는 하셔야지요.

15 _____ 현재 - 거리 (낮)

청자가 든 보퉁이를 들고 가는 정도전. 심각한 표정 위로.

박상충   (E) 눈 딱 감고... 한 번만 굽히시게.
정도전   (작심한 듯 걸어가는)

16 _____ 이인임의 집 마당 안 (낮)

으리으리한 고대광실. 대문이 열리고 보퉁이를 든 정도전, 들어온
다. 일각에 비단, 궤짝, 쌀가마 등 수북이 쌓여 있고 노비들이 부지
런히 물건을 나른다. 책상 앞에서 장부를 적던 집사, 정도전을 본다.

집사   (거만한) 분경 오신 거유?
정도전   (묵묵히 다가서서 보퉁이 올리는)
집사   (세필 붓을 잡으며) 품목부터 불러보슈.
정도전   (보따리를 푸는) 수시중 대감께서 분경을 하도 좋아하신다기에 내,
분 중에서도 제일 귀한 분을 가져왔네. 사분이라는 것일세.
집사   사분? 그게 뭐요?
정도전   (항아리를 집어 들고) 선비의... 똥!

순간, 항아리 속 분뇨가 물건 더미 위에 좌악~ 뿌려진다.
경악한 집사, '이런 미친놈이!' 하는데 말이 끝나기도 전에 얼굴에
분뇨 세례를 맞는다. 달려드는 노비들에게 분뇨를 뿌리며 저항하
는 정도전. 집사의 낭자한 비명과 더불어 마당은 순식간에 아수라
장이 된다. 그때 행랑채에서 몽둥이를 든 장정들이 뛰어나온다. 정

도전, 항아리를 집어 던진다. 기겁해서 피하는 장정들. 박살 나는 항아리. 정도전, 도주한다.

집사   (울부짖듯) 저놈 잡아라~!

17 ＿＿＿ 이인임의 집 대문 앞 (낮)

정도전, '으하하!' 웃어젖히며 전력 질주한다.
장정들, 쫓아 나와 '게 섰거라!' 외치며 쫓아간다.

18 ＿＿＿ 남대가 시전 거리 (낮)

좌우 행랑에 각종 상점, 술집, 다점 따위가 길게 늘어선 대로.
화려한 치장을 한 귀족들과 남루한 행색의 백성들이 뒤섞여 있다.
정도전, 뒤를 돌아보면서 불쑥 나타난다. 쫓아오는 이가 없음을 확
인하고는 훅! 숨 고르면서 걷는데 정면으로 노국공주의 대형 초상
화와 승려들을 앞세운 행렬이 나타난다. 피골이 상접한 수레꾼들
이 거대한 황금 취두°두 짝을 끌고 있다. 길잡이에 떠밀리듯 길가
로 비켜서는 정도전, 다가오는 노국공주의 초상화를 바라본다.

해설(Na)   서기 1374년, 고려는 공민왕의 첫 번째 왕비인 노국대장공주의 영
전을 짓느라 국력을 탕진하고 있었다.

°   전각(殿閣), 문루(門樓) 따위 전통 건물의 용마루 양쪽 끝머리에 얹는 장식 기와. 매의 머리처
럼 쑥 불거지고 모가 난 두 뺨에 눈알과 깃 모양의 선과 점을 새겼다.

19 ＿＿＿ 해설 몽타주 (낮)

1) 화원 편전 (낮) - 공민왕, 싸늘한 표정으로 앉아 있다.

2) 평원 (낮) - 대규모의 군대, 이동하는 전경 위에 14세기 후반, 동 아시아의 지도 O.L. 원, 여진, 일본 등의 세력권이 표시되고, 명이 건 국되면서 원이 북쪽으로 이동, 북원으로 바뀐다 뒤이어 고려 말기 외적의 고려 침략 정보와 침략 지점이 기미줄처럼 그려진다.

해설(Na) 즉위 초반의 공민왕은 기철의 친원파를 숙청하고 쌍성총관부°를 탈 환하는 등 백 년에 걸친 원나라 속국 시대를 종식시킨 영웅이었다. 그러나 급변하는 국제 정세가 그의 발목을 잡았다. 중국 대륙에서 주원장의 명나라가 건국되어 원나라와 각축을 벌였고, 절대 강자 가 사라진 틈을 타 여진족, 왜구 등 숱한 이민족들이 고려를 침략 했다.

3) 정전 안 (낮) - 삿대질하며 다투는 대신들. 입 모양으로 '전민변 정도감이라니!', '당신들이 불법적으로 탈취한 토지를 백성에게 돌 려주자는 것이오!', '닥치시오!' 정도 외쳐대면 용상의 공민왕, 이를 악문다.

4) 노국공주의 대형 초상화에 머리를 조아리는 귀족들. 승려들에 게 다가가 두 손을 모아 온정을 호소하는 거지들과 이들을 내치는 병사들의 모습 등 취두 행렬의 이모저모가 비친다.

5) 영전 공사장의 전경 (낮)

해설(Na) 적은 내부에도 있었다. 고려의 특권층이었던 권문세가는 공민왕의

○ 몽골이 고려의 화주(和州: 지금의 함경남도 영흥) 이북을 직접 통치하기 위해 설치했던 관부.

개혁정책을 번번이 무산시켰다. 설상가상 왕비이자 정치적 동반자였던 노국공주마저 사망하자 공민왕은 좌절하고 만다. 왕은 정사를 멀리한 채 노국공주의 영전 공사에만 매달리며 폐인이 되어가고 있었다.

6) 사라지는 행렬을 착잡하게 보는 정도전. 두리번대던 장정들이 그를 발견한다. '저놈 잡아라!' 외치면 정도진, 냅다 뛰고 장성들이 뒤쫓아간다.

20 _____ 영전 공사장 안 (낮)

거대한 영전°. 용마루 한쪽에선 황금 취두가 번쩍이고, 다른 쪽 지붕에선 역부들이 밧줄로 취두를 끌어올리고 있다. 영차, 영차.
어느 순간, 밧줄이 한껏 팽팽해지더니 올이 툭툭 끊겨 나가기 시작한다. 사정을 알 리 없는 지붕 위의 역부들은 젖 먹던 힘을 다해 끌어당긴다.
마침내 밧줄이 끊어지며 취두와 지붕 위의 역부들이 비명을 지르며 하나둘씩 땅으로 떨어진다. 처마에 매달린 역부는 '사람 살려!' 외치고, 땅 위에선 엉망이 된 취두와 시체들 사이에서 갈팡질팡하는 역부들.
당황한 기색의 병사들이 달려와 주춤대는 역부들을 향해 '밧줄을 묶은 놈이 누구냐!', 창검을 들이대며 윽박지르고 역부들이 겁에 질린 사이 처마에 매달려 있던 역부, 추락한다. 망연자실한 역부들의 등짝으로 사정없이 채찍이 날아든다. '뭣들 하고 있는 게냐!',

°   공민왕의 비인 노국대장공주의 영정을 모신 건물로 인희전(仁熙殿)이 지음.

'어서 취두를 끌어올려라, 어서!' 정도로 재촉한다.

돌담, 연못 등 공사장 곳곳에서 지켜보던 역부들, 분노에 휩싸인다. '저런 죽일 놈들', '우리가 죄인이여, 뭐여? 나랏일 하러 나온 백성들헌티 이게 뭐 하는 짓거리여!', '빌어먹을 놈의 영전... 확 그냥 불이나 싸질러 버려?!', '까짓거 이래 죽으나 저래 죽으나 죽는 건 매한가지 아니냐고!!' 하나둘씩 곡괭이며 낫을 챙겨 들고 영전을 향해 나아간다.

21 _____ 저잣거리 (낮)

가판과 행인들을 헤집으며 도망치는 정도전, 장정들도 헉헉대며 쫓아온다. 정도전, 거리를 가로지르면 어딘가에서 말발굽 소리 들려온다. 정도전, 멈칫 보면 완전 무장한 기마병들이 우르르 달려온다. 장정들과 정도전 사이를 쏜살같이 달려가는 기마들.

정도전   (불길한) ...무슨 일이야?

22 _____ 영전 공사장 안 (낮)

역부들과 병사들의 육탄전이 한창이다. 피와 비명이 낭자하다.
정도전, 달려와 멈춘다. 아수라장 같은 상황에 멍해진다.
도망치던 한 역부가 등에 칼을 맞고 영전 문짝과 함께 쓰러진다.
실내 맞은편 벽에 걸린 노국공주의 대형 초상화가 모습을 드러낸다. 노국공주의 미소 앞에서 죽고 죽이는 모습들이 실루엣처럼 펼쳐지다 서서히 느려진다. 정도전, 망연자실한 얼굴에서...

23 _____ 영전 공사장 앞길 (밤)

거적에 덮인 시체들이 줄지어 누워 있다. 철수하는 병사들과 오열하며 시신을 수습하는 유족들. 일각에선 한 어린아이가 두 눈을 부릅뜬 채 죽은 시신 앞에서 '아버지~' 하며 흐느끼고 있다. 넋 나간 표정의 정도전, 터벅터벅 다가선다. 시신의 눈을 감겨주면 아이의 흐느낌이 통곡으로 변한다. 그때 어디선가 핑! 하는 폭음.
정도전, 돌아보면 밤하늘에 폭죽이 터지고 화려한 불꽃이 퍼져나간다.

24 _____ 화원 뜰 안 (밤)

〈자막〉 화원 - 공민왕이 기거하는 별궁

웅장한 전각 아래 마련된 성대한 연회장. 무수한 등롱과 등잔상이 설치된 인공산 정상의 화포에서 폭음과 함께 하늘로 폭죽들이 발사된다.
이어 풍악 소리와 함께 기생들이 무대에 올라 춤을 춘다.
정면 높다란 상석에는 무표정한 얼굴의 공민왕이 앉아 있다. 자제위 대장, 홍륜과 최만생을 좌우에 두고 내관 나인들의 술 시중을 받는다. 무장한 자제위, 곳곳에 삼엄하게 경계를 서고 있다. 단하 중앙에 경복흥, 좌우로 이수산 등 경복흥파 재상들과 이인임 등 권문세가파 재상들, 서로 외면한 채 앉아 있다.

경복흥	(찜찜한 듯) 이거야 원... 바늘방석이 따로 없구만...
이수산	그러게 말입니다. 백성이 떼로 죽었는데 연회라니요... (한숨 쉬는)

안사기	(경복흥 쪽 흘끔 보고 이인임에게 긴하게) 폭동을 미연에 막지 못했다고 불호령이 떨어질 줄 알았는데 이게 어찌 된 걸까요?

이인임, 상석을 보면 속을 알 수 없는 얼굴로 술만 들이켜는 공민왕. 그 위로 (E) 북소리, 쿵!

무대에선 북소리에 맞춰 자제위들의 칼춤이 펼쳐진다. 홍륜, 선두에서 군무를 이끌고 있다. 공민왕, 중신들의 자리로 와 술을 따라주고 있다. 긴장하여 술을 받아 마시는 중신들의 표정과 북소리, 자제위의 기합 소리 등이 어우러진다. 경복흥까지 마시고 나면...

공민왕	(흡족한 듯 무대 보며) 어떠시오? 저 정도면 과인을 보위하기에 부족함이 없겠소이까?
장자온	하나같이 일당백의 전사들이오니 전하의 홍복이옵니다.
공민왕	(껄껄 웃고) 과인은 자제위, 저놈들이 참으로 좋소. 경들과는 달라서 머릿속에 아무 잡생각이 없거든... 해서 과인의 명이라면 그게 뭐든 군말이 없어요. 설사 여기 계신 재상 여러분을 모두 죽이라 해두...
일동	!
공민왕	눈 하나 깜짝하지 않고 해치울 놈들이지요...
경복흥	농이... 과하신 듯하옵니다.
공민왕	(피식) ...농이라구요? (정색하고 한 손을 치켜들면)

북소리 멎고 자제위들 칼을 칼집에 꽂은 채 도열한다.
좌중에 긴장이 흐른다. 공민왕, 경복흥의 면전에 바짝 다가선다.

공민왕	영전을 그 지경으로 만들어 놓고도 문하시중이란 분께서 죽기를

자청하긴커녕... 과인 앞에서 농을 운운하십니까?

경복흥   (버티듯) 전하...

공민왕   묻겠소... 영전... 올해 안에 끝내실 수 있겠소?

경복흥   이번 불상사로 역부의 태반이 죽거나 다쳤습니다.

공민왕   역부야 더 징발하면 되는 것.

경복흥   민심이 일촉즉발이옵니다, 전하... (하는데)

공민왕, 다시 손을 치켜든다. 자제위들, 일제히 칼을 뽑는다.
챙! 하는 발검 소리와 함께 좌중, 얼어붙는다.

공민왕   (손 치켜든 채 노려보는) 공주의 혼백이 구천을 떠돌고 있는데... 과
              인더러 백성들 눈치나 보고 있으라... 그것이오?

경복흥   (진땀, 버텨보는) 제발... 민심부터 수습을 하셔야 하옵니다.

공민왕   (서서히 이를 악무는, 작심한 듯 치켜든 손을 거세게 내려치려는데)

이인임   수습만이 능사는 아니옵니다!

공민왕, 멈칫 보면 이인임, 한발 걸어 나온다.

이인임   상투를 잡은 아이는 매부터 쳐야 합니다. 떡은... 울 때 줘도 늦지
              않습니다.

공민왕   허면... 매를 어찌 쳐야 하겠소?

이인임   공사장의 역부를 두 배로 늘리고, 저항하거나 도주하는 자는 참형
              에 처하고 가솔들까지 죄를 묻겠사옵니다... 윤허하여 주시옵소서.

공민왕의 손이 천천히 내려지고 자제위들의 검이 칼집에 꽂힌다.
숨죽이던 좌중, 안도의 한숨이 곳곳에서 터져 나온다.

공민왕	(경복흥에게 조롱하듯) 시중께선 수시중에게 정치라는 걸 좀 배우셔야겠습니다?

경복흥, 끙... 탄식하고. 공민왕, 껄껄 파안대소를 터뜨린다.
경복흥, 분한 듯 이인임을 본다. 이인임, 옅은 미소 짓는 얼굴 위로.

정도전	(E) 수업을 중단하세.

25 _____ 성균관 정록청 안 (밤)

이숭인, 권근 등 학관들이 심각한 표정으로 말석의 정도전을 바라본다.

이숭인	(놀란) 아니, 수업을 중단하자니요?
정도전	우리 학관들이 나서면 유생들도 호응하여 권당을 할 것이네. 허면 세상의 이목이 우리 성균관에 집중될 터... 그때 전하께 영전 공사를 중단하라 주청을 드리세.

〈자막〉 권당 - 성균관 유생들의 동맹 휴업

이숭인	얼마 후면 명나라 사신들의 알성입니다.
정도전	무고한 백성들이 도륙을 당했는데 알성이 대순가?
권근	불가합니다.
정도전	(보면)
권근	그간의 일을 돌이켜보건대 전하께선 결코 영전을 포기하지 않으십니다. 섣불리 일을 벌였다가 이제 겨우 자리를 잡은 성균관이 풍비박산 날 수도 있어요.

정도전	허면 팔짱 끼고 지켜만 보잔 말인가?
권근	섶을 지고 불 속에 뛰어들 순 없다는 얘깁니다.
이숭인	양촌의 말이 옳습니다. 계란으로 바위를 깰 수야 없지요.
정도전	나무를 꺾는 것이 바람이고 바위를 깎는 것이 파도일세! 부딪혀 보기도 전에 포기부터 해서야,
이숭인	후일을 도모합시다, 사형.
정도전	도은!
이숭인	분하지만 힘이 없는 걸 어쩌겠습니까?
정도전	(실망스러운, 일어나며 비꼬듯) 힘이 아니라 용기가 없어 보이네만.
이숭인	(굳는)
권근	(발끈) 너무 무례하십니다, 사형!
정도전	(보는)
권근	아무리 동문 후배라 해두 도은 사형은 종오품 성균 직강이십니다! 하급자로서 최소한의 예는 갖추셔야지요!
이숭인	그만하게, 양촌!
권근	(노려보는)
정도전	(노려보다가 피식) 그렇군요. 소인이 잠시 공석임을 잊었사옵니다. 각별히 조심하지요... 직강 나으리. (탁자 쾅! 치고 나가는)
권근	!
이숭인	(옅은 한숨)

26 _____ 동 앞 (밤)

문 앞에 선 정도전, 분한 듯 주먹을 부르르 떤다.

정도전	...밥버러지 같은 것들. (뭔가 결심한 듯 훅! 숨 내쉬고 걸어가는)

27 _____ 정도전의 집 외경 (밤)

28 _____ 동 안방 안 + 마당 (밤)

열린 안방 문틈으로 서안에 앉아 먹을 가는 정도전의 모습이 보인다.
마당에신 최 씨가 안방 쪽으로 시시 합장하며 기도를 한다.
'비나이다, 비나이다. 영험하신 부처님께 비나이다. 우리 서방님, 소
원성취' 어쩌구 웅얼대는데 행랑에서 득보가 하품을 하며 나온다.

득보	(최 씨 보고 다가가는) 마님, 오밤중에 웬 염불, (하는데)
최 씨	(쉿! 하는)
득보	(쉿! 따라 하고 안방 보더니 소근) 뭐 하시는 겁니까?
최 씨	(흐뭇한) 말씀은 않으시는데 필시 높은 대감님한테 품계 좀 올려달라 청탁서를 쓰시는 게지요.
득보	에이~ 설마요, 마님.
최 씨	맞다니까 그러시네. 안 그럼 난데없이 목욕재계는 왜 하셨겠습니까?
득보	목욕재계까지요?
최 씨	(씨익) 글쎄 저 고지식한 양반이 부정이라도 탈까 봐 구석구석 아주 뽀득~ 뽀득 씻으시더라니까요? (킥 웃는)
득보	(긴가민가 안방 쪽 보는)

29 _____ 동 안방 안 (밤)

정도전, 먹을 내려놓고 눈을 감는다. 고민이 깊다. 이내 결심한 듯

소매를 걷는다. 붓에 먹을 듬뿍 묻히고, 한지 위에 붓을 가져간다. 그러나 종이 위에서 한동안 멈추는 붓. 붓끝을 바라보는 정도전의 눈동자가 미세하게 떨린다. 그 모습에서 F.O

30 _____ 화원 뜰 안 (낮)

나인들, 서 있고 태후, 가마에서 내린다. 최만생, 달려와 조아린다.

최만생   태후마마 납시었사옵니까?
태후   (본 척도 않고 걸어가는)
최만생   (뜨악하게 보는)
태후   (E) 병을 줬으면 약을 주셔야지, 어찌 독을 주신답니까!

31 _____ 동 편전 안 (낮)

불당에 노국공주의 대형 초상화가 붙어 있다. 홍륜 등 자제위들이 구석마다 무장한 채 앉아 있다. 침의 차림으로 물 사발을 들이키는 공민왕. 맞은편에 태후가 노기 어린 얼굴을 하고 있다.

공민왕   (물 사발 나인에게 건네고) 무슨 말씀이시옵니까?
태후   선량한 백성들이 폭도로 돌변한 것은 응당 주상의 책임이거늘 대오 각성하기는커녕 어찌 부녀자들까지 역부로 동원하신단 말씀이오!!
공민왕   (능청) 그것은 소자의 생각이 아닙니다... 도당°의 재상들이,

°   종2품 이상 재상들의 합의로 운영되던 고려 후기 최고정무기관, 도평의사사라고도 함.

태후	주상께서 칼로써 겁박을 하셨다면서요!
공민왕	수시중의 묘책이었습니다...
태후	이인임은 간신입니다! 고려를 말아먹는 권문세가의 우두머리란 말입니다!
공민왕	(마뜩잖은 듯 보다가) 고정하세요. 다 지난 일입니다. (외면하는)
태후	(안타까운) 해가 중천에 떴는데 군왕이라는 분께서 이제야 기침을 하시다니요... 이리하시려고 내궐을 나오신 겁니까?
공민왕	(귀찮은) ...그만 돌아가세요. 소자, 불공을 드릴 시간입니다.
태후	언제까지 죽은 사람의 혼백만 붙잡고 사실 작정이시오!!
공민왕	(노려보는)
태후	(간곡히) 제발 집착을 버리구 영전을 중단하세요.
공민왕	살아서 고생만 하다 간 사람... 혼백이나마 아방궁 부럽잖은 곳에서 쉬게 해야지요. 군왕이 그 정도도 못 해줘서야 어찌 군왕이라 하겠습니까?
태후	해서... 진시황의 아방궁은 백 년을 갔습니까, 천 년을 갔습니까?
공민왕	!
태후	진시황이 죽고 삼 년 만에 흔적도 없이 타버렸습니다!
공민왕	...
태후	(눈물이 그렁한) 다 부질없는 미망이고 욕심임을 정녕 모르시겠소, 주상?
공민왕	(피식 웃는)

32 _____ 영전 공사장 안 (낮)

용마루 양쪽에 황금 취두가 번쩍이는. 경계가 한층 강화되고 더욱 필사적으로 일하는 현장. 이인임과 하륜, 지켜보고 있다. 부녀자와 노인들까지 돌과 나무를 나른다.

하륜　　민심이 흉흉하다 못해 바닥입니다, 처백부 어른.

이인임　(피식) 그거 듣던 중 반가운 소리로구만.

하륜　　(보는)

이인임　바닥을 쳤으니 이젠 올라갈 일만 남은 것 아닌가?

하륜　　(옅은 한숨)

이인임　헌데 자네... 정도전이라는 성균관 학관을 아는가?

하륜　　...? 삼봉은 어찌 물으시는 것입니까?

33 _____ **성균관 사대 안 (낮)**

정도전, 활을 들어 과녁을 겨눈다. 시위를 놓으면 허공을 날아가 홍심°에 정확히 꽂히는 화살. 박수 소리가 들리고 정도전이 돌아보면 하륜이 따뜻한 미소를 머금은 채 서 있다.

하륜　　솜씨가 여전하십니다.

정도전　(활을 시위에 장전하며 차갑게) 어쩐 일인가?

하륜　　사형을 뵈러 왔습니다.

정도전　(화살 쏘고) 난 볼 일 없으니 그만 돌아가게. (화살 꺼내는데)

하륜　　수시중 대감께서 사형을 만나고 싶어 하십니다.

정도전　(보는)

°　　과녁에서 동그랗게 붉은 칠을 한 정중앙.

34 _____ 이인임의 집 사랑채 안 (밤)

원나라의 풍으로 꾸며진 실내. 난초, 수산석으로 만든 동물 조각상, 청화 매병, 대형 산수화 등이 전시된 모습이다. 이인임, 정도전에게 차를 따라주고 있다.

이인임 일전에 보내주신 선물은 질 빚었습니다.

정도전 무슨 말씀이시온지...

이인임 분경 말입니다. (싱긋) 아주 깊은 감명을 받았어요.

정도전 ...그 일 때문에 소인을 부르신 것입니까?

이인임 내 음서로 관직에 나온 탓에 배운 건 많지 않아요. 허나 웃어넘길 것과 정색할 것 정도는 구별할 줄 압니다. 오늘 삼봉을 이리 뵙자 한 것은... (족자함을 꺼내 탁자에 올리는, 겉면에 '上前開折_{상전개절}' 이라 쓰인 흰 종이가 붙은) 이것 때문입니다.

〈자막〉 음서 - 고려시대 귀족의 자제들이 과거를 보지 않고 벼슬을 받는 제도

정도전 !

이인임 (상소 꺼내며) 어제 제출된 상소라 하는데... (펴고) 전하께 주청하기를 영전 공사를 즉각 중단하고, 국정을 농단하는, (피식) 수시중 이인임 일파와 내시부의 내관들을 파직하라... (덮고, 정도전 보는) 그대가 올린 탄핵 상소가 맞소이까?

정도전 (태연히) 그렇사옵니다.

이인임 (보는)

정도전 (보는)

이인임 (상소 내밀며 부드럽게) 가져가세요.

정도전	...! 지금 뭐 하시는 겁니까?
이인임	전하께서 이걸 보시는 날엔 그대는 죽습니다. 간관은 처벌하지 않는다는 원칙이 무너진 지 오래잖소.
정도전	허나, 대감! 신하가 제출한 상소는 응당 주상전하께,
이인임	돌아가세요... 고려가 그대의 기개를 더 크게 쓸 날이 있을 겁니다.
정도전	(비웃는) 말씀하시는 모습이... 퍽이나 나라를 위하는 분 같습니다.
이인임	(굳는) ...뭐라?
정도전	그렇게 나라를 생각하시는 분이 공사장의 역부를 곱절로 늘리는 묘책을 냈더랬습니까?
이인임	오천의 역부가 일 년을 할 것, 만 명이면 육 개월이요. 어차피 백성이 겪는 고통의 총량은 같소이다.
정도전	신하가 군주를 바로 세웠다면 애초에 겪지도 않았을 고통입니다!

이인임, 조소를 물고 정도전을 지그시 본다.
천천히 고개를 옆으로 꺾는다. 화를 참을 때의 버릇이다.

이인임	이 사람 말대로 하세요... 아까운 인재를 잃고 싶지 않소이다.
정도전	(피식) 수시중의 자리를 잃을까 두려우신 것이겠지요.
이인임	그대의 상소가 그럴 위력이 있다고 믿으시오?
정도전	죽기를 각오한 자의 충언만큼 무서운 것은 없습니다!
이인임	힘없는 자의 용기만큼 공허한 것도 없지요?
정도전	!
이인임	만년 종칠품 성균박사... 조정에 변변한 연줄도, 뒷배도 없는 외톨이... 두메산골에서 향리나 해먹다가 아버지 대에 겨우 개경 땅을 밟은 볼품없는 가문의 장자. (피식)
정도전	(노려보는)
이인임	세상을 바꾸려거든 힘부터 기르세요. 고작 당신 정도가 떼를 쓴다

고 바뀔 세상이었으면... 난세라 부르지도 않았습니다.

이인임과 정도전, 서로를 노려본다. 그 시선 위로 꽈광! 천둥소리.

35 _____ 거리 (밤)

천둥과 함께 번개가 작렬하더니 이내 폭우가 쏟아진다.
비를 고스란히 맞으며 걸어오던 정도전, 멈춘다.
손에 쥔 상소를 바라본다. 분을 참지 못하고 주먹으로 벽을 친다.
이를 악무는 정도전의 얼굴에 빗물이 사정없이 들이친다.

36 _____ 화원 정자 안 (밤)

등롱을 든 홍륜과 최만생이 처마 밑에 서 있다.
정자에 걸터앉은 공민왕, 헛헛한 표정으로 빗줄기를 응시한다.

태후	(E) 진시황의 아방궁은 백 년을 갔습니까, 천 년을 갔습니까? 진시황이 죽고 삼 년 만에 흔적도 없이 타버렸습니다!
공민왕	(대뜸) 모니노가 몇 살이었지?
최만생	마마의 보령, 올해 열 살이옵니다, 전하.
공민왕	열 살... 열 살이라... (후~) 홍륜아...
홍륜	예. 전하.
공민왕	과인이 앞으로 얼마나 살 성싶으냐?
최만생	전하 그 어인 망극하신 말씀이옵니까...
홍륜	소신이 지켜드리는 한 전하께선 천수를 누리실 것이옵니다.

공민왕	(피식) 이 무간지옥만도 못한 곳에서 천수를 누리라니... 이제 보니 아주 고약한 놈이로구나. (낄낄 웃는)
홍륜	...
공민왕	(웃음 멈추더니 뭔가 결심한 듯) 수시중을 들라 해라.

37 _____ 동 편전 안 (밤)

이인임, 윤왕좌°를 하고 앉은 공민왕에게 절하고 앉는다.

공민왕	바깥에 비는... 아직이요?
이인임	그렇사옵니다.
공민왕	공주가 많이 추울 터인데... (피식) 비가 와서 그런가 마음이 제법 싱숭생숭합니다. 가만, 경의 조부께서 지은 멋들어진 시조가 한 수 있었는데...
이인임	다정가 말씀이옵니까?
공민왕	(짐짓 미소 띠고 읊는) 이화에 월백하고... 은한이 삼경일 제...
이인임	(겸연쩍은 듯 고개 숙여 듣는)
공민왕	일지춘심을 자귀야 알랴마는... 다정도 병인 양하여...

공민왕의 낭송, 갑자기 멈춘다. 정적...... 이인임, 보면 공민왕의 먹먹한 시선이 노국공주의 진영에 꽂혀 있다. 간절하고 안타까운 눈빛.

| 공민왕 | (후~ 쓸쓸한 미소 지으며) 영전만 다 지으면 그날 죽어도 미련이 없다 여겼거늘...... 수시중? |

° 인도 신화에서 이상적인 제왕인 전륜성왕이 취했던 앉음새. 가부좌한 자세에서 오른쪽 무릎을 세우고 그 위에 오른팔을 자연스럽게 올려놓은 뒤 왼손으로 바닥을 짚는 앉음새.

이인임	예. 전하.
공민왕	과인이 죽어도 영전은 천 년을 가야 하지 않겠소?
이인임	여부가 있겠사옵니까, 전하.
공민왕	해서... 모니노를 세자에 앉혀야겠어요.
이인임	...! 강령군 마마를 말이옵니까?
공민왕	비록 천한 노비의 몸을 빌려 낳은 자식이긴 하나... 과인의 하나밖에 없는 아들이오. 국본에 앉혀 영진의 과업을 맡길 것이오.
이인임	아뢰옵기 황공하오나 조정과 왕실 일각에서 강령군 마마의 혈통을 문제 삼을 것이옵니다. 특히 왕실의 외척인 시중 경복흥과 그의 당여들이,
공민왕	그래서 수시중을 보자 한 겁니다.
이인임	(보는)
공민왕	과인을 도와주시오. 허면... 경복흥의 자리를 드리리다.

공민왕과 이인임의 시선이 부딪치고 빗소리가 점점 커진다.

38 _____ 빈관 전각 안 (낮)

맑게 갠 하늘 아래 호화로운 전각. 전각 주변에 고려와 명의 호위
병이 배치된 가운데 악사들의 연주 소리가 들린다. 기녀들의 시중
을 받으며 경복흥, 임밀과 채빈을 접대 중이다.
각 측의 통사, 동석해 있다.

경복흥	(공손히 술을 따르고) 최영 장군으로부터 연통이 왔사온데 우리 군사들이 수일 내로 탐라에 당도할 거라 하옵니다.
임밀	(중국어) 도착하는 즉시 탐라를 평정하여 말 이천 필을 진상토록

경복홍	여부가 있겠습니까? 탐라에 있는 원나라 잔당들의 수가 삼천에 이른다 하나 기껏해야 말이나 키우던 목호°들, 최영의 상대는 못 되오니 심려 마십시오.

채빈　(중국어, 피식) 귀국의 말은 도통 믿을 수가 있어야지요... 원에 붙었다가 명에 붙었다 배신을 밥 먹듯 하지 않았습니까?

경복홍　(분하지만 애써 미소)

39 ＿＿＿ 도당 앞 (낮)

일각에 즐비한 재상들의 평교자 너머로 승평문이 보인다.
나졸 두 명, 문 좌우로 서 있고 '도평의사사' 현판이 붙었다.

〈자막〉도평의사사(도당) - 종2품 이상 재상들의 합의로 운영되던 고려 후기 최고정무기관

경복홍　(E) 사신들의 알성 날짜는 잡혔소이까?

40 ＿＿＿ 도당 안 (낮)

경복홍이 상석에 좌우로 이인임, 안사기, 장자온 등 권문세가파와 이수산 등 왕실파 재상이 앉아 있다.

°　고려 때 제주도에서 말을 기르던 몽골인을 일컫던 말.

이수산	오는 경자일에 거행하기로 하였습니다. 정몽주가 경상도 안렴사를 마치고 돌아왔는지라 성균사성의 직을 맡겨 알성을 총괄토록 할까 합니다.
경복흥	정몽주라면 걱정이 없지... 당장 시행하시오. (재상들에게) 자, 의논할 안건이 또 있소이까?
이인임	(장자온에게 시선 주면)
장자온	(큼, 교서를 내밀며) 선하께서 내리신 교서이옵니다.
경복흥	전하께서요? 거 참 별일이로구먼, 어디 봅시다. (펼쳐보는, 미간 꿈틀하더니 쾅 내려놓는) 이런 참담한 일이 있나!
이수산	무슨 교서길래 그러십니까?
경복흥	강령군을... 세자로 앉히겠다십니다!
이수산	(놀라) 예?!

일순 긴장감이 감도는 실내. 이인임의 눈이 번득인다.

41 _____ 영전 공사장 앞 (낮)

도포 차림의 정몽주, 침통한 표정으로 공사장을 응시한다.
정도전을 제외한 성균관 학관들, 그 뒤에 손을 모으고 서 있다.

이숭인	죽은 역부들의 피 냄새가 가시지 않은 듯합니다.
권근	이건 영전이 아니라 숫제 지옥입니다, 사형.
정몽주	다 우리가 못난 탓이네. 성리학의 이념으로 세상을 구제하겠다던 우리들이 초심을 잃고 녹봉이나 챙기는 밥버러지가 되어가고 있으니...
이숭인	(너털웃음) 밥버러지요? 아무리 삼봉 사형과 친하시기루 이젠 말

까지 따라 하십니까?

정몽주   삼봉은... 이번에도 승품이 아니 되었다구?

이숭인   해서 상심이 이만저만이 아닌 듯합니다.

정몽주   그 정도 일로 낙담할 그릇이 아닐세.

권근   오늘 성균관에 등청조차 하지 않은 걸 보십시오.

정몽주   무슨 일이 있는 것이겠지... (후~ 먼 산 바라보는)

42 _____ 도당 앞 (낮)

상소를 쥔 정도전, 뚜벅뚜벅 걸어와 나졸들 앞에 턱 하니 버티고
선다.

나졸1   뉘슈?

정도전   도당의 지체 높으신 재상분들에게 재롱을 좀 떨러 왔네.

나졸1   ?

정도전   (상소를 품에 넣으며 이를 악무는)

경복흥   (E) 강령군이 세자라니! 천부당만부당한 일이외다!

43 _____ 도당 안 (낮)

재상들, 격론을 벌이고 있다.

이수산   맞습니다. 강령군의 생모는 신돈의 노비, 반야입니다!

안사기   혈통상 하자야 있긴 하지만 전하께서 그리하시겠다는데 도당에서
왈가왈부한,

경복흥	(버럭) 군왕의 자질에 있어 혈통만큼 중요한 문제가 있소이까!!
안사기	(움찔하고)
장자온	그래도 어명이잖습니까?
경복흥	잘못된 어명은 간언하여 바로 잡는 것이 도당과 우리 재상들의 소임이오이다!!
장자온	(큼, 입 닫으면)
이인임	강령군의 생모가 노비인 것은 사실이니,
경복흥	(보면)
이인임	절반은 전하의 피를 받으신 몸... 도당에서 반대할 명분으론 부족하다 사료되옵니다.
경복흥	수시중은 진정... 강령군에 대한 소문을 몰라서 하는 소리요?!
이인임	(미소) 소문은 그저 소문일 뿐... 어명에 맞설 명분은 못 되지요.
경복흥	(감 잡은) 보아하니 권문세가들은 이미 계산이 끝난 모양입니다? 강령군이 보위에 오르면 공신 대접을 받기로 내락이라도 받으신 게요?
이인임	(노기를 꾹 참고 미소) 오해십니다... 이 사람은 그저,
경복흥	회의 마치겠소! 판삼사사, 태후마마를 뵈러 가세. (일어나는데)

밖이 갑자기 소란해진다. 나가라고 윽박지르는 나졸들과 '비켜서시오!' 하는 정도전의 목소리다. 재상들, 놀란다.

| 경복흥 | (밖을 향해) 바깥이 왜 이리 소란스러운 것이야!! (하는데) |

문 벌컥 열리고 상소를 든 정도전, 나졸과 관원들을 밀치고 들어온다.
재상들, 벙해서 보는데 정도전, 대뜸 무릎을 꿇고 부복한다.

정도전	(품에서 상소를 꺼내 턱 놓으며) 성균박사 정도전, 작금의 시국에 관한 상소를 가져왔사오니 도당에서 처결하여 전하께 올려주십시오!
경복흥	뭐라...? 상소?
안사기	아니, 이자가 미쳤나? 지금이 때가 어느 땐데 상소를,
정도전	바른말을 함에 있어 때가 정해져 있습니까!
안사기	뭐, 뭐라? (관원들에게) 당장 이자를 끌어내지 못할까!

관원들, '예!' 하면서 달려드는데 경복흥, '잠깐!' 하며 손을 든다. 관원들 멈칫하고 정도전, 기대감 어린 눈으로 보면.

경복흥	(망설이듯 보다가) 자네의 충정은 알겠네만 지금은 그보다 더 위중한 일이 있으니 이만 물러가시게. (이수산에게) 가세. (나가는)
정도전	시중 대감! 시중 대감!!
안사기	(O.L) 뭣들 하는 것이냐! 당장 이놈을 끌어내라!!

관원들 달려들고 '놔라, 이놈들아!', '상소를 받아주시오~' 외치며 끌려 나가는 정도전. 이인임, 바닥에 떨어진 상소를 집어 든다. 주시한다.

44 _____ 대궐 교장 (낮)

모니노와 장 씨, 함께 말을 타고 교장을 돈다. 고삐를 쥔 장 씨, 제법 능숙한 솜씨다. 모니노는 겁을 먹은 듯 장 씨의 품 안에 잔뜩 움츠려 있다.

장 씨	마마... 이제 혼자 타 보시겠습니까?
모니노	(놀라) 유, 유모는 꼼짝도 하지 말라!

장 씨, 피식 웃고 속도를 낸다. 모니노, '어~' 긴장하며 교장 바깥으로 말을 몰아간다. 멀어지는 그들의 모습을 먼발치에서 지켜보는 공민왕, 먹먹하다. 최만생과 홍륜을 필두로 나인과 자제위들이 호종하고 있다.

공민왕	...그만 가자. (걸음 떼려는데)
태후	(E) 주상.

공민왕, 보면 나인들을 거느린 태후, 굳은 표정으로 다가와 선다.

태후	오랜만에 대궐에 드셔서 어미도 안 보고 가실 참입니까?
공민왕	존체 강령하신 걸 뵈었으니 소자 이만 화원으로 물러가겠습니다.
태후	시중 경복흥이 다녀갔습니다.
공민왕	(멈칫)
태후	권문세가와 합세하여 모니노를 국본에 앉히려 하신다구요?
공민왕	(보는)

45 _____ 숭경전(崇敬殿) 처소 안 (낮)

공민왕과 태후, 서로를 노려본다.

태후	모니노의 나이 이제 갓 열 살이에요!
공민왕	충목대왕께서는 여덟 살에 즉위하셨습니다.

태후	천한 노비의 피를 받은 아입니다!
공민왕	지난 백 년간 고려를 다스린 군왕들은 몽고° 여인의 피를 받았습니다.
태후	!
공민왕	적어도 모니노는 소자처럼... 고려 여인이 낳은 자식 아닙니까... 소자, 반드시 국본에 앉힐 것입니다! (일어나 나가려는데)
태후	저자에 백성들이 뭐라 수군대는지 정녕 모르신단 말이오?!
공민왕	(발끈해서 돌아보는)
태후	모니노가 신돈의 씨일 수도 있음을 왜 생각지 않습니까!!
공민왕	(버럭) 어마마마!!
태후	반야는 단순한 노비가 아니라 신돈의 애첩이었어요!!
공민왕	모니노는 제 아들입니다!!
태후	저 용렬한 아이가 어딜 봐서 주상의 아들입니까? 이목구비는커녕 발가락 하나 닮은 데가 없지 않습니까!!
공민왕	(울컥하지만 꾹 눌러 참고) 그만두세요. (외면하는)
태후	아뇨, 들으셔야 합니다. 만에 하나, 아니 십만, 백만에 하나라두 모니노가 주상의 아들이 아닌 날엔...
공민왕	(욱해서 보면)
태후	왕씨의 나라는 끝장이 나는 겝니다!
공민왕	(벽에 장식된 도자기 따위 쓸어버리며) 그마안...!! 그만!!
태후	(꿈쩍 않고 보는)
공민왕	(일그러져 보는) 제발... 그만하라지 않습니까...
태후	...정 모니노를 국본으로 세우겠다면 그리하세요. 허나 그 전에... 이 어미의 장사부터 치러야 할 겝니다.

°   편집자 주: 국립국어원은 몽골의 표기에 대해 1991년 외래어 심의를 통해 "'몽고'와 '몽골'이라는 단어를 함께 쓰되 장차 '몽골'로 통일한다"고 결정했다. 다만 우리나라에서는 1980년대까지 몽고로 불린 것을 감안해 대사에는 '몽고' 표기를 그대로 두고, 지문 등에는 '몽골'이라 표기한다.

공민왕   (질린 듯 홱 나가버리는)

태후   (눈물 그렁한)

46 _____ 대궐 정전(大觀殿) 안 (밤)

적막한 실내. 내관들이 등롱불을 하나둘씩 밝히고 용상 위의 공민
왕, 지친 기색으로 앉아 있다. 최만생, 들어와 아뢴다.

최만생   어가를 대령하였나이다. 화원으로 거둥을, (하는데)

공민왕   나가 있으라...

최만생 등 내관과 자제위가 나간다. 나가던 홍륜, 문득 뒤돌아보면
용상의 공민왕, 고개를 떨군다. 깊은 한숨, 한없이 쓸쓸하다.

47 _____ 도당 앞 (밤)

결연한 표정의 정도전, 멍석을 깔고 정좌해 있다.
걸어오던 하륜, 정도전을 보고 의아해한다.

48 _____ 문하부 이인임의 집무실 안 (밤)

책상 위 정도전의 상소를 물끄러미 바라보는 이인임.
하륜, 들어온다.

하륜	삼봉이 어찌 저러고 있는 것입니까?
이인임	(상소 집어넣으며) 도당에 상소를 받아달라 떼를 쓰는 것이지.
하륜	(내심 놀라는)
이인임	게 앉게. (은병을 꺼내 하륜에게 다가오며) 오늘 목은 대감 집에서 동문들 회합이 있다지, 아마?
하륜	(졌다는 듯) 처백부 어른께선 정말 모르는 게 없으시군요. (미소) 정몽주 사형의 환영 모임이 있습니다.
이인임	(은병 건네며) 목은 대감에게 인삼 두어 채 사다 드리게. 이 사람이 오랫동안 안부를 묻지 못해 송구하단 말씀도 전하구...
하륜	(받으며) 기력이 약하신 스승님께 좋은 선물이 될 것입니다.
이인임	정치에 선물이란 건 없네.
하륜	(보는)
이인임	혹시 모를 나중을 위해 주는 뇌물이 있을 뿐... (미소)

49 _____ 이색의 집 마당 안 (밤)

명석을 깔고 앉은 수십 명의 유자들, 주안상을 놓고 담소 중이다.
노비들, 바삐 음식을 나른다.

50 _____ 동 안채 대청 (밤)

핼쑥한 안색의 이색. 그 좌우에 정몽주, 박상충, 앉아 있다.
이숭인, 권근, 하륜의 모습이 보인다.

이색	(정몽주의 손을 잡고) 우리 몽주가 중책을 무사히 마치고 돌아왔으

니 내 한시름 놓았네그려.

박상충 누차 드리는 말씀입니다만 매부께선 편애가 너무 심하십니다. 눈을 떠도 몽주, 눈을 감아도 몽주... 아, 다른 제자들은 죄다 바지저고리랍니까?

일동 ('그러게요' 정도 맞장구치며 껄껄 웃는)

이색 (웃음 멈추고) 헌데... 도전이는 오늘도 오지 않는 것인가?

정몽주 (수심이 드리워지는)

하륜 (정몽주를 보는)

51 ____ 동 마당 일각 (밤)

놀란 얼굴로 돌아보는 정몽주. 그 앞에 하륜이 서 있다.

정몽주 삼봉이 도당 앞에서 농성을 하고 있다구?

하륜 탄핵 상소가 받아들여질 때까지 한 발짝도 움직이지 않을 기세였습니다.

정몽주 (심각한)

52 ____ 도당 앞 (밤)

정도전, 미동도 하지 않고 앉아 있다.
화덕 불 옆의 나졸들, 골치 아프다는 표정이다.

나졸1 그만하구 제발 좀 가슈. 인경이 울리면 그땐 정말 안 봐줍니다.

〈자막〉 인경 - 통행 금지를 알리는 종

정도전, 들은 척도 않는데 일각에서 뛰어와 멈추는 정몽주.
안도와 반가움의 미소가 떠오르는 얼굴 위로 DIS.

53 _____ 회상(18년 전) - 목은의 학당 / 안채 마당 (낮)

상복을 입은 어린 몽주가 들어선다. 비질하던 하인이 보고,

하인　　　 (반색해서 다가서는) 도련님, 탈상을 다 마치신 겁니까요?
어린 몽주　 그렇네. 스승님께선 그간 무탈하셨는가? (하는데)
이색　　　 (E) 지금 뭐라 하였느냐!!
어린 몽주　 (보면)

54 _____ 회상(18년 전) - 동 안방 안 + 마당 (낮)

노기 어린 이색, 무릎 꿇고 앉은 어린 도전을 노려본다.

어린 도전　 학당을... 나간다 하였습니다.
이색　　　 들어온 지 얼마나 되었다구, 사대부의 자제로 태어나 학문을 하는
　　　　　　 것은 선택이 아니라 의무임을 모르는 것이냐!
어린 도전　 그만두는 것은 학당입니다. 공부가 아닙니다.
이색　　　 (노기를 참고) 좋다... 도전이 니가 이리 나오는 데는 그만한 이유가
　　　　　　 있을 터, 어디 말을 해보거라.
어린 도전　 소인... 이 학당과는 어울리지 않은 학생인 듯하옵니다.

이색　　　뭐라?

이색의 노기 어린 시선에도 이 앙다물고 버티듯 앉은 어린 도전.
그 모습 바라보고 선 어린 몽주.

55 _____ 회상(18년 전) – 거리 (낮)

평복 차림의 어린 몽주, 문방사우를 든 어린 도전과 나란히 걷는다.

어린 몽주　나하고 시합을 하자구요?
어린 도전　(자신만만) 시문 솜씨를 겨뤄보고 싶습니다. 방법은 각촉부시.
어린 몽주　(멈추고 보는)
어린 도전　(따라 멈추면)
어린 몽주　...돌아가세요. (걸어가는데)
어린 도전　망신을 당할까 봐 겁이 나는 겁니까?
어린 몽주　(멈칫, 돌아보는)
어린 도전　(피식) 고려 최고의 천재라고 학당에서 귀가 닳도록 들었는데... 부
　　　　　　잣집 도련님들이 지어낸 허풍이었습니까?
어린 몽주　...

56 _____ 회상(18년 전) – 정자 안 (낮)

금이 그어진 초가 타들어 가고 어린 도전, 시문을 짓느라 안간힘이
다. 마주 앉은 어린 몽주, 진즉에 붓을 놓은 채 도전을 보고 있다. 어
느 순간, 촛농에 금이 지워진다. 어린 도전, 굳은 얼굴로 붓을 놓는다.

어린 도전   (고개 떨구고) ...졌습니다.

어린 몽주   난 사마시°를 급제한 생원이고 거긴 사서삼경을 갓 시작한 문하생... 이기고 지는 것은 아무 의미가 없습니다.

어린 도전   (수치스러운, 주섬주섬 문방사우 챙기는데)

어린 몽주   학당을 그만둘 거라 들었습니다.

어린 도전   (멈칫 보는)

어린 몽주   (미소) 계속 다니세요. 목은 스승님은 원나라에서도 손꼽히던 성리학자이십니다.

어린 도전   그러면 뭐 합니까? 제자란 것들이 죄다 밥버러지들인데요.

어린 몽주   (조금 어이없는 듯 웃으며) ...예?

어린 도전   과거를 보지 않고도 관직에 나갈 수 있는 권문세가의 자제들이 태반입니다. 그놈들이 학문에 관심이나 있는 줄 아십니까?

어린 몽주   (진지하게 보는)

어린 도전   사대부가의 자식들도 한심하긴 마찬가집니다. 목은 선생의 제자랍시고 뭐나 된 듯 뻐기고, 가문에 연줄 따져서 끼리끼리 몰려다니는 족속들... 절이 싫으니 중이 떠나야지요.

어린 몽주   그것은 떠나는 것이 아니라 도망치는 것입니다.

어린 도전   (조금 발끈해서) 뭐라구요?

어린 몽주   사내대장부답게 당당히 맞서 싸우세요. 내게 각촉부시를 청하던 자신감이라면... 능히 이겨낼 것입니다.

어린 도전   (보는)

어린 몽주   (따뜻한 미소로 보는)

어린 도전   ...청이 하나 있습니다.

어린 몽주   말씀하세요.

어린 도전   형이라 불러도 되겠습니까?

°   생원과 진사를 선발하는 과거 시험.

어린 몽주	그건 아니 되겠습니다.
어린 도전	(실망)
어린 몽주	예로부터 뜻이 통하는 사람은 나이를 떠나 벗이 될 수 있다 했습니다.
어린 도전	!
어린 몽주	(싱긋) 나는 거기와 망년지교를 맺고 싶은데... 청을 받아주시겠습니까?
어린 도전	(환한 미소가 번지는)

57 _____ 현재 - 다시 도당 앞 (밤)

미소를 머금고 정도전을 바라보던 정몽주, 다가가려는데...

낭장	(E) 길을 비켜라~ 주상전하 행차시다!!

정몽주, 보면 공민왕의 소가 행렬이 승평문을 빠져나온다.
완전 무장한 수십 명의 군사가 선두와 좌우를 호위하고 화려한 깃발과 의장용 창검을 든 의장대, 뒤따른다. 대형 해 가리개와 부채, 군악대 너머로 수십 명이 짊어진 공민왕의 어가가 자제위와 내관의 호위를 받으며 모습을 드러낸다. 그 모습을 본 정도전이 벌떡, 일어선다.

정도전	(홀린 듯) ...전하... (한발 주춤 떼는)
정몽주	(헉! 토하듯) ...삼봉...

어가가 다가오고 정도전, 두려움에 몸이 부르르 떨린다. 굽어보던 공민왕, 저만치 서서 자신을 바라보는 정도전과 언뜻 시선이 마주

친다. 선두의 낭장, 정도전을 보더니 경계의 눈초리로 칼자루를 쥔다. 정도전, '전하…' 하며 저도 모르게 행렬 앞으로 걸어 나가고 낭장, 칼을 뽑아 들기 직전, 정몽주가 뛰어들어 정도전을 낚아챈다. 정도전을 밀어붙여 억지로 꿇어앉히는 정몽주.

정도전   (벙해서 보는)
정몽주   (낮게 힘주어) 엎드리시게!
정도전   …포은…
정몽주   엎드리라니까!
정도전   (손 뿌리치며 일어나려는데)
정몽주   (멱살을 바짝 당기며 버럭) 지금 나갔다간 입도 떼기 전에 목부터 달아난단 말일세!!
정도전   !!

정몽주, 정도전의 머리를 억지로 숙인다. 공민왕의 어가가 지나쳐 간다. 고개 숙인 정도전, 안타까움에 어쩔 줄 모른다. 공민왕의 무거운 시선이 정도전의 등에 꽂힌다. 어가가 지나쳐가고 정도전, 엎드린 채 부들부들 떤다. 무력감이 엄습하는 정도전의 눈에 물기가 어린다.

시간 경과》
정도전과 정몽주, 관도 일각 담벼락에 지친 듯 기대앉아 있다.

정도전   거긴… 어떻게 알고 온 것인가?
정몽주   하륜이 자넬 봤다더군…
정도전   환영 모임에 가지 못해 미안하네, 포은…
정몽주   (피식 웃고 농치듯) 이런… 신의 없는 사람 같으니…

정도전	(보는)
정몽주	평생을 벗하며 살자 해놓구서 그 먼 저승길을 혼자 가려 했단 말인가?
정도전	(쓸쓸한 듯 피식)
정몽주	(보다가 따뜻하게) 때를 기다리세. 아직은 때가 아닌 듯싶으이.
정도전	그 '때'라는 게... 기다린다고 해서 오는 것인가?
정몽주	제 발로 오기야 하겠는가...? (자신감에 찬) 만들어야지!
정도전	(보는)
정몽주	(정도전의 손을 힘주어 잡으며) 자네와 내가 힘을 합쳐 만들어가세. 고려를 바로 세울 그 날이... 반드시 올 것이네.
정도전	(먹먹한)

58 _____ 화원 편전으로 가는 복도 (밤)

상소를 쥔 이인임, 꼿꼿이 걸어간다. 마주 오는 나인들, 예를 갖춘다.

59 _____ 동 편전 안 (밤)

술을 마시는 공민왕. 그 앞에 이인임이 부복하고 있다.

이인임	경복흥 일파의 저항이 예상보다 강력하옵니다, 전하.
공민왕	(피식) 어마마마의 반대도 생각보다 강력하십니다. (술 따르는)
이인임	경복흥 일파를 제거하지 않으면 세자 책봉이 난망할 듯하옵니다.
공민왕	(괜한 얘기라는 듯) 수시중답지 않게 왜 이러십니까? 저들을 베면 강령군의 정통성과 권위가 땅에 떨어지는 겁니다. 저들도 그것을 알고 있어요. (술잔 드는)

이인임　다른 사유로 베면 되지 않겠사옵니까?

공민왕　(멈칫, 잔 놓고) ...다른 사유?

이인임　(소매에서 상소를 꺼내 허리 숙여 내미는) 정도전이라는 성균관 학
관이 쓴 탄핵 상소이옵니다.

공민왕　(굳는)

이인임　전하의 치세를 전면 부정하고 소신을 비롯, 내시부의 내관들을 무
고°하는 내용이온데...

공민왕　(상소를 홱 펼쳐 드는, 대번에 미간이 꿈틀거리는)

이인임　소신이 이자를 잡아들여 상소를 사주한 배후를 추궁하겠사옵니다.
이자의 입에서 경복흥의 이름만 토해내게 만들면... 벨 수 있습니다.

상소를 읽어가는 공민왕의 표정이 심각해진다. 이인임, 날카로운
시선.

60 ＿＿＿ 성균관 앞 (낮)

성대한 임밀과 채빈의 행렬이 머리를 조아린 백성들을 지나쳐 성
균관으로 들어간다.

61 ＿＿＿ 동 대성전°° 앞뜰 (낮)

일각에 막사가 쳐져 있다. 백관과 유생들이 대성전 앞에 도열해 있
다. 제관 복장의 정도전, 대성전에서 나오면, 명국 사신들이 통사와

°　　사실이 아닌 일을 거짓으로 꾸며 고소, 고발하는 일.
°°　공자의 위패를 모시는 전각.

전객사의 관원들을 대동하고 걸어온다.

정도전　(통사에게) 알성을 오신 명국 사신들은 저기 백관들 앞에 서주십시오.

채빈　(중국어, 통사에게 듣더니, 표정 굳는) 대성전 안으로 들어가겠다.

정도전　대성전엔 전하만이 들어가실 수 있습니다.

채빈, 홍! 하고 정도전을 밀치고 대성전으로 걸어간다. 좌중, 술렁이는데 임밀 역시 못 이기는 척 따라간다. 정도전, 노기가 어린다.

62 _____ 대형 막사 안 (낮)

홍륜, 호위를 서고 있다. 임시로 놓인 용상에 곤룡포를 입은 공민왕, 무거운 표정으로 앉아 있다. 이인임, 곁에 허리 굽히고 서 있다.

이인임　정도전의 상소를 어찌 처결하실지 마음을 정하셨사옵니까?

공민왕　...

이인임　시간을 끌 일이 아니라고 사료되옵니다. (하는데)

정몽주, 천막 안으로 들어온다. 이인임, 말문 닫는...

정몽주　(허리 숙이며) 전하... 명 사신들이 당도하였사옵니다. 이제 대성전으로 납시지요.

공민왕　(흠, 몸을 일으키는데)

정도전　(E) 아니 된다 하지 않소이까!

일동　?!

63 _____ 대성전 앞 (낮)

정도전, 대성전 문 앞에서 임밀과 채빈을 막고 서 있다.
마당을 가득 메운 사람들, 모두 벙쪄서 바라본다.

정도전   여긴 사신들 마음대로 드나들 수 있는 곳이 아니란 말이오이다!!

통사들   (벙쪄서 통역조차 못 하고)

채빈   (중국어, 버럭) 이자가 지금 뭐라고 떠드는 것이냐!

정도전   통사는 제대로 전하시오! 고려의 법도와 예를 존중해 달라고 말이
오이다!

임밀   (중국어, 버럭) 무엄하다, 이놈! 당장 물러서지 못할까!!

정도전   물러설 사람은 소인이 아니라 상공들이오이다!!

일동   (벙쩌는)

공민왕   (E) 웬 소란이냐!!

사신을 제외한 모든 사람이 일제히 비켜서며 부복하면 공민왕을
필두로 이인임, 정몽주 등 나타난다.

공민왕   (노기 어린) 무슨 일이냐?

일동   (머뭇대는)

공민왕   (버럭) 무슨 일이냐고 물었다!

정도전   (격앙된) 소신! 사신들이 예법을 어기고 대성전에 들려 하기에 그
부당함을 지적하고 있었나이다!

공민왕   (홱 노려보는)

정몽주   (헉!)

채빈   (중국어, 공민왕에게) 황제의 사자를 이리 능멸해도 되는 것이오이
까!

정도전	(노려보며) 잘못을 지적하였거늘 어찌 능멸이라 하시오이까!
채빈	(중국어) 뭐라?
정도전	전하만이 거하실 수 있는 대성전을 범하려 들고 군주의 용안 앞에 예를 표하지 않는 작태야말로 능멸이라 하는 것이오이다!!
채빈	(중국어, 삿대질하며) 저, 저! 닥치지 못할까, 이놈!!
공민왕	상공.
채빈	(휙 보넌)
공민왕	...고정을 좀 하세요.
채빈	(파르르 떨며 허! 하는)
공민왕	(정도전 부드럽게 보며) 재밌는 자로구나... 관명이 어찌 되느냐?
정도전	(엎드리며) 신 성균박사 정도전이라 하옵니다!
공민왕	...! 정도전?
정도전	그렇사옵니다, 전하...
공민왕	(망설이듯 보는)
일동	(긴장하는)
공민왕	여봐라...
일동	(주목하는)
공민왕	이자를 끌고 가 옥에 가두어라.
정도전	...! 전하!
공민왕	(버럭) 어서 끌고 나가지 못할까!!

미소를 머금는 이인임. 이를 악무는 정도전의 얼굴에서 엔딩.

2회

1 _____ 성균관 대성전 앞 (낮)

공민왕　...이자를 끌고 가 옥에 가두어라.

정도전　...! 전하!

공민왕　(버럭) 어서 끌고 나가지 못할까!!

자제위들, 우르르 몰려가 정도전을 잡아 일으키는데.

정몽주　(공민왕 앞에 급히 부복하며) 전하... 소신을 벌하여 주시옵소서!

공민왕　(보는)

정몽주　정도전의 언사가 방자하였다 하나 이는 상사인 소신의 허물이오니
　　　　　부디 소신을 벌하여 주시옵소서!

정도전　포은!

정몽주　전하!

공민왕　자제위는 뭣들 하고 있는 것이냐!!

자제위, '예!' 외치며 정도전을 끌고 나간다.
이를 악문 채 끌려가는 정도전을 안타깝게 바라보는 정몽주.
이내 쥐죽은 듯 고요해지는 대성전 앞. 사신들조차 조금 머쓱해지고.

공민왕　(사신들에게 부드럽게) 자... 안으로 드십시다.

공민왕, 들어가면 사신들, 큼 하고 대성전으로 들어간다.
탄식하는 정몽주. 미소를 머금는 이인임.

2 _____ 몽타주 (낮)

1) 대성전 안 – 나란히 정렬된 신위들과 신좌 앞에 진설된 제수. 사
신들 지켜보는 가운데 공민왕, 이숭인이 따른 술잔을 공자의 신위
에 올린다. 지켜보는 정몽주의 표정은 어둡기만 하다.
2) 동 뜰 – 악사들이 제례악을 연주하는 가운데 백관들과 유생들
을 거느리고 도열한 경복흥, 이인임 등 재상들의 모습.
3) 동 안 – 권근이 축문을 읽는다. 공민왕의 무심한 표정. 그런 공
민왕을 안타깝게 바라보는 정몽주.
4) 동 뜰 – 제관이 축문을 불사른다. 재로 변하며 하늘 높이 날아가
는 축문을 바라보는 정몽주, 이숭인, 권근 등의 모습에서...

해설(Na) 고려는 불교를 숭상하는 나라였지만 정치 원리는 유교 이념에 바
탕을 두고 있었다. 무인정권기를 거치며 침체를 겪었던 고려의 유
학은 13세기 후반 안향이 중국에서 성리학을 들여오고, 공민왕이
성균관을 중건하면서 재도약의 기틀을 마련한다. 목은 이색의 제
자들인 박상충, 정몽주, 정도전, 이숭인, 권근 등 젊고 개혁적인 성
리학자들은 성균관 학관으로서 고려에 새바람을 불러일으키는데...
후세의 사가들에 의해 신진사대부라 불리게 되는 이들은 기울어가
는 고려의 마지막 희망이었다.

3 _____ 거리 (낮)

넋이 반쯤 나간 최 씨, 뛰어가다가 철퍼덕 엎어진다. 뒤따르던 득보,
'마님!' 하며 부축하려는데 냉큼 일어나 다부지게 뛰어가는 최 씨.

4 _____ 순군옥° 대문 앞 (낮)

정몽주, 경계를 서는 나졸과 실랑이 중이다.

정몽주   (화난) 잠시 얼굴만 보고 나온다잖는가!!
나졸   (안 된다는 듯 미동도 않고 선)
정몽주   (답답한 듯 허! 하는데)
최 씨   (E) 포은 나리!

정몽주, 돌아보면 멍한 표정의 최 씨와 득보, 달려와 선다.

최 씨   대체 어찌 된 일입니까? 서방님이 옥에 갇히다니요!
정몽주   ...명나라 사신들과 언쟁이 있었습니다.
최 씨   (가슴이 철렁하는) 대국... 사신님들 하구요?
정몽주   중죄를 저지른 것은 아니니 곧 풀려날 겁니다. 너무 심려 마세요.
최 씨   (눈물 그렁해서) 정말... 그리 믿어도 되는 겁니까, 나리?
정몽주   (애써 미소 지으며 끄덕이는)

5 _____ 문하부 이인임의 집무실 안 (낮)

하륜, 이인임 앞에서 주역점을 치고 있다.
산통에서 점괘를 뽑아보는 하륜. 일순 표정이 어두워진다.

이인임   ...점괘가 어찌 나왔는데 그러는 것인가?

°   고려시대 도적이나 난을 일으킨 사람을 잡아 가두기 위해 만든 감옥.

하륜	박괘이옵니다. (점괘를 보이면 간과 곤괘가 나온)
이인임	박괘?
하륜	난세가 온다는 점괘이니... 필시 나라에 큰 변이 일어날 것이옵니다.
이인임	역시 자네의 점술 실력은 알아줘야겠구만... 큰 옥사가 일어날 터이니 말일세.
하륜	(놀란) 옥사라 하셨습니까?
이인임	곧 정도전에 대한 국문이 시작될 것이네.
하륜	삼봉이 왜 국문을 받는단 말입니까?
이인임	정도전은 명 사신에 대한 불경죄 때문에 하옥된 것이 아닐세.
하륜	...! 허면,
이인임	그자에게 탄핵 상소를 사주한 배후를 추궁할 것이네.
하륜	배후라니요? 삼봉의 단독 행동임은 누구보다 처백부 어른께서 잘 아시지 않습니까?
이인임	...자넨 사대부들의 동태나 잘 살펴주게. (일어나 나가려는)
하륜	(이제 알겠다 싶은, 따라 일어나는) 처백부 어른.
이인임	(멈칫 보면)
하륜	삼봉을 희생양으로 삼아 세자 책봉에 반대하는 경복흥 일파를 숙청하려는 것입니까?
이인임	(미소)
하륜	삼봉을... 아끼시는 것이 아니었습니까?
이인임	그리 보였던가?
하륜	처백부 어른의 사람은 아니지만 적으로 여기지도 않는다 싶었습니다.
이인임	맞네. 삼봉은 나의 적이 아니지.
하륜	헌데 어찌...
이인임	정치하는 사람에겐 딱 두 부류의 인간이 있을 뿐이네. 하나는 적, 그리고 다른 하나는...

하륜	...
이인임	도구.
하륜	!
이인임	잘 봐두게... 삼봉이란 도구로 어떻게 정적을 없애 나가는지...
하륜	(멍한)

6 _____ 순군옥 옥사 안 복도 (낮)

정도전, 형리들에 의해 어디론가 끌려간다.

7 _____ 동 형방(이하 국청) 안 (낮)

고문 도구들 즐비하게 놓여 있다. 정도전, 끌려와 형틀에 앉혀진다.
형리들이 정도전을 형틀에 묶으려 하는데.

정도전	이게 무슨 짓이오!
형리	닥쳐라! (묶으려 들면)
정도전	(뿌리치며 일어나) 신문도 하기 전에 고신부터 하려는 것이냐!

형리, 대뜸 몽둥이로 정도전의 명치를 찌른다. 윽! 소리와 함께 주
저앉는 정도전, 형틀에 묶인다. 정도전, '멈추지 못하겠느냐!', '네
이놈들!' 외치며 버티지만 역부족이다. 형리들, 나가면 정도전, 조
금은 당황스러운...
열린 문틈으로 그 모습 바라보고 선 사내, 이인임이다. 싸늘한 시선
으로 보다 이내 어디론가 사라진다.

8 _____ 화원 편전 안 (낮)

공민왕, 윤왕좌의 자세로 앉은 채 한 손을 이마에 대고 있다. 깊은 생각에 빠진 듯 손가락으로 이마를 연신 두드린다. 톡, 톡... 홍륜과 최만생의 모습이 보이고 왕의 앞에는 이인임이 부복해 있다.

이인임　죄인 정도전에 대한 국청을 설치하였나이다.

공민왕　...

이인임　내일 날이 밝는 대로 소신이 죄인을 국문하여 경복흥의 이름 석 자를 토설토록 하겠사옵니다.

공민왕　...

F.B》1회 63씬의

정도전　(노려보며) 잘못을 지적하였거늘 어찌 능멸이라 하시오이까!

채빈　(중국어) 뭐라?

정도전　전하만이 거하실 수 있는 대성전을 범하려 들고 군주의 용안 앞에 예를 표하지 않는 작태야말로 능멸이라 하는 것이오이다!!

현재》

공민왕　...

이인임　...? 전하?

공민왕　(천천히 손가락을 내리고) ...경의 뜻대로 하시오.

이인임　성은이 망극하옵니다, 전하... (나가는)

공민왕　(씁쓸한 듯 피식 웃는)

태후　(E) 국청이 서다니요?

9 _____ 대궐 숭경전 처소 안 (낮)

불경을 덮는 태후, 마주 앉은 경복흥을 본다.

경복흥	전하께서 정도전에 대한 국문을 윤허하셨다 하옵니다.
태후	...하긴... 대국의 사신에게 불경을 저질렀으니...
경복흥	그래도 국문은 심하지요... 강령군을 세자로 앉히려는 것이 뜻대로 안 되니 진노를 푸실 데를 찾으시는 것 같습니다.
태후	(눈 감고 중얼대는) 관세음보살... 이 모든 분란이 모니노 그 아이 때문입니다... 이럴 때 왕자가 하나만 더 있었어두... (한숨)
경복흥	(뭔가 떠오르는, 긴하게) 태후마마.
태후	(보는)
경복흥	기왕 말이 나온 김에 전하께... 왕비마마들과의 합방을 권해 보시는 것이 어떻겠사옵니까?
태후	합방을요...? (생각하는)

10 _____ 대궐 후원 전각 안 (밤)

여인들의 웃음소리가 흘러나온다. 태후, 왕비들과 주안상을 놓고 술을 마신다. 혜비, 익비, 정비, 신비 순이다.

태후	(웃음 멈추고) 과부 다섯이 이리 한자리에 모이니... 시간이 어찌 가는지도 모르겠습니다그려...
익비	(애교) 과부라니요, 마마? 저흰 엄연히 지아비가 있는 몸이옵니다.
태후	있으면 뭐 합니까? 허구한 날 독수공방 신세... 이 사람과 다를 게 뭡니까?

왕비들	('맞사옵니다' 하며 깔깔대는)
정비	(홀로 걱정스러운) 태후마마... 약주가 과하신 듯하옵니다.
태후	(정비 일별하고, 이내 진지하게) 실은... 내 오늘 왕비들을 보자 한 것도 그래섭니다.
왕비들	?
태후	근자에 주상의 울증이 더욱 심해진 듯합니다. 주상께서도 심기일 전힐 계기가 필요할 터인데... 결국 자식이 최고일 듯싶습니다.
익비	(긴장) ...합방... 말씀이옵니까?
태후	예.
왕비들	!
태후	작년까진 간간이나마 왕비들과 합방을 했던 주상이 아니시오? 이 사람 생각에는 정비가 적임일 듯싶은데... 다른 왕비들의 생각은 어떠시오?
왕비들	(놀라서 정비 보면)
정비	(하얗게 질리는) 마마!
태후	뭘 그리 놀라십니까? 이 사람이 못 할 말이라도 했습니까?
정비	(술잔을 잡는 손이 파르르 떨리는)
태후	(의아하게 보지만 부끄러워 그런다 싶은, 인자한 미소) 조만간 길일을 잡아 알려줄 터이니 주상과 합방을 하세요.
왕비들	(긴장해서 정비를 바라보는)
정비	(어쩔 줄 모르는)

11 _____ 화원 편전 안 (밤)

등롱불이 환하게 밝고, 목탁 소리 울려 퍼진다. 노국공주의 초상화 앞에서 불공을 드리는 승려들. 공민왕, 최만생을 노려본다.

공민왕　　...정비와 합방을 하라?

최만생　　(당황) 그러하옵니다. 태후전에서 길일을 잡아 보낸다 하였사옵니다.

공민왕　　(노기가 치밀어 오르는)

최만생, 긴장한 표정으로 홍륜을 바라본다. 홍륜, 덤덤한...

12 _____ 화원 후원 (밤)

화덕이 곳곳에 밝혀져 있고, 검과 검이 맞부딪치는 소리가 낭랑하게 울려 퍼진다. 공민왕의 검이 자제위들을 향해 사정없이 들이치고 막기에 급급하던 자제위들, 하나둘씩 나동그라진다. 마지막으로 홍륜까지 쓰러지고 나면 공민왕, 살기를 가득 품은 채 다가가 홍륜의 목에 칼을 겨눈다. 홍륜, 두려움을 참으며 미소를 지어 보인다. 그의 목에 닿은 칼날이 부르르 떨리고, 숨을 몰아쉬는 공민왕의 모습 위로...

정비　　(E) 전하... 어디 계시옵니까, 전하!!

13 _____ 회상(1년 전) - 합방실 안 (밤)

여인의 뒷걸음질에 합환주가 올려진 반상이 엎어진다. 충격에 넋이 반쯤 나간 듯한 정비다. 홍륜, 재밌다는 표정으로 피식.

정비　　(위엄을 잃지 않으려 애쓰는) 네 이놈... 썩 물러가지 못하겠느냐!

홍륜　　소인... 어명을 받자올 뿐이옵니다.

홍륜, 덤벼들면 정비, 비명을 지르며 밀쳐낸다. 홍륜이 주춤하는 사이에 바닥에 떨어진 촛대를 집어 드는 정비, 날카로운 촉을 홍륜에게 겨눈다.

정비　(사시나무처럼 떨며) 가까이 오지 마라. (바깥을 향해) 전하!! 전하!!
홍륜　포기하십시오. 전하께선 오시지 않습니다. (두 팔을 벌리고 다가서면)

정비, 사력을 다해 홍륜을 찌른다. 정비의 허리를 감던 홍륜, 윽! 하며 가슴을 움켜쥐더니 주춤 물러난다. 정비를 노려보다 쓰러지는 홍륜. 정비의 손에서 피 묻은 촛대가 툭 떨어진다. 가슴을 부여잡은 홍륜의 손가락 사이로 피가 새어 나온다. 정비, 헉! 하며 뒷걸음질 치다 뛰쳐나간다.

14 _____ 회상 - 동 앞 (밤)

문 벌컥 열리고 '전하'를 외치며 정비, 뛰쳐나온다. 최만생, 기함하며 뒷걸음질 친다. 정비, 공민왕의 뒷모습을 보고 얼어붙듯 멈춘다.

정비　전하!

공민왕, 묵묵부답 미동도 하지 않는다.
홍륜의 신음이 새어 나오면 최만생, 안으로 뛰어 들어간다.

정비　(믿기지 않는) 정녕... 전하께서... 이리 명하신 것입니까?
공민왕　...
정비　(버럭) 왜요!!

공민왕	(돌아보는, 싸늘한 미소) 노국공주 아닌 다른 여인을 품지 않겠다... 어마마마께 입이 닳도록 말했는데... 당최 믿질 않으시니 도리가 없지 않소?
정비	(기막히고 원통한) ...전하.
공민왕	가서 어마마마에게 사실대로 고하세요. 다른 왕비들처럼 입을 봉하고 사셔도 좋으나... 그래 봤자 속병밖에 더 나겠소? (가는)
정비	(털썩 주저앉는, 눈물조차 나오지 않는)
공민왕	(굳은 표정으로 뚜벅뚜벅 걸어가는)

15 _____ 현재 - 다시 화원 후원 안 (밤)

공민왕의 손에 힘이 풀린다. 칼이 바닥에 툭 떨어지고 홍륜, 안도한다.

16 _____ 동 편전 안 (밤)

공민왕, 홀로 들어와 털썩 주저앉는다. 문득 노국공주의 초상화를 바라본다. 노국공주의 인자한 미소. 공민왕, 회한이 밀려온다.

17 _____ 이색의 집 마당 안 (밤)

박상충, 헐레벌떡 뛰어 들어간다.

18 _____ 동 안방 안 (밤)

이색과 마주 앉은 정몽주, 믿기지 않는 표정으로 박상충을 본다.

정몽주   삼봉이 국문을 받을 거라니요... 그럴 리가 없습니다!

박상충   전법사°에서 들은 것이니 틀림없네. 이인임이 문초를 할 거라는 데...

정몽주   (이색에게) 권문세가라면 이를 가는 삼봉입니다. 이인임에게 수모를 당하느니 혀를 깨물고 죽을 겁니다. 스승님, 국문을 막아야 합니다.

이색   (옅은 한숨) 전하께서 윤허하신 일이야... 누가 막을 수 있겠느냐?

정몽주   (허...! 심각해지는)

19 _____ 이인임의 집 사랑채 안 (밤)

탁자 위에 두다 만 바둑판과 기보가 놓여 있다. 정몽주, 이인임 앞에 앉는다.

이인임   이 나라 유자의 존경을 한몸에 받는 포은께서 이 사람을 다 찾아주시고... 이거 영광입니다.

정몽주   (꼿꼿한) 삼봉을 신문할 국청이 설치됐다 들었습니다.

이인임   그렇습니다.

정몽주   이는 도를 넘은 처삽니다. 국문이란 무릇 중죄인의 여죄나 배후를 캐기 위한 것인데... 삼봉은 단순 불경죄가 아닙니까?

° 　고려시대 법률·소송·형벌에 관한 일을 맡아보던 관부.

이인임	전하의 뜻이 그러하신 걸 이 사람인들 어쩌겠습니까?
정몽주	국문은 지나친 처사임을 간할 수도 있었습니다.
이인임	(미소)
정몽주	...지금이라도 국문을 중단하라 주청을 해주십시오.
이인임	이 사람이 군이 그리해야 할 이유가 무엇입니까?
정몽주	대감께선 조정의 어른이시고, 삼봉은 젊은 충신입니다. 이유는 충분합니다.
이인임	이 사람은 어명을 따라야 할 신하이고, 삼봉은 죄인입니다. 거절의 이유로도 충분하겠소?
정몽주	대감...
이인임	돌아가세요. 밤이 늦었습니다. (기보를 집어 들고 바둑돌을 쥐는)
정몽주	(보다가 힘들게) ...도와주십시오.
이인임	(멈칫 보는)
정몽주	(일어나) 부탁... 드립니다. (허리를 숙이는)
이인임	(기보를 내려놓는, 미소) 내... 애는 써보겠소이다.
정몽주	...

20 _____ 순군옥 국청 안 (밤)

정도전, 형틀에 묶인 채 전방을 노려보고 있다.
그 시선 끝에 이인임, 미소를 띤 채 앉아 있다.

이인임	포은이... 삼봉을 많이 아끼는 것 같더군요.
정도전	(피식) 용건이나 말씀하시지요.
이인임	솔직히 의외였어요. 만인의 칭송을 받는 정몽주가 그대 같은 반골과 막역지우였다니...

정도전	시비를 걸러 오신 겁니까, 반골이라뇨?
이인임	대국의 사신에게 객기를 부리는 자를 반골이 아니면 뭐라 불러야 하겠소?
정도전	객기가 아니라 시시비비를 가린 것입니다.
이인임	말단 학관 주제에 시비를 따지겠다는 것 자체가 객기요.
정도전	!
이인임	(태연히) 이해는 합니다. 미뀐말직을 전전히디 보니 자격지심이 뼈에 사무쳤을 테구, 자신을 알아주지 않는 세상에 오기란 것도 가지게 되겠지요...
정도전	(화를 꾹 참고) 그만하시지요, 수시중 대감.
이인임	헌데 그런 사람들의 문제는 꼭 티를 낸다는 것이에요... 남들은 다 꾹 참고 견디는데 저만 잘났다고 불쑥 튀어나오거든요. (품속의 상소를 꺼내며) 이렇게 말입니다.

정도전, 보면 이인임의 손에서 주르륵 아래로 펼쳐지는 자신의 상소.

정도전	!
이인임	당신은 전하의 치세를 부정하고 충신을 무고하는 상소를 쓴 죄로 여기 끌려온 것입니다.
정도전	(기막힌 듯) 뭐라구요?
이인임	날이 밝는 대로 이 사람으로부터 국문을 받게 될 것이오.
정도전	(버럭) 대감!!
이인임	허나 포은의 얼굴을 봐서 국문을 면할 기회를 주겠소... (빤히 보는) 이것을 쓰라고 시킨 자가 누구요?
정도전	!
이인임	지금 자복하면 목숨은 부지할 수 있소이다. 고신으로 몸이 부서지

정도전	(감이 오는) 지금... 소인을 이용해서 정적을 제거할 작정이시오?
이인임	대답이나 하시오.
정도전	배후는 없소이다!
이인임	없으면... 당신은 죽습니다.
정도전	!
이인임	총명한 사람이 어찌 이리 미련을 떠시오? (회유하듯) 곰곰이 생각을 해보세요. 허면... 없던 생각도 떠오를 겝니다.
정도전	(일그러지는)
이인임	당신이 이리 허망하게 죽으면 처자식들과 가문의 운명이 어찌 되겠소? 목숨을 부지해야 훗날이라도 기약할 수 있지 않겠소?
정도전	(후~, 한숨 내쉬고) ...수시중 대감.
이인임	(보는)
정도전	내일 국문 전에 소인의 귀부터 좀 씻겨주시겠소?
이인임	?
정도전	(키들대는) 요망한 늙은이의 궤변을 들었더니 귀에서 고름이 나올 지경입니다...
이인임	(미소, 일어나고) 내일... 그 혀부터 뽑아드리겠소.

나가는 이인임의 뒤로 정도전의 껄껄대는 웃음소리 들린다.

21 ____ 대궐 혜경전 외경 (밤)

처소에 불이 환히 밝혀진다.

22 _____ 동 정비의 처소 안 (밤)

정비, 멍하니 앉아 있다. 어느 순간, 깊은 한숨이 입술을 비집고 나온다. 천장을 보면 흰 광목천으로 만든 올가미가 늘어져 있다. 정비, 결심한 듯 일어난다.

23 _____ 화원 편전 안 (밤)

술상에 이마를 괴고 잠들었던 공민왕, 번뜩 눈을 뜬다. 주변을 둘러보면 바닥에 나동그라진 술병들. 홍륜만이 왕을 응시하고 있을 뿐이다. 공민왕, 뭔가 찝찝한 기분을 떨치지 못한다.

최만생 (E) 전하! 전하!!

공민왕, 고개 들어보면 최만생, 후다닥 들어온다.

공민왕 웬 소란이냐?!
최만생 정비 마마께서... 자진을 시도했다 하옵니다!
홍륜 !
공민왕 ...뭐라?
최만생 다행히 숨이 끊어지기 전에 발견되긴 하였사온데 아직 정신을 차리시진 못한 듯하옵니다.
공민왕 (멍한) 이유가... 뭐라더냐...
태후 (E) 이 사람이 묻고 싶은 말입니다!

공민왕 보면, 격앙된 얼굴의 태후가 들어와 다짜고짜 공민왕을 노려본다.

공민왕　모두 나가 있으라.

최만생과 자제위, 자리를 물리면 태후, 작정하듯 털썩 앉고...

태후　분명... 주상과 정비 사이에 뭔가 이 어미가 모르는 것이 있어요.
공민왕　(묵묵히 술을 마시는)
태후　합방을 하라 했더니 좋아하긴커녕 새파랗게 질렸더랬습니다. 급기
　　　야는 야밤에 목을 맸구요. 말씀을 해보세요. 정비가 대체 왜 그러는
　　　것입니까?!
공민왕　(짜증스러운) 정비가 깨어나면 직접 하문하십시오.
태후　깨어났습니다! 깨어나서 물어도 보았구요! 헌데 죽어라 통곡만 하
　　　고 입을 떼질 않습니다!!
공민왕　...허면... 묻어두면 그만인 일입니다.
태후　주상!
공민왕　또한 소자, 합방은 절대 하지 않을 것이니 그리 아세요. (술잔 드는)
태후　(눈물 그렁해지는) 끝끝내... 모니노에게 보위를 물려주시려구요?
공민왕　(대들듯) 예!!
태후　나라를 망치실 작정이시오!!
공민왕　(술잔 쾅 놓으며) 어차피...!! (자조 섞인) 더 망쳐먹을 것도 없지 않
　　　습니까!!
태후　!
공민왕　이 불민한 인간이 개혁한답시고 설치다가 다 들어먹었습니다... 망
　　　조 든 나라에 군주 따위 아무나 하면 어떻습니까?
태후　(부르르 떠는, 중얼대는) 나무 관세음보살...
공민왕　(술 따르려는데 병 비어 있고, 밖을 향해 버럭) 술을 가져오너라!!

태후	(눈물을 꾹 참고 다가가 앉는... 간곡하게) 주상의 비통한 심정... 이 어미가 왜 모르겠습니까? 허나 아직은 포기할 때가 아닙니다...
공민왕	(피식)
태후	지금부터라두 주변에 간신들을 쳐내구 충신을 가까이하세요.
공민왕	(자조하듯) 충신이 이 나라에 남아 있기나 합니까? 소자가 죄다 죽여버렸습니다. 이쪽에서 죽이라 해서 죽이구 저쪽에서 죽이라 해서 죽인 것이 지그미치 이십삼 년입니다!
태후	외척 경복흥이 있구 최영 장군이 있구, 목은 이색의 사대부들이 있습니다. (간곡히) 아직은 희망이 남아 있음을 왜 모르신단 말씀이오.
공민왕	(후~, 내쉬고) ......늦었습니다... 소자 더는... 기운도... 의욕도 없습니다... (토하듯) 제발... 돌아가 주십시오... (지친 듯 고개 떨구는)
태후	(먹먹한)

24 _____ 동 편전 앞뜰 (밤)

태후, 편전을 안타깝게 바라보다가 가마에 오른다.
가마가 떠나면... 일각에서 지켜보던 최만생과 홍륜, 나타난다.

최만생	이거야 원... 당최 조마조마해서 살 수가 있나...
홍륜	(미소) 정비 마마께서 입을 다무셨다는데 무슨 걱정입니까?
최만생	(대뜸 흘겨보는) 정녕... 정비 마마만 함구하면 되는 것이더냐?
홍륜	(켕기는) 무슨... 말씀입니까?
최만생	(끙, 하고 어디론가 휘적휘적 걸어가는)
홍륜	?

25 _____ 이인임의 사랑채 안 (밤)

최만생에게 전표를 건네는 손, 이인임이다.

이인임   마시장에 갖다주세요. 준마로 한 필 골라드릴 겁니다.

최만생   (반색) 아이구... 번번이 이거 미안해서...

이인임   대감께서 전해주시는 궁궐 안의 정보에 비하면 이건 아무것도 아닙니다. 헌데... 합방 때의 비밀이 언제까지 지켜질 거라 보시오?

최만생   (한숨) 저도 그 생각만 하면 밤에 잠이 오질 않아요. 태후마마께서 아시는 날엔 저와 홍륜일 찢어 죽이려 들 터인데... 아, 그런데두 홍륜이 놈은 글쎄...

이인임   (번득) 홍륜이 무슨 짓을 저지른 겁니까?

최만생   (큼, 하고) 아, 아닙니다... 아니에요... 잠시 말이 헛나와서는 (어색하게 능청 떠는) 제가 오늘은 이렇게 경황이 없습니다...

이인임   (뭔가 있다 싶지만 더는 캐묻지 않고) 아무튼... 전하의 심기가 많이 어지러우실 터... 정도전의 일이라도 빨리 마무리 지어야겠습니다.

최만생   (아첨하듯) 허면 다음 문하시중은 대감께서 되시는 것입니까?

이인임   (대꾸 대신 허허 웃는, 회심의 미소 떠오르는)

26 _____ 순군옥 외경 (밤)

멀리서 닭 우는 소리 들린다.

27 _____ 동 국청 안 (밤)

정도전, 고개를 떨군 채 형틀에 앉아 있다.
멀리서 칼이 끌리는 듯한 금속성! 정도전, 고개를 치켜든다.
저벅, 저벅, 둔탁한 발걸음 소리에 바짝 긴장하는 정도전.
이윽고, 형방의 문이 열리고 칼끝이 먼저 바닥을 짚는다.
징도진, 각오한 듯 이를 악문다. 도포 자락을 끌며 들어오는 누군가의 실루엣. 천천히 고개를 돌리는 정도전... 충격!

정도전   ...전하!

밤잠을 설친 듯 퀭한 얼굴의 공민왕, 지긋이 노려본다.
정도전, 의외의 상황에 크게 당황한다. 공민왕, 형틀 앞으로 다가선다.

공민왕   이인임은 과인을 위해 궂은일을 마다 않는 충신이다. 헌데 그자를
파직하라 상소를 했더냐?
정도전   (정신 차리고 다부지게) 매관매직을 일삼는 권문세가의 앞잡이일
뿐이옵니다.
공민왕   내시들도 몰아내라 썼다, 맞느냐?
정도전   그러하옵니다.
공민왕   과인이 홍왕사에서 역적 김용에게 죽을 뻔했을 때, 과인의 옷을 입
구 대신 죽은 자가 내시 안도적이고, 과인을 업고 뛰었던 자가 내
시 이강달이다. 너희 유자라는 것들이 좌주니 문생이니 편당을 짓
고 노닥거릴 때 과인을 목숨으로 지켰던 자들은 하나같이 천한 내
시들이었단 말이다. 헌데... 그들을 없애라?
정도전   작금의 내시들은 전하의 성심을 가리고 국정을 농단하는 자들이옵
니다.

공민왕	(다가와 한쪽 발을 형틀에 턱 걸치는) 노국공주의 영전 공사는 왜 중단하라는 것이냐?
정도전	백성들의 고통이 극에 달했사옵니다.
공민왕	노국공주는 원나라 공주임에도 원나라를 몰아내려는 과인을 사랑했다. (격해지는) 홍왕사에서 역도들이 과인을 죽이려 했을 때 맨몸으로 칼을 막아선 여자였다. 과인보다 더 고려와 백성들을 사랑했던 여자였다. 그런 여자가 과인의 아이를 낳다가 처참히 죽었다, 헌데! ...백성의 고통 따위가 중요한 것이냐?
정도전	중요하옵니다.
공민왕	!
정도전	백성이 가장 귀하고, 사직이 그다음이고, 군주는! 가장 가벼운 것이라 했습니다. 해서... 백성의 고통이 제일로 중요하옵니다.
공민왕	(보는)
정도전	(보는)
공민왕	허세는 그쯤 떨었으면 됐다... 네 놈에게 상소를 사주한 자를 대라...
정도전	(실망감이 스치는) ...전하...
공민왕	어서 말하라는 대두!
정도전	(쓸쓸한 듯 피식) 말씀드리면... 살려는 주실 것입니까?
공민왕	(역시나 싫은) 대답부터 하거라.
정도전	... (킥킥 웃음 터지는)
공민왕	이제 실성까지 한 것이냐?
정도전	좋습니다. 배후를 말씀드립지요... 소신을 사주한 이는 바로...
공민왕	(보는)
정도전	(조롱하듯) 백성들이옵니다!
공민왕	(발끈, 정도전의 목에 칼을 들이대며) 네 이놈~!!
정도전	(노려보는, 쓸쓸한 듯 피식 웃는)
공민왕	!

| 정도전 | 한때나마... 무일도를 병풍에 그려놓고 술과 기름진 음식을 멀리 했다기에 희망을 가졌었소이다! |

〈자막〉무일도 - 군주가 안일에 빠지는 것을 경계하라는 경구를 그림으로 그려놓은 것

공민왕	...뭐라?
정도전	가뭄이 들면 굶주리는 백성을 생각하며 식음을 전폐했던 왕이라기에 이놈의 목숨 한번 걸어보자... 그리 믿었단 말이오!
공민왕	!
정도전	아무리 폐인이 됐기루 그 옛날의 초심이 조금은 남아 있으리라 믿었거늘... (눈물 그렁해지는) 황제국 고려의 영광을 되찾겠다던 왕전은 대체 어디로 사라진 것이오?

〈자막〉왕전 - 공민왕의 이름

공민왕	(꿈틀) 이놈이,
정도전	왕전은 정녕 죽어버린 것이오이까!!
공민왕	(뒤로 물러나 칼을 높이 치켜들며) 닥치지 못할까, 이놈!!
정도전	(지지 않고) 어서 죽이시오!
공민왕	(기세에 잠시 주춤하는)
정도전	(일갈) 내 오늘 고려의 희망이 없는 것을 알았는데 살아본들 무엇 하겠소이까! 어서 죽이시오! 어서!!
공민왕	(O.L) 으아~

공민왕, 비명 같은 기합 소리를 지르며 검을 내려친다!!

28 _____ 동 앞 복도 (밤)

터벅터벅... 빈손으로 어깨를 늘어뜨리고 걸어가는 공민왕의 뒷모습. 어느 순간 멈춘다. 국청 쪽을 돌아보는데 무언가 감회가 어린 듯한 표정.

29 _____ 이인임의 집 마당 앞 (새벽)

이인임, 집사와 함께 다급히 걸어 나온다.

30 _____ 동 대문 앞 (새벽)

문이 열리고 서둘러 나오는 이인임, 홍륜을 대동하고 선 공민왕을 본다.

이인임　　...! (조아리는) 전하!
공민왕　　(옅은 미소)

31 _____ 동 사랑채 안 (새벽)

이인임이 서 있고 공민왕은 화분을 들고 난초에 핀 꽃을 보고 있다.

이인임　　이리 이른 시각에 어찌 미행을 나오신 것이옵니까?
공민왕　　아, (화분 내려놓고) 번잡한 일들이 많아 잠을 좀 설쳤더랬습니다.

수시중과 긴히 상의할 일도 있구... (앉는) 앉으시오.

이인임   (공손히 마주 앉는)

공민왕   (꽃을 보며) 꽃이 참 이쁘게도 폈습니다. 평소에 공을 많이 들이는
모양이지요?

이인임   공을 들여서이겠습니까... 때가 되면 지고 때가 되면 피는 것이 자
연의 섭리인 것을요.

공민왕   맞아요... 질 때가 있으면 다시 필 때도 있는 것이지... 고려도 그렇
지 않겠소이까?

이인임   정도전을 사주한 자들을 조정에서 몰아내고 나면 고려가 다시 반
석 위에 설 것입니다.

공민왕   수시중...

이인임   예. 전하. (고개 조아리는)

공민왕   고려를 위해... 용퇴를 해주셔야겠소.

이인임   ...!! (고개 들어보면)

공민왕   (태연한 미소)

32 _____ 옥사 국청 안 (새벽)

버려진 칼이 널브러져 있다. 형틀 앞에 무릎 꿇고 앉은 정도전, 날
카롭게 잘려져 나간 오랏줄을 부여잡고 있다. 정도전, 눈물이 그렁
하다.

정도전   전하...

33 _____ F.B(회상) - (27씬에서 이어지는) 국청 안 (밤)

공민왕, 검을 막 내려친 모습. 정도전, 눈을 질끈 감았다가 뜨면 투두둑 오랏줄이 잘려 나간다. 정도전, 깜짝 놀라서 본다.

공민왕   (칼 툭 던지고) 너의 목숨은... 이제 과인의 것이다.
정도전   ...전하.
공민왕   니가 말한 희망이란 것... 그놈에게 한 번만 더 속아보겠다. (나가는)

34 _____ 현재 - 국청 안 (새벽)

창살 사이로 희뿌연 새벽빛이 들어온다.
정도전, 감격에 겨운 듯 어깨를 들썩이며 오열한다.

35 _____ 다시 이인임의 사랑채 안 (새벽)

이인임의 얼굴에 파르르 경련이 일어난다.

이인임   용퇴라니... 갑자기 어찌 이러시는 것이옵니까?
공민왕   (여유롭게 난을 바라보며) 꽃이 피려면... 누군간 거름이 돼야 하지 않겠소?
이인임   정도전을 거름으로 삼으시려는 게 아니었습니까?
공민왕   (태연히) 마음이 바뀌었소.
이인임   ...소신... 지난 이십 년간 고려를 위해 최선을 다했습니다.
공민왕   신하는 노력이 아니라 결과로 말하는 것이오.

이인임	(굳는) 소신... 그리는 못 하겠다면요?
공민왕	(예상한 반응이라는 듯 여유 있게) 털어서 먼지 안 날 자신 있소?
이인임	!
공민왕	그간의 노고를 생각해서 온정을 베푸는 것이니... 저자 한복판에서 사약을 마시고 싶지 않으면 조용히 물러나시오. (일어나는)
이인임	(꼿꼿이 고개 세우고 앉아 미동도 않는)
공민왕	(피식) ...며칠 생각할 빌미를 주겠소. (나가는)

이인임, 고개를 천천히 옆으로 젖혔다 세운다. 싸늘한 표정 위로.

박상충	(E) 집하압!!

36 _____ 성균관 앞 (아침)

돗자리를 말아 든 박상충 앞에 유자들 모여든다. 별로 내키지 않는 표정들에 숫자도 고작 대여섯 명 정도. 이숭인과 권근, 하륜의 모습이 보인다.

박상충	(뜨악한) 왜 이것밖에 안 돼? 동문, 유생, 죄다 모이라 하였거늘!
권근	집회의 취지에 공감을 하지 않는다는 뜻이겠지요.
박상충	...?? 아니... 삼봉에 대한 국문의 부당함을 집단적으로 호소하자는데 어째서 공감을 하지 않아?
권근	국문이 과한 처사이긴 하오나 그렇다고 유자들이 집단행동을 하는 것 역시 과하다 여긴 게지요.
박상충	허면... 자네들은 어찌 나왔는가?
이숭인	말리러 나온 것입니다. 사형, 그만 자리를 물리시지요.

박상충   (흥!) 어림없는 소리... 이 박상충 혼자라도 갈 것이니 싫으면 말게.

권근   허면... (미련 없이 인사하고 가는)

뒤이어 이숭인 등 유생들 사라지고... 하륜만 덩그러니 남는다.

박상충   (쯉!) 저런... 의리 없는 인사들 같으니라고... (하륜 못 미더운 듯 보고) 하륜이 자넨 뭐, 뒷배가 든든하니 걱정이 없겠구만.

하륜   (미소)

박상충   (에라 모르겠다 싶은) 가세!! (가는)

37 _____ 순군옥 앞 (아침)

파리한 안색의 최 씨, 무릎 꿇고 절박하게 기도하고 있다. 초조한 표정으로 떠오르는 태양을 바라보던 정몽주, 득보에게 다가간다.

정몽주   안 되겠네. 경복흥 대감을 만나고 올 테니 부인을 잘 뫼시게. (하는데)

정도전   (E) 그럴 것 없네.

일동, 보면 정도전이 멀쩡히 걸어 나온다. 정몽주, !!

득보   나리마님!

최 씨   (헉! 멍하니 홀린 듯) 서방님...

정도전   (덤덤히 보다가 이내 정몽주에게 시선 돌리는)

정몽주   (후다닥 다가서는) 이게 어찌 된 일인가, 어찌 나온 것이야?!

정도전   (능청스레) 어찌 나오긴... 두 발로 걸어 나왔지 않은가?

정몽주	(믿기지 않는 듯 보는)
최 씨	(털썩 주저앉으며 중얼대는) 아이고 부처님 감사합니다... 우리 서방님 살려주셔서 감사합니다... 감사합니다...
정몽주	(감격) 이 사람... 삼봉!
정도전	(미소)

시간 경과》

박상충과 하륜, 걸어온다. 박상충, 잔뜩 긴장한 얼굴이다.

하륜, 어딘가 보고 갑자기 멈춘다.

박상충	...? (미심쩍은 듯) 뭔가? 이제 와서 맘이 바뀐 것인가?
하륜	(앞을 가리키며) 삼봉입니다!
박상충	이 사람이 낮도깨비를 봤나, 삼봉이라니? (돌아보더니 헉!)

멀찍이 걸어가는 정도전 일행. 박상충, 병한 얼굴로 하륜을 쳐다본다.

38 _____ 도당 안 (낮)

경복흥 등 재상들, 앉아 있다. 이인임의 모습은 보이지 않는다.

경복흥	정도전이 풀려나다니... 그게 무슨 소린가?
이수산	전하께서 갑자기 국문을 취소하셨다 하옵니다.
경복흥	(이상한) 대체 무슨 조화 속인지 원... (하다가 안사기에게) 헌데 수시중은 왜 보이질 않는 것이오?
안사기	몸이 불편하여 며칠 쉬겠다는 전갈이 왔습니다.
경복흥	?

장자온 (E) 대감, 시중 대감!!

장자온, 허겁지겁 뛰어 들어온다.

경복흥 (보면) 무슨 일입니까?
장자온 최영 장군의 탐라 정벌군이... 대승을 거두었다 힙니다!!
경복흥 !!

39 _____ 화원 편전 안 (낮)

공민왕, 어좌에 앉아 있다.
이인임을 제외한 도당의 중신들, 도열해 있다.

경복흥 (격앙된) 군사가 상륙하자마자 원나라의 목호들이 삼천의 기병을 몰아 급습을 했사온데 최영이 선봉에서 분전하여 궤멸시켰다 하옵니다.
공민왕 (상기된) 목호들의 수괴는 어찌 되었소?
경복흥 탐라 남쪽 범섬으로 도주하여 저항을 하고 있사오나 잔당의 수가 적어 수일 내에 일망타진될 것이라 하옵니다... 전하~ 감축드리옵나이다!
중신들 감축드리옵나이다!

승리감에 주먹을 불끈 쥐는 공민왕의 모습 위로 풍악 소리.

40 ____ 승평문 앞 관도 (낮)

음악이 연주되면서 기녀들의 춤이 펼쳐진다.
길가를 가득 메운 백성들 사이로 명 사신들의 가마 행렬이 늘어서 있다.
승평문 바로 앞에는 공민왕, 왕실 인사와 중신들을 대동하고 서 있다.
임밀과 채빈, 다가와 공민왕에게 예를 표하면 공민왕도 맞절한다.

임밀 (중국어) 허면 이만 떠나겠습니다.

공민왕 부디 황제께 과인과 고려 백성의 진심을 잘 전달해 주시기 바라오.

채빈 (중국어) 탐라의 말 이천 필은 올해 안에 꼭 요동에 당도해야 합니다.

공민왕 (미소) 여부가 있겠소이까, 상공. (김의에게) 호송관 김의는 이번 수행에 만전을 기하라.

임밀과 채빈이 가마에 타면 행렬 선두의 호송관 김의가 칼을 높이 치켜든다. 행렬 천천히 나아간다. 고려와 명나라 호위 병사들과 호종 관리, 노비, 짐수레 등이 뒤를 따른다. 멀어지는 행렬을 지켜보던 공민왕, 문득 정비와 눈이 마주친다. 차갑게 외면하는 정비. 공민왕, 덤덤히 시선을 돌린다. 그 모습 보던 태후는 옅은 한숨을 내쉰다.

태후 몸이 성치 않은 정비도 나왔는데... 어찌 익비는 보이지 않는 것인가?

혜비 ...고뿔이 들었다 하옵니다, 마마.

태후 (마뜩잖은)

41 _____ 대궐 익비의 처소 안 (낮)

익비, 누워 있고 나인과 나란히 앉은 의관, 진맥을 하고 있다.
의관, 이상한 듯 고개를 갸웃하다가 헉! 놀라는.

익비   무슨 병이길래 그리 놀라시는가?

의관   (아차 싶은 듯 정색하고) 아, 아니옵니다. 기력이 쇠하셔서 그린 것
일 뿐 환우는 아니오니 안심하시옵소서.

익비   기력이 떨어질 만도 하겠지... 근자에 속이 메슥거려 음식을 통 입
에 대지 못했으니 말일세.

의관   (불안한 눈으로 보는)

42 _____ 화원 편전 앞뜰 (낮)

공민왕, 최만생, 홍륜 등 나인들과 걸어온다.

공민왕   정비가 회복이 더딘 듯하니 전의시에 탕약을 지어 보내라 하라.

최만생   예. 전하... (가려는데)

공민왕   익비도 미령하다 들었다. 의관을 만나 병증을 알아보도록 하라.
(가는)

최만생   (이상해졌다 싶은, 고개 갸웃하고 가는)

공민왕, 걸어오다가 누군가 서 있는 모습을 보고 멈춘다.
어둠 속에 홀로 선 사내. 이인임이다.

이인임   (허리 숙이는) 전하...

공민왕   (보는) 결심이 서신 것이오?

이인임   일전엔 경황이 없사와 심중의 말씀을 다 드리지 못했나이다. 허니,
       (하는데)

       공민왕, 휙 가버린다. 나인들과 편전을 오르는 공민왕의 모습을 노
       려보는 이인임. 노기를 억눌러 참는다.

43 _____ 동 편전 안 (밤)

       홍륜, 공민왕 앞에 문방사우를 놓고 구석 자리로 가는데...

공민왕   오늘부터는 편전 안에서 숙위°하지 마라.

홍륜   (멈칫 보는) 전하?

공민왕   자제위는 모두 숙소로 돌아가거라.

       홍륜, 뜨악한 표정으로 머뭇대다가 자제위들과 나간다.
       공민왕, 한지를 바라본다.

정도전   (E) 한때나마... 무일도를 병풍에 그려놓고 술과 기름진 음식을 멀
       리 했다기에 희망을 가졌었소이다!

       공민왕의 얼굴에 잠시간 맑은 미소가 떠오른다.
       후... 호흡을 가다듬고 그림을 그려나간다. 무일도다.

°   궁궐에서 군주를 호위하며 지키는 제도 및 지키는 사람.

44 _____ 선지교 정자 안 (밤)

정몽주와 정도전, 술상을 마주하고 앉아 있다.

정몽주 수시중이 자네에게 상소의 배후를 대라 했단 말인가?

정도전 내 상소를 이용해서 경복흥을 제거할 속셈이었어. (마시는)

정몽주 허면 수시중의 그런 의도를 전하께서 꺾어버리셨다는 것인데...

정도전 (잔 놓고) 자네가 말했지? 고려를 바로 세울 날이 반드시 올 거라구.

정몽주 (보는)

정도전 (확신에 찬) 이제... 그때가 온 것 같네.

정몽주 전하께 무슨 언질이라도 받은 것인가?

정도전 ...

정몽주 (조바심 내는) 어서 말해보게. 전하께서 뭐라시던가?

정도전 (씩 웃는) 그냥 느낌이 그렇다는 걸세. 전하께서 나 같은 말단 학관에게 무슨 언질을 주겠는가?

정몽주 이 사람... 말단 소리가 여기서 왜 나오나?

정도전 (장난스레) 말단이 말단더러 말단이라 하는데 뭐가 어때서?

정몽주, '어허!' 하다가 피식 웃고 마는데 정도전, 술잔 비우고 일어나 정자 댓돌로 가 선다. 정몽주, 따라가 선다.

정도전 (허공을 향해 버럭) 천지신명은 들으시오!

정몽주 (보는)

정도전 고려에 서광이 비치고 있소이다! 전하와 우리 사대부들의 앞날을 굽어살피시오! 그리하지 아니하면! (미소) 대고려국 성균관 말단 학관 정도전이 그대들을 용서하지 않을 것이오! 아시겠소이까!!

정도전, 파안대소한다. 정몽주, 따뜻한 미소로 본다.

45 _____ 화원 편전 앞뜰 (밤)

불빛이 새어 나오는 편전을 응시하는 사내, 이인임이다. 분노에 사무친 표정. 어느 순간, 탄식 같은 너딜웃음을 뱉더니 돌아선다. 그때 다급하게 뛰어오는 최만생을 본다. 하얗게 질린 최만생, 이인임도 의식하지 못한 채 곧장 지나쳐 편전으로 들어간다. 이인임, 의아하다.

46 _____ 동 편전 안 (밤)

어느 정도 윤곽이 드러난 무일도. 공민왕, 거침없이 붓을 놀린다. 최만생, 하얗게 질린 얼굴로 들어와 부복한다.

최만생	전하!
공민왕	(그리며) 정비에게 탕약은 전달이 됐다더냐?
최만생	...전하.
공민왕	(붓을 멈추고 보는) 정비에게 또 무슨 일이 있는 것이냐?
최만생	정비 마마가 아니옵구... 익비 마마께서...
공민왕	...익비?
최만생	(바깥을 흘끔 보더니 바짝 다가앉는)
공민왕	?
최만생	진맥한 의관의 말이... (낮지만 절박한 어조로) 회임을 하셨다 하옵니다!

공민왕, 충격에 굳어버린다. 최만생, 질겁해서 본다. 잠시간 정적.

최만생	(기어들어 가는) ...전하...
공민왕	...애비가 누구냐?
최만생	(밖 흘끔 보고) 홍륜이 틀림없사옵니다.
공민왕	홍륜이가?
최만생	(질겁해서) 소신을 죽여주시옵소서... 소신, 그간 홍륜의 불륜을 눈치챘음에도 불똥이 튈까 두려워 고하지 못하였나이다...

공민왕, 일순 울컥 치밀어 오르지만 이내 꾹 눌러 참는다.
후~ 애써 태연하게 그림을 그려나간다.
그림을 그리는 공민왕의 모습 위로 무일도 DIS.
어느새 (글씨를 제외하고) 완성된 그림.
공민왕, 붓을 내려놓는다. 최만생, 두려움에 떨며 보면...

공민왕	홍륜의 일을 아는 자가 누구냐?
최만생	소신...뿐이옵니다.
공민왕	내일 저녁 중신들에게 연회를 베풀 것이다. 자제위에도 어주를 하사할 것이니 홍륜이 놈이 취하면... 죽여라.
최만생	...!! 전하...
공민왕	(태연하게 무일도를 들어 보는)
최만생	(두려운)

47 _____ 동 편전 앞뜰 (밤)

편전을 나온 최만생, 안절부절못하고 서성댄다.

최만생 홍륜을 죽이고 나면 필시 내 입까지 막으려 드실 터인데... (탄식 터지는) 이 일을 어쩌면 좋단 말인고... (하는데)

이인임 (E) 무슨 고민이 있으십니까?

최만생, 헉! 돌아보면 이인임, 다가선다.

최만생 몸이 불편하시다 들었는데... 전하를 일현하러 오신 것입니까?

이인임 (미소) 그럴까 했으나 침소에 드신 듯하여 돌아가던 참입니다. 헌데, 궐에 무슨 우환이라도 있는 것입니까, 안색이 좋지 않습니다.

최만생 (지푸라기라도 잡고 싶은 심정, 침을 꼴깍 삼킨다)

48 ＿＿ 동 후원 일각 (밤)

이인임, 눈이 번득인다. 최만생, 하소연하고 있다.

최만생 홍륜이 놈 죽이는 거야 일도 아니지만... 그다음에 내 목을 장담할 수 없으니, 원...

이인임 (생각에 골몰하는)

최만생 제가 어떡하면 좋겠습니까?

이인임 (심각한)

최만생 수시중 대감...

이인임 (정신 차리고 보는) 어명에 따르셔야지요. 별일이야 있겠습니까?

최만생 정말... 아무 일 없겠지요?

이인임 ...

49 _____ 이인임의 사랑채 안 (밤)

붓을 내려놓은 이인임, 곁에 선 박가에게 한지를 접어 건넨다.

이인임 실수가 있어선 아니 될 것이야.

박가 예, 대감. (받아서 나가는)

이인임, 일어나 창가로 다가간다. 벽에 걸린 보검을 집어 든다.
칼집에서 칼을 빼면 시퍼런 칼날이 번득인다.
이인임의 시선이 난초에 핀 꽃으로 향한다.

F.B 》 35씬의

공민왕 꽃이 피려면... 누군간 거름이 돼야 하지 않겠소?

현재 》

이인임, 칼을 휘두른다. 잠시 후 난초의 꽃잎이 툭 떨어진다.
싸늘한 미소를 머금는다.

50 _____ 화원 편전 앞뜰 (낮)

침의 차림의 공민왕, 최만생과 함께 어딘가를 보고 있다.
일각에서 그물을 든 병사들이 노루를 잡고 있다.
몇 번의 시도 끝에 가까스로 노루가 그물에 걸린다.

공민왕 (재밌다는 듯) 그놈 참 오래도 버티었구나. 헌데 저놈이 어디서 들
어왔을꼬...

최만생   (불안한) 전하... 궐에 동물이 들어오는 것은 불길한 징조이옵니다.

공민왕   (피식 웃는) 다 쓸데없는 소리... (하다가 어딘가 보면)

모니노, 유모 장 씨와 내관 김실의 호종을 받으며 걸어와 인사를 올린다.

공민왕, 옅은 미소.

51 _____ 동 편전 안 (낮)

공민왕, 모니노와 밥을 먹고 있다. 모니노, 어딘가 어색하기만 하다.

공민왕   아비와 먹는 것이 어색한 모양이구나.

모니노   (당황) 아니옵니다, 아바마마 (하다가 사레들린 듯 기침하는)

공민왕   (등을 다독여주는)

모니노   (조금 놀라는)

공민왕   대궐에선 누구와 식사를 하느냐?

모니노   유모와 하옵니다.

공민왕   앞으론 아비와 자주 먹게 될 것이다.

모니노   (의아한 듯 보면)

공민왕   곧 여기 화원을 떠나 대궐로 들어갈 것이니라.

모니노   (반색) 그게 정말이옵니까, 아바마마?

공민왕   (미소) 오냐...

모니노   (어색함이 가신 듯 밥 맛있게 먹고)

공민왕   (갑자기 짠한 표정으로 변하는.. 옅은 한숨)

52 _____ 정도전의 집 인근 거리 (낮)

정도전, 걸어오는데 누군가 막아선다. 내관 김실이다.

정도전 뉘시오?

김실 전하께서 찾아계시오.

정도전 !

53 _____ 영전 공사장 앞 (낮)

갓과 도포를 입은 공민왕, 정도전에 지통을 내민다. 얼결에 받으면...

공민왕 니가 말한 무일도를 그려봤다.

정도전 (보는)

공민왕 상소를 보니 필체가 아주 좋더구나. 거기에 무일편을 써넣거라.

정도전 분부 받잡겠나이다, 전하.

공민왕 (무심히 공사장을 바라보는) 저걸... 정녕 포기해야 되는 것이냐?

정도전 ...그리하셔야만 하옵니다.

공민왕 (후~) 너의 상소대로 하겠다. 내일 교서°를 반포하여 국정을 쇄신할 것이다.

정도전 (북받치는) 전하...

공민왕 밀직사에 적당한 자리를 비워둘 테니 가까이서 과인을 보필하거라.

〈자막〉 밀직사 - 왕명 출납, 궁중 숙위 등을 담당하는 기관, 현재의 대

° 왕이 신하, 백성, 관청 등에 내리던 문서.

통령 비서실과 유사

정도전   (울컥해서 엎드리는) 전하... 성은이 망극하옵니다.

공민왕   과인을 믿지 마라. 과인은 원나라에 맞서 압록강 이북 땅을 수복했던 장수, 인당을 죽였구, 홍건적°을 몰아낸 안우, 이방실, 김득배를 죽였구... 영도첨의 신돈을 죽였다. 또 언제 의심증이 도져 신하들을 도륙할지 모른다.

정도전   소신, 국청에서 이미 한 번 죽은 목숨이 아니옵니까? 소신, 전하와 고려를 위해 죽을힘을 다하겠나이다...

공민왕   일어나거라.

정도전   (일어나면)

공민왕   한 가지 부탁을 해도 되겠느냐?

정도전   말씀하시옵소서, 전하.

공민왕   언젠간 너와 너의 동문들이 이 나라 정치의 핵심이 될 터... 그때 내 아들을 지켜줄 수 있겠느냐?

정도전   결국... 강령군 마마를 세자에 책봉하실 것이옵니까?

공민왕   (쓸쓸한 듯 피식) 군왕이 될 거라면 굳이 부탁을 할 필요도 없겠지.

정도전   !

공민왕   보위에 오르지 못한 왕자의 운명은 바람 앞의 등불 같은 것이다. 내 아들을 지켜줄 수 있겠느냐?

정도전   소신... 반드시 강령군을 지켜드리겠나이다.

공민왕   내 너를 믿겠다... 정도전. (환한 미소)

정도전   (미소)

°   중국 원나라 말기 한족(漢族) 반란군의 하나. 머리에 붉은 두건을 둘렀으므로 홍건적이라 불렸다.

54 _____ 화원 전각 안 (밤)

공민왕과 중신들, 기생과 악단이 없는 조촐한 연회를 벌이고 있다.
이인임도 참석해 있다.

안사기	(흥이 오른) 우리 주상전하의 만수무강을 축원하는 의미에서 다 같이 한잔하시는 게 어떻겠습니까?
일동	('좋습니다!' 하고 술잔을 비우고 껄껄 웃는)
이인임	(쓸쓸한 미소)
경복흥	(그런 이인임 보고) 수시중께선 어찌 그리 안색이 어두우시오?
공민왕	(보는)
경복흥	아직도 건강이 좋지 않습니까?
이인임	(애써 미소) 그럴 리가 있겠습니까... 다 나았습니다.
공민왕	아마도 과인이 큰 짐을 던져드려서 그런 듯합니다.
이인임	(굳는)
이수산	짐이라니요?
공민왕	(의미심장하게) 그런 게 있습니다. 곧 아시게 될 겁니다. (잔 들며) 자, 드십시다!
일동	(마시는)
이인임	...

55 _____ 동 일각 담 (밤)

복면을 하고 활을 어깨에 멘 박가, 담을 뛰어넘어 어디론가 달려
간다.

56 ＿＿＿＿ 동 자제위 전각 앞 (밤)

왁자지껄한 소리가 들린다. 열린 문으로 술을 마시는 자제위들의
모습이 보인다. 얼큰해진 홍륜, 바지춤을 주섬거리며 나온다.

57 ＿＿＿＿ 동 변소 앞 (밤)

홍륜, 소변을 보고 나오는데 화살이 날아와 문에 꽂힌다.

홍륜　　　...!! (칼을 뽑아 들고) 웬 놈이냐!

주위를 두리번대지만, 인기척이라곤 없다. 홍륜, 화살을 보면 종이
가 묶여 있다. 종이를 떼어내서 보던 홍륜의 얼굴이 굳어진다. !!!

58 ＿＿＿＿ 화원 전각 안 (밤)

화기애애한 분위기 속에서 공민왕, 중신들의 자리를 돌며 술을 따
르고 있다. 이인임의 앞에 다다른 공민왕, '자, 자!' 하며 일제히 주
목시킨다.

공민왕　　내일 아침... 조회를 열어 중대 발표를 할 것이오.
일동　　　(웅성대는)
공민왕　　한 분도 빠짐없이 참석해주기 바라오. (이인임을 보며) 자, 수시중
　　　　　　과인의 술을 받으시오.

일동, 다시 담소를 나누고. 이인임, 두 손으로 잔을 내민다.

공민왕   (따르며 나직이) 이것이 경과 과인의 이별주가 되겠구려...
이인임   (의미심장한 미소) 분명... 그리될 것입니다, 전하.
공민왕   (미소)

59 _____ 정도전의 집 안방 안 (밤)

정도전, 바닥 위에 펼쳐진 무일도를 보고 있다. 글씨가 쓰여 있다.
감개무량한 듯 보다가 지통에 넣는다.

60 _____ 거리 (밤)

지통을 든 정도전, 걸어온다. 흐뭇한 기색이 역력하다.

61 _____ 화원 편전 안 (밤)

공민왕, 서안 앞에 교서를 쓰고 있다.
문득 붓을 멈추는 공민왕, 등롱 뒤의 빈자리를 바라본다.

62 _____ 동 자제위 전각 앞 (밤)

자제위들, 한두 명씩 나와 처소로 흩어진다. 일각에서 전각을 주시

하는 사내들. 최만생과 칼을 든 병사들이다. 이윽고 홍륜이 비틀대
며 나온다. 최만생, 잔뜩 긴장한다.

63 _____ 이인임의 집 사랑채 안 (밤)

탁자 앞에 갑옷을 입은 채 깍지를 끼고 앉은 이인임. 박가, 들어온다.

박가   대감, 사병들을 모두 집결시켰습니다.
이인임   (일어나는)

64 _____ 동 마당 안 (밤)

횃불을 들고 서 있는 수많은 사병. 칼을 든 갑옷 차림의 이인임, 박가
와 함께 걸어 나온다. 이인임, 날카로운 시선으로 대오를 바라본다.

65 _____ 화원 홍륜의 처소 앞 (밤)

홍륜, 방으로 들어간다. 최만생 일행, 다가서서 주변을 에워싼다.
최만생, 눈짓하면 낭장과 병사 두어 명, 문을 박차고 들어간다.
쉭! 쉭! 칼이 바람을 가르는 소리 몇 번 후, 윽! 하는 사내의 낮은
비명! 최만생 보면, 가슴을 베인 채 비틀대며 걸어 나오는 낭장. 그
의 등을 베면서 등장하는 홍륜과 자제위들. 최만생, 헉!

홍륜   (서찰 툭 내던지고) 전하께서 소생을 죽이라 하셨다는 게 사실입니까?

당황하여 주춤 물러서는 최만생과 병사들의 뒤를 막아서는 또 다른 자제위들.

최만생   (일그러지는) 이런... 빌어먹을!

홍륜   (피식) 소생만 죽인다고 입막음이 되겠습니까? 자제위가 다 알고 있는데 전부를 죽이셔야 입막음이지요!

최만생   쳐, 쳐라!

병사들과 자제위, 충돌한다.

66 _____ 화원 궁문 앞 (밤)

정도전, 화원 앞에 당도한다. 화덕만 피워져 있고 병사들의 모습은 보이지 않는다. 정도전, 고개를 갸웃하고 들어가려는데 문이 안에서 잠겨져 있다.

정도전   이보시오? (문 흔들어보는, 안에 대고) 안에 숙위병°들 없소이까? 왜 자리를 비운 것이오! (이상하다 싶은, 문 두드리는) 이보시오!

67 _____ 동 편전 안 (밤)

공민왕, 교서를 써 내려가는데 어디선가,

°   궁궐에서 군주를 호위하며 지키는 병사.

여인	(E) 전하...
공민왕	(깜짝 놀라 주변을 둘러보는) 공주...? (일어나 몇 걸음 떼며) 공주?

공민왕의 시선이 노국공주의 초상화로 향한다. 뭔가 이상한 듯 다가서는 공민왕. 초상화 속 노국공주의 얼굴. 눈가가 물기로 젖었다. 손가락을 대보는 공민왕, 흠칫 놀라는데 바깥에서 칼과 칼이 맞부딪치는 소리 들려온다. 이어지는 나인들의 비명!

공민왕	웬 소란이냐!!

말이 떨어지기 무섭게 문짝이 부서지면서 최만생이 떠밀려 들어와 나뒹군다. 공민왕, 헉! 하는데

최만생	(다가서는) 전하 어서 피하시옵, 윽!!

최만생, 쓰러지면 검을 든 홍륜의 모습이 드러난다.
뒤이어 자제위 몇, 뛰어 들어와 공민왕을 향해 칼을 겨눈다.
공민왕, 두 눈을 부릅뜬 채 노려본다.

홍륜	개처럼 부려먹으실 땐 언제고... 이렇게 배신하실 수가 있는 것이옵니까, 전하?
공민왕	닥쳐라, 이놈!!
홍륜	(노려보는)

68 _____ 궁문 안 + 앞 (밤)

궁문 안쪽으로 피를 흘리며 쓰러져 있는 숙위병들의 시체.
밖에서는 정도전, 거세게 문을 두드리며 소리친다.

정도전   이보시오!! 이보시오!! 안에 아무도 없소이까!!

정도전, 다른 문을 찾으러 뛰는데 횃불을 들고 달려오는 군사들과
마주친다. 정도전, 말을 탄 선두의 장수를 보면 이인임이다. 정도
전, !!
이인임, 말을 멈춰 정도전을 응시한다.

69 _____ 다시 편전 안 (밤)

자제위들, 공민왕 앞에 바짝 다가선다.

공민왕   네 이놈들!! 썩 물러가지 못할까!!
자제위들   (주춤하는데)
홍륜   물러서지 마라! 죽여라!
자제위들   (머뭇대는)
홍륜   어서 죽이라니까!!
공민왕   홍륜이 네 이놈~~!

보다 못한 홍륜, 소리를 지르며 튀어나가 공민왕을 벤다.
공민왕의 눈이 커지는가 싶더니, 헉! 탄식 같은 비명을 토한다.

70 _____ 다시 궁문 앞 (밤)

정도전과 이인임, 서로를 노려본다.

정도전 대체 저 안에서 무슨 일이 벌어지고 있는 겁니까?

이인임 …

정도전 (버럭) 무슨 일이냐고 묻지 않습니까!!

이인임, 대구 없이 말에서 내려 정도전에게 다가선다.
느닷없이 칼을 뽑아 정도전의 목에 겨눈다.
흠칫하는 정도전과 노려보는 이인임의 얼굴에서 엔딩.

3회

1 _____ 화원 궁문 앞 (밤)

정도전과 이인임, 서로를 노려본다.

정도전 대체 저 안에서 무슨 일이 벌어지고 있는 겁니까?

이인임 ...

정도전 (버럭) 무슨 일이냐고 묻지 않습니까!!

이인임, 대꾸 없이 말에서 내려 정도전에게 다가선다.
느닷없이 칼을 뽑아 정도전의 목에 겨눈다. 정도전, 흠칫한다.
살의를 느끼는 이인임. 정도전을 겨눈 칼끝이 미세하게 떨린다.
그때, 월담을 했던 박가가 사병 몇과 함께 궁문을 열어젖힌다.

박가 (이인임에게 달려와) 편전이 이미 역도들의 수중에 떨어졌사옵니다.

정도전 !!

이인임 (다짐받듯) 확실한 것인가?

박가 틀림없사옵니다.

정도전 (병한) 편전에 역도라니 그게 무슨 말이오?!

이인임 (살의를 참고 칼을 내리는) 자제위가 반란을 일으켰소이다.

정도전 !!

이인임 (박가와 함께 휙 들어가는)

2 _____ 동 편전 앞뜰 (밤)

숙위병들의 시체가 즐비하다. 홍륜 일행, 편전에서 급히 빠져나온다.

| 홍륜 | 날이 밝기 전에 도성을 빠져나가야 한다. 서둘러라! |

그때, 담 너머에서 함성이 들려온다. 홍륜, 깜짝 놀라서 보면 대문이 벌컥 열리고 자제위들이 박가와 사병들에게 쫓겨 들어온다. 홍륜 일행, 검을 뽑아 들고 달려든다. 한 치의 양보도 없는 치열한 격전이 펼쳐진다. 무공은 뛰어나지만, 수적으로 밀리는 자제위들. 중과부적衆寡不敵이다. 하나둘씩 사세위들 격실되고, 마침내 홍륜의 목에 박가의 칼이 겨눠지면 체념한 듯 칼을 던지는 홍륜. 그 칼을 밟고 서는 사내. 이인임이다. 이인임의 뒤로 하얗게 질린 얼굴로 들어서는 정도전.

이인임	(홍륜에게) 전하를 어찌한 것이냐?
정도전	!
홍륜	(씁쓸한) 빌어먹을...
정도전	(거침없이 다가와 홍륜의 먹살을 잡는) 말해라, 어서! 전하를 어찌한 것이냐!!
홍륜	(피식) ...죽여버렸소이다.
정도전	(헉! 먹살 잡은 손 툭 떨어지는)
홍륜	(킬킬대는)
이인임	역적을 포박하라.

사병들, 홍륜과 생존자들을 포박하는데 정도전, 팅기듯이 몸을 일으켜 편전을 향한다. 사병들이 막아서고 '비켜라' 외치며 몸싸움하는 정도전을 박가가 우악스럽게 찍어 누른다. 바닥에 짓이겨지면서도 '놔라, 이놈들!' 악을 쓰는 정도전. 무심한 얼굴로 편전에 오르는 이인임. 그 뒤로 정도전의 '전하!' 하는 외침이 뒤따른다.

3 _____ 편전 안 복도 + 편전 안 (밤)

길게 뻗은 복도 곳곳에 나인과 숙위병들의 시체가 즐비하다.

이인임, 비장한 얼굴로 걸어간다.

이윽고 복도를 꺾으면 문짝들이 부서져 나간 편전.

이인임, 편전 정면에 서면 최민생의 시체 너머로 피를 흥건히 쏟은 채 널브러진 시신이 눈에 들어온다. 피범벅이 된 용포. 공민왕이다.

이인임, 물끄러미 바라본다.

F.B》2회 35씬의

공민왕   그간의 노고를 생각해서 온정을 베푸는 것이니... 저자 한복판에서 사약을 마시고 싶지 않으면 조용히 물러나시오.

현재》

이인임, 들어간다. 뚜벅뚜벅 걷는 이인임을 따라 처참한 편전의 모습이 지나간다. 마침내 공민왕의 시신 앞에 서는 이인임. 덤덤히 굽어본다.

두 눈을 감은 채 싸늘히 식어버린 공민왕의 창백한 얼굴.

이인임, 감정이 격해지는 듯 고개를 옆으로 젖혔다 세운다.

순간, 공민왕의 눈이 번뜩 떠진다!

4 _____ 대궐 숭경전 처소 안 (밤)

잠을 자던 태후, 주상! 외치며 상체를 일으킨다.

태후   (헉...! 가쁜 숨을 몰아쉬는) 분명 용안이었다... (가슴에 손을 얹지

만 진정이 되지 않는) 주상이었어. (하는데)

상궁 (E) (다급한) 마마! 태후마마!!

태후 보면, 상궁이 황급히 들어온다.

태후 웬 수선이냐?

상궁 화원에서 수시중 대감이 전갈을 보내왔사온데... (울컥) 전하께옵
서... 시해되셨다 하옵니다!

태후 ...!! (파르르 떠는) 뭐라... 시해!!

5 _____ 동 모니노의 처소 안 (밤)

모니노, 졸린 듯 서 있고 장 씨, 눈물을 참으며 옷을 입혀주고 있다.

모니노 (졸린 눈을 비비며) 이 새벽에 할마마마와 어딜 간다는 것이냐?

장 씨 (눈물 참으며) 전하를 뵈러 화원에 가신답니다.

모니노 (천진하게 하품하고) 어제 아침에도 뵙지 않았느냐... (하다가 생각
난 듯) 유모, 아바마마께서 내게 뭐라셨는지 아느냐?

장 씨 (안타깝게 보는) 뭐라 하셨사옵니까...

모니노 (들뜬) 다시 대궐에 들어와 사실 거라 하셨느니라. 수라도 나와 같
이 드실 거라 하였구.

장 씨 (울컥, 모니노를 끌어안는) 마마...

모니노 (의아한)

6 _____ 화원 편전 안 (밤)

어느 정도 수습이 된 실내. 사병 두 명이 최만생의 시체를 질질 끌고 나간다. 쓰다만 교서가 놓인 서안 앞에 공민왕의 시신이 모셔져 있다.

서안 위의 교서를 집어 드는 이인임. 내용을 보면 수문하시중 이색, 지문하부사 정몽주, 밀직부사 정도전 등의 글씨가 보인다. 이내 피식 옅은 미소를 짓더니 시신 앞에 한쪽 무릎을 대고 앉는 이인임.

이인임　소신을 내치시구 기껏 하신다는 것이... 사대부들 따위와 나라를 도모하려 했사옵니까? (씁쓸한 듯 피식) 소신, 권세는 탐했을지언정 전하의 충직한 개로 살아왔거늘 이건 너무 심한 처사가 아니옵니까...? (따지듯) 왜 그러셨사옵니까...? (버럭) 대체 왜!!

이인임의 안면이 파르르 떨린다. 허나 핏기가 가신 공민왕은 아무 대답이 없다. 이인임의 손아귀에서 교서가 확 구겨진다. 박가, 들어온다.

박가　(예를 표하고) 태후마마께서 이리로 오고 계신다 하옵니다.

이인임　...

박가　(나가는)

이인임　(천천히 일어나) 앞으론 이 나라의 임금을 나, 이인임의 개로 만들 것이오... 저승에서 똑똑히 지켜보시오... 왕전.

7 _____ 동 궁문 앞 (밤)

경계가 삼엄하다. 교서를 손에 쥔 채 박가와 함께 궁문을 나서는 이인임, 화덕 불로 다가간다. 그의 시야에 담벼락에 기대앉아 넋을 놓고 있는 정도전이 보인다. 두들겨 맞아 얼굴이 엉망이 된 모습이다. 이인임, 화덕에 교서를 던져넣는다. 순식간에 타오르는 교서.

정도전 (이인임을 보고는 일어나는) 전하를 뵙게 해주시오.

이인임 역도로 몰아 참할 수도 있소이다. 더는 객기 부리지 말고 돌아가시오.

정도전 (버럭) 대감!!

이인임 (덤덤히) 전하께서 그대의 참소에 미혹되시구... 해서 그대 또한 잠시나마 허튼 기대에 부풀었겠지만... 앞으로 이것만은 기억하면서 사시오. (조소) 세상은... 그리 쉽게 바뀌는 게 아닙니다.

정도전 (분한 듯 이를 악무는)

불씨를 품은 채 한 줌의 재로 변해버린 교서. 그때, 긴박한 발걸음 소리. 이인임, 보면 사병들의 호위 속에 가마 행렬이 다가온다.

태후 (E) 주상!!

8 _____ 동 편전 안 (밤)

믿기지 않은 얼굴로 공민왕의 시신을 향해 다가가는 태후.
'주상~!!' 부르짖으며 처참한 공민왕의 시신을 덥석 부여잡는다.
뒤따르던 모니노, 아비의 참혹한 모습에 헉! 하며 주저앉는다.

태후	주상, 눈을 떠보세요. 어미가 왔습니다... 눈을 떠보라는데두 어찌 이러시는 것이오... 어서 눈을 뜨란 말입니다!!
모니노	(부들부들 떨며) 아바마마~!
태후	주상~!!

9 _____ 거리 (밤)

망연자실 휘청대며 걷던 정도전, 돌부리에 걸려 비틀대다 넘어진다.
저만치 나동그라지는 지통. 힘겹게 일어나 지통을 집어 든다.
하지만 지독한 상실감에 무릎을 꺾는 정도전. 두 손으로 지통을 부여잡은 채 고개를 떨군다. 온몸을 떨면서도 눈물을 참으려 이를 악문다.

10 _____ 십자가 광장 (낮)

무심하게 빛나고 있는 태양. 백성들, 구름같이 몰려들어 구경한다.
홍륜을 비롯한 역도들에 대한 거열형이 벌어지고 있다. 홍륜의 사지에 밧줄을 묶는 형리들. 이인임, 그 모습을 굽어보고 있다.

홍륜	(분한) 그날 밤 소인에게 서찰을 보내... 소인을 죽이려는 전하의 계획을 미리 알려준 자가 누군지... 밝혀졌사옵니까?
이인임	그대가 참형을 면하고자 꾸며낸 얘기라고 결론 내렸소이다.
홍륜	(체념한 듯 피식 웃고) 소인은 그자의 계획대로 움직이는 꼭두각시였을 뿐 진짜 역적은... 그자이옵니다.
이인임	(묵묵히 보다가 뒤로 물러나) ...형을 집행하라.

형리, 칼을 뽑아 올리면 소들 천천히 앞으로 나아간다.

허공을 향해 큰대자로 들려지는 홍륜의 몸뚱이.

이윽고 홍륜의 처절한 비명이 광장을 울린다.

백성들, 탄식과 함께 외면한다. 이인임의 싸늘한 미소 위로.

김실   (E) 상~ 위~ 복!

11 _____ 몽타주 (낮)

1) 화원 지붕 위 - 눈물범벅으로 용마루를 밟고 선 내관 김실, 복위를 잡고 북쪽을 향해 '상위복!'을 세 번 외친다.

2) 동 편전 안 - 나무틀 속에 놓인 재궁. 수의를 입은 공민왕이 누워 있다. 재궁과 틀 사이로 얼음을 넣는 내관들.

3) 동 뜰 안 - 상복을 입은 문무백관들이 엎드려 통곡하고 있다. 재상들은 물론 이색을 비롯한 정몽주 등 사대부들의 모습이 보이지만, 유독 정도전은 보이지 않는다.

4) 다시 편전 안 - 빈전°으로 꾸며져 있다. 승려들, 염불을 외고, 상복을 입고 머리를 풀어 헤친 태후와 익비를 제외한 왕비들, 곡을 한다. 병풍의 영좌 앞에 향로, 향합과 초가 진설되어 있고 상주, 모니노가 꿇어앉아 있다. 경복흥에 이어 문상을 하는 이인임. 눈물 그렁한 모니노의 얼굴을 의미심장하게 바라보는 데서 F.O

° 국상 때 왕이나 왕비의 관을 모시던 전각.

12 _____ 해변가 (낮)

<자막〉 **탐라**(지금의 제주도)

비장과 군사들, 저만치 해안가에 무리 지은 백성들을 바라본다.
백성들의 주목을 받으며 통발을 걷어 올리는 흰 수염의 노인. 평복
을 입은 최영이나. 잠시 후 통발에서 바다로 쏟아지는 활어들. 백
성들, 신기한 듯 탄성을 쏟아낸다.

최영   (인자한 미소) 통발이라 하는 것인데... 고기잡이에 유용한 것이니
         주변 고을에도 널리 알려 사용토록 하시게.

통발을 툭 던져주면 백성들, 몰려들어 신기한 듯 살펴본다. 흐뭇하
게 보던 최영, 말발굽 소리에 돌아보면 임견미가 수하들과 함께 말
을 타고 달려온다. 말을 멈춘 임견미, 굳은 얼굴로 최영에게 다가가
부복한다.

임견미   장군!!
최영   ...무슨 일이오?
임견미   적 수괴의 수급을 갖고 뭍으로 갔던 별장이 돌아왔사온데... 지난
         갑신일에 개경에서 참변이 일어났다 하옵니다!!
최영   !

13 _____ 최영의 막사 안 (낮)

기다란 탁자의 대장석 옆에 염흥방, 문관 느낌의 경무장한 차림으

로 앉아 있다. 장군들 길게 배석해 있고, 그 뒤로 비장들이 서 있다. 비통한 침묵이 흐른다. 대장석 앞에 서 있는 굳은 표정의 최영, 손에 쥔 부월°을 바라보고 있다. 지독한 비현실감에 초점을 잃은 듯한 눈동자.

최영 출정식에서 이 부월을 하사하시는 전하께 아뢰있었소... 소상은 명나라에 말을 바치기 위해 탐라에 가는 것이 아니라구... 황제국 고려의 영광을 되찾기 위한 남정북벌의 첫발을 떼는 것이라구... 이제 시작이거늘... (북받치는 듯 말을 잇지 못하다가 버럭) 대체 도당의 중신이란 작자들은 무엇을 했단 말인가!

〈자막〉 남정북벌 - 남쪽을 정복하고 북쪽을 토벌함

쾅! 탁자 위에 박혀 부르르 떠는 부월. 일동, 긴장하는데...

염흥방 (놀라) 장군...
최영 (뇌까리는) 오는 것이 아니었다... 내가 전하의 곁에 있었어야 했어.
지윤 (조심스레) 군사를 어찌해야 하겠습니까, 장군.
일동 ...
최영 무주공산을 틈타 어떤 무리들이 무슨 음모를 꾸밀지 모르오. 전군... 철군하시오!

14 _____ 대궐 정전 외경 (낮)

° 출정하는 대장에게 통솔권의 상징으로 임금이 손수 주던 도끼.

15 ＿＿＿ 동 정전 안 (낮)

빈 용상 옆에 태후가 앉아 있다. 상복을 입은 종3품 이상 신하들, 도열해 있고 중앙에 이인임, 나와 있다.

태후　(이인임에게) 경께서 반란을 조기에 진압하지 못했다면 왕실과 사직이 더 큰 위난을 겪었을 것입니다.

이인임　소신이 티끌만 한 공을 세웠을진 모르오나 전하의 시해를 막지 못한 불충을 어찌 가리겠사옵니까...

태후　(속내를 모르겠다는 표정으로 보다가) 수시중을 광평부원군에 봉하고 전답과 노비를 하사할 것이니 문하시중은 명대로 시행하세요.

경복흥　(내키지 않는, 큼) 분부대로 거행하겠나이다.

이인임　(덤덤한) 성은이 망극하옵니다.

중신들　(일제히 우렁차게) 성은이 망극하옵니다, 마마~

태후　그만 들어가세요.

이인임　(버티듯 서 있는)

태후　?

이인임　마마... 속히 후계 군왕을 정하셔야 하지 않겠사옵니까?

일동　!

이인임　전하께서 승하한 사실이 나라 안팎에 알려지면 민심이 요동치고 외적이 준동할 것이옵니다. 더는 용상을 비워둬선 아니 될 것으로 아옵니다.

경복흥　(발끈) 왕위를 계승할 세자가 없는데 어찌 용상을 채우자는 것이오?!

안사기　(이하 O.L의 느낌으로) 강령군 마마가 계시지 않습니까!

이수산　왕자가 다 세자는 아니지요!

장자온　전하께서 생전에 세자에 책봉하려 하셨잖소이까!

이수산	유야무야된 사안입니다! 전하께서 승하하셨으니 왕실의 최고 어른이신 태후마마께서 결정하실 문제예요!
태후	조용~! 조용히들 하세요!
일동	(마지못해 큼, 잠잠해지는)
태후	강령군이 주상의 유일한 혈육이긴 하나 대통을 잇기엔 여러모로 부족함이 있어요. 국상을 마친 연후에 왕실 종친들 중에서 후계를 결정할 것이니 그리들 아세요.
이인임	허나 태후마마.
태후	(보는)
이인임	전하의 간곡한 유지가... 계셨사옵니다.
일동	(술렁이는)
태후	...주상의 유지라니, 그게 무슨 소리요?
이인임	전하께서 승하하시기 며칠 전 새벽, 소신의 집으로 거둥하셔서 말씀하시기를... 강령군 마마의 세자 책봉을 밀어붙일 것이니 소신의 목숨을 걸고 도우라 하셨사옵니다.
태후	! ...뭐라?
경복흥	(피식) 증좌도 없이 그 말을 곧이곧대로 믿으라는 것이오?
이인임	(몸을 틀어 경복흥을 쏘아보는)
경복흥	(기세에 조금 움찔하는)
이인임	참변이 있던 날 밤 연회에서 전하께선 다음날 조회를 열어 중대 발표를 할 거라 하셨습니다. 기억하십니까?
경복흥	그건 이 사람도 들었소이다. 허나, (하는데)
이인임	그때... 소신에게 큰 짐을 지우셨던 전하의 말씀도 기억하십니까?
경복흥	!

F.B》2회 54씬의

경복흥	아직도 건강이 좋지 않습니까?

이인임	(애써 미소) 그럴 리가 있겠습니까... 다 나았습니다.
공민왕	아마도 과인이 큰 짐을 던져드려서 그런 듯합니다.
이인임	(굳는)
이수산	짐이라니요?
공민왕	(의미심장하게) 그런 게 있습니다. 곧 아시게 될 겁니다.

현재》

경복흥	(당황하는)
이수산	어디까지나 정황일 뿐, 증좌라 할 수 없소이다!
이인임	(들은 척도 않고 태후에게) 태후마마... 소신이 비록 전하의 옥체는 지켜드리지 못했사오나 강령군 마마를 보위에 올리시려는 전하의 유지만큼은... 목숨을 바쳐 지킬 것이옵니다.

이인임, 제자리로 들어와 목을 빳빳이 세운 채 중신들을 일별한다.
대부분의 중신들 주눅 들어 움츠린다. 태후, 난감한 듯 한숨.
말석에 박상충과 나란히 선 정몽주, 심각한 표정이다.

16 _____ 동 정전 앞 (낮)

저만치 일파들과 걸어가는 이인임. 주변의 신하들이 아첨하듯 다가가 예를 표하고 이인임이 '선약이 없으시면 같이 식사나 하시지요' 하면 반색해서 따라간다. 그 모습을 착잡하게 바라보는 정몽주와 박상충.

박상충	아주 아양을 떨다 못해 교태를 부려대는구먼... 대신이라는 자들이 저리 배알이 없어서야... (혀 끌끌 차는)

정몽주	전하의 유지를 받았다는 수시중의 말이 사실일까요?
박상충	믿고 싶지 않네만 워낙 앞뒤가 맞아떨어지니... (짜증스레) 대체 이 놈의 나라가 어찌 되려는 것인지 원...
정몽주	(걱정스러운)

17 _____ 성균관 외경 (낮)

18 _____ 동 사대 (낮)

과녁 가장자리에 꽂히는 화살. 사대에서는 상복을 입은 정도전이 화살을 장전하고 활시위를 당긴다. 평정심을 잃은 듯 흔들리는 눈동자 위로.

F.B》2회 33씬의

공민왕	니가 말한 희망이란 것... 그놈에게 한 번만 더 속아보겠다.

현재》

활시위를 놓으면 과녁으로 날아가 꽂히는 화살. 역시 홍심에서 터무니없이 빗나간다. 재차 화살을 장전해 겨누지만, 감정이 북받친다. 차마 시위를 놓지 못하고 부들부들 떤다.

F.B》2회 53씬의

공민왕	내 너를 믿겠다... 정도전. (환한 미소)

현재》

바닥에 내팽개쳐지는 활. 정도전, 허공을 향해 '으아아~' 악을 써댄다.
털썩 주저앉아 숨을 몰아쉬고 망연한 시선을 돌리면 안쓰러운 표
정으로 서 있는 정몽주. 씁쓸한 듯 피식 웃는 정도전.

시간 경과》

일각에 나란히 걸터앉은 두 사람. 정몽주, 손에 쥔 활을 지긋이 본다.

정몽주   (혼잣말처럼) 차라리 무부로 사는 편이 나았을까?

정도전   성균사성의 입에서 나올 소린 아닌 것 같네만.

정몽주   (착잡한) 유생들 볼 낯이 없어. 군왕이 시해되고 이인임 같은 간신
이 득세하는 세상을 어찌 설명하란 말인가?

정도전   이인임을 죽여 세상을 바로 잡으면 그것이 설명이네.

정몽주   (피식) 이인임의 기세가 하늘을 찌르고 있어.

정도전   새 임금이 즉위하면 달라질 걸세. 기회가 올 것이야.

정몽주   (후~ 내쉬며) 이인임이 강령군 마마를 옹립하려 하고 있네.

정도전   ! ...그자가 무슨 권한으로, 후계는 마땅히 왕실에서 정할 일이거늘!

정몽주   전하께 따로 유지를 받았다는군.

정도전   전하의 유지라니?

정몽주   뭔가 미심쩍긴 한데 정황이 하도 그럴듯하여 태후마마께서도 아무
말씀 못 하셨다네.

정도전   (분노가 어리는)

정몽주   ...왜 그러는가?

정도전   ...

정몽주   삼봉?

정도전   (벌떡 일어나며) 태후마말 뵙게 해주게.

정몽주   ...? (따라 일어나는) 태후마마를?

정도전	전해드릴 것이 있어.
정몽주	(보는)

19 _____ 대궐 숭경전 처소 안 (낮)

빈 지통이 놓여 있고 정몽주와 나란히 앉은 정도전. 태후에게 무일
도를 바친다. 받아 드는 태후, 눈물이 글썽거진다. 옆에 앉아 있던
경복흥.

경복흥	(그림을 흘끔 보고) 이것이 정녕 전하께서 그리신 무일도란 말인가?
정도전	예. 전하께옵선 소인에게 이것을 전해주시며 초심으로 돌아가 국정을 쇄신하겠다는 뜻을 밝히셨었나이다.
태후	(정도전을 보는) 국정 쇄신?
정도전	소인의 상소를 받아들이시어 영전 공사를 중단하시고 개혁을 추진하려 하셨사온데... (울컥 감정이 북받쳐 말을 잇지 못하면)
태후	(기막힌 듯 허! 하고) 하늘도 무심하시지... 우리 주상이 원통하고 분해서 어찌 눈을 감으셨을꼬...
정도전	하옵구 마마. 이인임이 주장하는 전하의 유지는 새빨간 거짓이옵니다.
정몽주	(깜짝 놀라 보는)
태후	지금 뭐라 하였는가...
경복흥	이인임의 말이 거짓이라니?
정도전	전하께선 소인에게 강령군 마마에게 보위를 전할 뜻이 없음을 분명히 밝히셨사옵니다.
일동	!

정몽주	(걱정스레) ...삼봉.
정도전	(들은 척 않고) 전하께서 말씀하시기를, 보위에 오르지 못한 왕자의 운명은 풍전등화와 같다 하시며 훗날 소인들이 정치의 주역이 됐을 때 강령군 마마를 지켜달라 하셨사옵니다. 그것이 전하의 진짜 유지이옵니다.
태후	(기막힌 듯 보는) 주상이 정녕... 그리 말을 하였다구?
경복흥	그 말에 한 점의 거짓이 없다 맹세할 수 있는가?
정도전	여부가 있겠사옵니까, 시중 대감.
태후	(무일도를 내려놓고 고심하는)
정몽주	(불안한 표정으로 정도전을 바라보는)

20 _____ 숭경전 앞 (낮)

정몽주, 화난 얼굴로 정도전을 다그친다.

정몽주	무일도만 전해드린다 했어! 전하의 유지에 대한 얘긴 없었잖은가?!
정도전	(옅은 미소) 왜 이리 역정을 내는 것인가?
정몽주	지금 태후마마와 이인임이 단순히 후계 때문에 다투는 것 같나? 정국의 주도권을 놓고 왕실과 권문세가의 권력 투쟁이 시작된 것일세! 타협이 여의치 않으면 피바람이 불어닥칠 일이거늘 어찌 화살받이를 자청해!
정도전	허면... 진실을 알고도 침묵하란 말인가?
정몽주	(답답한 듯) 앞으로의 계책은 세워두었나?
정도전	생각해본 적 없네.
정몽주	(버럭) 대체 왜 이리 객기를 부리는 것이야!

정도전	...객기?
정몽주	(말이 심했다 싶은, 훅! 숨 내쉬고 타이르듯) 이보게 삼봉, (하는데)
정도전	국청에 끌려갔을 때 이인임이 내게 그러더군. 미관말직을 전전하다 보니 자격지심이 생겨 객기를 부리는 것이라구... (피식) 그 말이 맞네.
정몽주	삼봉!
정도전	(획 가버리는)
정몽주	(탄식하는)

21 _____ 다시 숭경전 처소 안 (낮)

태후	(분한) 정도전의 말이 사실이라면 이인임은 역도와 진배없어요. 감히 주상의 유지를 조작하다니...
경복흥	허나 어쩌겠습니까... 정도전 역시 명확한 증좌를 제시하진 못했으니...
태후	(고심하고) ...어쩌면 ...수가 생길 듯도 합니다...
경복흥	?
태후	...

22 _____ 대궐 후원 안 (낮)

홀로 서 있는 태후. 이인임, 나인의 안내를 받아 온다.

이인임	(예를 갖추고) 찾아계셨사옵니까?

태후, 돌아서서 이인임을 본다. 총총히 사라지는 나인. 잠시 정적.

태후　갑자기 이리 오시라 해서 미안합니다.

이인임　망극하신 말씀이옵니다. 헌데 어찌 이런 곳에서...

태후　허심탄회하게 얘기하기엔 여기가 나을 듯해서요... 처소엔 듣는 귀들이 많지 않습니까?

이인임　...

태후　강령군을 포기할 의향이 전혀 없으신 게요?

이인임　전하의 유지를 받들 수밖에 없는 신의 고충을 헤아려 주옵소서.

태후　(보다가) 수시중과 정반대의 주장을 하는 자가 있어요.

이인임　!

태후　주상이 강령군에게 보위를 물려줄 생각을 접었다고 하더군요.

이인임　그자가 누굽니까?

태후　...정도전입니다.

이인임　...신보다 말단 학관의 말을 신뢰하시는 것이옵니까?

태후　그자는 주상이 그린 무일도를 갖고 있었어요. 수시중은 그만한 증좌라도 있습니까?

이인임　...

태후　내일 아침 정전에서 도성의 모든 신료들이 참석하는 조참°을 열 것입니다. 정도전도 당연히 참석하겠지요.

이인임　...신과 정도전을 대질시키겠단 말씀이군요.

태후　누구의 말이 진실인지 가려내긴 어렵겠지만 적어도 수시중의 말에 대한 의구심은 눈덩이처럼 불어날 것입니다. 그 이후의 상황을 장담하실 수 있으시오?

이인임　...

°　　중앙에 있는 모든 문무백관이 정전에 모여 왕에게 문안드리는 조회.

태후	후계 문제를 내게 일임해 주세요.
이인임	신이 그리하면 마마께선 무엇을 주시겠습니까?
태후	(불쾌한) ...무엇을 줘야 되는 것입니까?
이인임	정치가 원래 그런 것이옵니다.
태후	(단호한) 나는 정치 같은 거 모릅니다.
이인임	...
태후	...
이인임	마마의 제안을... 거부하겠사옵니다.
태후	(한숨) 내일 조참에서 보십시다. (가는)
이인임	(굳어지는)

23 _____ 정도전의 집 앞 (밤)

횃불과 창검을 든 병사들, 낭장을 따라 몰려온다. 낭장의 수신호에 따라 집을 에워싸는 병사들. 낭장과 병사 몇, 집 안으로 뛰어 들어간다.

정도전	(E) 당신들 누구요!

24 _____ 동 마당 안 (밤)

노기를 띤 정도전, 문가에 병사들을 대동하고 선 낭장에게 다가선다. 세 아들을 감싼 최 씨와 득보, 대청 앞에서 겁먹은 얼굴로 서 있다.

정도전	누구냐고 묻지 않소이까!
경복흥	(E) 그리 놀랄 것 없네.

정도전, 보면 경복흥, 들어선다.

정도전	...시중 대감!
경복흥	태후마마께서 자네의 안전을 염려해 보낸 군사들일세.
정도전	!
경복흥	내일 대궐에서 조참이 열릴 것이네. 거기서 자네가 들은 전하의 유지를 승언해주게. 알겠는가?
정도전	(비장한) 그리하겠습니다.
경복흥	(끄덕이고, 낭장에게) 날이 밝는 대로 대궐로 호위해 오게.
낭장	예, 대감!!

경복흥, 나간다. 최 씨, 불안한 표정으로 정도전을 바라본다.

25 _____ 동 안방 안 (밤)

서안 앞의 정도전을 노기 어린 눈으로 바라보는 최 씨.

최 씨	이번엔 또 무슨 일입니까? 예?
정도전	(서책 넘기는) 부인께서 상관하실 일이 아닙니다.
최 씨	(기막힌 듯 허! 하는)
정도전	(책을 펴면)
최 씨	(작심한 듯 다가앉으며) 소첩이 무슨 허깨빕니까? 아님 이 집 종입니까? (눈물 그렁해서) 소첩, 서방님 부인입니다! 서방님께 뭔 일이 생기면 애가 타고 속이 썩어 문드러지는 부인이라구요!
정도전	(벌컥 하려다 참고) ...안다고 해서 달라질 것이 있습니까?
최 씨	서방님!

정도전	(홱 일어나 나가버리는)
최 씨	(밖에 대고) 왜 하필 서방님이십니까! 포은 나리도 있고, 박상충 영감에 이숭인, 권근 잘난 분들 다 놔두고 왜 서방님이냐구요!

26 _____ 동 대청 안 (밤)

정도전, 방을 나와 기둥을 잡고 선다. 후~ 숨 내쉬며 마음을 다잡는다.
안방에서 최 씨의 흐느끼는 소리, 가늘게 새어 나온다.
정도전, 하늘을 올려다본다. 먹먹하다.

27 _____ 산길 (밤)

대규모의 기병들이 어둠 속을 달리고 있다. 무수한 횃불들 속에 검은색 군기가 나부낀다. 다들 지치고 초췌한 모습들이다. 졸던 기병한 명이 말에서 떨어져 말발굽에 짓밟힌다. 시체가 된 기병 옆으로 염흥방이 탄 말이 질주해 나아간다.
행렬의 선두. 흰 갑옷에 머리를 풀어 헤친 최영이 백마를 달린다. 옆으로 임견미, 지윤의 모습 보인다. 염흥방, 말을 달려와 최영의 옆에 붙는다.

염흥방	장군, 더는 무립니다! 군사들을 쉬게 하십시오!
최영	개경에 당도해서 쉴 것이오!
염흥방	군사들이 죽어나가고 있습니다!
최영	군사들의 목숨보다 사직의 안위가 우선이오!

최영, 속도를 낸다. 염흥방, 멀어지는 최영을 보면서 답답한 듯 한숨.
기병들, 염흥방을 지나쳐 달려가고, 길옆에서 숨어 지켜보던 무사
1, 전서구의 다리에 쪽지를 묶어 날린다.

28 _____ 이인임의 집 마당 안 (밤)

이인임, 뒷짐진 채 하늘을 바라보며 생각에 잠겨 있다.
박가, 나타나 쪽지를 건네고 뒤편으로 가 부복한다.
대충 펴서 보더니 마뜩잖은 듯 구겨버리는 이인임.

이인임   최영이 이리 빨리 올라올 줄이야... 진퇴양난이구만... (하다가 뭔가
떠올린 듯 표정이 변하고, 숙고하다가 돌아서며) 최영이 보내온 적
장들의 수급은 어디 있느냐?
박가   군부사에서 보관 중이옵니다.
이인임   ... (목을 젖혔다가 세우고, 결연해지는)

29 _____ 대궐 숭경전 처소 안 (밤)

태후와 경복흥, 앉아 있다. 태후, 심각하다.

경복흥   너무 심려 마시옵소서, 마마. 정도전 그자의 결기라면 능히 이인임
의 기세를 꺾을 수 있을 것이옵니다.
태후   그리돼야지요... 그리되어야 하구 말구요... (하는데)
상궁   (E) 마마, 수문하시중 입시이옵니다.
태후   ...! (경복흥을 보는)

경복흥	(낮게) 안 되겠다 싶으니 타협을 하러 온 것입니다. 들라 하시지요.
태후	(큼, 하고) 들라 하라.

이인임, 들어와 절하고 앉는다.

태후	그래... 생각이 바뀌신 것이오?
이인임	그런 것이 아니오라... 화급을 다투는 사안이 있어 들었사옵니다.
태후	...?
이인임	최영의 군대가 지금 남경을 지나고 있사옵니다.

〈자막〉 남경 - 지금의 서울

경복흥	(조금 놀라는) 남경이라 하셨소?
이인임	내일 아침이면 개경에 당도할 것이옵니다.
태후	그게 어찌 화급을 다투는 문젭니까? 도성에 병사가 부족하여 불안하던 차에 다행한 일이지요.
이인임	병사가 부족하니 화급하다는 것입니다.
태후	!
경복흥	최영이... 반역이라도 일으킬 거란 말이오, 지금?
태후	허튼소리! 최영은 만고의 충신입니다!
이인임	충신도 따를 군왕이 있을 때의 얘기... 지금은 그자에게 군권을 내놓으라 명할 임금이 아니 계시지 않습니까?
태후	...! (조금 당황해서 경복흥을 보면)
경복흥	(심각한)
이인임	최영이 오기 전에 임금을 결정해야 하옵니다.
태후	(애써 태연하게) 역시 그 얘기였구려. (잘라 말하는) 돌아가세요.
이인임	전하께서 승하하시고 나라가 무주공산입니다. 헌데 고려 군사력의

팔 할이 과격한 무장 한 사람의 수중에 장악되어 있지 않사옵니까?

태후   돌아가라 하지 않습니까!

이인임   만에 하나 최영이 군권을 내놓지 않으면 그때부터 고려는 최영의 손에 놀아나게 될 것입니다. 새 임금 역시... 최영이 결정하게 되겠지요.

태후   (외면하는)

이인임   민전에서 마마의 용단을 기다리겠사옵니다. (일어나는) 바깥에... 최영이 보낸 선물을 놔두고 가겠사옵니다. (나가는)

30 _____ 숭경전 앞뜰 (밤)

커다란 궤짝이 놓여 있다.
태후와 경복흥, 등롱을 든 나인들을 대동하고 다가선다.

태후   이것이 무엇이오?

경복흥   (이상한 냄새가 나는 듯 큼, 큼, 그러다 갸웃하고는) 어서 열어보거라.

상궁, 궤짝 뚜껑을 연다. 순간, 비명을 지르며 뒤로 나자빠진다. 겁에 질려 몸서리를 친다. 경복흥, 등롱을 집어 들고 태후와 다가가 보면 소금에 절인 채 눈을 부릅뜬 목호 수괴들의 수급 세 개가 보인다.

태후   (헉! 휘청대는)

경복흥   (질리는) 탐라 적장들의 수급이옵니다, 마마...

태후   (두려움 가득한 눈으로 궤짝 안을 바라보는)

31 _____ 빈전 안 (밤)

향이 타오르는 공민왕의 영전 앞. 영전을 응시하던 이인임, 곁에 앉은 모니노를 바라본다. 두려움과 슬픔이 가득한 얼굴이다.

이인임　(따뜻하게) 잠은 좀 주무셨사옵니까?

모니노　(고개 젓는)

이인임　(다가가 손을 잡는) 곧 보위에 오르실 몸입니다. 옥체를 살피시옵소서.

모니노　(겁먹은 듯 손을 빼며) 나는... 왕이 되고 싶지 않습니다.

이인임　(애써 미소로 보는) 왜요?

모니노　아바마마처럼 될까 봐 무섭습니다... 부탁이니 대감. 제발... 할마마마 뜻에 따라주십시오.

이인임　왕이 되지 않으시면 마마께선 죽습니다.

모니노　(헉! 하는)

이인임　선왕의 유일한 혈육을 살려놓을 군왕은 세상에 없으니까요.

모니노　(눈물 그렁해지는)

이인임　(미소) 소신이 지켜드릴 것이옵니다. 소신만 믿으세요...

모니노, 소리 죽여 울고 이인임, 싸늘한 표정으로 바라본다.

32 _____ 숭경전 처소 안 (밤)

태후와 경복흥, 앉아 있는데 이수산이 급히 들어와 아뢴다.

이수산　이인임의 말이 사실이었사옵니다. 최영의 군대가 남경을 넘어 행주를 지나고 있다 하옵니다.

경복흥   대체 그 대병을 이끌고 어찌 이리 빨리...

이수산   말 위에서 잠을 자고 낙오한 병사와 말들은 길에 버리면서 오고 있다 하옵니다. 내일 동틀 무렵이면 도성에 들이닥칠 것이옵니다.

경복흥   정말 이자가 무슨 꿍꿍이가 있는 것인가?

태후   판삼사사, 뭔가 묘책이 없겠소?

이수산   (조심스레) 동북면°의 이성계를 부르시는 것이 어떻겠사옵니까?

〈자막〉 동북면 - 고려의 최전방으로 지금의 함경도 지방

태후   이성계를요?

이수산   최영에 대적할 유일한 장수이옵니다. 개경에 당도하려면 시일이 걸리겠지만, 이성계가 온다는 사실만으로도 최영이 쉽게 역심을 품진 못할 것이옵니다.

태후   (단호한) 아니 될 말입니다. 그자는 대대로 원나라의 천호°°를 지낸 부원배°°°의 후손, 믿을 수가 없어요.

이수산   허나 부친 이자춘 대부터는 고려에 충성을 한 집안이옵니다.

태후   원나라의 힘이 약해지니 고려에 붙은 것뿐이지요. 한 번 했던 배신을 두 번이라고 못 하겠습니까?

경복흥   이 사람의 생각도 같네. 이성계는 최영보다 훨씬 위험한 자이네.

태후   (마음 다잡듯) 최영이 역심을 품을 리 없어요. 우리가 지금 수시중의 혀에 휘둘리고 있는 거예요.

경복흥   허면... 사람을 보내 최영의 의중을 파악하는 것이 어떻겠사옵니까?

태후   !

°   함경도 이남으로부터 강원도 삼척 이북의 지역.
°°   고려 후기에 몽골의 영향을 받아 설치한 각 방(坊)의 책임자.
°°° 고려시대 원나라의 힘을 등에 업고 출세한 권문세족.

33 _____ 도성 문 (밤)

성문이 열리고 말을 탄 이수산과 기병 한 기 달려 나온다.
'이랴!' 어둠 속으로 질주해 간다.

이수산 (E) 멈추시오!!

34 _____ 구릉지 (밤)

최영을 필두로 군사들 멈춘다. 이수산 일행이 앞을 막고 있다.

최영 ...판삼사사 대감. 오랜만이외다.

이수산 (말에서 급히 내려 다가서는) 장군, 어찌 이리 행군을 서두르시는 겝니까?

최영 개경의 상황은 어떠하오?

이수산 평안합니다. 이리 서두르실 필요가 없으세요.

최영 (미심쩍은 듯 보는)

이수산 우선은 군사를 쉬게 하시고 태후마마의 명을 기다리세요.

최영 도성이 지척인데 예서 군사를 놀리라는 저의가 뭐요?

이수산 예...? 아니, 그게... (머뭇대면)

최영 이자를 포박하라!

비장들, 이수산을 포박한다. 이수산, '장군!' 외치며 저항하지만 역부족.
이수산과 동행했던 기병, 얼른 말을 몰아 도망친다.

35 _____ 다시 숭경전 처소 안 (밤)

태후와 경복흥, 심각하다.

태후 대체... 최영이 왜 이러는 것인가... 최영이 왜?
경복흥 (어렵게) 일이 이리되면... 강령군을 보위에 올리심이, (하는데)
태후 모니노는 안 됩니다! 수상의 씨가 아닐 수도 있어요!
경복흥 어디까지나 떠도는 풍문이지 않습니까... 자칫하다간 제이의 무신 난°이 벌어질 판입니다!
태후 (굳는)
경복흥 정중부, 경대승, 최충헌... 누대에 걸쳐 고려 왕실을 능욕했던 무장들을 잊으셨습니까?
태후 (당혹스러운)

36 _____ INS - 개천 (밤)

최영의 군사들이 맹렬한 기세로 개천을 건넌다. 사방에서 튀어 오르는 물 사이로 달려오는 최영의 모습이 마치 저승사자와도 같다.

37 _____ 다시 숭경전 처소 안 (밤)

이마를 짚고 고심하는 태후. 뭔가 결심한 듯 자리에서 벌떡 일어나 나간다. 경복흥, 긴장한다.

° 의종 24년에 정중부, 이의방 등 무신(武臣)들이 일으킨 쿠데타.

38 _____ 화원 빈전 안 (밤)

모니노, 병풍 앞에 잠들어 있다. 가슴에 두 손을 모으고 반듯이 누운 모습이다. 이인임, 물끄러미 바라보는데. 문 벌컥 열리고 태후, 들어온다. 이인임, 일어나 예를 갖추지만 본 척도 않고 지나쳐 모니노 앞에 선다. 만감이 교차하는 표정으로 굽어보는 태후.

이인임　내내 슬피 우시다가 좀 전에 잠드셨사옵니다.

태후, 병풍을 옆으로 반쯤 걷으면 병풍 뒤의 재궁이 나타난다.
모니노와 나란히 뉘어진 재궁 속 공민왕의 시신, 공교롭게도 모니노와 똑같이 가슴에 손을 얹고 있다. 병풍을 잡고 선 태후, 공민왕과 모니노를 번갈아 본다. 미간이며 표정이며 닮은 듯 닮지 않았다. 태후, 모르겠다는 듯 탄식. 이인임, 지긋이 본다.

39 _____ 정도전의 집 외경 (낮)

40 _____ 동 안방 안 (낮)

의관을 정제하는 정도전. 마주 선 최 씨의 눈에 눈물이 가득하다.

정도전　다녀오겠소.
최 씨　무사히... 돌아오시는 것이지요, 서방님?
정도전　(옅은 미소, 나가는)

41 ____ 동 마당 안 (낮)

굳은 표정의 낭장이 서 있고, 그 뒤 대문 좌우에 창을 든 병사가 한 명씩 버티고 있다. 정도전, 가족들과 함께 대청을 내려선다.

정도전 (낭장을 일별한 뒤) 가십시다. (대문으로 가는데)

대문의 병사들, 창을 교차하여 길을 막는다. 정도전, !
가족들, 흠칫하고 낭장을 돌아보는 정도전.

정도전 뭐 하는 짓입니까?
낭장 조참이 끝날 때까지 한 발짝도 나가게 하지 말라는 엄명이 계셨소이다!
정도전 (병한) 뭐요?

병사들, 몰려 들어와 겹겹이 막아선다. 정도전의 표정이 일그러진다.

42 ____ 대궐 정전 외경 (낮)

신하들, 들어간다.

43 ____ 동 정전 안 (낮)

정전을 가득 메운 상복 차림의 대소신료들이 삼삼오오 모여 있다.
일각에서 두런대는 박상충, 이숭인, 권근의 모습이 보이고 경복흥,

들어서는데...

정몽주   (E) 시중 대감!

경복흥, 보면 정몽주, 다가선다.

정몽주   갑자기 조참이 열린 연유가 무엇입니까?
경복흥   (큼, 마뜩잖은)
정몽주   혹... 어제 삼봉이 했던 얘기와 관련이 있는 겁니까?
경복흥   자네... 목숨을 부지하려거든 그 일은 평생 묻어두시게. (가는)
정몽주   (벙한)

44 _____ 정전 앞뜰 (낮)

나인들 앞에 모니노와 나란히 선 태후. 그 곁에 이인임, 비켜 서 있다.

태후   나는 정도전의 말이 진실일 거라고 믿습니다.
이인임   ...
태후   뭔가를 얻기 위해서는 뭔가를 주어야 하는 것이 정치라고 하셨지요?
이인임   그렇사옵니다, 마마.
태후   강령군을 보위에 앉히면... 수시중께선 내게 무엇을 줄 것입니까?
이인임   태후마마의 수렴청정°에 동의하겠사옵니다.

° 나이 어린 임금이 보위에 올랐을 때 왕대비 또는 대왕대비가 어린 임금 대신 정사를 돌보는 것.

태후, 모니노를 바라본다. 불안한 듯 시선을 떨구는 모니노. 체념한 듯 옅은 한숨을 뱉는 태후, 손을 내민다. 모니노, 쭈뼛 그 손을 잡으면.

태후　　가자.

태후와 모니노, 걸어가고 이인임과 나인들이 따른다. 그 모습에서.

김실　　(E) 태후마마 납시오~

45 ＿＿＿ 정도전의 집 안방 안 (낮)

포박당한 채 낭장 앞에 좌정해 있는 정도전, 망연자실한 모습.

46 ＿＿＿ 정전 안 (낮)

용상 비어 있고, 모니노와 태후, 텅 빈 용상의 좌우에 나란히 앉아 있다.

태후　　주상의 보위를 이을 세자가 없는 상황에서 후계는 응당 왕실의 의논을 거쳐 정해야 하겠으나, 나라와 사직의 안정을 위해 더는 용상을 비워둘 수가 없을 것 같습니다. 해서... (하는데)

끼이익... 정전의 문이 서서히 열린다. 일동, 주목하면 허리에 장검을 차고 부월을 손에 쥔 최영, 위압적인 느낌으로 서 있다. 태후, 경복흥, 이인임 등 긴장한다. 최영의 좌우로 임견미, 지윤이 비장들을 이끌고 뛰어 들어온다. 입구와 통로를 장악하면 살얼음판 같은 긴 장감이 정전에 가득하다. 최영, 뚜벅뚜벅 정면을 향해 나아간다. 누구도 선뜻 쳐다볼 엄두를 내지 못한다. 마침내 태후 앞에 서는 최영, 허리를 숙인다.

최영	전하를 지켜드리지 못한 불충을 용서하여 주시옵소서, 마마.
태후	(긴장) 아닙니다. 원로에 고생이 많으셨어요.
경복흥	(큼) 최 장군. 여긴 어전이오. 무장을 해제하고 병사들을 물리시오.
최영	(무시하고, 태후에게) 홍륜의 무린 처형되었다 하나 그들에게 시역°을 사주하고 내통한 자들이 더 남아 있을 것이옵니다. 소장이 그들을 발본색원하고자 이러는 것이오니 두려워하지 마시옵소서.
태후	그러실 필요 없습니다. 이미 도당에서 처결을 마친 사안이에요.
최영	도당의 중신들은 전하의 시해를 막지 못한 불충하고 무능한 무리들… 그들의 처결은 인정할 수 없사옵니다.
태후	(후~) 다 끝난 일입니다, 장군.
최영	소장은… 아직 끝나지 않았습니다.
태후	!
이인임	그 무슨 불충한 언사란 말이오!
최영	(핵 노려보는)
이인임	더 이상 경거망동 말고 전하께 예를 표하시오!
최영	전하께서 후계를 정한 바 없이 비명에 가셨거늘… 대체 누가 고려의 임금이란 말이오?
이인임	강령군 마마께서 대통을 이으셨소이다!
일동	!!
최영	소장을 바보로 아시는 게요? 왕실에서 그런 결정을 할 리가 없지

°   신하가 임금을 죽이는 일.

	않소이까?
이인임	(피식)
태후	수시중의 말대롭니다.
최영	!
태후	새 임금에게 예를 표하세요. (하는데)
최영	(대뜸 이인임의 목에 부월을 겨누는)
이인임	!
태후	장군!
최영	...태후마마를 겁박하였던 것인가?
이인임	(피식) 전하께 예를 표하고 부월을 바쳐 군권을 반납하시오.

최영, 노기를 억누르고 모니노에게 다가간다. 모니노, 흠칫하는데.

최영	(노려보는) 마마께서 고려의 임금이시라구요?
모니노	(부월을 바라보며 떠는)
최영	허면 어디 소장에게 명을 내려보세요.
모니노	(부들부들 떠는)
최영	추상같이 호령을 해보세요. 이 부월을 당장 내놓으라고. (모니노의 면전에 얼굴 쑥 들이밀며) 어서요.
모니노	(헉! 울먹이는)
최영	...
모니노	(기어드는 목소리로 간신히) 사, 살려주세요...

여기저기서 탄식이 터져 나오고 실망감에 일그러진 표정의 최영,
고개 돌려 조정을 굽어본다. 팽팽한 긴장감 속에 자신을 바라보고
있는 중신들. 두렵거나 혹은 적대감이 가득한 시선들.

경복흥　　(사정하듯) 최 장군... 대체 왜 이러시는 겁니까?

최영　　　(갈등하는)

이인임　　만고의 충신이라던 최영이 역심이라도 품은 것이오이까!!

최영과 이인임의 시선이 허공에서 부딪친다. 노려보던 최영, 후~ 한숨을 내쉬더니 모니노 앞에 털썩 무릎을 꿇는다. 일동, !!

최영　　　(부월을 들어 바치며) 신... 경상전라양광도 도통사... 최영... 주상전하께 승전의 부월을 바치옵나이다.

모니노　　(떨리는 손으로 부월을 가까스로 잡으면)

이인임　　(기다렸다는 듯 외치는) 주상전하... 천세!!

중신들, 일제히 두 팔을 들어 올리며 천세를 외친다. 최영, 부복한 채 머리를 조아리고. 공포가 가시지 않은 모니노의 도포 사이로 오줌이 흘러나온다. 미소 짓는 이인임의 얼굴 위로 천세 소리가 퍼져나간다.

47 _____ 승평문 앞 관도 (밤)

상복을 입은 우왕, 두 사람이 메는 견여°를 타고 승평문을 나온다. 촛불을 들고 상복을 입은 백관들에 이어 공민왕의 영구가 모습을 드러낸다. 관청마다 연도에 제물을 차려 두었다.

°　　큰 상여를 쓰는 행상(行喪)에서, 좁은 길을 지날 때 임시로 쓰는 간단한 상여.

48 _____ 남대가 (밤)

철시한 상점들 사이를 지난 촛불의 운구 행렬.

49 _____ 야산 + 남대가 교차 (밤)

멀리 운구 행렬의 불빛이 내려다보이고 술병과 사발을 든 사내가
나타난다. 쓸쓸한 듯 행렬을 굽어보더니 한 잔 부어 쭉 들이킨다.
제법 취했다.

정도전   백성들이 뭐라 수군대는지 아십니까? (피식) 자업자득이랍니다...
         아주 자알 죽었대요. (키들대다가 멈추고 후~ 사발을 채워 행렬을
         향해 쑥 내미는) 드세요! 이놈이 드릴 게 이것밖에 없습니다! (허
         공에 쫙 뿌리고 비틀거리는, 쓸쓸한) 정도전이란 놈이 그렇지요,
         뭐... 형편없는 밥버러지 아닙니까... (행렬을 응시하며) 잘 가십시
         오... 부디 저승에선... 소인 같은 인간 때문에 희망을 갖는 짓 따위...
         하지 마십시오...

         정도전, 절한다. 운구의 행렬과 정도전의 절하는 모습 교차한다. 어
         느 순간 엎드린 채 일어나지 않는다 싶더니 번쩍 고개 들며.

정도전   (절통한) 전~하~~~!!

         멀어지는 촛불의 행렬 위로 정도전의 외침이 허망하게 흩어지면서
         F.O

50 _____ 정도전의 집 앞 (낮)

상기된 표정의 정몽주, 손에 서찰을 쥐고 급히 걸어온다.

51 _____ 동 마당 안 (낮)

수레에 짐꾸러미를 올리는 득보. 최 씨와 아이들, 대청에 걸터앉았다.

득보 (답답한 듯 다가와) 정말이지 이건 아닌 것 같습니다요, 마님. 지금 이라도 나리마님 좀 말려보십시오.

최 씨 (힘없이) 말린다고 들을 양반이랍니까? (옅은 한숨) 차라리 잘 됐 습니다. 낙향해서 서당이나 하고 살면 마음 졸일 일도 없잖우...

득보 아, 그래도... 돌아가신 영감마님께서 어떻게 일으킨 가문입니까?

최 씨 차라리 잘된 일이라니까요... (하는데)

정몽주, 벌컥 대문을 열고 들어선다. 일동, 주춤 일어난다.

최 씨 포은 나리...

정몽주 삼봉... 어디 있습니까?

52 _____ 야산 일각 (낮)

정도전, 강아지풀을 입에 물고 앉아 있다. 다가서는 정몽주.

정도전 (시선 허공에 둔 채로) ...왔는가?

정몽주	(서찰 구겨 정도전의 발치에 던지는) 사직은 받아들일 수 없네.
정도전	... (일어나는) 자리가 잡히면 기별을 할 테니 한번 내려오시게. 서당의 아이들이 무척 좋아할걸세.
정몽주	애들은 아무나 가르친다던가?
정도전	(보는)
정몽주	자기를 포기하는 자와는 말을 섞지 말고 자기를 버리는 자와는 행동을 함께하지 말라 하였거늘, 자네가 이러고도 남을 가르칠 자격이 있다고 생각하나?
정도전	맹자 이루상편 자포자기... (싱긋) 이만하면 자격은 충분하다고 보네만... (걸음 떼는데)
정몽주	(답답한) 삼봉!
정도전	(씁쓸한) 사정이야 어찌 됐건 나는 금상의 즉위를 막으려 했던 사람일세. 내가 앞으로 무엇을 할 수 있겠는가? ...그만 보내주시게. (걸음 떼는데)
정몽주	(잡아채는) 내 말 마저 듣고 가시게!
정도전	(멈칫 보는)
정몽주	태후마마께서 자넬 전의부령°에 제수하셨네.
정도전	! ...뭐라구?
정몽주	전의부령은 왕실의 제사를 관장하는 요직 중의 요직... 마마께선 이인임이 장악한 도당의 반대를 무릅쓰고 자네를 그 자리에 앉히셨단 말일세, 그리하신 마마의 의중이 무엇이겠는가?
정도전	(믿기지 않는)
정몽주	싸움은 아직 끝나지 않았네, 삼봉...

서서히 비장해지는 정도전. 두 사람의 얼굴에서 엔딩.

° 제사와 시호를 내리는 일을 맡아보던 전의시의 종 4품 관직.

4회

1 _____ 대궐 정전 외경 (낮)

염흥방   (E) 종일품 판삼사사 겸 판순위부사 최영...

2 _____ 대궐 정전 안 (낮)

용상의 우왕 옆에 발이 쳐져 있고, 그 뒤에 태후, 앉아 있다. 좌우에 중신들이 도열한 가운데 최영, 걸어 나와 이인임이 내려주는 사첩°을 받는다. 용상 맞은편, 사관들 앞에서 교지를 든 염흥방, '종이품 지문하부사 임견미' 외치면 임견미 나와 사첩 받고, '동 문하찬성사 지윤' 하면 지윤 나온다. 우왕의 앞에 예를 표하는 그들을 바라보는 이인임.

해설(Na)   우왕 즉위 직후 대대적인 인사 개편이 단행되었다. 이인임의 권문세가와 최영, 임견미, 지윤 등 무장들이 최고정무기관인 도평의사사, 즉 도당을 장악했다. 문하시중 경복흥은 허울뿐인 일인자로 전락했고, 수문하시중 이인임이 실권을 거머쥐었다.

미소 짓는 이인임과 그 일파들의 모습 위로 염흥방의 목소리 크게.

염흥방   (E) 정삼품 성균관 대사성... 정몽주~~~

일동, 보면 중앙 뒤편에 정도전과 나란히 선 정몽주, 그 뒤로 이첨 등 사대부들 있다. 정몽주, 나와 사첩을 받고 우왕에게 예를 표한

°   벼슬아치의 임명장.

다. 기대감 어린 태후와 안사기, 장자온 등의 탐탁잖은 표정. 이어 정도전이 나가고 사첩을 주며 바라보는 이인임. 우왕 앞에 선 정도전, 비장한 표정.

해설(Na)　수렴청정을 맡은 명덕태후는 이인임을 견제하기 위해 조정 곳곳에 젊은 사대부들을 대거 중용한다. 정도전도 이때 종사품 전의부령 겸 성균사예에 제수되어 왕실의 제사와 시호°를 담당하는 요직을 맡게 된다.

3 ＿＿＿＿ 동 정전 앞뜰 (낮)

사첩을 든 정도전과 정몽주 사이에 박상충이 끼어서 걸어온다.

박상충　(흐뭇한) 거 날씨 한번 좋네그려! (어깨동무하며) 어떤가, 기분도 삼삼한데 반주 삼아 낮술이나 한잔 걸치려나?

정도전　(뚱한) 사첩의 먹물도 마르지 않은 사람들한테 낮술을 하자니요?

박상충　거 사람, 누가 먹고 죽자던가? 반주만 살짝, (하는데)

정몽주　삼봉과 가볼 데가 있습니다. 다음에 하시지요, 사형 (하는데)

이인임　(E) 이거 감축드립니다!

일동, 멈칫 보면 일파들과 함께 서 있던 이인임이 걸어온다.
정몽주와 박상충, 쭈뼛 예를 표하고, 정도전은 꼿꼿하다.

이인임　죽마고우 두 분이 한날에 영전을 하셨으니 기쁨이 곱절이겠구려.

°　왕이나 사대부들이 죽은 뒤에 그 공덕을 찬양하여 추증하는 호.

정도전	(피식)
정몽주	감사합니다, 수시중 대감.
이인임	(정도전에게) 이제 말단의 한을 푸셨으니 소원성취하셨습니다?
정도전	이 정도로 되겠사옵니까? (빤히 보며) 늙은 호랑이 한 마리 정돈 때려잡아야 소원성취라 하겠지요.
이인임	(굳는)
박상충	(헉!)
정몽주	(놀라서 얼른 둘러대는) 실은 저희가 사냥 얘길 하던 차에, (하는데)
이인임	(속아주는 척 미소) 이제 요직에 오르셨으니 사냥 같은 고급스런 취미도 가질 때가 되셨지요, 헌데... (빤히 보며) 늙은 호랑이는 영물이라 했는데 그리 쉽게 잡히겠소이까?
정도전	사냥개가 제법 독이 올랐거든요.
이인임	(피식, 충고하듯) ...짖는 개는 물지 못합니다. 모르시오?
정도전	미친개라면 얘기가 다르지 않겠습니까?

긴장한 정몽주와 박상충을 사이에 두고 노려보는 이인임과 정도전. 일순 호탕한 웃음을 터뜨리는 이인임. 정도전, 보는...

이인임	(웃음 멈추고) 즐거운 사냥이 되길 바라겠소. (가는)
박상충	(안도) 삼봉 자네... 사람 놀래키는 재주는 알아줘야 되겠으이.
정도전	(피식, 가는 이인임 노려보는)

4 ＿＿＿ 문하부 이인임의 집무실 안 (낮)

이인임, 안사기, 장자온 등 들어와 앉는다.

장자온	(투덜) 죽 쒀서 뭐 준대드니... 사대부 놈들 좋은 일만 시켰습니다.
이인임	나라를 재물과 칼로만 다스리겠소이까? 머리 좋은 자들도 있어야 지요.
안사기	(긴하게) 그나저나 대감... 나라 안은 그렇다 치고 나라 바깥 일은 어찌하실 작정이십니까?
장자온	나라... 바깥 일이라니요?
안사기	(이인임에게) 임금이 바뀌었으니 명나라와의 관계도 다시 생각할 때가 되지 않았습니까?
이인임	...
정도전	(E) 명나라에 즉각 사신을 보내야 하옵니다.

5 _____ 숭경전 처소 안 (낮)

태후와 정비 앞에 부복한 정몽주와 정도전. 태후의 안색이 어둡다.

정도전	선왕의 국장이 끝났사온데 선왕의 부고를 전하는 사신을 아직도 파견하지 않으시니 주청을 드리는 것이옵니다.
태후	(옅은 한숨)
정몽주	고려와 명나라가 사대의 예를 맺긴 하였으나 명 황제는 여전히 우리를 경계하고 있사옵니다. 헌데 이런 중차대한 일마저 알리지 않는다면 차후 심각한 분란이 일어날 수도 있사옵니다.
정비	마마께서 그것을 왜 모르시겠습니까? 허나 도당에서 차일피일 미루기만 하니...
정몽주	도당이 어찌 이런 중대사를 미룬단 말이옵니까?
태후	예로부터 군왕이 시해를 당하면 시역을 막지 못한 재상들이 처벌을 받지 않았습니까? 부끄러운 얘기지만 도당의 재상들 대부분이

명나라 황제의 문책이 떨어질까 두려워하고 있어요.

정비   해서 명나라의 의중을 파악하기 전에는 사신을 보낼 마음이 없는 것 같습니다.

정도전   (긴하게) 설사 명 황제가 문책을 한다 해두... 그 표적은 도당의 재상들 전부가 아니라 수시중 이인임과 그의 당여들일 것이옵니다.

정비   !

태후   어째서?

정도전   명나라가 걱정하는 것은 고려가 다시 북원°과 가까워지는 것이옵니다. 말씀드리기 황공하오나 작금의 조정을 장악하고 있는 권문세가들은 오랜 세월 원나라와 결탁해왔던 친원파들이 아니옵니까?

정몽주   서둘러 사신을 파견할 방도를 찾아야 하옵니다. 양국의 신뢰를 회복하고, 수시중도 견제할 수 있는 일석이조의 기회이옵니다.

정비   (맞다 싶은, 태후에게) 재상들 중에 우릴 도와줄 분이 없겠습니까?

태후   ...

6 _____ 대궐 교장 안 (낮)

목검을 든 최영, 우왕과 대련하고 있다. 김실과 장 씨, 나인들이 안절부절못하고 지켜보는 가운데 몇 합 겨루지도 못한 채 쓰러지는 우왕.

최영   (부드럽지만 힘 있는 어조로) 일어나시옵소서, 전하...

우왕   (원망 섞인) 판삼사사...

최영   군왕은 신하를 올려다보지 않는 것이옵니다. 일어나시옵소서.

°   명나라에 의해 중국 본토에서 몽골 지방으로 쫓겨 간 원나라의 잔존 세력.

우왕, 가까스로 일어나 '이야!' 목검을 휘두르며 덤빈다. 여유 있게 막던 최영, 힘을 주어 휘두르면 우왕의 목검이 날아가고 우왕, 손목이 아린 듯 부여잡고 주저앉는다.

장 씨	(뛰어들어 우왕의 손목을 잡는) 전하! 괜찮으시옵니까? ...전하!
최영	주제 넘구나... 당장 물러나지 못할까?
장 씨	대감 제발, 전하의 보령을 생각해 주시옵소서.
최영	어린 군왕이라 하여 적들이 손속에 사정을 둔다 하더냐? (우왕에게) 어서 검을 잡으시옵소서, 전하...
김실	(E) 판삼사사 대감.

최영, 돌아보면 김실, 걸어온다. 바라보는 최영의 얼굴 위로.

태후	(E) 도당회의에서 사신을 파견하자 말씀해 주세요.

7 _____ 대궐 숭경전 처소 안 (낮)

굳은 표정의 최영, 태후와 독대하고 있다.

최영	사신이라시면... 선왕의 부고를 전하는 고부사° 말씀이시옵니까?
태후	더 미뤘다간 명 황제의 의심과 진노를 사게 될 것입니다.
최영	(내키지 않는) 하오나 마마, 소신은...
태후	압니다. 판삼사사가 사대의 외교를 싫어하는 것, 이 사람이 왜 모르겠습니까? 허나 지금 도당에서 이 얘길 해주실 분은 판삼사사뿐입

° 임금이 죽으면 이를 알리기 위해 중국으로 보내는 사신.

니다.

최영   (옅은 한숨)

8 _____ 매 사냥터 (낮)

창공으로 솟구친 매 한 마리가 땅을 향해 방울 소리를 울리며 곤두
박질친다. 꿩을 쫓아가 기어이 잡아채 물어뜯는다. 임견미와 지윤,
사병들과 달려간다. 일각, 박가의 호위를 받고 선 사냥 복장의 이인
임과 안사기.

안사기   저자들은 언제 우리 편으로 만드셨습니까? 정말 대단하십니다.

꿩을 잡아든 임견미와 지윤, 이인임을 향해 힘차게 흔들어 보인다.

이인임   (미소로 손짓하며) 재물이 요물 아닙니까?

안사기   하긴... 황금 보기를 돌같이 하는 최영 밑에서 얼마나 허기가 졌겠
습니까? (하는데)

장자온   (E) 수시중 대감!

이인임과 안사기, 돌아보면 관복 차림의 장자온, 허겁지겁 뛰어온다.

이인임   무슨 일이오?

장자온   최영 대감이 도당에다가 고부사를 보내자는 첩문을 올렸습니다!

이인임   (굳는)

안사기   아니, 사대라면 질색을 하는 최영이 왜 그런 짓을 했단 말입니까?

이인임   왕태후마마께서 읍소를 하셨겠지요. (후~) 마마께서도 이제 눈치

를 채신 모양인데...

안사기 (헉! 해서) 첩문을 반려하여 거론 자체를 막아야 합니다!

장자온 무슨 명분으로 반려를 하겠습니까? 더구나 상대는 최영입니다.

안사기와 장자온, 답답한 듯 이인임을 본다.
말없이 생각에 잠긴 이인임, 하늘을 본다. 매가 하늘로 날아오른다.

9 _____ 대궐 편전 안 (다른 날, 낮)

정면으로 용상의 우왕과 발을 드리우고 앉은 태후가 보인다.
좌우에 도열한 재상들. 장자온과 민백훤, 중앙에 허리를 숙이고 서
있다.
긴장감이 흐르는 가운데 교서를 펼쳐 읽는 염흥방의 목소리만이
정전을 울린다. 속내를 알 수 없는 이인임의 얼굴 위로.

염흥방 (E) 밀직사사 장자온과 전공판서 민백훤을 대명국 남경으로 보내
대행대왕의 부고를 전하도록 할 것이니 만전을 기하도록 하라.

10 _____ 이인임의 집 사랑채 안 (낮)

이인임과 하륜, 차를 마시며 바둑판을 마주하고 앉아 있다.
우하귀 정도에 백돌이 흑에게 근거를 빼앗긴 국면.

이인임 이런... 멀쩡하던 돌이 곤마가 되어버렸구만.

하륜 (다기를 집어 이인임의 차를 따라주는) 방심하신 탓입니다.

이인임	(짐짓 난감한 듯 바둑판 들여다보는) 어허... 이거 큰일이로세.
하륜	(걱정스레) 고부사가 명 황제를 만나면 처백부 어른께 위기가 닥칠 것이옵니다.
이인임	(대수롭지 않은 투로) 그리되겠지.
하륜	(답답한) 어떻게든 고부사의 파견을 막았어야 했습니다.
이인임	명분이 없는데 어찌 막아? 힘만 믿고 강짜를 부리는 것은 하수들이나 하는 짓일세. (차 마시는)
하륜	허면 대책은 있으십니까?
이인임	(찻잔 놓고 피식, 바둑통에 손 집어넣고 돌 만지며) 어디 보자...
하륜	처백부 어른...
이인임	바둑 격언에... 상대의 손 따라 두면 필패라 하였네. 형세가 불리하니 일단은 손을 뺄 수밖에.
하륜	손을 뺀 다음에는요?
이인임	상대가 예측하지 못한 곳을 찔러가야지. (힘차게 착점하고 미소)

하륜, 바둑판 보면 천원 근처에 덩그러니 놓인 돌.
그 위로 천천히 11씬의 평원 DIS.

11 _____ 만주 평야 (낮)

〈자막〉 만주 개주참(지금의 중국 봉황성)

여기저기 피투성이로 죽어있는 명군의 시체와 말. 아무렇게나 흩어져 있는 공물들과 부서진 마차와 수레 주변으로 관노들이 묶여서 벌벌 떤다. 일각에 둘러선 고려군을 대동하고 선 김의. 그의 피묻은 칼 앞에 무릎을 꿇은 채 떨고 있는 임밀과 채빈.

채빈	(중국어, 애원) 호송관! 대체 왜 이러는 것인가? 재물이 탐나서 이 러는 것이라면 말과 공물을 다 줄 터이니 목숨만 살려주시게... 제발. (하는데)

김의의 칼이 허공을 가른다. 채빈, 헉! 피를 토하며 쓰러진다.

임밀	(중국어) 네 놈이 감히 내명국의 사신을 죽이고도 무사할 성싶으냐!!
김의	(홱 노려보는)
임밀	(중국어) 황제께서 네 놈과 고려를 결코 용서하지 않으실 것이다!!

12 _____ 전의시 안 (밤)

탁자 앞에 앉아 붓을 든 정도전, 누군가의 행장을 검토하고 사기와 주역 등을 펼쳐가며 시호에 쓰이는 한자들을 적어 내려가고 있다. 보퉁이를 든 최 씨, 들어서며 방긋.

최 씨	서방님!
정도전	? ...여긴 어쩐 일이시오?
최 씨	(쪼르르 다가오는) 어쩐 일이기는요? (보퉁이에서 의복과 음식을 꺼내며) 우리 서방님 숙직하시는데 소첩이 어찌 가만있겠습니까? (방을 둘러보며) 아유~ 넓기도 하지... 다들 퇴청하신 것입니까?
정도전	그렇소.
최 씨	(큼, 슬며시 곁에 다가앉는)
정도전	(쭈뼛) 어허...
최 씨	보는 사람도 없는데 뭐 어떻습니까? (접시에서 상화 하나 집어 건

네며) 드셔보세요. 서방님.

정도전   놓고 가시오. 나중에 관부의 숙직 관리들과 같이 먹겠소.

최 씨   이게 얼마나 귀한 건데 나눠 드신답니까? 대국 사신들 접대상에 올라가는 상화라는 것입니다, 어서 드세요. (쥐여주는)

정도전   (의심스러운) 이리 귀한 것을 어디서 구했소?

최 씨   감나무 집 김가네가 갖다준 겁니다.

정도전   (떡 툭 놓고) 도로 갖다주세요.

최 씨   왜 그러십니까?

정도전   김가면 제기 만드는 그릇쟁이잖소. 나는 해마다 수십 번의 왕실 제사를 지내는 관리요.

최 씨   (펄쩍 뛰며) 아유, 이거 뇌물 아닙니다... 소첩도 첨엔 안 받겠다 했는데요, 동네에 경사가 났는데 이웃지간에 어찌 모른 척하냐면서, 성의 표시니 절대 부담가질 필요 없다 했습니다.

정도전   (답답하다는 듯 쓰읍 보고) 그게 뇌물입니다! (접시 홱 밀어놓는)

최 씨, 입 삐죽하는데 문 벌컥 열리고 굳은 표정의 정몽주, 들어온다.

정몽주   삼봉!

최 씨   (반갑게) 포은 나리!

정몽주   (심각한)

정도전   ?

13 _____ 대궐 숭경전 처소 안 (밤)

다과상을 놓고 앉아 있던 태후와 정비, 병해서 상궁을 바라본다.

태후	(믿기지 않는) 지금... 뭐라 했느냐?
상궁	탐라의 세공마를 받으러 왔던 명나라 사신들이 돌아가던 길에 호송관 김의에게 참변을 당했다 하옵니다!
태후	(버럭) 김의 그자가 대체 왜!
상궁	그, 그것은 쇤네두...
정비	(다급히) 김의는 어찌 되었는가?!
상궁	정사 임밀을 인질로 삽아 북원의 나가추에게 귀순을 히였다 하옵니다.

〈자막〉 나가추 - 북원의 장수로 만주 지방을 장악하고 있던 군벌

정비	...뭐라? (망연하게 태후 보면)
태후	(기막힌) 관세음보살...

14 _____ 도당 안 (밤)

경복흥, 최영, 이인임, 임견미, 안사기, 지윤 등이 격론을 벌이고 있다.

경복흥	명 황제는 우리와 북원이 짜고 벌인 일이라 믿을 것이오이다! 나가추에게 김의의 압송을 요구해야 하오!
안사기	그런다고 나가추가 들어주겠습니까?
경복흥	아니면 전쟁이라고 통첩을 해야지요!
임견미	(어이없는) 시중 대감. 나가추 휘하의 군사가 십만이옵니다.
경복흥	허면 명 황제의 군대가 쳐들어오는 것을 보고만 있자는 얘기요!
최영	(침착하게) 그만 흥분을 가라앉히세요. 며칠 전에 고부사가 떠났으니 그들을 대하는 명나라의 태도를 지켜본 연후에... (하는데)

안사기	고부사들은 이미 말을 돌려 개경으로 돌아오고 있습니다.
최영	!
경복흥	(발끈) 어명을 받고 떠난 사신들이 제 맘대로 말머릴 돌리다니! 이 자들이 정신이 나간 것이 아닌가!
안사기	정신이 멀쩡하니까 돌아오는 것이지요. 가봤자 죽을 게 뻔하지 않습니까?
경복흥	(끙하고 탄식)
이인임	(회심의 미소)

15 _____ 성균관 외경 (밤)

정몽주	(E) (놀라) 고부사마저 돌아오고 있다구?

16 _____ 동 정록청 안 (밤)

정도전과 정몽주를 제외하곤 도포 차림인 이숭인, 권근, 박상충이
앞에 선 이첨을 보고 있다.

정몽주	그게 사실인가, 이첨!
이첨	빈청 숙직을 하다가 도당에서 흘러나오는 말을 똑똑히 들었습니다.
박상충	나 이거야 원... 엎친 데 덮친다더니...
정도전	성동격서.
일동	?
정도전	명 사신을 죽여 다른 곳에 있는 고부사를 되돌린 것이지요.
박상충	김의의 우발적인 소행이 아니라 계획된 일이라는 말인가?

정도전	고부사가 명나라에 가는 것을 원치 않는 자가 사주한 것입니다... 이인임 말입니다.
일동	!
권근	허나 김의가 북원으로 귀순을 해버렸으니 배후를 어찌 밝히겠습니까?
이숭인	사건의 진상은 나중 문제일세. (일동에게) 당장 명나라가 어찌 나오겠습니까?
정몽주	명나라는 줄곧 고려와 북원이 내통한다고 믿어왔어요. 이제 고려가 본색을 드러냈다 여길 것입니다. 이대로 가면... 전쟁입니다.
박상충	큰일이구만... 도당에서도 뾰족한 수가 없을 터인데...
정도전	(중얼대듯) 거기서 나올 얘기라고 해봐야... (알아챈 듯 굳어지는) 이인임의 노림수는 따로 있었어!
일동	?
이인임	(E) 북원과 손을 잡읍시다.

17 _____ 다시 도당 안 (밤)

태연한 이인임의 얼굴을 놀란 표정으로 바라보는 재상들.

경복흥	(당혹스러운) 뭐요... 북원과?!
이인임	엎질러진 물은 주워 담을 수 없으니 새로운 물을 따를 수밖에요. 북원하고라도 손을 잡아야 명나라가 섣불리 군사를 일으키지 못합니다.
임견미	참으로 탁월한 계책이십니다, 수시중 대감.
지윤	이 사람의 생각에도 그게 좋을 것 같습니다.
안사기	당장 왕태후마마께 아뢰어 사신을 보내도록 하십시다. (하는데)

최영	그건 아니 될 말입니다.
이인임	(정색하고 보면)
최영	원나라는 지난 백여 년간 고려를 핍박하였소. 선왕의 대에 이르러 겨우 그 속박을 떨쳐내었거늘 어찌 다시 원나라의 잔당들과... 불가합니다.
이인임	명나라와는 이미 돌아올 수 없는 강을 건넜습니다. 북원마저 싫다시면 고려의 안전을 어찌 도모하실 생각입니까?
최영	대국에 빌붙어야 살 수 있다는 나약한 생각이 오늘의 나약한 고려를 만든 것이오. 스스로의 목숨은 스스로가 지키는 것입니다.
이인임	우리가 명이나 북원을 이길 수 있습니까?
최영	죽을 각오로 싸우면 이기지 못할 적은 없소이다.
이인임	이기지 못할 적 앞에선 싸울 각오도 생기지 않는 것입니다... 무책임한 정치 선동이에요.
최영	(노려보는)
이인임	(미소) 밤이 늦었습니다. 오늘은 이만 산회하시지요. (일어나는)

안사기 등 대부분의 재상, 이인임에 동조하듯 일어난다. 최영, 분하다.

18 _____ 이인임의 집 앞 (밤)

박가의 호위 속에 이인임의 평교자가 다가와 멈춘다. 이인임, 내려 들어가려는데 인기척을 느낀 박가, 앞으로 나서며 검을 뽑을 태세를 취한다. 이인임, 보면 정몽주, 정도전, 박상충이 다가선다.

이인임	(박가를 밀어내고 나서며) 그대들이 여긴 어인 일이시오?
정몽주	도당에서 북원과 화친하자 하셨다구요?

이인임	달리 방도가 없지 않소.
박상충	사신을 보내서 우리와 아무 상관 없는 사건이라고 주장하는 방법도 있지 않습니까!
이인임	가봤자 죽을 것이고 우린 그동안 귀한 시간만 허비하게 되겠지요.
정몽주	성공할 가능성은 왜 부정하십니까?
이인임	부정한 적 없습니다. 성공 가능성이 더 높은 쪽을 선택했을 뿐이오.
박상충	(붓 참고 버럭) 북원은 곧 망할 니랍니다!! 그때 가서 고려가 어찌돼도 좋단 말이오이까!!
이인임	천하를 제패했던 몽고족의 나라요. 그리 쉽게 망하지 않습니다. (들어가려는데)
정도전	김의를 사주한 배후는 왜 조사하지 않으시는 것입니까?
이인임	(멈칫 보는)
정도전	(비꼬듯) 대감처럼 영민하신 분께서 설마 우발적인 사건이라 믿으시는 것은 아니겠지요?
이인임	(다가와 싸하게 보는)
정몽주·박상충	(긴장)
이인임	혹시... 이 사람을 의심하시는 것이오?
정도전	(느물대듯) 그저 돌아가는 정황이 의혹투성이인지라... 궁금해서 드리는 말씀이지요.
이인임	...정치를 오래 할 생각이라면 새겨들으시오. 의혹은... 궁금할 때가 아니라 상대를 감당할 능력이 있을 때 제기하는 것입니다.
정도전	(보다가) 충고... 유념하지요. (피식)

19 _____ 거리 (밤)

정몽주와 정도전, 박상충, 염흥방을 이끌며 어디론가 데려간다.

염흥방	(난처한) 아 글쎄 나는 최영 대감하고 그리 각별한 사이가 아니라니까...
정몽주	도병마사로 탐라 정벌을 함께 하지 않았습니까?
박상충	이 사람 이제 보니 최영이 앞장서 싸울 때 뒤에서 딴짓만 했나 보구만.
염흥방	거 사람, 말을 해두... 최영 대감이 원래 사대부들을 좋아하지 않아요, 글쎄.
정도전	도당에서 이인임의 의도를 꺾을 사람은 최영 대감뿐입니다. 영감께선 자리만 만들어 주세요. 설득은 우리가 하지요.
염흥방	나 원 참... (끌려가는)

20 _____ 최영의 기와집 앞 (밤)

정도전과 정몽주, 박상충 앞에 선 염흥방, 머슴을 본다.

염흥방	대감께서 출타하셨다구?
정도전	(끼어들 듯) 어디로 가셨는지 아는가? 급히 드릴 말씀이 있어서 이러네.
머슴	쇤네가 그걸 어찌 알겠습니까요. (들어가는)
일동	(난감한)
이인임	(E) 초대에 응해주셔서 감사합니다.

21 _____ 이인임의 집 사랑채 안 (밤)

최영, 이인임과 독대하고 있다. 일각에 놓인 약탕기에서는 김이 폴 폴 솟아오르고 약재함 정도 놓여 있다. 이인임, 천칭을 앞에 놓는다.

이인임　약차를 대접할까 해서 꺼내온 물건입니다. 서역 사람들이 쓰는 약 저울인데... 벽란도 대식국 상인한테 어렵게 구한 것입니다.

최영　이 사람을 보자 한 용건이 무엇이오?

이인임　대감과 중원대륙의 정세를 논해볼까 해섭니다.

최영　이 사람은 평범한 무부... 남의 나라 일 따위 관심 없소이다.

이인임　들어보시면 관심이 생기실 것입니다.

최영　(보는)

이인임　(작은 분동을 한쪽 저울판에 올린다. 한쪽으로 쑥 기우는 천칭) 원나라가 만리장성 이북으로 쫓겨갈 때만 해두 곧 망할 것 같았는데... (다른 저울판에 약재 올리면 바닥에 닿은 저울판이 조금 올라가는) 지금은 기력을 회복해서 명나라에 반격을 가하고 있어요. 물론 아직은 명에 밀리는 것이 사실이나 우리가 북원에 가세한다면 형세는 백중지세가 될 것입니다.

최영　명과 북원의 싸움이 장기화되길 원하시는 것이오?

이인임　(손 멈추고) 장기화 정도가 아니라 그대로 굳어지길 원합니다.

최영　(보는)

이인임　(보는) 중원대륙을 뚝 잘라서 남쪽은 명, 북쪽은 원... 고려가 강해질 수 있는 길은 그것뿐이니까요.

최영　...! 어째서요?

이인임　(자신만만한) 역사를 보세요. 중국이 분열되어 있을 때 우리는 강했습니다. 고조선이 그랬고, 고구려가 그랬어요. 허나 한나라가 중국을 통일한 뒤 고조선이 망했구, 당나라가 들어서자 고구려가 망하지 않았습니까?

최영　중국의 분열이 우리에게 이득이라는 것이오?

이인임　명나라가 천하를 제패하면 고려는 영원히 조공이나 갖다 바치는 변변찮은 나라가 될 것입니다. 허나 북원이 살아남는다면!

이인임, 약재를 듬뿍 집어 저울판에 올리면 쑥 올라가 균형을 맞추는 저울판. 최영, !

이인임 고려는 두 대국 사이에서 균형을 맞추는 저울추 역할을 하게 됩니다. 허면... 선왕께서 생전에 그토록 갈망하셨던 황세국 고려도... 꿈만은 아닙니다.

최영 (고심하는)

이인임 대감... 지금은 북원의 편에 서야 합니다.

최영, 천칭을 주시한다. 바라보는 이인임의 미소에서 F.O

22 _____ 대궐 안 관부 (낮)

전각에서 하나둘씩 나와 정전으로 향하는 관원들. 굳은 표정으로 걸어가는 정몽주와 정도전. 일각에서 걸어오던 염흥방이 따라붙는다.

염흥방 소식은 들었는가? 수시중이 오늘 조회에서 북원과의 화친을 관철시킬 거라는군.

정몽주 들었습니다.

염흥방 (혀 차는) 아무래도 세상이 거꾸로 갈 모양이네그려.

정도전 도로 뒤집어서 바로 세워야지요. 어서 가세, 포은.

정몽주와 정도전, 걸음을 서두른다. 염흥방, 따라간다.

23 _____ 대궐 정전 안 (낮)

종5품 이상의 신료들이 좌우에 삼삼오오 모여 있다. 우왕과 태후,
재상들의 모습은 보이지 않는다. 정도전과 일행, 들어오면 박상충,
쪼르르 온다.

박상충	자네들 왔는가?
정몽주	(일별하고) 도당의 재상들은 어찌 한 명도 보이지 않는 것입니까?
박상충	(쓱 보고) 그러고 보니 그렇네그려? 도당회의가 아직 안 끝난 모양이구만.
염흥방	우리가 반대할 거라는 걸 뻔히 알 테니 뭔가 작당을 하고 있겠지.
정몽주	아무리 그렇다 해두 조회에 늦는 것은 전례가 없는 일인데...
정도전	(아차 싶은) 도당에 있는 것이 아닙니다!
일동	?!
정도전	(정몽주에게) 편전일세!

24 _____ 편전 안 (낮)

우왕과 태후, 내관과 재상들이 있다. 왕의 서안 위에 상소가 올려진다.

이인임	해서 도당에서는 북원국에 사신을 파견하여 화친키로 중론을 모았으니 윤허하여 주시옵소서...

우왕, 고개 돌려 보면 발 뒤의 태후, 침통하다.

25 _____ 정전 앞 (낮)

정도전, 뛰어나오는데 정몽주, 나와 잡는다.

정몽주 어딜 가는 것인가?

정도전 편전으로 갈 터이니 자넨 사대부들을 모아주게. (가려는데)

정몽주 (잡는) 멈추시게!

정도전 ...! (보는)

정몽주 가서 무엇을 어찌하려구?

정도전 어쩌긴, 점거를 해서라도 막아야지.

정몽주 재상들이 편전에 들어가 왕의 재가를 받는데 그것을 무슨 명분으로 막아?!

정도전 허면 이대로 앉아서 당하잔 말인가? 이거 놓게. (가려는데)

정몽주 (거칠게 잡아 세우며) 명분 없이 편전을 범했다간 대역죄란 말일세!

정도전 (노려보는)

26 _____ 다시 편전 안 (낮)

발 뒤에서 태후의 떨리는 목소리가 들려온다.

태후 이 땅에서 원나라를 몰아냈던 선왕의 시신이 채 식지도 않았거늘... 이것이 정녕 최선이겠습니까?

이인임 정치에서 어찌 최선만을 도모하겠사옵니까? 최악보다는 차악을, 차악보다는 차선을 선택하여 파국을 막는 것이 정치의 소임이옵니다.

태후 (최영을 물끄러미 보는) 판삼사사는 왜 아무 말씀도 없으십니까?

최영	...
태후	판삼사사...
최영	(무겁게) 소신은...
일동	(주목)
최영	도당의 결정을 지지하옵나이다.
이인임	(미소)
태후	(옅은 한숨) ...내관은 옥새를 주상에 전하라.

김실, 옥새를 우왕 앞에 놓는다. 이인임의 시선이 번득이는데.

| 정도전 | (E) 전하!! |
| 일동 | ! |

27 _____ 편전 앞뜰 (낮)

숙위병이 노려보는 가운데 정도전, 무릎을 꿇고 엎드려 외친다.

| 정도전 | 신 전의부령 정도전, 죽기를 각오하고 간하옵나이다! 북원은 대세를 잃고 변방으로 쫓겨간 지 오래이온데 강성한 명나라를 버리고 북원을 택하심은 나라를 누란의 위기로 몰아가는 처사이옵니다!! |

28 _____ 편전 인근 일각 (낮)

담 너머에서 정도전의 목소리 들려온다. 정몽주, 갈등한다.

정도전   (E) 도당의 재상들은 명나라와의 전쟁을 피한다는 구실로 북원과
의 화친을 주장하고 있사오나 이는 고려를 다시 몽고인들에게 예
속시키려는 간악한 술수이옵니다!!

29 _____ 다시 편전 앞뜰 (낮)

정도전   북원이 어떤 나라이옵니까! 저 옛날 충렬대왕 이래로 고려의 왕을
제 맘대로 갈아치우고, 영토를 빼앗고, 고려의 풍습과 민족혼을 말
살하려 했을 뿐 아니라 공녀라는 이름으로 수만 명의 고려 여인들
을 범했던 천인공노할 원나라의 잔당들이옵니다!

30 _____ 다시 편전 안 (낮)

당황한 중신들 위로 정도전의 목소리가 들려온다.

정도전   (E) 우리가 어찌 그들과 통교를 할 수 있단 말이옵니까!
안사기   (발끈) 전하, 저 발칙한 자를 당장 하옥하라 명하시옵소서!
우왕   하, 하옥이요?
임견미   (보다 못해 일어나며) 소신이 나가서 처단하겠사옵니다. (하는데)
태후   (엄하게) 고정하세요!
임견미   (멈칫)
태후   ...마저 들어보십시다.

31 _____ 다시 편전 앞뜰 (낮)

정도전　(절절한) 바라옵건대 명나라에 사신을 다시 보내어 고려의 무고함을 주장하고, 빠른 시일 내에 사건의 진상을 밝히겠노라 하면 파국을 막을 수 있을 것이옵니다!! 전하~!!

32 _____ 다시 편전 안 (낮)

태후　정도전의 간언이 일리가 있지 않습니까?

이인임　그동안 명나라가 보여온 고압적인 행태를 잊으셨사옵니까? 사신의 안전을 장담할 수 없거니와, 무엇보다두 도당의 재상 누구도 명나라에 가길 원하는 사람이 없사옵니다.

태후　정녕 이 많은 재상들 중에 사신으로 가실 분이 한 사람도 없단 말이오?

일동　(침묵)

태후　(탄식 같은 한숨)

33 _____ 다시 편전 앞뜰 (낮)

정도전, '전하~ 북원과의 화친은 불가하옵니다~' 외치는데 임견미, 안에서 튀어나온다.

임견미　뭣들 하는 것이냐, 저자를 당장 포박하라!

숙위병들, 일제히 달려들어 정도전의 입을 틀어막고 제압하는데.

| 정몽주 | (E) 멈추시오! |

임견미, 흠칫 보면 정몽주, 사대부들을 대동하고 걸어온다. 박상충, 염흥방, 이숭인, 권근, 이첨 등을 선두로 파란 관복의 하급 사대부들이 따른다. 숙위병들, 멈칫한다.

| 정도전 | 포은! |

병사를 밀친 정몽주, 정도전 옆에 나란히 부복하면 사대부들이 일제히 부복한다. 임견미, 흠칫!

정몽주	주상전하께 아뢰옵나이다!! 북원과의 화친은 불가하옵니다, 전하~!!!
일동	불가하옵니다, 전하!!
정도전	(감격)

34 _____ 다시 편전 안 (낮)

사대부들의 음성이 쩌렁쩌렁 울리는 실내. 정몽주의 선창에 따라 '통촉하여 주시옵소서', '북원과의 화친은 불가하옵니다' 하고 외치는 소리가 들려온다.
난감한 재상들, 안절부절못하는데 사운드 잦아들고...

| 태후 | (결심한 듯) 명나라에 다시 한번 사신을 파견하겠습니다. |
| 이인임 | (발끈) 명을 거두어 주시옵소서! 이는 명나라로 하여금 군대를 일으킬 시간만 벌게 하는 처사이시옵니다! |

태후	그게 순리입니다!
이인임	정녕 고려가 전쟁터가 되는 것을 원하시옵니까! 왕태후마마!!
태후	(O.L, 일갈) 지금 어명에 맞서시려는 것이오, 수시중!!
이인임	(멈칫, 이 악무는)
태후	(몸이 떨리는, 애써 침착하게) 사신으로 갈 자는 이 사람이 친히 찾아볼 터이니... 경들은 그리 아세요.

일동, 맥이 탁 풀린다. 두 눈을 질끈 감은 최영, 착잡한 듯 깊은 한숨을 토한다. 이인임, 주먹을 부르르 떤다. 그 위로 함성, '와~~'.

35 _____ 편전 앞뜰 (낮)

사대부들, 환호성을 지르고 서로 얼싸안는다. 정도전을 부둥켜안고 격려하는 박상충. 그 뒤로 이인임을 위시한 도당의 재상들 쓸쓸히 퇴정한다. 정몽주와 감격의 포옹을 나누는 정도전. 일각에서 그 모습 착잡하게 바라보는 하륜, 이인임을 기다리다 함께 걸음을 옮긴다. 사대부들이 '주상전하 천세!', '왕태후마마 천세!'를 외치는 속에서 정도전과 정몽주의 뜨거운 시선이 교차한다.

해설(Na)	명 사신 살해 사건을 이용하여 북원과의 외교를 재개하려던 이인임의 시도는 이렇게 수포로 돌아간다. 그동안 정치적 영향력이 미미했던 신진사대부들은 고려의 새로운 대안 세력으로 주목받게 되었고, 정도전은 일약 친명 소장파의 기수로 발돋움하게 된다. 그런데...

36 _____ 민가가 보이는 야산 (낮)

말을 탄 몽골 기병 한 기가 달려와 멈춘다. 어슬렁어슬렁 말을 몰면서 산 아래를 주시하는 기병. 굴뚝 연기가 피어오르는 초가집들이 옹기종기 모여 앉은 평범한 농촌 마을.

〈자막〉 고려 동북면 화령(지금의 함경남도 영흥)

어슬렁대던 기병, 말머리를 돌려 돌아가려는데 어디선가 날아온 화살이 허벅지에 꽂힌다. 기병, 땅에 곤두박질치고 놀란 말은 도망친다.
수풀 속에서 불쑥 솟구치는 두 사람. 활을 들고 가죽조끼 정도 입은 이지란과 사내1이다. 달려와 기병 앞에 선다.

이지란 봤네? 이 활 하면 우리 성니메° 다음으루 이 퉁두라이야.
사내1 (허벅지에 맞은 활 보고) 종아리르 맞춘다 하디 않았음?
이지란 (쓰읍) 가 말이나 끌구 오라.
사내1 (입 삐죽 가면)
이지란 (기절한 기병 얼굴 꼬나쥐고) 간나새끼... 거 좀 떠레겠다고 정신줄을 놔버리네? (얼굴 요모조모 살펴보는, 흠)

37 _____ 기와집 앞 (낮)

병사들이 경계를 서고 있다. 말고삐를 잡은 사내1과 이지란, 걸어

° '형님'의 함경도 방언.

온다. 말 잔등에는 손발이 묶인 기병이 얹혀 있다. 이지란, 대문 앞에 멈춘다.

이지란 딴소리 아이 하게 일단 두둘게 패구 물어보라. 알갔네?

사내1 야. (가는)

이지란 (뒤에 대고) 성니메 아시면 난리 난다. 아가리 재갈부터 물리고 패라!

사내1의 '야~' 하는 소리를 들으며 어디론가 걸음을 옮기는 이지란.

38 _____ 동 대청 + 마당 안 (낮)

대청에 걸터앉아 사슴 가죽으로 만든 조끼를 쓸어보는 손. 무심한 듯 부드러운 표정의 이성계. 역시 짐승 가죽으로 만든 조끼 차림이다.

이지란 (E) 성니메, 먼 생각을 그리하오?

이성계, 보면 이지란, 걸어와 앉는다.

이지란 (가죽 보며) 이거 사슴 가둑 아이오?

이성계 (툭 던져주며) 덕출이 처 갖다 두라.

이지란 ...? 계울에 왜구하구 사우다 둑은 덕출이 말이오?

이성계 (보일 듯 말듯 고갯짓)

이지란 성니메, 무슨 고민 있음둥?

이성계 옛날에 꿨던 꿈을 다시 꿨댔어.

이지란	우리 성니메 또 불공드레다 자불었구만. 자꾸 그램 부처님한테 꾸중 듣소. 그래 무슨 꿈을 꾸었습메?
이성계	집이 무너졌는데... 내가 그 안서 서까래 세 개를 등에 디고 나왔어.
이지란	한나도 아이고 세 개? 거 자불면서도 힘들었겠슴.
이성계	이거이 무슨 뜻 같네?
이지란	(갸웃 생각하다가 갑자기 반색하는) 성니메, 상투를 트실 모양이오!
이성계	...혼례 말이니?
이지란	서까래 없으면 집이 무너디디 않소. 서까래 그거이 무슨 뜻이겠슴메? 부인이란 뜻이오. 세 개라고 했으이 예 화령에 있는 행수하구 개경에 있는 이쁜 행수에... 셋째 행수까지 보게 된다는 계시가 분명하우다!
이성계	(피식 웃고 마는, 뒷맛이 쓸쓸한)

39 ＿＿＿ 산 일각 (낮)

군데군데 화전에서 일하는 농부들의 모습이 내려다보인다. 활을 곁에 내려둔 이성계, 꺾은 보릿대로 보리피리를 불고 있다. 그 얼굴 위로...

40 ＿＿＿ 회상 – 일실 안 (밤)

한지에 붓을 가져가는 승려의 뒷모습. 그 앞에 무릎 꿇고 앉은 이성계.

승려	(E) 사람의 등에 서까래 세 개가 올라간 형상을 그리면 이렇게 됩니다.

이성계, 보면 거의 '王' 자의 형상이다. 이성계, !!

승려	(E) 임금 왕... 임금이 될 운명을 타고났으나 지금은 왕씨의 나라이니... 시주의 팔자노 참으로 기구힙니다그려.
이성계	(혼란스러운)

41 _____ 다시 산 일각 (낮)

이성계, 마음이 버거운 듯 불던 보리피리를 멈춘다. 툭 집어던진다.
후~ 마음 다잡고 일어서는데, 이지란, 뛰어온다.

이지란	(긴장한) 성니메!
이성계	(먼지 털며) 뭔 일이네?
이지란	실은 아까 북원 정탐병 하나를 잡았댔는데...
이성계	(보는)
이지란	나가추 그 간나새끼의 군대가 내려오고 있다 하오.
이성계	...! 어디메로 온다든?
이지란	막 출발해게지구 예 동북면으로 올디, 저 서북면으로 갈디는 그 노메도 모른다오.

이성계, 농부들이 일하는 모습을 굽어본다.

이성계	볕이 좋아서 기대를 했댔는데 올해 농새도 글렀구만기래... (결심한

듯) 가별초°를 모으라.

42 _____ 몽타주 (낮)

1) 마을 어귀. 사내1, 소라를 분다. '우웅~' 하는 소리 퍼진다.
2) 논과 밭에서 일하던 농부들, 소리 듣고 급히 어디론가 뛰어간다.
3) 초가와 움막 마당 - 농부들, 방으로 뛰어 들어가면 아녀자들은
말과 병장기를 꺼내온다. 집집이 일사불란한 모습.
4) 민가 앞길 - 고려군의 갑옷을 입고 완전 무장한 채 말을 타고
달려가는 병사들. 민가에서도 기병 한 기 달려 나온다.

43 _____ 마을 어귀 (낮)

질서정연하게 창검과 깃발을 들고 도열한 가별초들.
역시 갑옷에 말을 타고 선 이지란, 맨 앞에 서 있다.
또각또각 말발굽 소리에 몸을 바짝 굳히는 병사들.
이성계, 말을 타고 나타나 앞에 선다. 일제히 예를 표하는 가별초.

이성계 한마디만 하갔어...... 죽디 말라.
일동 예! 장군!

이성계를 필두로 가별초, 나아간다.

°   여진의 추장이 자기 휘하에 두고 사역시키던 백성, 이성계의 사병조직을 칭함.

44 _____ 남대가 청루 안 (밤)

이색을 상석으로 하여 주안상 앞에 길게 앉은 사대부들.
제법 취한 얼굴로 서 있는 박상충, 소회를 밝히고 있다.

박상충 해서 이 박상충! 판전교시사의 중책을 맡겨주신 주상전하의 성은
에 보답하는 의미에서 청시에 길이 남을 탐관오리가 되겠소이다!

일동 (멍한)

이색 (마뜩잖은) 많이 취했네. 그만 앉게.

박상충 (씨익 웃는, 자막 한 자씩 깔리며) 찾을 탐, 정성 관, 깨달을 오, 다
스릴 리! 정성껏 탐구하여 이치를 깨닫는 자가 되겠다는 말씀이었
습니다!!

박상충, 껄껄 웃다가 멈추고 보면 여전히 썰렁한 좌중.

박상충 (머쓱하게 앉으며 꿍얼대는) 어찌 된 사람들이 해학을 몰라.

이색 자넨 이제 사대부들을 이끌어 나갈 좌장일세. 경망스런 언행을 삼
가게.

박상충 제가 어딜 봐서 좌장을 할 재목입니까? 학문은 포은이 저보다 낫
고, 용기는 삼봉이 나으니 포은과 삼봉이 좌장을 해야지요.

정도전 !

정몽주 사형, 그 무슨 황망한 말씀이옵니까? (하는데)

이색 듣고 보니 매부의 말이 일리가 있네그려. 우리 몽주야 좌장이라 해
도 전혀 새삼스러울 게 없고... (근엄하게) 도전아.

정도전 ...! (긴장) 예, 스승님.

이색 그간 교만해질까 싶어 공치사에 인색했었는데... (따뜻한 어조로)
참으로 잘 싸워주었다.

정도전	(놀라운) ...스승님.
이색	(미소, 끄덕이는) 잘해주었어...
정도전	...

45 ___ 동 청루 앞 (밤)

왁자한 웃음소리 들려 나오는 '靑청'자 깃발이 걸린 가게. 정도전과 정몽주, 나란히 걸터앉아 저자를 관조하고 있다. 정도전, 먹먹한 표정이다.

정몽주	스승님과 자네 사이가 격조한 듯하여 걱정이었는데... (미소) 내가 칭찬 들은 것처럼 기쁘더군.
정도전	...조금 어색했었어.
정몽주	(천천히 보는)
정도전	스승님의 칭찬... 동문들의 환대... (피식) 살면서 그런 것하곤 인연이 없을 것이라 여겼거든.
정몽주	자네의 진면목을 본 것이지... 그 옛날 내가 그랬던 것처럼 말일세.
정도전	포은 자네는 정말 대단한 사람일세.
정몽주	뜬금없이 그게 무슨 소린가?
정도전	평생을 칭송만 들으며 살았음에도 이렇듯 한 치의 흐트러짐도 없지 않는가? 솔직히 나는... 이 정도에도 어지럽다네...
정몽주	교만해질까 두려운 것인가?
정도전	(쓸쓸한 듯 피식)
정몽주	(보다가) 자넨 결코 그리 되지 않네. 내가 장담하지.
정도전	(왜냐는 듯 보는)
정몽주	자넨... 정도전이니까.

정도전, 미소 떠오르는데 어디선가 들리는 말발굽 소리. 일어나는
두 사람.
한 떼의 기병들, 횃불을 밝히고 달려와 지나쳐간다.

정몽주 무슨 변고가 터진 모양이네, 삼봉!
정도전 (불길한)
김실 (E) 우리 북원국은 오랜 세월 니희 고려를 부마의 나라로 삼아 돌
봐주었으나...

46 _____ 대궐 편전 안 (밤)

우왕, 태후, 재상들, 모두 심각한 표정. 족자를 읽어 내려가는 김실.

김실 너희의 전 임금 왕전은 아국을 배신하고 주원장의 도적무리가 세
운 명나라와 결탁하였으니 실로 참담한 일이 아닐 수 없다. 허나
왕전이 이미 죽었다 하니 아국은 이를 불문에 부칠 것이다... 헌데!

47 _____ INS - 평원 (낮)

무수한 깃발이 흩날린다. 원나라 귀족 차림의 터터부카를 선두로
북원의 군대가 밀고 내려오는 모습 위로.

김실 (E) 듣기로 왕전의 아들이 하나 있으나 출신이 불분명하다 하였다.
이에 아국에서 심양왕을 하였던 왕고의 손자 터터부카를 고려왕으
로 삼아 내려보내니 엎드려 맞으라.

48 _____ 다시 편전 안 (밤)

김실　이를 거역한다면 함께 보낸 아국의 군대가 너희를 응징, (하는데)

최영　(못 참고 쾅! 내려치는) 이런~ 발칙한!!

경복흥　왕을 바꾸려 들다니!! 우리가 이리 무도한 자들과 화친을 하려 했던 것이오이까!!

이인임　(침착하게) 전하, 우선 변방을 안정시키는 것이 시급하다 사료되옵니다. 지문하부사 임견미를 서경 상원수로, 찬성사 지윤을 서북면 병마사로 파견하여 북원의 침공에 대비토록 하겠나이다.

태후　그렇게 하세요.

이인임　성은이 망극하옵니다.

이인임, 유난히 불안해하는 안사기를 쳐다본다. 얼핏 옅은 미소 머금는.

49 _____ 문하부 이인임의 집무실 안 (밤)

이인임, 뒷짐진 채 창밖을 보고 있다. 그 뒤에 안사기, 쭈뼛 서 있다.

이인임　명나라 사신도 그렇고... 이번 일도 그렇고... (돌아보는) 김의에게 후한 상을 줘야겠어요. 참으로 훌륭한 수하를 두셨습니다, 대감. (미소)

안사기　(불안한) 헌데 정말 이리하면 북원과 화친이 되는 것입니까?

이인임　(앉는) 이 사람을 못 믿으시는 것이오?

안사기　(앉으며) 못 믿어서라기보다두 이건 우리가 우리 목을 조르는 일 같아서 말입니다. 화친은 고사하고 전쟁이라도 터지는 날엔 북원하고는 철천지원수가 되지 않습니까?

이인임 원수가 되지, 사이 좋은 이웃이 될지 역시 대감의 손에 달렸습니다.

안사기 (불안한) 무슨 말씀이시온지...

이인임 김의에게 기별을 하세요. 북원의 문서가 하나 더 필요하다고 말입니다.

안사기 또, 또요?!

이인임 이번이 마지막입니다. 내, 대감의 공은 결코 잊지 않겠소이다.

안사기 (난감한) 이번엔 무슨 내용을 써달라면 됩니까?

이인임 (미소)

50 _____ 남대가 (낮)

임견미와 지윤이 인솔하는 병사들, 창검을 치켜들고 달려간다.
불안한 표정으로 지켜보는 백성들 사이에 정도전의 모습이 보인다.

51 _____ 성균관 정록청 안 (낮)

정도전, 정몽주, 박상충이 앉아 있다.

박상충 거 참 이상한 일이 아닌가? 북원은 지금 명나라와 싸우기도 급급한 처진데 우리와 전쟁을 하려고 들다니...

정도전 뭔가 냄새가 납니다. 이인임이 농간을 부린 것일 수도 있어요.

박상충 에이~ 아무리 이인임이라지만... 에이~ 설마...

정몽주 어찌 됐건 명나라가 움직여줘야 합니다. 명나라가 요동 지역을 치면 북원의 군대가 철수하지 않고는 못 배길 것이에요.

정도전	포은의 말이 맞습니다. 서둘러 명나라에 도움을 요청해야 합니다.
정몽주	(맞다 싶고, 박상충에게) 지금... 사신으로 갈 만한 사람이 있겠습니까?
박상충	명나라라면 재상들이 가야 하는데... 도당에 지금 그럴 만한 인물이 있겠는가?
정몽주	(한숨)
정도전	(뭔가 생각하는)

52 _____ 정도전의 집 대청 + 대문 앞 (밤)

최 씨, 대청에서 아이들의 밥을 먹이고 있다. 두런두런 즐거워 보인다.

득보는 마루턱에 걸터앉아 밥을 퍽퍽 먹는다.

열린 대문 틈으로 그 모습 바라보는 정도전. 고심하다가 자리를 뜨는.

53 _____ 대궐 숭경전 처소 안 (밤)

태후, 놀란 얼굴로 정도전을 보고 있다.

태후	밀사라니?
정도전	소신의 품계로는 공식 사신으로 갈 수 없사오니 밀사로 보내 달라는 것이옵니다. 황제를 알현하진 못하겠으나 명나라 병부에 작금의 긴박한 사정을 전할 수는 있을 것이옵니다. 윤허하여 주시옵소서.
태후	(감동한 듯 보는)
정도전	(결연한)

54 ____ 처소 앞 (밤)

문 앞에서 듣고 있던 상궁, 어디론가 사라진다.

55 ____ 이인임의 사랑채 안 (밤)

난을 닦는 이인임에게 귓속말을 하는 박가.

이인임 정도전을 밀사로 보낸다... (씁쓸한 듯 피식 웃고) 북원에선 아직 아무런 움직임도 없는가?
박가 그렇사옵니다, 대감.
이인임 (초조한)

56 ____ 석성 앞 평야 (낮)

〈자막〉 고려 서북면 국경 지역(현재의 평안도 지역)

말을 탄 북원의 사신 두 명과 호위병 몇 기가 달려와 멈춘다.
사신1, 전방의 석성을 주시한다. 성곽 위로 창검을 든 병사들이 보인다.
사신1, 손을 내밀면 옆에 선 사신2, 비단 보자기에 싸인 상자를 건넨다.

57 _____ 성곽 망루 (낮)

부관들과 함께 전방을 둘러보는 지윤. 상자를 든 장수1, 뛰어와 아뢴다.

장수1   장군!

지윤   무슨 일이냐!

장수1   북원국 황제의 사신을 자처하는 자들이 이것을 보내왔사옵니다.

지윤   (다가가 낚아채고, 이게 뭐지 싶은?)

경복흥   (E) 이것이 무엇이오?

58 _____ 도당 안 (낮)

재상들 앞에 놓인 앞 씬의 상자. 보자기가 풀려 있다.

이인임   북원국에서 보내온 문서입니다.

경복흥   ...! (얼른 상자에서 족자를 꺼내 펼쳐보는) 아니... 이럴 수가...

최영   뭐라고 적어놨소이까?

경복흥   지금이라도 자기들과 화친하면 주상전하의 왕위 계승을 인정하고 즉각 군대를 물리겠다 합니다.

최영   (교서를 받아 읽는) ...!!

술렁이는 재상들 틈에서 미소를 주고받는 이인임과 안사기.

59 _____ 대궐 숭경전 처소 안 (낮)

태후, 정비, 경복흥, 이인임이 앉아 있다.

경복흥	마마! 이 제안은 받아들이셔야 하옵니다.
태후	(망설이는)
경복흥	무엇을 망설이시는 것이옵니까? 이마저 거부하면 전쟁이옵니다!
정비	시중 대감, 이 문서의 내용을 우리가 믿어도 되는 것이겠습니까?
경복흥	그렇다마다요. 지금 북원의 사신들이 서북면 국경에서 입국을 요청하고 있사옵니다. 그들이 직접 와서 보증을 서겠다는 것이지요.
정비	(설득 조로) 왕태후마마...
태후	...북원의 사신들을 개경으로 모셔 오세요.
경복흥	(안도) 참으로 현명하신 결정이옵니다, 마마.
태후	사신을 맞으러 갈 영접사°는 누가 좋겠습니까?
이인임	소신에게 맡겨주시옵소서... 염두에 둔 사람이 있사옵니다.
태후	...경의 뜻대로 하세요.
이인임	(미소)

60 _____ 정도전의 집 안방 안 (낮)

바느질감을 쥐고 있던 최 씨, 멍한 얼굴로 도포를 입는 정도전을 본다.

최 씨	두 달이나 지방을 돌아다니셔야 한다구요?
정도전	....그렇게 됐습니다.

°   외국 사신을 맞이하고 대접하는 직책.

최 씨	(의아한) 왕실의 제사를 지내는 분께서 어찌 그리 오랫동안...
정도전	내가 없는 동안 집안을 잘 부탁드리겠소, 부인.
최 씨	(이상한 듯 보는데)
득보	(E, 다급하게) 나리마님! 나리마님!
정도전	?

61 _____ 동 대청+마당 안 (낮)

정도전과 최 씨, 나오면 득보, 안절부절못하고 대청 앞에 서 있다.

정도전	무슨 일인가?
득보	(마당 가리키며) 저, 저기...

정도전, 보면 마당에 이인임, 관원을 대동하고 서 있다.
정도전, 굳고 최 씨, 헉! 하고 머리 조아린다. 득보, 아예 엎드린다.

이인임	집이 아주 단출합니다그려.
정도전	(마당에 내려서는) 무슨 일로 오셨습니까?
이인임	(정색하고) 어명을 전하러 왔습니다.
정도전	...? 어명을 어찌 대감께서 이리 와 전하시는 것입니까?
이인임	사안이 화급하니 이러는 것입니다.
정도전	...
이인임	어명을 서서 받으시겠소?
정도전	(아차 싶은, 이인임 앞에 부복하면)
이인임	(관원이 든 두루마리 들어 펼치는) 전의부령 정도전은 들으라. 그대를 금일부로 영접사에 제수하노니...

정도전	!
이인임	서북면으로 가 북원국의 사신을 맞이하여 개경까지, (하는데)
정도전	(벌떡 일어나는) 무슨 수작입니까?!
최 씨	(헉!)
이인임	(미소) 무릎을 꿇으세요.
정도전	(달려들어 멱살 잡는) 무슨 개수작이냐니까!!

정도전과 이인임의 시선에서 엔딩.

5회

1 _____ 정도전의 집 대청 + 마당 안 (낮)

이인임   (관원이 든 두루마리 들어 펼치는) 전의부령 정도전은 들으라. 그대를 금일부로 영접사에 제수하노니...

정도전   !

이인임   서북면으로 가 북원국의 사신을 맞이하여 개경까지, (하는데)

정도전   (벌떡 일어나는) 무슨 수작입니까?!

최 씨   (헉!)

이인임   (미소) 무릎을 꿇으세요.

정도전   (달려들어 멱살 잡는) 무슨 개수작이냐니까!!

이인임의 싸늘한 미소와 거의 동시에 박가의 칼집이 정도전의 뒷머리를 가격한다. 휘청, 무릎을 꺾는 정도전... '서방님!' 부르짖으며 버선발로 뛰쳐 내려간 최 씨, 마당에 철퍽 엎드려 머리를 조아린다.

최 씨   저희 서방님의 무례를 용서해 주십시오. 이런 분이 아닌데 뭔가 오해를 하는 바람에, (하는데)

정도전   부인!! (통증과 현기증이 몰려오는, 끙! 숨을 토하고)

최 씨   제발 한 번만 자비를 베풀어 주십시오. 이렇게 빌겠사옵니다, 대감~

이인임   (옷매무시를 가다듬고 정도전을 굽어보는) 북원국에서 자기네들과 화친을 하면... 금상을 고려의 왕으로 인정하고 군대를 물리겠다 전해왔소.

정도전   ...! (보는)

이인임   해서 그대에게 사신들을 뫼셔 오라는 것이니... 어명을 따르시오.

정도전   (심각해지는)

태후   (E) 정도전이 영접사라니요?

2 _____ 숭경전 처소 안 (낮)

태후, 정비, 경복흥이 앉아 있다.

태후 (병한) 수시중이 점찍어둔 자가 있다 하여 맡겼더니... 그자가 정도
전이었단 말입니까?

경복흥 (조금 난처한 듯) 그렇사옵니다, 왕대후마마.

정비 정도전은 가장 강경하게 북원을 배척해온 사람이 아닙니까... 헌데
어찌 그 사람을... (걱정스레 태후를 보면)

태후 (난감한)

F.B》4회 53씬의

정도전 소신의 품계로는 공식 사신으로 갈 수 없사오니 밀사로 보내 달라
는 것이옵니다. 황제를 알현하진 못하겠으나 명나라 병부에 작금
의 긴박한 사정을 전할 수는 있을 것이옵니다.

현재》

태후 내가 또 한 번... 정도전을 배신한 꼴이 되었어요. (한숨 쉬듯) 나무
관세음보살...

3 _____ 다시 정도전의 집 마당 안 (낮)

무릎 꿇은 정도전, 바짝 독이 오른 눈으로 이인임을 노려본다.

정도전 왕태후마마께서 이런 명을 내리실 리가 없소이다!

이인임 (피식) 명나라에 밀사로 가는 것 때문에 말이오?

정도전	!
이인임	(한쪽 무릎을 굽혀 정도전의 면전에 다가앉는) 다 끝난 얘깁니다. 고려는 이제 북원과 화친을 할 것이오.
정도전	절대... 그리되지는 않을 것입니다!
이인임	지금 그 말씀은... 어명을 거역이라도 하겠다는 뜻이오?
정도전	(선뜻 대꾸 못 하고 노려보는)
이인임	(미소, 정도전의 어깨에 손을 올리며 부드럽게) 삼봉...

정도전, 흠칫 어깨를 피하려 하지만 이인임, 힘주어 당긴다.
어깨동무하듯 나란히 얼굴을 마주 댄 두 사람...

이인임	(나직이) 솔직히 나는... 그대가 어명을 거부하기를 바랍니다.
정도전	!
이인임	영접사 따위 아무나 가면 어떻소? 이참에 내 눈에 박힌 가시나 좀 빼내 보십시다. (싸한 미소)
정도전	(이를 악무는)

4 ＿＿＿＿＿ 성균관 정록청 안 (낮)

정몽주, 권근 등 학관들을 앉혀 놓고 훈시 중이다.

정몽주	북원이 군대를 몰아오긴 하였으나 섣불리 전쟁을 일으키진 못할 것입니다. 명나라가 주시하고 있고, 특히 적장 나가추는 임인년에 이성계 장군에게 참패를 당한 적이 있습니다. 해서, (하는데)

문이 벌컥 열리고 이숭인, 급히 들어선다. 정몽주, 의아한 듯 보면.

| 이숭인 | (심각한) 큰일났습니다! |
| 정몽주 | ? |

5 _____ 정도전의 집 앞 (낮)

정몽주와 박상충, 대문 앞으로 바삐 걸어오며 다급히 대화한다.

박상충	삼봉이 빠져나갈 방도는 하나뿐일세. 몸이 아프다고 드러눕는 수밖에!
정몽주	핑계 같은 것 절대로 대지 못하는 사람이 아닙니까?
박상충	사지육신 중에 뭐 하나 작살을 내면 더는 핑계도 아니지! (대문 열며) 삼봉!!

6 _____ 동 마당 + 대청 안 (낮)

정몽주와 박상충, 들이닥치면 대청에 이마를 괴고 앉은 최 씨, 망연자실한 일각의 득보, 쭈뼛 인사한다. 멈칫하는 정몽주, 불안감이 엄습하는데.

7 _____ 빈청 일실 안 (낮)

냉담한 표정의 경복흥을 노려보는 정도전.

| 경복흥 | 북원과 화친키로 중론이 모아졌으니... 내키지 않더래두 영접사의 |

소임을 맡아주시게.

정도전 (버티듯) 왕태후마마를 뵙게 해주십시오.

경복흥 어허! 마마께서는 미령하시다고 몇 번을 말했는가!

정도전 시중 대감!

경복흥 건방은 그쯤 떨었으면 됐네! 속히 서북면으로 가서 사신들을 영접해 오게!

정도전 (보다가 작심한 듯) 좋습니다... (일어나) 가지요. (휙 나가는)

경복흥 (그럼 그렇지 싶은... 일어서는)

8 _____ 빈청 앞 (낮)

'麗元一心려원일심'이라 적힌 깃발을 든 기수 뒤로 낭장과 호위병들, 관복을 입은 관원들이 도열해 있다. 빈청에서 정도전이 나와 기수 앞에 선다. 뒤따라 나온 경복흥.

경복흥 꾸물대지 말고 어서 출발하게.

정도전 (펄럭이는 깃발을 올려다보며) 소인이 가서 북원의 사신들을 만나면...

정도전, 대뜸 낭장의 칼을 뽑아 깃대를 벤다. 일동, !!
힘없이 나부끼며 바닥에 떨어지는 깃발. 정도전, 깃발을 밟고 선다.

정도전 (경복흥 보며) 이리 만들어버릴 것입니다.

경복흥 (파르르 떨며) 니...! 니놈이... 죽고 싶어 환장을 하였구나!!

정도전 예... 고려가 강도의 가랑이 밑으로 들어가는 꼴을 보느니... 죽겠습니다. (칼 툭 던지고 걸어가는)

경복흥   (서슬에 질린 듯 벙한)

9 _____ 최영의 집무실 안 (낮)

칼과 갑옷, 화살 등 병장기가 걸려 있다. 최영, 덤덤하게 진법 정도
그려진 병서를 넘기는데 성노선, 결연한 일굴로 곁에 서 있다.

정도전   (비장한) 지금 고려가 할 일은 북원의 사신들을 영접하는 것이 아
        니라, 명나라에 원군을 요청하는 사신을 보내는 것입니다.

최영   (천천히 병서 덮고) 어째서?

정도전   고려는 명나라와 외교하는 나라이지 않습니까?

최영   명나라는 자기네 사신이 김의에게 살해된 뒤로 아무 소식이 없고,
        우리 국경에는 지금 북원의 군대가 몰려와 있네.

정도전   필시 북원과 내통하는 불순한 세력들이 불러들인 것입니다. 맞서
        싸우겠다는 의지만 보여도 허깨비처럼 사라질 종자들이지요.

최영   명나라에 그토록 집착하는 이유가 무엇인가?

정도전   고려의 안위를 위해섭니다. 명나라는 하루가 다르게 강성해지는
        반면, 북원은 내일을 장담할 수 없는 나랍니다.

최영   고려가 북원의 편에 서면 사정이 달라질 수도 있지 않은가?

정도전   장님에게 등불을 쥐어준들... 길이 보이겠습니까?

최영   (역시 생각이 다르다 싶은, 병서 다시 펴며) 그만 나가보게.

정도전   (간곡히) 북원은 백 년 넘게 고려의 피를 짜고 살을 바르고 골수까
        지 빨아먹었던 나랍니다. 화친을 하면 동맹이라는 이유로 고려의
        남자들을 화살받이로 쓸 것이고, 여인들은 다시 공녀로 끌려갈 것
        입니다!

최영   (병서 신경질적으로 탁 덮고) 나 최영이 그것을 용납하리라 보는

가? 그만 나가라 하지 않는가!

정도전   대감, 다시 한번만 생각해 주십시오! 선왕께서 어떻게 몰아낸 원나
라입니까? 지하에 계신 선왕께서 통곡을 하실 일입니다!

최영   (O.L 버럭) 닥치지 못할까! 명나라의 주구 따위가 감히 어디서 요
설을 늘어놓는 것이냐!

정도전   주구라니요! 이놈 또한 명나라의 거만함에 속이 뒤집히는 사람입
니다!

최영   !

정도전   (울컥) 명나라에 바칠 세공마 이천 필 때문에 탐라로 떠나는 장군
과 병사들을 보면서... 속으로 피눈물을 흘렸습니다... 북원이라는
강도를 피했더니 명나라란 상전을 만났구나... 그래, 힘을 키우자,
그 빌어먹을 힘이 없으니 이런 굴욕을 당하는 것이다, 허나...! 북원
은 결단코 아닙니다!!

최영   (보는)

정도전   (간절히 보는)

최영   그래도 내 대답은... 북원이네.

정도전   !

최영   화친을 하면 북원은 명나라에 총력을 기울일 것이고, 두 나라가 혈
투를 벌이는 동안 우리는 힘을 비축할 것일세... 고려는 분명 지금
보다 강한 나라가 될 수 있네.

정도전   이인임이... 대감을 그리 설득한 것입니까?

최영   (찌푸리는) 뭐라?

정도전   만약 그렇다면... 대감께선 속고 계신 것입니다. 특권에 찌든 권문
세가들이 원하는 나라는 지금보다 나은 고려가 아니라 지금 이대
로의 고려니까요.

최영   ...나가거라.

정도전   (미련 없이 나가는)

최영	(매섭게 바라보는)
안사기	(E, 기세등등) 정도전의 작태를 결코 용납하여서는 아니 될 것이옵니다!

10 _____ 편전 안 (밤)

발 뒤에 앉은 태후의 표정이 어둡다. 최영, 안사기, 장자온 등 재상들이 앉아 있다. 용상에는 우왕이 있다. 김실, 서 있고, 염흥방, 사관들 앞에 앉았다.

장자온	주저하실 때가 아니옵니다. 좀 전에 시중과 수시중이 모든 정무를 중단하고 퇴청하였사옵니다.
태후	아니... 정무를 중단하다니요?
장자온	수시중이 정도전에게 멱살을 잡히고, 시중 또한 모욕을 당했사옵니다. 정도전을 처벌하기 전에는 결코 등청을 하지 않겠다 하였사옵니다.
태후	아무리 모욕을 당했기루 조정의 최고 어른이란 분들이 어찌 도당을 박차고 나간단 말입니까?
안사기	국정이 마비될까 두렵사옵니다!! 속히 정도전의 죄를 물으시옵소서!!
태후	(후~) ...밀직은 들으라.
염흥방	(긴장하여 붓을 잡는)
태후	정도전을 파직하고 지방에 외직으로 내려보낼 것이니, (하는데)
안사기	(펄쩍 뛰는) 마마!! 어찌 그런 솜방망이만도 못한 처벌을, 천부당만부당한 일이옵니다!!
태후	정도전이 비록 죄는 지었으나 그를 영접사로 임명한 것 역시 온당

	한 처사는 아니었어요! 정상을 참작해야지요!
안사기	아니 지금, 대역죄인에게 정상참작을 한다 하셨사옵니까!
태후	말씀이 과하십니다! 정도전의 됨됨이는 이 사람이 잘 알아요, 그는 충신입니다!
안사기	(버럭) 그 어인 황망한 말씀이시옵니까!! 왕태후마마!!
최영	(보다 못하고 버럭) 무엄하오이다, 찬성사!!
안사기	(홱 보는)
최영	(노기 어린)
안사기	(끙! 홱 돌아앉는)
최영	신 판삼사사 최영... 삼가 아뢰겠나이다.
태후	(안도하듯) 말씀하세요.
최영	소신 육십 평생을 살아오면서... 어명을 거역하는 충신이 있다는 말은 들어보지 못했나이다.
태후·안사기	!
최영	항명은 명백한 불충... 이를 벌하지 않고 어찌 용상의 권위가 바로 서겠사옵니까?
태후	(지치는, 자조 섞인) 허면 무슨 벌을 줘야 그 용상의 권위라는 것이 선답니까? 삭탈관직°이라도 해야 되는 것입니까?
최영	전시나 다름없는 상황에서 항명을 하였으니... 참형으로 다스려야 마땅할 것이옵니다.
염흥방	(헉!)
태후	지금... 참형이라 하셨소?
최영	정도전의 목을 베어 저자에 효수하시옵소서... (결연한)
이인임	(E) 꿩 잡는 게 매라더니...

° 죄를 지은 자의 벼슬과 품계를 빼앗고 벼슬아치의 명부에서 그 이름을 지우던 일.

11 _____ 이인임의 집 사랑채 안 (밤)

이인임과 안사기, 차를 마시고 있다.

이인임   (찻잔 들며) 정도전의 천적이 최영이었구만... (마시는)

안사기   왕태후마마께서 오늘은 간신히 버티셨지만 며칠 못 가 두 손 두 발 다 드실 겝니다.

이인임   정도전이 처리돼야 내가 도당에 복귀할 명분이 생기고, 영접사도 다시 보낼 수 있습니다. 서둘러 그자의 신병을 확보하세요.

12 _____ 저잣거리 (밤)

박상충, 정도전의 팔을 잡아끈다. 염흥방, 정몽주, 뒤따른다.

박상충   순위부°의 나졸들이 자넬 잡으려고 혈안이 되어 있네. 내 마필을 구해놨으니 당장 도성을 빠져나가게.

정도전   (멈춰 박상충의 손을 떼어내며) 도망이라니요... 구차합니다.

박상충   잡히면 목이 달아날 판인데 구차하면 좀 어떤가! 어서 가세! (당기면)

정도전   (버티듯 서 있는)

박상충   (답답한) 삼봉!

정몽주   사형 말씀대로 하게. 피해 있는 동안 우리가 손을 써볼 터이니...

정도전   내가 잠적하면 저들이 더욱 기고만장해질 터... 그래서는 북원과의 화친을 막을 수 없네. 도성에 남아 끝까지 싸울 것이야.

°   변란과 도적 막는 일을 맡아보던 관청.

박상충　남는 것도 좋고, 싸우는 것도 좋은데 방법이 없지 않은가, 방법이!

정도전　(염흥방에게) 이인임이 정무를 거부했다 하셨습니까?

염흥방　(끄덕) 그렇다네. 자네를 처벌할 때까지 집에서 한 발짝도 나오지 않을 것이라 소를 올렸네.

정도전　…허면 아직 싸울 방도가 있습니다. (정몽주에게) 거기로 가세.

정몽주　?

박상충　거기라니?

13 ＿＿＿ 성균관 대성전 앞 (밤)

활짝 열린 문 사이로 촛불을 밝힌 신위들이 보인다. 전각 앞에 앉아 막 절을 마친 정도전. 결연한 얼굴로 멍석 위에 좌정한다. 그 뒤에 정몽주와 박상충, 염흥방, 권근, 이숭인, 이첨 등 사대부들이 서서 바라본다.

이인임　(E) 성균관 대성전?

14 ＿＿＿ 다시 사랑채 안 (밤)

놀란 표정의 이인임과 안사기. 장자온, 다급히 자리에 앉으며.

장자온　그곳은 공자와 성현들의 신위가 모셔진 곳이라 병사들이 함부로 범접할 수 없는 곳입니다. 어쩌면 좋겠습니까?

안사기　어쩌긴 뭘 어쩝니까? 들어가서 끌고 나와야지!

장자온　그랬다간 사대부는 물론 재야의 유림들까지 벌떼처럼 들고일어날 겁니다!

안사기   (머뭇, 이인임 보면)

이인임   (중얼대듯) 내가 정무를 거부한 것을 정도전이 역이용했어요. 그 안에서 버티는 한 나도 도당에 나갈 수 없으니 화친은 지체될 것이고, 그동안 반대 공론을 모으겠다는 속셈입니다. (쓸쓸한 듯 피식) 방심하다 한 대 제대로 얻어맞았어요.

안사기   까짓거 그냥 끌어냅시다! 힘 놔뒀나 어디 쓸 겁니까?

이인임   (아니라는 듯 고개 젓고) 장 대감은 그만 나가보세요.

장자온   예, 대감... (쭈뼛 나가는)

이인임   (나가는 것 확인하고 안사기에게 긴하게) 북원의 사신에게 기별을 넣으세요. 조금만 더 기다려 달라구.

안사기   (긴하게) 예, 대감.

이인임   서경 상원수 임견미에게도 절대 군사를 움직이지 말라 못박으세요. 자칫 우발적인 충돌이라도 벌어지면 화친은 물 건너가는 것입니다.

안사기   임견미는 전혀 그럴 위인이 못 되니 걱정 마십시오, 이성계라면 모르겠지만서두...

이인임   !

15 _____ 야산 일각 (낮)

가별초 선두에 나란히 말을 타고 있는 이성계와 이지란. 평야 건너 맞은편 산비탈에 자리 잡은 북원군의 진영을 바라보고 있다.

이지란   간나새끼드리 명당을 차지하지 않았슴?

이성계   제 발로 걸어 나오기 전엔 공격하기가 어렵가서...

이지란	염탐을 해보갔소.
이성계	매복 조심하라. 발각돼두 숲 짝으루 디가지 말구...
이지란	벨 걱정 다하오. 내사 토끼몰이 당할 일 있슴메? (뒤돌아) 가자우!

이지란, 계남을 비롯한 기병들을 대동하고 사라진다. 이성계, 묵묵히 바라보는데 곧바로 한 기의 전령이 나타나 달려온다. 이성계, ?

16 _____ 성곽 망루 안 (낮)

임견미, 비장들과 전방을 굽어보고 있다.
멀리 이성계가 가별초를 이끌고 다가오는 모습이 보인다.

임견미	오랜만이구만... (피식) 촌뜨기...

17 _____ 성 안 지휘소 (낮)

지형도 정도 탁자 위에 놓여 있다. 임견미, 비장들을 대동한 채 이성계와 마주 앉아 있다.

임견미	(거만한) 화령부윤°이면 동북면을 지켜야지 어찌 이곳까지 온 것이오?
이성계	(공손히) 고거이 동북면 접경을 순찰하다가 적의 선발대를 발견했댔는데 서쪽으로 이동하길래 뒤를 밟아개지구 왔습네다.

° 　지방 관청인 부(府)의 우두머리.

임견미	(무시하듯 피식 웃고) 적은 이제 내게 맡기고 속히 개경으로 가보시오.
이성계	(뜻밖이라는 듯 보면)
임견미	가서 수시중 대감을 찾아뵈면 뭔가 지시가 있을 것이오.
이성계	(이건 아니다 싶은) 전투가 언제 벌어질지 모르갔는데 소장이 어찌...
임견미	(불쾌한 듯 보다가 차갑세) 이린 긴방진 지를 봤나...
이성계	(보는)
임견미	감히 변방의 부윤 따위가 상원수의 명에 토를 다는 것인가?
이성계	...
임견미	전쟁은 일어나지 않소. 곧 북원과 화친을 하게 될 것이니... (비꼬듯) 아 참, 이 장군은 원래 원나라 사람이었으니 동족과 칼부림할 일이 없어져 좋겠소이다.
이성계	소장... 고려인의 피가 흐르는 고려 사람임네다.
임견미	(조롱하듯) 그러셨소? 아이구 이거 내가 실례를 했구만... 조상 대대로 원나라의 벼슬아치를 하였다기에 혈통까지 바꿔버린 줄 알았소이다.
이성계	(지긋이 보는)
임견미	(띠꺼운 미소)
이성계	(꾹 참고 일어나) 정탐을 간 부하들이 돌아오는 대로 떠나갔씀네다.
임견미	...! 정탐이라니! (책상 쾅 치며) 적진에 군사를 보냈다는 것인가!

18 ＿＿＿ 숲이 보이는 개활지 (낮)

이지란의 병사들, 북원의 기병들에게 쫓기고 있다. 북원군의 화살이 비 오듯 쏟아지고 병사들, 갈지자로 말을 몰면서 화살을 피한다.

이지란   (날아오는 화살을 몸을 틀어 피하고, 마치 환호성을 지르듯) 야~ 부랄 다 쪼그라들게 생겼다야! (또 날아오는 화살, 이크! 피하고 병사들에게 외치는) 똑바로 가무 고슴두치 돼서 뒈진다! 갈지자로 내빼라, 알겠니!!

겁에 질린 계남, 급히 방향을 트는데 그의 주변으로 쏟아지는 화살. 계남, 냅다 숲 쪽으로 달아난다.

이지란   야!! 글루 가무 아이 된다!! 야!

계남, 숲으로 들어가고 이지란, '쌍간나' 뱉으며 따라 들어간다. 그 뒤로 북원의 기병들이 괴성을 지르며 쫓아 들어간다.

19 _____ 성문 안 (낮)

이성계와 임견미, 비장들을 대동하고 급히 걸어온다. 열린 성문 안으로 기진맥진한 이지란과 병사들이 주저앉아 있다. 이성계를 보자 벌떡 일어나는 병사들. 가슴에 화살 몇 대가 박힌 채 누운 계남이가 보인다.

이성계   ...! (이지란을 밀치고 다가서면, 죽어 있는) ...계남아...
이지란   (분한) 숲으루 가무 아이 된다구 귓구멍이 터지게 떠둘어댔는데두...
임견미   (이지란을 거칠게 돌려세우며) 북원의 군사들은 어찌 되었느냐! 죽거나 다친 자가 한 명이라도 있느냐!
이지란   면목이 없소... 다둘 멀쭝허이 돌아갔소.

임견미	(격하게 안도, 중얼대는) 이거 천만다행이구만!
이지란	(발끈, 시비조로) 무수게요? 고거이 뭔 걸배이 발싸개 같은 말이우?
임견미	...! 뭐라?
이지란	북원 간나새끼들 아이 뒈진 기 촌만다행이라이... 고거이 고려 장수 조동아리서 티어나올 소림두!
임견미	이런 고이연 놈이 있나!! (칼집에서 벌컥 칼을 빼 들려는데)

픽! 하는 소리와 함께 명치를 잡고 뒤로 물러서는 이지란. 임견미 보면, 이지란을 칼집으로 사정없이 가격하는 이성계. 픽! 픽! 픽! 이를 악물고 버티던 이지란의 무릎이 툭 꺾인다. 피식 웃는 임견미, 빼다 만 칼 집어넣고 유유히 사라진다. 이성계, 칼집 툭 던진다.

이지란	미안하우다... 개갱 늠둘한테 꼬타리 잽힐 짓 하무 아이 되는데... 내 사 잠깐 눈깔이 돌아개지구...
이성계	...괜찮니?
이지란	일 없소.
이성계	(시체 먹먹히 보며) 계남이 장사부텀 치르자... 곧 떠야 되이 서두르라.
이지란	...? 적두르 날래 놓고 가기느 어디메르 간다 말이오?
이성계	개경으로 간다.
이지란	개갱이라이... 그게 뭔 뚱딴지같은 소림두?
이성계	고려가 여즉 나를 못 믿는 거 아이겠니... 오래니까 가 주자.

20 _____ 몽타주 (낮)

1) 성균관 앞 - 병사들, 삼엄하게 에워싸고 있다. 권근이 학관들과 함께 대치하듯 문 앞에 서 있다. 구경하는 백성들 속 최 씨, 눈물을

찍어낸다.

2) 동 대성전 앞 - 멍석 위에 꿇어앉은 정도전. 며칠이 지난 듯 퀭한 몰골에 기력이 없다. 그러나 눈빛만은 살아 있다.

3) 숭경전 처소 안 - 염흥방과 나란히 앉은 정몽주, '북원과의 화친은 불가하옵니다. 통촉하여 주시옵소서' 정도 읍소한다. 태후, 수심이 역력하고 정비, 우왕, 장 씨는 불안한 얼굴로 태후만 바라본다.

21 _____ 도당 앞 (낮)

박상충, 이숭인, 이첨 등 사대부들을 대동하고 기세등등 걸어온다. 나졸들이 가로막으려는데 '비켜라!' 몸싸움하고 밀고 들어간다.

22 _____ 도당 안 (낮)

박상충 일행, 관원들을 사이에 두고 안사기 등 재상들과 언쟁 중이다.

이숭인 대소신료들이 전부 참여하는 합좌회의를 열어주십시오!

장자온 시중과 수시중도 아니 계신 판에 합좌를 해서 뭐 하려구!

이첨 명나라가 맞는지 북원이 맞는지 따져봐야지요!

안사기 그런 중대사를 어중이떠중이 모아놓고 논하자는 말인가?

박상충 어중이떠중이도 도당에 계신 분들보단 나을 것 같으니 이러는 게지요!

안사기 뭐라! 박상충, 네 이놈! (덤벼들면)

관원들 말리고, 박상충, '이놈이라니!' 대거리하고 서로 얽히며 요

란하다.

일각의 탁자에 주먹을 불끈 쥐고 앉아 있는 최영, 노기를 간신히
참는다.

23 _____ 이인임의 집 마당 안 (낮)

이인임, 호미를 들고 화단을 가꾸고 있다. 하륜이 뒤에 서 있다.

하륜　　이제 그만 타협을 하시지요.

이인임　...

하륜　　소생이 성균관을 찾아가 매파를 서겠습니다.

이인임　답답하다고 먼저 찾아가서야 쓰나, 상대가 찾아오게 만들어야지.
　　　　　타협은 그리하는 것일세.

하륜　　(답답한) 처백부 어른...

이인임　(일어나 어우~ 하며 허리를 쭉 편 뒤, 뇌까리는) 그나저나... 손님이
　　　　　올 때가 됐는데...

하륜　　?

24 _____ 이인임의 집 사랑채 안 (낮)

최영, 이인임 앞에 앉아 있다.

최영　　시중과 수시중의 공백으로 정무가 마비된 지 여러 날이 지났소이
　　　　　다. 이제 그만 칩거를 풀고 도당으로 돌아오세요.

이인임　이 사람이 부덕하여 오늘의 난국을 초래하였습니다. 벌을 받는 심

정으로 자숙을 하는 것이니 괘념치 마십시오.

최영   (노기 어린) 나라 꼴이야 어찌 되든 상관없다는 말씀이시오?

이인임   (정색하고 보는)

최영   도당으로 속히 돌아오시오.

이인임   (미소) 이 사람이 아무런 소득 없이 복귀를 한다면 나라 꼴이 더 우스워지지 않겠습니까? 사대부들이 더욱 기가 살아서 고삐 풀린 망아지처럼 설쳐댈 것인데... (넌지시) 북원과의 화친도 물 건너가는 게지요.

최영   (보는)

이인임   대감과 더불어 고구려의 옛 영광을 재현하려 하였거늘... (짐짓 허탈한 듯) 세상일이 뜻대로만은 되지 않습니다그려...

최영   (주시하는)

25 _____ 이인임의 집 앞 (낮)

시종, 말고삐를 잡고 있다. 최영, 나와 멈춘다. 혼란스럽다.

정도전   (E) 대감께선 속고 계신 것입니다.

최영   (고심하다 결심한 듯 말에 오르는)

26 _____ 대궐 궁문 앞 (낮)

비장한 표정으로 연좌해 있는 사대부들. 정몽주와 박상충, 지켜본다.

박상충   조금만 더 밀어붙이면 마마께서 명을 거두실 것이야.

정몽주	헌데... 이인임이 꼼짝도 않는 것이 마음에 걸립니다.
박상충	지가 지 입으로 뱉어놓은 말이 있지 않은가, 삼봉을 처벌하기 전엔... (하다가 앞을 보고, 깜짝 놀라) 저기 보게!

정몽주, 보면 갑옷을 입은 최영이 병사들을 몰고 다가온다. 정몽주,
!!
긴장한 사대부들 앞에 도열하는 병사들. 최영, 말을 멈춘다.

최영	판삼사사 겸 판순위부사로서 명하노라. 이자들을 당장 궐 밖으로 내치고 저항하는 자는... 참살해도 좋다.
병사들	예!

병사들, 칼을 빼어 들고 사대부들을 몰아낸다. 패고, 밟고... 당황한
나머지 속수무책 끌려 나가는 사대부들. 정몽주, 튕기듯 뛰쳐나간다.

정몽주	(막는 병사 하나 밀어내고) 대감!! 이 무슨 야만적인 짓입니까!!
최영	내일 동이 트기 전까지네. 그때까지 정도전이 성균관을 나오지 않으면 내가 들어갈 것이야.
정몽주	!

최영, 말을 몰아 사라진다. 정몽주, 벙하다. 난장판이 된 궁문 주변
에선 맞고 짓밟히며 끌려 나가는 사대부들. 정몽주, 이를 악문다.

27 _____ 숭경전 처소 안 (낮)

태후, 파르르 떨면서 최영과 앉아 있다.

태후	어찌 이러시는 겝니까! 어찌!
최영	누군가는 이 난국을 해결해야 하지 않겠사옵니까? 소장, 정도전을 끌어낸 연후에 죄를 청하겠사옵니다.
태후	성균관은 유림의 성집니다!
최영	성지라 해서 국법을 어긴 죄인의 은신처가 될 수는 없사옵니다. 이 모든 책임... 소장 최영이 지고 가겠습니다.
태후	(기막힌 듯 허! 하는)
최영	(결연한)

28 _____ 성균관 대성전 앞 (밤)

기력이 다한 정도전 앞에 다가서는 정몽주, 마주 앉는다.

정몽주	어찌... 견딜 만은 한 것인가?
정도전	(피식) 겨우 며칠 곡기를 끊었다구 내가 끄떡이나 할 성싶었는가?
정몽주	(안타깝게 보는)
정도전	무슨 일이 있는 것인가?
정몽주	(짐짓 시치미 떼는) 일은 무슨... 그냥 얼굴이나 한번 보고 가려구...
정도전	(보다가) 싱거운 사람 같으니... 두고 보게. 조만간 이인임이 타협을 하자고 나올 것일세.
정몽주	(정도전의 손을 꽉 쥐는) 삼봉...
정도전	(보는)
정몽주	내 반드시... 자네를 지킬 것일세.
정도전	(잠시 의아한 듯 보다가 옅은 미소)

29 _____ 동 정록청 앞 (밤)

화덕 불이 환하게 밝혀진다. 유생들, 비장한 모습으로 도열해 있다.

30 _____ 동 정록청 안 (밤)

사대부들, 서거나 앉은 채로 가득 들어찬다. 상석에는 정몽주, 앉아 있고 염흥방, 박상충, 이숭인, 권근, 이첨 등이 포진해 있다. 문가에 하륜이 쭈뼛 들어선다.

정몽주　　내일 동이 트면 최영이 성균관을 범할 것입니다.
하륜　　　!
정몽주　　우린 최영에 맞서 성균관을 지키고, 나아가 북원과의 굴욕적인 화친을 막아야 합니다. 목숨을 거실 각오가 서신 분만... 여기 남으십시오.
하륜　　　(당혹스러운)
박상충　　(탁자를 탁 치고) 까짓거... 나는 남겠네!
염흥방　　뭐 갈 데까지 한번 가보자구! 나도 남겠네!

이숭인, 권근, 이첨, 연이어 '소생도 남겠습니다!' 외치고 하륜, 혼란스럽다.

31 _____ 성균관 앞 (밤)

간절한 표정으로 담장 너머를 살피던 최 씨, 말발굽 소리에 보면 최영이 병사들을 몰고 다가온다. 최 씨, 헉! 하고 최영, 성균관을 응시한다.

32 _____ 다시 정록청 안 (밤)

하륜, 못 견디듯 니서며.

하륜   소생... 이런 방식에는 동의할 수 없습니다.

박상충   (쳇! 비아냥) 어쩨 잠자코 있다 했더니만 본색을 드러내는구만!

정몽주   (미소) 남고 말고는 자유니 돌아가게, 하륜.

하륜   이런다고 삼봉 사형이 살고, 화친이 막아지는 것은 아닙니다. 화친
은 피할 수 없는 대세입니다.

염흥방   (탁자를 내려치며) 닥쳐라, 하륜!

하륜   (망설이는데)

이색   (E) 하륜의 말이 맞네!

일동, 돌아보면 이색, 노기 어린 얼굴로 들어선다. 일동, 얼른 예를
갖추는데 이색, 정몽주 앞에 다가가 선다.

정몽주   스승님...

이색   지금 이 무슨 무모한 짓이냐?

정몽주   ...예?

이색   (위엄 있게) 모두 해산하거라...

박상충   아니 처남, 대체 왜 이러시는 것입니까!

이색   왜 이러다니? 제자들이 최영의 칼에 어육이 되는 것을 지켜만 보라
는 것인가?

정몽주   하오나 스승님. 지금 우리의 세력과 결의라면 아무리 최영이라도

이색	성균관을 쉽게 범하지는 못할 것입니다.

이색   순진한 소리! 몽주 네 눈에는 최영만 보이고 그 뒤에 이인임은 보이지 않는 것이냐!

정몽주   !

이색   이인임이라면 절대 성균관을 범하지 못한다. 그는 민심이 자기 편이 아님을 누구보다 잘 알고 있으니까... 허나 최영은 만백성의 추앙을 받는 용장 중의 용장... 이인임이 최영의 칼을 빌려 너희를 제거하려는 것임을 정녕 모르겠느냐?

정몽주   스승님...

이색   너희가 북원과의 화친을 막으려 했다면 이인임보다 먼저... 최영을 잡았어야 했다. 해서 너희는... 아직 이인임의 상대가 못 되는 것이다. (주위를 둘러보며) 해산하라는데 뭣들 하고 있는 것이냐!

일동   (망설이는)

정몽주   송구하오나 스승님... 그럴 수는 없습니다.

이색   (발끈해서 보는)

정몽주   불의와는 타협하지 말고, 대의에 목숨을 걸라 가르치신 스승님이 아니십니까? 무도한 무리들이 나라를 망치는 것을 어찌 보고만 있으라 하십니까?

이색   단지... 그 이유 때문이더냐?

정몽주   ...! (보는)

이색   몽주 너답지 않은 이 무모하고 과격한 행동... 도전이를 구하겠다는 사감이 섞인 때문은 아니냐 묻는 것이다.

일동   (보는)

정몽주   ...

이색   (버럭) 왜 대답을 못 하는 것이냐!! 사사로운 정에 이끌려 동문과 유생 모두를 위험에 빠뜨리고 있는 것은 아닌지 스승이 묻고 있지 않느냐!

정몽주	(탄식... 무릎을 털썩 꿇는)
일동	(엷은 탄식이 스치는)
이색	이번엔 이인임이 이긴 것이다... 깨끗하게 패배를 인정하고 훗날을 도모하거라.
정몽주	(눈가가 벌게지는)

33 _____ 이인임의 사랑채 안 (밤)

이인임, 난을 닦고 있다. 하륜, 어두운 표정으로 서 있다.

이인임	귀찮은 불나방들을 모조리 태워버리나 했는데 이색을 미처 생각하지 못했구만... (피식) 하는 수 없지. 우선은 삼봉만 도려낼 수밖에...
하륜	삼봉 사형을... 살려주실 순 없는 것입니까?

이인임, 말이 없는데 누군가 들어선다. 하륜, 보면 정몽주다.

하륜	(의외라는 듯) ...포은 사형.
이인임	(천천히 돌아보는)
정몽주	(침통한, 이인임에게) 담판을 지으러 왔습니다.
이인임	(시선은 정몽주를 바라보며 하륜에게 넌지시) 기억해두게... 찾아가지 말고... 찾아오게 만드는 것이네. (미소)

34 _____ INS - 대성전 앞 (밤)

정도전, 기력이 다해 숨을 몰아쉰다. 일각의 이색, 침통하다.

35 ____ INS – 성균관 앞 (밤)

장검을 뽑아 든 채 명령만 기다리는 병사들.
최영, 달을 보면 뉘엿뉘엿 저물어간다.

36 ____ 다시 사랑채 안 (밤)

정몽주와 이인임, 독대하고 있다.

이인임 북원과의 화친에 동의해 주시오. 허면 삼봉을 지방 좌천 정도로 처리해 주겠소.

정몽주 화친은 소인의 권한 밖입니다. 삼봉 얘기만 하시지요.

이인임 (보다가 일어나는) 돌아가시오.

정몽주 (다급히) 삭탈관직!

이인임 (보는)

정몽주 동의하시면 삼봉을 즉시 내드리겠습니다.

이인임 (다시 앉는) 절도에 위리안치...

정몽주 외딴섬에서 위리안치는 죽으라는 것과 마찬가집니다.

이인임 잘 생각해 보세요. 사대부들의 기세는 이미 꺾였고 최영의 칼날은 여전히 매섭습니다.

정몽주 적어도 소인은 꺾이지 않았습니다. 삼봉과 함께 순교할 것입니다.

이인임 (보다가) 섬이 싫다면 고려의 땅끝으로 유배... 어떻습니까?

정몽주 세상과 격리시켜 정치 생명을 끊는 처벌은 결코 수용할 수 없습니다!

이인임 단언하건대... 양보는 여기까지요.

정몽주 (이를 악물고 노려보는)

37 _____ 성균관 앞 (밤)

병사들, 조금 물러서 있다. 최영 옆으로 관복을 차려입은 이인임이 안사기 등 일파 재상들을 거느리고 서 있다. 안사기, 안을 가리킨다.

안사기   저기 옵니다!

일동, 보면 정도전, 정몽주의 손을 잡은 채 비틀대며 걸어 나온다. 박상충 등 사대부들, 침통하게 뒤를 따른다. 일각에서 최 씨, 튀어 나온다.

최 씨   서방님!!
병사들   (막아서는)
최 씨   (밀치며) 비켜라, 이놈들! 비키라 하지 않느냐! (하다가 털썩 주저 앉으며 오열하는) 서방님...

정도전, 시선을 돌려 이인임을 본다. 정몽주의 손을 떼어내고 당당히 걸어가려 애쓴다. 비틀비틀 가까스로 걸어가 이인임을 노려본다. 이인임, 미소. 정도전, 털썩 무릎을 꿇는다. 사대부들, 우르르 무릎을 꿇는다.

이인임   (교지를 펼쳐 읽는) 전의부령 정도전은 들으라.
정도전   ...
이인임   그대는 어명을 거역하고 도당의 재상들을 능욕하는 대죄를 저지른 바 그 죄 죽음으로 물어야 마땅할 것이나 그간의 공로를 감안하여 다음과 같이 처결할 것이다.
정몽주   (눈물을 가까스로 참는)

이인임   그대를 삭탈관직하고 멀리 전라도 나주의 부곡에 유배토록 할 것
이니...

최 씨와 사대부들의 얼굴이 하나씩 스치고... 정도전, 덤덤하다.

이인임   ...따르라. (교지 덮는)
안사기   성은이 망극하옵니다!!

이인임을 제외한 안사기와 일파들, 우렁차게 '성은이 망극하옵니
다!'를 외치며 부복한다. 정몽주와 사대부는 참담함을 가누지 못하
는데 느닷없이 터져 나오는 정도전의 파안대소. 일동, 잠잠해진다.

정도전   (벌떡 일어나 대궐 쪽을 바라보며) 이놈 정도전! 기쁘게 가겠사옵니
다! 이놈이 아직 부족하여 간신배의 음모를 막지 못하였으니 그 죄!
달게 받겠사옵니다! 전하! 왕태후마마...! 성은이 망극하옵니다~!!

정도전, 대궐을 향해 절한다. 눈물을 흘리는 정몽주. 지켜보는 이인
임과 최영. 정도전의 결연한 얼굴에서 F.O

38 ＿＿＿ 도성 성문 앞 길 (낮)

칼을 차고 도포를 입은 이성계와 이지란, 말을 타고 천천히 온다.

이지란   (옷이 불편한 듯 꼼지락대는) 요게 원... 기생오라비두 아이구... 갑
옷이 찰구 편했지비.
이성계   조용히 왔다 조용히 가야 되디 안카서... 참으라우...

이지란	(앞을 보고) 저게 뭐이요?

짐이 실린 말에 탄 정도전, 창검을 든 병사들에 둘러싸여 다가온다.

이지란	꼬라지루 보이 귀양 가는 잔가비요. 조정서 무신 닐이 터진 거 아임메?
이성계	정치에는 관심 두지 말라... 내 말하디 않았네...
이지란	(쩝) 야...

정도전과 이성계, 서로를 지나쳐간다. 얼핏 둘의 시선이 마주친다. 이성계, 이내 고개 돌려 나아간다. 정도전 역시 시선을 돌려 말을 모는데.

하륜	(E) 사형!

정도전, 보면 저만치 하륜이 말을 타고 달려와 멈춘다. 정도전, 보는.

39 _____ 정자 일각 (낮)

하륜과 관원들, 저만치 정자를 지켜보고 있다.
정자 안에는 정도전과 나란히 서 있는 사내, 이인임이다.

이인임	눈엣가시가 빠지고 나니 아주 개운합니다그려.
정도전	보이지 않는다고 없는 것은 아니지요. 언젠가 그 가시가 단검이 돼서 돌아올 것입니다.
이인임	(미소)

정도전	소인을 부른 용건이나 말씀하시지요.
이인임	삼봉이 성균관에서 버틸 때 문득 이런 생각이 들더군요. 지금 고려에 과연 이만한 지략과 용기를 겸비한 자가 또 있을까... (진지하게 보며) 그대에게 마지막 기회를 주고 싶소.
정도전	...! (보는)
이인임	이 사람의 편이 될 결심이 서면 서신을 보내시오. 즉시 유배에서 풀려나 원하는 벼슬에 앉게 해주겠소.
정도전	소인더러... 전향을 하라는 말씀이십니까?
이인임	사내가 세상에 나왔으면 꿈 한번 펼쳐봐야 하지 않겠소이까?
정도전	내 꿈은 이미 정해져 있습니다.
이인임	그것이 무엇이오?
정도전	선왕의 유지를 조작하여 대통을 어지럽힌 자, 김의를 사주하여 명나라 사신을 죽인 자, 북원과 내통하여 전쟁 위기를 조장한 자... 그 자를 때려잡는 것이오.
이인임	(능청) 저런... 그런 자가 있었소이까?
정도전	바로 당신.
이인임	(굳는)
정도전	밥버러지만도 못한 개자식...
이인임	(보는... 노기를 참는 듯 고개를 꺾었다 세우는)
정도전	(걸어가는데)
이인임	내가 살아 있는 한...
정도전	(멈칫)
이인임	당신은 아무것도 할 수 없을 것이오. 내가 죽더라두... 그 전에 당신을 찾아내 죽일 것이오.
정도전	(돌아보는)
이인임	(싸한 미소) 정도전 당신은... 끝났소.
정도전	...

40 _____ 산길 (낮)

힘겹게 나아가는 정도전의 귀양 행렬. 정도전의 회한 서린 얼굴 위로.

해설(Na) 우왕 원년인 서기 1375년, 정도전은 북원 사신의 영접을 거부하였다는 이유로 멀리 전라도 나주목 회진현 거평 부곡으로 귀양을 가게 된다. 이때 그의 나이 34세. 언제 돌아올지 모르는 머나먼 유배지로 향하면서 정도전은 시를 지어 울분을 달랬다.

산길을 헤쳐 나오면 멀리 개경의 전경이 보인다. 잠시 바라보다 떠나는 정도전의 모습 위로.

〈자막〉 自古有一死 偸生非所安 자고유일사 투생비소안

정도전(Na) 예부터 사람은 한 번 죽는 것이니... 구차하게 살기를 탐하지 않으리라...

41 _____ 이성계의 집 외경 (낮)

42 _____ 동 대청 (낮)

이지란과 무사들, 제법 잘 차려진 밥상 앞에 앉아 게걸스레 먹고 있다. 강 씨, 쟁반에 삶은 통닭을 들고 올라온다.

이지란 어이구, 이게 백 년 손만 먹는다는 씨암탉이 아이오?

강 씨	(조분조분) 먼 길을 오셨는데 기력을 챙기셔야지요.
이지란	이게 황송해서 몸 둘 바를 모르겠슴두... (다리 하나 툭 떼서 먹더니) 캬~ 샬샬 녹눈구만구래.
강 씨	(겸연쩍은 듯 웃으며) 차린 건 변변치 않지만 많이들 드시어요.
이지란	고맙소, 둘째 행수. 자, 다둘 머거라우! (게걸스레 먹는)
강 씨	(언뜻 안색이 어두워지는, 사랑채 쪽 보는)

43 _____ 동 사랑채 안 (낮)

최영과 이성계, 주안상을 마주하고 있다. 최영, 표정이 어둡다.

이성계	무슨 고민이 있습니까?
최영	방자한 사대부 하나를 귀양 보냈는데 왠지 마음 한켠에 걸리는구만. (애써 웃는) 내가 나이를 먹는 것이지...
이성계	소장이라두 자주 문안 인사 여쭤야 했는데 제 처지가 기릴티 못해 송구함네.
최영	자네 같은 훌륭한 장수를 변방에만 묶어두어서는 아니 되는 것인데... 안 되겠네. 내가 도당에 얘기를 해서 조정에 중책을 맡기라 해야겠으이.
이성계	기카실 거 없슴네. 눠두시라요, 장군.
최영	그래도 이건 경우가 아닐세. 홍건적과 나가추로부터 고려를 구한 백전불패의 용장에 대한 대접이 겨우 부윤이라니...
이성계	부윤이면 어떻고, 졸개면 어떻슴네까... 괜찮슴네.
최영	이 장군...
이성계	소장... 동북면 넓은 벌판이 좋고, 거기 사람들이 좋슴네. 개경은... 답답함네.

최영	(옅은 한숨으로 보는)
이성계	(술 조금 마시고 미소 짓는)

44 _____ 이성계의 집 앞 (낮)

최영, 말고삐를 잡은 노비의 호종을 받으며 사라진다.
배웅나온 강 씨와 이성계, 최영을 바라본다.

강 씨	(날이 선) 최영 장군의 호의를 왜 거부하신 것입니까?
이성계	...엿듣는 건 좋지 않은 습관이우다.
강 씨	귀족은 사투리를 쓰지 않는다 몇 번을 말씀드렸습니까?
이성계	...
강 씨	(후~) 아니 들으려 해도 말씀 하나하나가 가슴에 박혀서 그랬습니다. 개경이 답답하다 하시니 소첩의 가슴이 무너지더이다.
이성계	부인...
강 씨	소첩 언제까지 동북면만 바라보는 망부석으로 살아야 하는 것입니까?
이성계	(옅은 한숨 쉬고) 수시중 대감께 귀경인사를 드리고 오갔소.
강 씨	다녀오시어요. (들어가다 멈칫) 지란 서방님이 둘째 형수라 부르더이다. 소첩이 언제 영감의 후처로 들어왔던 것입니까? (들어가는)
이성계	(착잡한)

45 _____ 이인임의 집무실 안 (낮)

이성계, 이인임과 찻잔을 두고 마주하고 있다.

이인임	조만간 북원 사신을 맞으러 갈 영접사가 결정될 것이오. 그자를 호위해서 서북면엘 좀 다녀오셔야겠소.
이성계	소장더러... 영접사를 호위하라 하셨쑵네까?
이인임	(짐짓 의아하다는 투로) 왜요? 무슨 문제가 있소이까?
이성계	...알았습니다.
이인임	그만 나가보세요.
이성계	(조금 허탈한... 일어나는데)
이인임	아 참.
이성계	(멈칫 보면)
이인임	가별초를 이끌고 서북면까지 가셨었다구요?
이성계	나가추의 군대를 따라 이동하다 기케 됐쑵네다.
이인임	이번 한 번은 눈감아 주겠소. 다시는... 이 사람의 승인 없이 동북면 바깥으로 군대를 끌고 나오지 마시오. 아시겠소?
이성계	...

팽팽한 긴장감이 감도는데... 안사기가 '대감' 하고 들어오다 흠칫 한다.

안사기	아니...? (쭈뼛 서면)
이인임	(이성계에게) 나가보세요.
이성계	(나가는)
안사기	(나가는 이성계 흘끔 보고 앉으며) 저 촌뜨기랑 무슨 얘기를 하고 계셨더랬습니까?
이인임	별거 아닙니다. 그래... 무슨 일입니까?
안사기	(주변 살피고 긴하게) 이가라고 김의의 심복놈이 하나 있는데... 그놈이 개경에 들어와 있습니다.
이인임	...! 그자가 왜?

안사기	김의가 보냈답니다. 개경에 있는 가족들에게 안부를 전하러 왔다
	는군요.
이인임	(발끈) 이런. 멍청한! 화친만 성사되면 당연히 보게 될 것을... 속히
	그 이가란 자를 돌려보내세요!

46 _____ 주막 안 (밤)

삿갓 정도 눌러쓴 이가, 홀로 앉아 국밥과 술을 마시고 있다.
사립문 바깥에서 모습을 드러내는 사내들. 염흥방과 박상충이다.

박상충	(이가를 보며 나직이) 그러니까 저놈이... 근자에 김의의 집을 들락
	거렸단 말이지.
염흥방	그렇다니까... 분명 김의와 무슨 연관이 있는 자일세.
박상충	거기 마누라하고 연관이 있을 수도 있지 않은가... 정분.
염흥방	(쓰읍) 거 참 사람, (하는데)
박상충	(쉿! 하고 움츠리는)

사발을 쭉 들이킨 이가, 일어난다. 박상충 일동, 몸을 낮추면 이가,
사립문을 나와 걸어간다. 박상충과 염흥방, 따른다.

47 _____ 거리 여기저기 (밤)

거지들, 행인들 뒤섞인 거리... 삿갓을 눌러쓴 이가, 이따금 뒤를 돌
아보며 걸어간다. 박상충과 염흥방, 신중하게 뒤를 밟는다.

48 _____ 안사기의 집 앞 (밤)

이가, 어느 으리으리한 기와집 앞에 멈춘다. 주위를 살피더니 슬그머니 들어간다. 잠시 후 대문 앞에 다가서는 염흥방과 박상충.

박상충   거 어떤 놈인진 몰라도 많이도 해 처먹었구만.

염흥방   (생각하는)

박상충   가만있자... 방금 들어간 그놈 집은 아닐 터이고... 여기가 대체 누구의 집일꼬?

염흥방   안사기네!

박상충   (보면)

염흥방   이 집... 찬성사 안사기의 집이란 말일세!

박상충   ...! (감 잡은) 역시 김의에게 배후가 있었어!

49 _____ 부곡 마을 어귀 (낮)

저만치 드문드문 초가와 움막이 보이고, 밭에 농부들 몇 보인다. 장승 앞으로 조금은 남루해진 행색의 정도전, 호송관들과 들어선다.

〈자막〉 나주목 회진현 거평 부곡 소재동(지금의 나주시 운봉리 근방)

호송관   신분은 양인이라지만 천민만도 못한 자들이 부곡민들입니다. 기가 센 놈들이니 얕보이시면 골치 좀 아프실 겝니다.

정도전   (곳곳에 즐비한 막돌탑을 둘러보는)

50 _____ 당산나무 앞 (낮)

금색에 백지 따위가 장식된 커다란 나무 앞에 신단이 모셔져 있다. 일각에서 정성스레 돌탑을 쌓고 있는 처녀, 업둥이다. 인기척에 돌아보면 정도전 일행이 저만치 나타나 멈춘다.

호송관   보수주인을 데려올 테니 여기서 잠시 기다리십시오.

〈자막〉 보수주인 - 유배인의 거처를 제공하고 죄인을 감시하는 직무를 맡은 주민

호송관, 관원들과 가면 정도전, 말에서 내려 주위를 둘러본다. 업둥이와 시선 마주친다. 업둥, 얼른 시선을 피한다. 정도전, 두리번대다 당산나무 앞 신줏돌 위에 턱 하니 걸터앉는다. 착잡함이 밀려온다. 저도 모르게 고개를 숙이는데 누군가 다가선다. 보면, 화난 업둥이다.

정도전   오다 보니 돌탑이 지천에 널렸더구나. 니가 쌓은 것이냐?
업둥   일어나씨요.
정도전   ?
업둥   나리께서 시방 신령님 상투를 깔고 앉았응께 싸게 일어나시란 말이요!
정도전   신령님...? (피식) 그런 건 세상에 없다. 혹세무민하는 자들이 지어낸 신기루 같은 것이야.
업둥   양반 나리들은 신령님 없어도 살아지능가 몰러도 우덜은 그렇지가 않어라. 언능 일어나씨요.
정도전   어허!

업둥	(노려보는)
정도전	(맹랑하다 싶은, 심술이 동하는, 어흠! 벌렁 드러누워 버리는)
업둥	(기막힌) 시방 머 하시는 거다요?
정도전	(태연히 눈 감은 채) 내 먼 길을 왔더니 고단하구나... 잠이나 늘어지게 자야겠다.
업둥	나리...! (대꾸 없고) 아, 나리...!! (난감한 듯 발 동동 구르는데)
천복	(E) 악아, 워째 그러냐~!

업둥, 흠칫 보면 곡괭이를 든 천복이가 영춘 등 사내들과 다가온다.
눈을 뜬 정도전, 상체를 천천히 일으키고.

천복	(다가서며 업둥에게) 뭔 일이대?
업둥	아, 암것도 아녀...
천복	(누운 정도전 보더니 감 잡고) 거그는 우덜이 제사 모시는 곳인께... 싸게 내려오씨요.
정도전	(피식 웃는) 니가 지금 내게 명령을 하는 것이냐?
천복	못 허시것다?
정도전	오냐...
천복	이런 써글~ (곡괭이를 힘껏 치켜들면)
업둥	오라버니!!
정도전	!

정도전과 천복, 사이에 낀 업둥의 얼굴에서 엔딩.

6회

1 ＿＿＿＿ 당산나무 앞 (낮)

천복	이런 써글~ (곡괭이를 힘껏 치켜들면)
업둥	오라버니!!
정도전	!
업둥	(막아서며 천복의 팔을 잡는) 위째 이려! 이럼 못 써어!!
천복	비켜야? 초장에 버르장머릴 고쳐놔야 쓰겄구먼.
업둥	미쳤어? 선비여!
정도전	비켜서거라. 니 오래비 재주나 좀 봐야겄다.
업둥	나리꺼정 위째 이러신다요? (천복 밀며) 가, 언능... 언능 가잔게!
정도전	(버럭) 비키라고 하지 않느냐!!
천복	(울컥) 어따 대구 버럭질이여!! (업둥을 밀쳐 세우고 휘두르는데)
황연	(E) (덤덤한 어조로) 천복이 시방 뭣하냐?

일동, 멈칫 돌아보면 황연, 긴장한 호송 관원들과 함께 서 있다.
천복, 끙... 곡괭이 내린다. 황연, 호송관에게 고개 조아리고 다가선다.

황연	(천복 흘끔 보고) 고 물건 싸게 못 버리냐?
천복	아부지도 눈이 있으면 이 꼴을 잠 보씨요!
황연	(보고는 다시 천복에게) 머가 위째서? 나리 땀 잠 식히라고 신령님께서 몸보시허시는디 뭐가 잘못되얏냐?
정도전	(조금 의외라는 듯 황연 보는)
천복	(곡괭이 던지고 분한 듯 훅! 숨 내쉬는)
황연	(정도전 앞에 다가서 공손하게) 거시기... 나리를 뫼실 보수주인, 황연이라고 헙니다. 요것도 인연이라믄 인연인디 이 늙은 늠 낯짝을 봐서 한 번만 용서해 주시믄 감사허겄습니다.
정도전	(큼... 신줏돌에서 내려오며) 가세... (걸어가는)

황연	(따르는)
천복	(가는 정도전 보며) 엠병... (퉤 뱉고 가는)
업둥	(후~ 가슴 쓸어내리는)

2 _____ 황연의 집 마당 안 (낮)

한가하게 낱알을 쪼는 장닭. 그 앞에 쭈뼛 행장을 들고 선 정도전.
업둥이 서 있고, 천복은 지게가 걸쳐진 평상에 발라당 누워 있다.
행랑 부엌에서 손 털며 나오는 황연.

황연	천복아! 여그 불 잠 때야 쓰것다!
천복	(뚱해서 일어나 지게를 들쳐메는)
황연	나리, 소재동 배꼍으로는 절띠 나가믄 안 되는 거 아시지라?
천복	(얼쩡대는 닭을 휙 걷어차고 나가는, 닭 홰를 치며 퍼더덕 날고)
황연	(큼) 다달이 점고 받을 띠만 쉰네허고 관아에 가시믄 되겠습니다.

〈자막〉 점고 - 유배인에 대한 고을 수령의 정기적인 감시

정도전, 대꾸 대신 울타리 쪽을 돌아본다. 울타리 위로 고개 빼곡히
내밀고 호기심 반 경계심 반으로 쳐다보던 주민들, 흠칫 시선 돌리
거나 움츠린다. 정도전, 묵묵히 행랑으로 들어간다.

귀남댁	(속삭이듯) 낯짝 봉께 꼬라지 쪼까 부리겄는디?
영춘	싸가지도 허벌나게 없을 것 겉고만이라.
귀남댁	흐미... 곧 죽어도 선비라고 상전 노릇 허믄 깝깝시러 워쩐디야?
업둥	(문득 행랑 쪽 보는, 걱정스러운)

3 _____ 정도전의 방 안 (밤)

어둡다. 짐도 풀지 않은 채 벽에 기대앉은 정도전.

F.B》5회 39씬의

이인임   (싸한 미소) 정도전 당신은... 끝났소.

현재》

정도전   (분한 마음을 가라앉히는데)

업둥   (E) 나리... 주무시는 게라?

정도전   (문풍지 보면 언뜻 비치는 업둥의 그림자, 귀찮은 듯 눈 감고)

업둥   (E) 부싯돌 놔두고 강께 쓰씨요.

정도전   (눈 뜨는)

시간 경과》

어둠 속에서 연신 튀는 불꽃... 정도전, 심지에 불을 붙이려 하지만 여의치 않다. 결국 성질을 못 이기고 부싯돌을 문에다 집어 던져 버린다. 잠시 후 문 열린다. 정도전, 흠칫 보면 업둥, 들어온다. 문지 방께 떨어진 부싯돌을 집어 호롱불 앞으로 가는 업둥.

정도전   뭐 하는 짓이냐?

업둥, 잠자코 부싯돌을 부딪친다. 정도전, 굳은 표정으로 보면 이내 호롱불이 밝혀진다. 불에 비친 업둥의 얼굴이 곱다.

정도전   (짐짓 엄하게) 뭐 하는 짓이냐고 묻지 않느냐?

업둥   불 쓰는 거 봐 놓고도 묻는다요?

정도전	지금 그걸 묻고 있는 것이 아니지 않느냐?
업둥	(멀뚱) ...지가 또 뭣을 했간디요?
정도전	(답답한) 장성한 처녀가 외간 남자의 방에 함부로 들어오니 묻는 것이다. 아무리 못 배웠기로 남녀가 유별한 이치도 모르는 것이냐?
업둥	(빈정 상한) 고런 고상헌 이치넌 모르겄고요, 깜깜허믄 불을 써야 헌다넌 이치넌 알고만이라.
정도전	(기막힌 듯) 뭐라?
업둥	고로코롬 이치럴 통달허신 분께서 워찌 호롱불 하나를 못 키신다요? (일어나 나가는데)
정도전	당돌한 녀석이구나... 이름이 뭐냐?
업둥	(멈칫) 이름자넌... 알아서 뭐 허시게요?
정도전	한동안 신세를 질 터인데 이름 정돈 알아둬야 하지 않겠느냐, 말하거라.
업둥	...없고만이라.
정도전	어허... 지금 나와 농을 하자는 것이냐?
업둥	아, 없응께 없다는디 워째 그래쌌소! (휙 나가는)

정도전, 어이없는 듯 보다가 이내 행장을 당겨 짐을 푼다. 속곳에 벼루며 먹이며 꺼내다가 어느 순간, 표정이 굳어지는 정도전. 행장 주변을 만지고 살피는데, !! 무언가가 없다!

4 _____ **마을 어귀 (밤)**

천복, 땔감을 지고 오다가 멈춘다. 길 한편에 떨어져 있는 책 보따리. 보자기 펼치면 맹자의 원전이다. 뭔가 생각한다.

5 _____ 행랑 부엌 안 (밤)

불이 활활 타는 아궁이에 책을 찢어 넣는 천복. 한편에 나머지 책들 쌓여 있다. 업둥, 들어오다 보고 깜짝 놀라 다가선다.

업둥   뭐 하는겨, 시방? (손에 쥔 책 보고 헉!) 행랑 나리 서책 아녀?

천복   (시치미) 아녀어... 동구 밖에서 주웠딩게.

업둥   긍께 나리 것이재! 소재동에 서책 읽을 사람이 나리 말고 누가 있다고!

천복   간수 못 헌 늠이 잘못이재. (북 째서 집어넣는)

업둥   (천복 어깨 맵게 때리며) 참말로...! 이리 줘어! 넘으 물건에 해꼬지 하믄 못 쓰는 거여.

천복   ...

업둥   아, 싸게 못 줘어?

천복   (책째로 아궁이에 툭 집어넣고 일어나는)

업둥   오매! (혼비백산해서 책 끄집어내 '오매, 오매!' 손으로 쳐 불 끄고, 모서리가 다 그을린) 워쩐디야... 일 나부렀구만이...

천복   엎질러진 물이여... 싹 태워부러. (획 나가는)

업둥   (난감한)

6 _____ 황연의 집 앞 (밤)

집을 나서는 천복. 멈칫 보면 앞에서 횃불을 든 정도전. 두리번대며 책을 찾고 있다. 뭔가를 본 듯 다가가 주워 드는 정도전, 누군가 버린 거적 따위다. 다시 바닥을 살피며 가고 천복, 흥! 반대쪽으로 간다.

7 _____ 황연의 집 마당 안 (밤)

업둥, 불에 탄 책을 가슴에 품은 채 행랑 앞에 서 있다.

업둥 (난감한) 이걸 보믄 날벼락이 떨어질 틴디... 근다고 이 귀헌 것을
      태워 불 수도 없고 워쩐대... (하는데)

정도전, 꺼진 횃불을 들고 들어온다. 시선이 마주치면 업둥, 당황하
여 부엌으로 쪼르륵 들어간다. 정도전, 의아해 따라간다.

8 _____ 행랑 부엌 안 (밤)

문지방을 넘던 정도전, 안을 보고 굳어진다. 불탄 서책을 든 채 쪼
그려 있던 업둥, 정도전을 보고는 당황...! 냉큼 한 장 찢어 아궁이
에 넣는다. 정도전, 들어가 책을 낚아챈다. 헉! 기가 막힌.

업둥   (큼... 쭈뼛) 동구 밖에서 주서온 거신디... 나리 것이었능게라?
정도전 (억장이 무너지는 듯 보다가 꾹 참고 일각의 쌓인 책들을 주워 드는)
업둥   쇤네가 허겄습니다, (다가가 손 뻗는데)
정도전 (울컥, 뿌리치는) 물렀거라!
업둥   (오매! 털썩 주저앉는)
정도전 (노기를 간신히 참으며 일어나는) 아무리 무지한 계집이기루... 경
        전을 불쏘시개로 쓰다니...
업둥   (일어나) 이년이 죽을죄를 졌고만이라...
정도전 (노려보다가) ...밥버러지 같은 것.
업둥   !

정도전　　(획 나가는)

업둥　　　(착잡한... 옅은 한숨)

9 _____ 정도전의 방 안 (밤)

서책을 든 정도전, 들어와 벽에 기대앉는다. 불에 타다 만 책을 본다.

정몽주　　(E) 마음이 심란해지면 꺼내 읽으시게.

10 _____ F.B(회상) – 정도전의 방 안 (낮)

정도전 앞에 책을 한 질 내미는 정몽주. 정도전, 보면 맹자의 원전이다.

정도전　　이건... 맹자가 아닌가?

정몽주　　(먹먹한) 맹자께서 이르시기를 하늘이 장차 큰일을 맡기려 하는 사람에게는 먼저 그 마음과 뜻을 괴롭히고 뼈마디가 꺾어지는 고통을 당하게 한다 하셨네. 내가 지금... 자네에게 해주고 싶은 말일세.

정도전　　...고맙네, 포은.

정몽주　　(눈물 맺히는)

11 _____ 현재 – 다시 방 안 (밤)

책을 내려놓는 정도전, 착잡해진다. 꺼질 듯 한숨을 내쉰다.

12 _____ 대궐 안 관부 전경 (낮)

안사기   (E) 정도전이 소재동에 당도했답니다.

13 _____ 빈청 이인임의 집무실 안 (낮)

이인임, 차를 마신다. 안사기, 앞에 앉아 있다.

안사기   이제 그 성가신 놈도 없고, 곧 북원의 사신들을 뫼셔 올 영접사도 출발할 터이니... 화친은 시간 문젭니다, 대감.

이인임   방심하긴 이룹니다. 사대부들이 언제 반기를 들지 모르오. (차 마시는)

안사기   대세가 이미 기울었는데 지깟 놈들이 뭘 더 어쩌겠습니까?

이인임   (찻잔 놓고) 김의가 보냈다는 자는 북원으로 돌아갔습니까?

안사기   (머뭇) 이가놈 말씀입니까?

이인임   (안 간 것이냐는 표정으로 쏘아보면)

안사기   (얼른) 떠난 지 며칠 됐습니다. 놈이 거마비를 달라고 해서...(애써 미소) 두둑이 쥐여 보냈습니다.

이인임   (대꾸 없이 찻잔 드는)

안사기   ...

14 _____ 쌍화점 안 일실 (밤)

주안상 위로 던져지는 보퉁이. 안사기, 불만스러운 표정으로 이가를 본다.

안사기	달라는 대로 다 넣었으니 그거 갖고 썩 북원으로 가게.
이가	(보퉁이 안을 슬쩍 확인한 뒤 얼른 가져가는)
안사기	분명히 말해두네만... 북원과 화친을 한 연후에도 이 사람과 김의 사이에 있었던 일에 대해선 입을 단단히 봉해야 될 것이야.
이가	여부가 있겠사옵니까... 그럼... (삿갓 쓰고 휙 나가는)
안사기	날강도 같은 놈... 에이! (분한 듯 술잔 들이키는)

15 _____ 동 쌍화점 앞 (밤)

보퉁이를 든 이가 나온다. 삿갓을 눌러 쓴 뒤 어둠 속으로 사라지고 뒤이어 나타나는 정몽주, 박상충, 염흥방. 눈짓을 주고받더니 따라간다.

16 _____ 이인임의 집 앞 (밤)

평교자를 탄 이인임, 다가온다. 이인임, 보면 대문 앞에 여종과 함께 서 있는 여인. 평교자가 멈추면 정중히 인사를 올린다. 이성계의 처, 강 씨다. 이인임, 교자에 앉은 채 굽어보면.

강 씨	(조신하게) 그간 강령하셨사옵니까, 수시중 대감. (미소로 보는)
이인임	(보는, 미소) 오랜만에 뵙습니다그려...
강 씨	(이내 미소 가시는)

17 _____ 절 대웅전 안 (밤)

스님들, 목탁을 두드리고 앉은 가운데 이성계, 절을 올리는 모습 위로.

강 씨   (E) 같은 권문세가 귀족끼리 이러실 수가 있는 것입니까?

18 _____ 이인임의 사랑채 안 (밤)

강 씨, 맞은편에 앉아 찻잔을 따라주는 이인임을 노려보고 있다.

이인임   (차 다 따르고 주전자 놓은 뒤) 무슨 말씀이시온지...

강 씨   저희 영감은 어엿한 곡성 강 씨 집안의 사위입니다. 헌데 어찌 이리 푸대접을 하신단 말입니까?

이인임   (미소) 푸대접이라뇨?

강 씨   홍건적에게 빼앗긴 도성을 되찾고, 북원의 나가추를 무찔렀던 장수입니다. 왜구와 야인들로부터 고려를 구한 것이 한두 번이 아니거늘 그런 장수에게 영접사 따위를 호송하라시니 드리는 말씀입니다.

이인임   영접사와 영접사가 뫼셔 올 북원 사신의 안전 역시 고려의 안위가 걸린 사안입니다. 아무나 맡을 수 있는 임무는 아니지요. (차 마시는)

강 씨   (보다가 품에서 땅문서가 든 봉투 꺼내 내미는)

이인임   ...뭡니까?

강 씨   양광도°에 있는 농장입니다. 드리지요.

이인임   !

°   지금의 경기도 남부, 충청, 강원 일부에 해당하는 행정구역.

강 씨	호송을 마치고 돌아오는 즉시 산직°이 아닌 조정의 요직으로 정삼 품... 그 이상은 바라지 않겠습니다.
이인임	뇌물이군요?
강 씨	그렇습니다.
이인임	(보통 여자가 아니라는 듯 보다가... 문서를 강 씨 앞으로 밀어내는)
강 씨	(버티듯) 부족해서리면 더 드리겠습니다.
이인임	정삼품이면 만만치 않은 권력을 갖는 자립니다. 부군께서는 동북 면의 토호°°이자 가별초라는 최강의 사병을 거느린 장수... 조정의 권력까지 탐하시는 것은 과욕입니다.
강 씨	허면... 평생을 변방에서 빛 좋은 개살구로 썩으란 말씀이십니까?
이인임	충고 한마디 드리지요... 지금에 만족하세요.
강 씨	수시중 대감!
이인임	고려가 원하는 이성계는 외적과 싸우는 무장이지, 정치가가 아닙 니다. 과욕을 부리시다간 필경... 낭패를 보시게 될 겝니다.

19 _____ 대웅전 안 (밤)

스님들의 독경 소리와 더불어 불상 앞에 정좌한 이성계. 마음을 가 다듬는 듯 두 눈을 감은 채 명상 중이다.

승려	(E) 임금 왕...

F.B》4회 40씬의
이성계, 보면 거의 '王'자의 형상이다. 이성계, !!

° 명예직.
°° 고려시대 각 지방에 경제력과 군사력을 갖춘 호족 세력.

승려	(E) 임금이 될 운명을 타고났으나 지금은 왕씨의 나라이니... 시주의 팔자도 참으로 기구합니다그려.

현재》

이성계, 마음이 불편한 듯 표정에 동요가 이는데. 스님들의 독경 소리 더욱 높아만 가고. 옅은 한숨. 이성계의 번뇌 또한 깊어지는...

20 _____ 골목 안 (밤)

긴장한 표정으로 걸어오던 이가, 모퉁이를 돌아서다가 누군가와 부딪힌다. 보퉁이 툭 떨어지고 이가, 흠칫 보면 술병을 든 박상충이 비틀댄다.

박상충	아이쿠, 이거 미안하게 됐소이다... 어디 다치신 데는 없수?

이가, 지나가라는 듯 고개 까딱. 박상충, 딸꾹질하며 지나치면 이가, 경계심을 풀고 보퉁이를 주워 든다. 그 순간 박상충, 에잇! 하며 술병으로 이가의 머리를 내려친다. 술병 박살 나고, 맥없이 쓰러지는 이가. 어둠 속에서 정몽주와 몽둥이를 든 염흥방, 나타난다.

염흥방	자네 괜찮은가?
박상충	(돌아서며 손 탁탁 털며) 괜찮지 않으면? 이 박상충이 이깟 놈 하나 처리 못 할 줄 알았는가? (하는데)

박상충의 등 뒤에서 서서히 몸을 일으키는 이가. 정몽주 등 헉! 하고 보면 이가, 허리춤에서 무언가를 뽑아 든다. 허리에 감겨 있던

연검이 챙! 하고 펼쳐진다. 박상충, 돌아보면 연검이 날아들고 정몽주, 달려들어 박상충을 낚아챈다. 허공에 뿌려지는 누군가의 피! 박상충과 함께 벽에 나동그라진 정몽주, 윽! 하며 팔을 부여잡는다.

박상충   (부여잡으며) 포은!
정몽주   (으~ 손가락 사이로 선혈이 베어 나오는)
염흥방   (울컥) 네 이놈!! (몽둥이를 휘두르며 달려드는데)

이가의 연검이 몽둥이를 감아 허공으로 날린다. 염흥방, 헉! 하고 보면 이가, 통증이 가시지 않은 듯 인상을 쓰며 뒷머리를 잡는다. 박상충, 정몽주를 일으키는데 이가의 연검이 정몽주를 겨눈다. 정몽주, !

박상충   네, 이놈!! 당장 검을 거두지 못하겠느냐?!
이가   (피식, 연검이 서서히 움직이는데)
이성계   (E) 멈추라우.

이가, 멈칫하고 보면 갓을 푹 눌러쓰고 서 있는 사내, 이성계다.

이성계   살생은 아이 된다... 칼을 놓으라우.
정몽주   (익숙한 목소리... 유심히 보는)
이가   너도 죽고 싶은 모양이로구나.
이성계   칼 버리라잖네!

이가의 연검이 이성계에게 날아든다. 선 채로 고개만 살짝 젖혀 피하는 이성계. 보통이 아님을 직감한 이가, 기합 소리와 함께 연검을 휘두르며 돌진한다. 이성계, 연검보다 한 호흡 빨리 다가서며 이가의 손목을 제압하고 주먹을 날린다. 가격과 동시에 관성으로 휘어진 연검이 이성계의 왼쪽 뺨을 파고든다. 이성계, 검지와 중지로 칼면을 잡는다. 칼날이 이성계의 갓끈을 베는 순간, 연검이 툭! 부러진다. 바닥에 떨어지는 동강 난 칼날과 갓. 믿기지 않는 표정의 이가, 이내 정신을 잃고 고꾸라진다. 염흥방과 박상충, 이성계의 얼굴을 멍하니 보고.

박상충　...이성계?

이성계　(천천히 갓을 집어 들고 정몽주를 보는)

정몽주　(다친 팔을 부여잡고 선 채 애써 미소) 그간 강령하셨습니까, 장군...

이성계　오랜만입니다. 포은 선생... (미소)

정몽주　(반가운... 미소)

21 ＿＿＿ 성균관 정록청 안 (밤)

대야, 약초 그릇과 피 묻은 헝겊 따위 놓여 있다.
마주 앉은 정몽주의 팔에 헝겊을 감고 있는 이성계.

정몽주　개경에 계시는 걸 알면서도 조정일이 번다하여 찾아뵙지 못했습니다.

이성계　사람 잡는 거골장°이우다. 선생같이 고매한 분이 찾을 사람이 못 됩네다.

정몽주　거골장이라니요? 소생이 종사관으로 참전하여 여러 장수들을 보았

°　소, 돼지를 도축하는 사람.

지만 장군 같은 덕장은 아니 계셨습니다.

이성계 (미소, 헝겊 다 묶고) 한번 움직여 보시라요. (대야에 손 씻는)

정몽주 (팔을 굽혔다 펴며) 아까 일에 대해선... 아무 말씀도 드리지 못함을 이해해 주십시오.

이성계 (씻는)

정몽주 못 믿어서가 아니라 일이 틀어지면 장군께 화가 미칠까 해섭니다. 가뜩이나 조정의 견제를 받고 계신 장군이 아니십니까?

이성계 (보는, 미소) 벌써 잊었습네다. 선생께서도 오눌 소장이 한 일운 잊어주시라요.

정몽주 고려가 장군의 진심을 알아줄 날이 반드시 올 것입니다.

이성계 기딴 건 어케 돼두 상관없습메다. 바램이 있다문 손모가지에 피 아이 묻히고 피 냄새 아이 맡는 기디요.

정몽주 (보는)

이성계 기런 날이 빨리 왔으믄 좋갔는데... (정몽주 보며) 오갔디요?

정몽주 (미소) 예. 꼭 올 겁니다.

이성계 (미소)

22 _____ 빈청 앞 (낮)

'麗元一心려원일심' 깃발 아래 영접사와 관원들, 서 있다. 병사들이 양옆에서 호위하고 있다. 선두에 갑옷을 입은 이성계, 굳은 표정으로 서 있다. 뒤에 불만 가득한 표정으로 영접사와 나란히 서 있는 이지란.

이지란 (나직이 으름장 놓는) 영접사라구 시건방 떨 생각은 하지 말라.

영접사 (두려움에 머뭇대는)

이지란	우리 성님한테 반마르 하거나 심부름질 시켰다가눈 내사 니 대갈
	떼길 벗게 버린다... 알갔니?
영접사	...알겠소.

뒤의 대화를 듣고선 이성계, 씁쓸한데 저만치 태후가 정비와 나인들을 대동하고 급히 걸어간다. 이성계, 의아하다.

23 _____ 도당 안 (낮)

최영, 이인임, 안사기, 장자온 등 재상들이 앉아 있다.
관원으로부터 귓속말을 전해 들은 경복흥.

경복흥	자... 영접사가 채비를 마쳤다 하니 다들 나가 보십시다.
일동	(일어나는데)
태후	(E) 그 전에 처결할 일이 있습니다.

일동, 보면 태후 일행 들어온다.

경복흥	마마... 마마께서 도당에는 어찌...
태후	안사기 대감.
안사기	...예?
태후	어젯밤 이가란 자를 만나 황금 열 냥을 쥐여주셨다구요?
이인임	...!!! (안사기를 보면)
안사기	(하얗게 질려 태후에게) ...예에?
경복흥	(안사기에게) 아니, 이가란 자가 누구길래 이리 놀라는 것이오?
태후	김의의 심복이랍니다.

경복흥	(헉!) 명나라 사신을 죽이고 북원으로 도주한 그 김의 말씀이옵니까?
최영	!
안사기	(머뭇) 당최 무슨 말씀을 하시는 것인지... (정색하고) 이간지 박간지 나는 전혀 모르는 사람입니다! 대체 누가 그런 음해를 했단 말입니까!!
태후	정비는 상소를 전하세요.
정비	(상소 탁자 위에 올리는) 판전교시사 박상충이 쓴 것입니다.
안사기	!
최영	(서둘러 상소를 펼쳐보는)
정비	도당 안의 일부 불순한 무리들이 북원과 화친하기 위하여 김의를 시켜 명나라 사신을 죽이고, 북원의 군대까지 불러들였으니 이가와 찬성사 안사기를 문초하면 사건의 전모가 밝혀질 것입니다.
최영	(상소 놓고 파르르 떨리는) 이럴 수가... (안사기를 노려보는)
경복흥	찬성사...
안사기	아니 왜들 이러십니까? 글쎄 나는 금시초문이라니까요! (도와달라는 듯) 수시중 대감~ 어찌 가만히 계십니까? 무슨 말씀을 좀 해주세요!
이인임	(당혹감을 애써 숨기는)
태후	(이인임 흘끔 보고) 도당에서 이것을 어찌 처결하는지 내 두 눈 똑바로 뜨고 지켜보겠습니다. (나가는)
안사기	(극도로 당황하여 횡설수설하듯) 이건 음햅니다! 사대부 놈들이 화친을 막기 위해 지어낸 모략이에요! 내가 이 나쁜 놈들을 가만두지 않을 것입니다! 당장 가서 박상충 이놈의 모가지를, (하는데)
이인임	(버럭) 닥치시오!!
일동	!
안사기	(병한) 대감...

이인임	(죽일 듯이 노려보는) 아무 말 말고... 그 입 닥치고 있으란 말입니다...
안사기	(망연자실... 털썩 주저앉는)
최영	여봐라! 밖에 아무도 없느냐!

관원들, 들어 온다.

최영	찬성사 안사기를 옥에 가두어라.
관원들	(당황해서 멈칫하면)
안사기	(헉! 해서 이인임에게) 수시중 대감!
이인임	...끌고 가라.
관원들	예!

안사기, 끌려 나간다. '대감! 수시중 대감!' 외친다. 이인임, 외면한다.
최영, 이인임에게 의혹 어린 시선을 보낸다. 이인임, 이를 악문다.

24 _____ 정도전의 집 마당 안 + 대청 안 (낮)

득보, 물동이를 지게에 이고 들어온다. 지게 내려놓고 대청 쪽 보면
최 씨, 반상 위에 작은 불상을 올려놓고 108배를 하고 있다. 득보,
짠하게 본다. 이마에 땀이 송글송글 맺힌 최 씨, 지성으로 절한다.

25 _____ 황연의 집 정도전의 방 안 (낮)

옷을 다 껴입은 채 홑이불을 뒤집어쓰고 누운 정도전, 몸살이 난
듯 식은땀을 흘리며 몸을 떤다.

최 씨 소첩이 무슨 허깨빕니까? 아님 이 집 종입니까? (눈물 그렁해서) 소첩, 서방님 부인입니다! 서방님께 뭔 일이 생기면 애가 타고 속이 썩어 문드러지는 부인이라구요!

현재》
정도진, 몸을 더욱 웅크리고 쿨럭쿨럭 기침을 뱉는.

F.B》3회 25씬의

최 씨 왜 하필 서방님이십니까! 포은 나리도 있고, 박상충 영감에 이숭인, 권근 잘난 분들 다 놔두고 왜 서방님이냐구요!

현재》
못 견디듯 상체를 일으키는 정도전. 오한이 드는 몸을 웅크려 두 팔로 감싸 안는다. 자리끼를 집어 들다 손으로 뭔가를 꺼낸다. 살얼음이다.

26 _____ 행랑 부엌 안 (낮)

하얗게 재만 남은 싸늘한 아궁이를 묵묵히 바라보는 정도전.

27 _____ 억새밭 (낮)

업둥, 무 정도 든 광주리를 들고 나타난다. 황연과 천복, 영춘이 억새를 베고 귀남댁, 억새를 묶어 나르고 있다.

업둥	(밝게) 점슴덜 자시오!!
황연	(낫 놓고) 천복아. 묵고 허자. (하고 어딘가 보면)

저만치 떨어져 억새를 베고 있는 정도전.

시간 경과》

정도전, 사람들과 조금 떨어서 앉아 무 쪽을 베어 먹고 있다. 기침하는...

황연	쪼까 편찮아 보이시는디 땔감은 쉰네헌테 맡기고 들어가 쉬십시오.
정도전	괜찮으니 신경 쓰지 말게.
귀남댁	(큼) 근디... 나리께서는 워쩌다 이 먼 디꺼정 귀양을 오셨다요?
정도전	...
영춘	아짐은 뻔헌 것을 뭐 헌다고 물어쌌소... 뭔 죄를 졌응께 오셨것지라...
황연	(쓰읍) 나리께서는 죄를 져서가 아니고 북원이라는 나라허고 화친하는 것을 반대하다가 엄청 높은 분헌티 미움을 사서 오신 것이구먼.
귀남댁	높은 분께서 허시겠다믄 허게 놔둘 거시지 워째 대들었다요?
정도전	...
영춘	딴 나라허고 친하게 지내믄 쌈도 않고 좋은 거신디 반대를 허셨당께 쪼까 거시기 허네요이.
정도전	북원은 고려를 수탈했던 강도 원나라의 잔적들이네. 고려의 주권과 사직의 안위를 지키기 위해서는 선왕의 유지를 계승하여 명나라와 친선을 도모하는 것이 최선일세.
귀남댁	(모르겠는, 업둥에게 살짝 묻는) 뭐라는 소리디야?
업둥	(고개 젓는) 지도 모르것는디라?

천복	뭣을 알아 묵을려고 그려... (일어나며 궁시렁) 다 씨잘떼기 없는 소린디...

천복, 억새를 베던 곳으로 다가가 낫을 쥐어 든다. 덤덤히 무 쪽을 베어 먹던 정도전, 일어나 다가간다. 천복, 보면.

정도전	니놈 눈엔 내가 쓸데없는 짓이나 하다가 여기 온 것으로 보이느냐?
천복	아따, 존 것을 많이 잡사 그런가 귀가 허벌나게 밝소이...(대들듯) 근디 내 말이 워디 잘못 됐다요?
정도전	(어이없는) 뭐라?
천복	고려가 명나라허고 붙어먹든, 북원허고 서방질을 허든 고것이 우덜하고 뭔 상관이냐고요...
황연	천복이 느 그만 못 허냐?
천복	아, 자꾸 말을 붙이잖여라!
정도전	(노기를 참으며) 나라의 존망이 걸린 일이다...
천복	오살헐 늠의 나라 망하든 말든 고것도 우덜허곤 상관없고만이라.
정도전	나라가 망하면 네 놈은 멀쩡할 성싶으냐?
천복	(피식) 지금보다 못하기야 허겠소? 어차피 흉년 메뚜기만도 못헌 신센디 몽고 놈이든, 되놈이든 아무나 임금 돼라 허시오!
정도전	(못 참고 멱살 홱 잡는) 네 이놈!!
천복	(발끈) 옘병! 이거 못 놔아!
정도전	개경에선 지금도 수많은 사대부들이 북원과의 화친을 저지하기 위해 목숨을 걸고 싸우고 있다... 헌데 뭐가 어쩌고 어째!
천복	그러라고 등 떠민 늠 여기 한 늠이라도 있소! 다 지들 잘난 맛에 하는 짓거리 아녀! (하는데)

정도전의 주먹이 천복의 얼굴을 강타한다. 업둥, '오라버니' 하고

부여잡고 황연, 한숨 쉬며 고개를 절레절레 젓는다.

업둥　　오라버니, 괜찮어?

천복　　(입술을 문지르면 손에 묻어 나오는 피... 퉤 뱉고 노려보는)

정도전　밥버러지 같은 놈... (훅! 숨 내쉬다가 문득 어딘가 보면)

저만치 걸어가는 방물장수. 호기심 어린 아이들이 줄줄 따르고.

귀남댁　(꿍얼대는) 아, 좋게 말로 헐 거시지 왜 사람을 패고 난리디야?

영춘　　(불만스러운) 이러시믄 쪼까 곤란헌디요, 나리? (하는데)

정도전, 냅다 방물장수를 향해 뛰어간다. 일동, ?

28 ＿＿＿＿ 당산나무 앞 (낮)

방물장수, 좌판을 펼쳐놓고 있다. 아이들과 아낙들 몇, 몰려들어 신기한 듯 구경한다. 방물장수 옆에 앉은 정도전.

정도전　(애타게) 조정의 소식도 좀 들은 것이 있는가?

방물　　귀동냥이야 많이 했습니다만 거 뭐, 맨날 쌈질하는 얘기들뿐이지요. (아이들에게 짜증스레) 아, 만지지 좀 말어!

정도전　허면 북원국의 사신은 어찌 됐다는가? 개경에 들어왔는가?

방물　　그게 잘 안 된 모양이던뎁쇼...?

정도전　...! 잘 안 되다니, 어째서?

방물　　영접사를 못 보냈답니다.

정도전　(멍한)

29 _____ 야산 일각 (낮)

정도전, 풀밭에 앉아 있다. 믿기지 않는 듯 멍하다.

방물   (E) 안사긴가 뭔가 하는 대감이 북원하고 내통을 한 것이 들켜가지고 그리 됐답니다요...

지독한 비현실감에 주변을 둘러보는. 허! 한숨을 토한다 싶더니 어느새 킬킬대는 웃음으로 바뀌고. 마침내 벌떡 자리에 일어서는 정도전. 가슴이 벅차면서도 왠지 초조하고 답답해지는. 벌떡 일어나 벼랑 끝으로 걸어가 선다. 탁 트인 하늘과 그 아래 펼쳐진 마을.

30 _____ 억새밭 + 야산 벼랑 끝 교차 (낮)

황연, 천복, 영춘, 억새를 베고 업둥, 귀남댁과 억새를 나른다. 업둥, 땀을 닦는데 어디선가 아련히 들려오는 고함, '으아~!' 돌아보면 멀리 야산 벼랑에서 누군가 미친 사람처럼 소리치고 있다. 업둥, 유심히 보면 악다구니 쓰는 정도전이다. 사람들, 일손 놓고 멍하니 본다.

귀남댁   오매... 슬슬 미쳐부는 갑네이...

업둥, 바라보고... 고래고래 고함을 지르는 정도전의 모습에서 F.O

31 _____ 이색의 집 마당 (밤)

박상충, 헐레벌떡 뛰어 들어간다.

박상충 (E) 이가 놈이 드디어 토설을 했습니다!

32 _____ 동 안방 안 (밤)

이색, 박상충, 염흥방, 정몽주가 앉아 있다.

박상충 안사기가 김의를 사주하여 명나라 사신을 죽였고, 북원으로 도주한 김의를 연락책으로 삼아 북원하고 내통하여 군대를 움직이게 했답니다.

이색 (침통한) 설마 설마 하였거늘 일국의 재상이란 자가 어찌...

염흥방 이제 안사기를 문초하여 이인임의 이름 석 자만 토해내게 만들면 모든 것이 끝입니다!

이색 안사기에 대한 국문은 언제 열린다던가?

박상충 내일 최영이 문초를 할 거랍니다. (정몽주 보며 감격에 겨운 듯) 포은! 삼봉이 돌아올 날도 머지않았네!

정몽주 ...

33 _____ 순군옥 옥방 안 (밤)

안사기, 창살 너머로 정몽주를 노려본다.

정몽주	최영 대감께선 죄인에게 추호의 사정도 봐주지 않는 분입니다.
안사기	(흥!) 헌데?
정몽주	자백을 하지 않으면 고신을 당하다 죽을 것이고, 자백을 한다 해두 반역죄로 능지처참을 당하겠지요.
안사기	(겁나지만 애써 태연히) 그럴 일은 없을 것이니 니놈은 니 목이나 간수 잘하거라. 내가 풀려나는 순간 너와 박상충이는 죽은 목숨이니라.
정몽주	아직도 수시중이 대감을 구해줄 거라 생각하십니까?
안사기	!
정몽주	그 반대이겠지요. 수시중은 지금 대감을 죽일 기회를 찾고 있을 겁니다.
안사기	(이갈듯) 네 이놈...
정몽주	시간 끌지 마시고 순순히 자백을 하십시오. 목숨은 부지하게 해드리겠습니다.
안사기	(노려보는)

34 _____ 이인임의 사랑채 안 (밤)

번득이는 칼날. 이인임, 비장한 표정으로 칼날을 닦고 있다.
하륜, 굳은 표정으로 곁에 서 있다.

하륜	조정과 저자에서 나도는 풍문을 들으셨습니까? 안사기는 도마뱀 꼬리일 뿐 몸통은 따로 있다고들 하더군요.
이인임	(피식, 칼날 닦는)
하륜	소생 막연하게나마 명나라 사신의 죽음과 처백부 어른이 연관되어 있을 거라 생각했습니다. 허나... 북원의 군대까지 불러들였다고는

믿고 싶지 않습니다. 진실을 말씀해 주십시오.

이인임   …

하륜   처백부 어른!

이인임   …

하륜   (화난 듯한 표정으로 자리를 박차고 나가는)

이인임   (칼을 탁자에 내려놓고 누군가에게) 순군옥의 형편은 살펴보았느냐?

어둠 속에서 박가, 슥 나온다.

박가   경계가 삼엄하여 옥사 안으로 잠입할 방도를 찾지 못하였사옵니다. 자객을 쓰긴 어려울 것 같습니다, 대감. (하는데)

이인임   (갑자기 탁자를 두 손으로 쾅! 내려치는)

박가   !

이인임   (이를 악무는)

35 _____ 순군옥 옥방 안 (밤)

구석에 앉아 있는 안사기, 두려움을 감추지 못하는데…

이인임   (E) (부드러운) 얼마나 고초가 많으십니까?

안사기, 흠칫 보면 무거운 표정으로 서 있는 사내, 이인임이다.

안사기   (후다닥 다가가 창살 부여잡는, 울컥) 수시중 대감!! 왜 이제야 오셨습니까? 제가 얼마나 학수고대를 했다구요~

이인임	...
안사기	(간절한) 이제 그만 저를 풀어주셔야지요... 어찌 이리 손을 놓고 계시는 겝니까?
이인임	방도가... 없습니다.
안사기	...! 대감...
이인임	(차잡한) 미안합니다.
안사기	(기막힌) 아니 이게 지금 미안하고, (하다가 원망스레) 거우 그 말씀을 하러 오신 겁니까?
이인임	대감...
안사기	(일말의 기대감으로 보는)
이인임	고려와 권문세가의 미래를 위해... 결단을 내려주시오.
안사기	(불안한) ...결단이라니요?
이인임	...
안사기	설마... 자진을 하라는 것입니까?
이인임	대감의 희생을 헛되이 하지 않겠습니다.
안사기	(서서히 안색이 변하다가 피식) 이거... 사람을 너무 만만히 보신 것 같습니다.
이인임	!
안사기	돌아가세요. 국문장에서 대면하십시다.
이인임	정녕 다 같이 죽자는 것이오?
안사기	천만에... 죽는 건 당신 하납니다. 난 아직 비빌 언덕이 남아 있거든요.
이인임	(갑자기 창살로 손을 넣어 안사기의 멱살을 잡아당기고, 노려 보는)
안사기	돌아가 유언장이나 쓰시지요... 수시중 대감.
이인임	잘 들으시오... 지금 내 수하들이 당신의 집 곳곳에 잠복해 있습니다.
안사기	!

36 _____ INS - 어느 지붕 위 (밤)

활과 칼로 무장한 복면 차림의 박가, 사뿐히 착지한다. 몸을 움츠리고 전방을 주시하는.

37 _____ 다시 옥방 안 (밤)

이인임 동이 틀 때까지 당신이 숨을 쉬고 있으면... 가족 모두의 숨통이 끊어질 것이오.

안사기 (애써 버티듯) 내가 그딴 허튼수작에 넘어갈 것 같소이까?

이인임 (멱살 홱 풀고 품에서 노리개를 꺼내 건넨다)

안사기 (받아서 보는) ...!!... (이인임 보면)

이인임 내가 아무런 대비도 없이 당신같이 용렬한 자에게 자결을 하라 하였겠소?

안사기 (사실이다 싶은, 이를 갈듯) 이인임이... 네 이놈...

이인임 가문이라도 보전하고 싶다면... 조용히 죽으시오. (미소 짓고 사라지는)

안사기 (주춤 물러나는, 손에 쥔 노리개 바라보는, 망연자실한)

38 _____ 순군옥 대문 앞 (밤)

낭장을 대동한 최영, 말을 타고 다가와 멈춘다. 말에서 내려 들어간다.

39 _____ 동 일실 안 (밤)

최영, 자리에 앉는다. 맞은편에 정몽주가 앉는다. 낭장, 곁에 서 있다.

최영   이 야심한 시각에 안사기가 어찌 나와 자네를 보자 하는 것인가?
정몽주 소인이 안사기에게 순순히 배후를 자백하라 설득을 하였습니다.
        필시 국문을 앞두고 심경에 변화를 일으킨 것입니다.
최영   정녕... 안사기에게 배후가 있다는 것인가?
정몽주 배후가 누구겠습니까? 수시중 이인임입니다.
최영   ... (낭장에게) 가서 죄인을 데려오너라.

낭장, 예를 표하고 나간다. 최영, 심각하다. 정몽주, 긴장한다.

40 _____ 동 옥사 앞 (밤)

낭장이 앞장서고 안사기, 나졸들에 양팔이 제압당한 채 끌려 나온다.

안사기 (낭장에게) 분명 최영과 정몽주에게만 긴밀히 알렸으렷다?
낭장   그렇소이다.
안사기 (독촉하듯) 빨리 가세. 조금 있으면 동이 틀 터인데 그 전에...

하다가 앞을 보면 정면 지붕 위에서 자신을 향해 활을 겨누는 자객. 복면을 쓴 박가다. 안사기, 헉! 하고. (이하 슬로우) 멈칫한 안사기, 나졸들을 뿌리친다. 나졸들, 위압적으로 양팔을 잡아당긴다. 팽팽해지는 박가의 활시위. 겁에 질린 안사기, '저기, 저기' 버벅대면서 필사적으로 몸싸움을 벌인다. 나졸들, 안사기의 팔을 제압해 끌어당기면 정면을 향해 무방비로 노출되는 안사기의 상체. 화살이 시위를 떠나고, 정확히 안사기의 가슴에 박힌다. 일동, !!

낭장　(칼을 뽑아 안사기 앞을 막아서며) 자객이다!!

옥사 곳곳의 나졸들, 우왕좌왕하고 최영과 정몽주, 뛰어나온다.

최영　무슨 일이냐!

낭장　대감, 자객입니다!!

최영　뭐라!

정몽주　(바닥에 쓰러진 안사기 보고) 대감! (뛰어가 부여잡는) 대감, 정신 차리십시오! 대감!!

안사기　(입에서 피를 쏟으며 숨을 가쁘게 몰아쉬는)

최영　(병사들에게) 멀리 가지 못했을 것이다. 어서 자객을 추포하라!

병사들, 횃불을 붙여 우르르 나가고 최영, 주변을 살피는데.

정몽주　(절박하게) 배후가 누굽니까!

최영　(다가서는)

정몽주　배후가 누구냔 말입니다!!

안사기　(뭐라 말하려는 듯 입을 움직여 보지만... 눈을 뜬 채 절명하는)

정몽주　대감...! 제발 말씀을 해보세요...!! 대감!

최영　그만하게... 이미 숨이 끊어졌네.

정몽주, 허탈함에 맥이 탁 풀리고. 최영, 미심쩍은 눈으로 시체를 바라본다. 안사기의 손에 노리개가 쥐어 있다.

41 _____ 이인임의 집 사랑채 안 (밤)

착잡한 표정의 이인임, 술상을 마주하고 있다. 곁에 박가, 부복해 있다.

이인임 (술잔에 술을 따르며) 세상 노리개가 나 자기 부인 것은 아니거늘... 수고했다. 그만 나가보거라.
박가 (예를 표하고 나가는)
이인임 (옅은 한숨, 침통한) 잘 가시오... 안사기 대감... (술 마시는)

42 _____ 해설 몽타주 (낮)

1) 저자 – 수레 위에 널브러진 안사기의 시체가 백성들 사이로 지나간다. 허탈하게 바라보는 정몽주, 박상충, 염흥방, 이첨, 이숭인, 권근.
2) 서북면 성곽 안 – 병사들과 함께 전방을 주시하는 임견미와 지윤.
3) 성곽 앞 평원 – 말을 타고 돌아가는 북원 사신들과 철군하는 대규모의 군대의 모습 위로.

해설(Na) 안사기의 죽음으로 이인임은 벼랑 끝에서 가까스로 벗어나게 된다. 그러나 북원과 화친하려던 그의 계획 역시 벽에 부딪혔다. 고려 조정은 영접사 파견을 중단하고 북원 사신에게 철수를 요구하였다. 얼마 후 북원의 사신과 군사들은 뜻을 이루지 못한 채 제 나라로 돌아가고 만다.

43 _____ 황연의 집 정도전의 방 안 (낮)

빈 보퉁이 옆으로 새 속곳이며 한지 뭉치 등 문방사우가 놓여 있다. 덕지덕지 기운 옷을 입은 정도전, 입김을 날리며 서찰을 읽고 있다.

정몽주	(E) 이인임의 위세가 예전 같지 않네. 머잖아 이인임을 몰아낼 날이 올 것이니 조금만 더 견뎌주시게.
정도전	(서찰을 내려놓는, 조금은 실망스러운, 옅은 한숨 내쉬는데)
천복	(E) 당장 못 나가겠소!!
정도전	?

44 _____ 동 마당 안 + 동 방 안 (낮)

쌀가마니 지게를 멘 종 옆에 중성적인 느낌의 분칠을 한 사내, 부채를 든 박수다. 장작을 패던 천복, 화가 잔뜩 났다. 황연, 업둥 뒤에 서 있다.

천복	나가라는디 뭣허고 섰소!
박수	(능글대는) 멀리서 찾아온 손님을 이리 박대해서야 쓰나? (싱긋) 업둥이 잠깐만 보게 해주게.
천복	글씨 우리 악아는 그 짝 볼일이 없당께요!
황연	들어오십쇼.
천복	아부지!
황연	악아, 박수 어른 썬헌 물 한 바가지 떠다 드려라이.
업둥	예... (부엌으로 가는)

천복   (치! 분한 듯 도끼 내던지고 종놈을 밀치고 나가는)

박수, 나가는 천복을 흘끔 보다 행랑에서 문을 열고 내다보는 정도
전과 시선 마주친다. 이내 피식 웃고 걸어간다. 정도전, ...

45 _____ 황연의 방 안 (낮)

물그릇 달랑 놓여 있고, 박수, 황연, 업둥, 앉아 있다.

박수   (업둥에게 넌지시) 못 본 새 처녀가 다 됐구나...

업둥   (불편한)

박수   (황연에게) 회진현에 새남굿°을 해달라는 데가 있어 내려온 김에
들렀네. 또 언제 볼지 모르니 이번 참에 매듭을 지으세.

황연   그간 진지허게 생각을 혀봤는디 역시 안 되겠습니다.

박수   어허! 업둥이는 무당이 될 팔자라고 몇 번을 말해야 알아듣겠는
가? 이 아이가 괜히 열이 나고 헛것을 보는 것이 아니란 말일세. 이
러다 무병이 제대로 들리면 그땐 죽어!

황연   (후~) 그래두 앞길이 구만리 겉은 애를 무당으로 만들 순 없고만
이라.

박수   그래봤자 이 벽촌에서 땅 파먹다 죽기밖에 더하겠는가? 내림굿을
받고 내 신딸로 살면 얼마나 좋아!

황연   그만 돌아가십쇼.

박수   (큼) 업둥이 니 생각도 그러냐?

업둥   지는... 아부지 허자는 대로 할 것이고만이라.

° 죽은 사람의 넋이 극락으로 가도록 행하는 굿.

박수	(보다가) 회진현에서 달포는 머물 것이네. 잘 생각해보게. (획 나가는)
황연	(한숨 푹)
업둥	…
정도전	(E) 자네 딸이 아니었던 것인가?

46 _____ 황연의 집 마당 안 (낮)

장작 앞에 도끼를 들고 선 황연, 정도전을 바라본다.

정도전	박수가 업둥이라 부르는 것을 들었네.
황연	(흠…) 십 년 조금 더 되얏나… 한겨울에 아짐씨 하나가 집 앞에서 얼어 죽었는디 갸가 고 품 안에 있었습니다.
정도전	아이의 피붙이는 찾아봤는가?
황연	찾고 말고 헐 것도 없었고만요… 그 아짐씨, 회진현서 질로 영험헌 과부 무당이었응께요.
정도전	무당?
황연	잔나비도 나무에서 떨어질 띠가 있다고 작두 타다 다친 뒤로는 무당짓도 못 허고 떠돌다가 그리된 것입니다. (통나무 조각 세우는)
정도전	…

47 _____ 마을 어귀 (낮)

업둥, 막돌탑 위에 마지막 돌을 조심스레 올린다. 한발 물러나 합장하고 반배하는데…

정도전 (E) 세상에 팔자 같은 것은 없다.

업둥, 보면 정도전, 다가선다.

정도전 허니 무당이 될 팔자 또한 없다. 제대로 먹질 못하니 몸이 쉬이 아픈 것이고, 몸이 아프니 얼이 나고 때로 헛것을 보는 착각에 빠지는 것일 뿐... 무병이니 뭐니 하는 박수의 말에 현혹되지 말거라.

업둥, 한 귀로 흘리듯 돌탑 앞에 합장한다.
정도전, 다가가 냅다 탑을 허물어 버린다.

업둥 (헉!) 나리!! ... (다가서며) 이게 무슨 짓이다요!!
정도전 니가 이따위 짓이나 하고 있으니까 무당 팔자란 소릴 듣는 것이야!
업둥 지가 시방... 무당 허기 싫어 이러는 거 모르시것어라?
정도전 !
업둥 지발 무당 잠 안 허게 해돌라고 비는 것인디, 것도 허지 말란 말여라?
정도전 돌멩이일 뿐이다. 바보 같은 짓 하지 마라.
업둥 그라믄 이년은 빌고 잡은 소원이 있음 워째야 되는디요? 절간에 시주헐 재물도 없고, 나리처럼 글을 알어서 사당인가 허는 디서 제사도 못 모시는디! 읎는 년은 소원도 빌지 말란 말여라!
정도전 (말문 탁 막히는)
업둥 나리 눈엔 요것이 똥친 작대기 모냥 씨잘데기 읎어 뵐지 몰러도 이년 헌티는... (다부지게) 목숨줄이고만이라.
정도전 ...

48 _____ 빈청 최영의 집무실 안 (낮)

탁자 위에 피 묻은 화살과 노리개. 최영, 시체 그림 따위 그려진 검 안서를 보고 있다.

정몽주   (E) 배후가 누구겠습니까? 수시중 이인임입니다.
최영   …

49 _____ 도당 안 (낮)

경복흥, 이인임, 최영, 임견미, 지윤, 장자온 등 재상들이 앉아 있다.

임견미   (불만) 안사기 살해 사건을 아직까지 조사하는 이유가 무엇입니까?
최영   범인이 잡히지 않았으니 당연한 것 아니오?
지윤   북원에서 보낸 자객의 소행이 틀림없으니 그만 마무리하시지요.
장자온   그렇게 하십시오, 판삼사사 대감.
최영   그럴 순 없소이다.
임견미   (시비조로) 혹시… 누군가를 표적으로 삼고 있는 것입니까?
최영   무슨 뜻으로 하는 말이오, 지문하부사?
임견미   미궁에 빠진 사건을 죽은 자식 거기 만지듯 하시니 드리는 말씀이
            지요. 쓸데없는 오해를 사고 싶지 않으시다면 이쯤에서 끝내주십
            시오.

경복흥, 난처하고. 이인임, 눈 감은 채 옅은 미소. 최영, 바라보는.

50 _____ 성균관 정록청 안 (낮)

정몽주, 박상충, 염흥방, 이첨, 이숭인, 권근이 비장하게 앉아 있다.

염흥방   누군가 최영에게 명분을 주어야 하네.
정몽주   우리가 해야지요... 이제 이인임과 일전을 결할 때가 온 것 같습니다.
박상충   거 듣던 중 반가운 소리! 내가 앞장을 서겠네.
권근   사형이 또 나서시는 것은 위험합니다. 소생이 맡겠습니다.
이숭인   양촌은 아직 어리니 소생이 하겠습니다.
이첨   도은은 가만 계시게. (정몽주에게) 문하부의 간관으로 있는 소생이
            적임일 것입니다. (비장한) 맡겨주십시오.
정몽주   (보는)
태후   (E) 받으세요.

51 _____ 숭경전 처소 안 (밤)

태후가 건네는 상소를 받아 들고 뒤로 물러나 앉는 최영.

최영   이것이 무엇이옵니까?
태후   (긴장) 우헌납 이첨이 밀직을 통해 올린 탄핵 상소입니다.
최영   ...! 탄핵이라 하셨습니까?

52 _____ 편전 앞 복도 (밤)

나인들을 대동한 유모 장 씨, 다과상을 들고 걸어간다. 허겁지겁 달

려온 장자온, 장 씨를 밀치고 나아간다. 장 씨, !!

53 _____ 편전 안 (밤)

김실 등 내관이 있고 우왕, 사부 앞에서 경을 읽고 있다. 장자온의
귓속말을 듣는 이인임의 서서히 굳어지는 표정 위로.

우왕   군인막불인하고 군의막불의하니라... 임금이 어질면 어질게 되지
않을 사람이 없고, 임금이 의로우면 의롭게 되지 않을 사람이 없다.

54 _____ 다시 숭경전 처소 안 (밤)

최영   (상소를 읽는) 북원과의 화친을 운운하며 국정을 농단한 이인임을
파직하고, 국문에 처하여 죽은 안사기와의 관계를 낱낱이 밝혀 달
라... (내려놓는) 이인임을 죽이라는 얘기로군요.

태후   (불안한) 이 상소를 어찌 처결하면 좋겠습니까?

최영   ...

55 _____ 빈청 이인임의 집무실 안 (밤)

굳은 표정의 이인임, 홀로 정좌해 있다. 목을 꺾었다 세운다.

56 _____ 다시 숭경전 처소 안 + 동 집무실 안 교차 (밤)

최영   수시중을... 추포하겠사옵니다.

태후   !

최영과 이인임의 얼굴에서 엔딩.

7회

1 _____ 숭경전 처소 안 (밤)

최영   수시중을... 추포하겠사옵니다.

태후   ...! 판삼사사...

최영   수시중이 북원과 내통한 사실을 숨기기 위해 안사기를 죽인 것이
사실이라면 이는 국기를 뒤흔든 대역죄이니 추포를 윤허하여 주시
옵소서.

태후   (망설이는)

2 _____ 빈청 이인임의 집무실 안 (밤)

이인임, 임견미, 지윤, 심각하다.

임견미   대감... 사병들을 불러 모으시지요.

이인임   (보는)

지윤   사병들을 모아서 뭘 어쩌시게요?

임견미   대궐을 장악해야지요.

지윤   !

임견미   그런 연후에 전하로 하여금 국정을 혼란시킨 이첨과 사대부들을
모조리 잡아들이라는 교지를, (하는데)

이인임   범궐은 아니 됩니다.

임견미   이첨의 탄핵 상소는 사대부들이 대감께 전쟁을 선포한 것입니다.
어차피 벌어질 전쟁... 적이 예측하지 못할 때 먼저 공격하는 것이
상책입니다.

이인임   ...

3 _____ 다시 숭경전 처소 안 (밤)

태후   (자신 없는) 상대는 수시중 이인임입니다. 섣불리 건드렸다 일이
              잘못되는 날엔 걷잡을 수 없는 사태가 벌어질 것이에요.

최영   (긴하게) 수시중이 지금 당여들과 빈청에 머물고 있사옵니다.

태후   !

최영   방심하고 있는 지금이... 기회이옵니다.

4 _____ 다시 집무실 안 (밤)

이인임   ...

지윤   허나 최영이 가만히 있겠습니까?

임견미   당연히 최영도 쳐야지요. 그자는 안사기가 죽은 뒤로 대감을 의심
              해오지 않았습니까?

              장자온, '대감!' 들어온다. 일동, 보면.

장자온   최영 대감이 숭경전에서 왕태후마마와 밀담을 나누고 있다 합니다.

이인임   !

지윤   아니, 갑자기 밀담이라니?

이인임   (뭔가 짚이는) 최영 이자가 설마...

5 _____ 빈청 앞 회랑 (밤)

              최영, 칼을 차고 걸어온다. '꼼짝 마랏!' 화덕 불 옆, 나졸들을 포위

하는 순위부의 병사들. 나졸들, 얼어붙는다. 최영, 병사를 대동하고 들어간다.

6 _____ 동 이인임의 집무실 안 (밤)

와지끈! 문짝이 부서지며 병사들, 들어온다. 최영, 뒤따라 들어오면 임견미와 지윤, 장자온, 벌떡 일어난다.

지윤　　이게 대체 무슨 짓이오이까!

최영　　(둘러보면 이인임은 없는) !

임견미　지금 제정신입니까! 여긴 빈청이외다!

최영　　(대꾸 않고 찻잔에 손가락을 넣는, 멀리 가지 못했다 싶은)

7 _____ 대궐 담장 앞 (밤)

박가와 무사들 몇 명, 주변을 경계한다. 땅에 엎드린 호위무사의 등을 밟고 담을 넘어온 이인임, 급히 걸음을 옮긴다.

이인임　흥국사로 갈 것이다. 자시까지 사병들을 집결시켜라.

박가　　예, 대감. (하는데)

최영　　(E) 그러실 필요 없소이다!

이인임, 흠칫 보면 최영, 병사들과 나타나 앞을 막아선다. 이인임 일행, 방향을 바꿔 도주하는데 또다시 앞을 막는 병사들. 순식간에 포위되는 이인임. 무사들, 이인임을 에워싼다. 최영과 이인임, 노려본다.

우왕   (E) 수시중이 추포되다니?

8 _____ 편전 앞 복도 (밤)

벙한 우왕, 긴장한 표정의 장 씨를 본다.

장 씨   우헌납 이첨이 수시중을 탄핵하는 상소를 올렸사온데 판삼사사 최
영이 빈청을 급습하여 도주하는 수시중을 추포했다 하옵니다.

우왕   (두려운) 허면... 수시중은 지금 어디 있는 것이냐?

장 씨   왕태후마마의 명으로 사가에 유폐되었다 하옵니다.

우왕   !

9 _____ 이인임의 집 앞 (밤)

백성들 구경하고, 화덕 불을 곳곳에 밝히고 삼엄하게 경계를 서는
병사. 일단의 병사들, 무리 지어 어디론가 달려가고 긴장된 분위
기. 정몽주, 염흥방, 박상충, 서 있다.

염흥방   전광석화가 따로 없구만, 역시 최영일세.

박상충   (탐탁잖은) 다 좋은데... 죄인을 옥에 가둬야지 왜 집에 가둔단 말인
가?

염흥방   어찌 됐건 현직 수시중이 아닌가? 마마께서 예우를 하신 것이지.

박상충   예우는 얼어죽을...

정몽주　　(조금 걱정스러운 표정으로 보는)

10 ＿＿＿ 동 사랑채 안 (밤)

한바탕 수색이 이루어진 듯 어질러진 실내. 관원들, 장부와 서찰 꾸러미 등 압수한 물품을 들고 나가면, 이인임과 최영, 단둘이 마주 앉아 있다.

최영　　이 사람은 대감의 충심을 믿었었소이다. 해서 북원과의 화친에 찬동을 하였던 것이고 정도전이 버티고 있던 성균관을 치려고까지 하였었소.

이인임　　헌데요?

최영　　허나 이제는 대감을 믿지 못하겠소이다.

이인임　　(피식) 그것참 유감이로군요.

최영　　조사에 성실히 협조하시오. 내 최대한 정중히 예우해 드리겠소.

이인임　　마치 승부가 끝난 것처럼 말씀을 하시는군요?

최영　　(보는)

이인임　　대감은 결코... 이 사람을 이길 수 없습니다.

최영　　...또 보십시다. (일어나 나가는)

이인임　　(고개를 젖혔다 바로 세우는, 노기를 억누르는)

11 ＿＿＿ 부곡 – 회진현 관아 마당 안 (낮)

관노, 관기들이 줄지어 서 있다. 포졸을 대동한 아전이 세필 붓과 명부를 들고 점고 중이다. '사월이' 호명에 '네~', '명월이', '네~'.

일각에 따로 떨어져 황연과 서 있는 정도전.

아전	(부르는) 간난이? … (없다) 간난이 워디 갔어?
관기1	뭣을 잘못 처먹었는지 측간서 나올 생각을 않는구먼이라.
아전	잡것… 똥통에 확 처박아 버리기 전에 당장 끊고 나오라고 혀!!
관기1	예~ (쪼르르 사라지고)
아전	요것들이 시방 점고를 장난으로 아나… (하는데)

관아 대문이 열리고 현령이 허겁지겁 뛰어 들어와 두리번댄다.

현령	(정도전 보고) 영감!!
일동	(보면)
현령	(다가와 부여잡고) 영감, 예서 어찌 이러고 계십니까?
정도전	…? 점고를 받으러 왔지 않소이까?
현령	(호들갑) 점고야 저희가 가서 확인을 해도 되는 것을요. 아유, 이 귀하신 분께서 천한 것들 틈에서 어찌… (잡아끄는) 바람이 찹니다. 어서 안으로 드시지요. 아, 어서요…

정도전, 영문을 모르고 이끌려 간다. 아전과 황연, 벙해서 본다.

12 _____ 황연의 집 앞 (낮)

정도전, 황연이 나란히 걸어온다.

현령	(E) 감축드립니다, 영감!

13 _____ F.B - 관아 현령의 집무실 안 (낮)

주안상 차려져 있고 정도전, 벙한 표정으로 현령을 본다.

현령   (아부하듯) 수시중 대감이 그리되셨으니 머잖아 도성으로 금의환향하시지 않겠습니까? 조정에 드시게 되면 소생도 좀 어여삐 봐주십시오.

14 _____ 다시 황연의 집 앞 (낮)

정도전   ...
황연   워째 기뻐허시는 거 겉지가 않습니다, 나리?
정도전   이인임은 호락호락한 자가 아닐세. 필시 반격의 기회를 노리고 있을 터... (불안한) 방심을 하면 아니 될 것인데...
황연   다덜 똑똑허신 분들이싱께 알아서 잘 하시겄지라... (어딘가 보고 멈칫)

정도전, 따라 멈춰 보면 주민들이 볏섬을 안고 어디론가 이동한다.

15 _____ 당산나무 앞 공터 (낮)

수레 위에 가득 쌓인 볏섬들. 몽둥이를 든 장정들 앞으로 잔뜩 심기가 뒤틀린 표정으로 서 있는 마름. 천복, 업동, 영춘 등 주민들이 숨죽이고 선 가운데 귀남댁이 얄팍한 볏섬을 수레에 올리려는데...

마름	(귀남댁 거칠게 잡아 세우며) 이게 다냐?
귀남댁	(멀뚱) 그런디요?
마름	지금 나를 희롱하는 것이냐?
귀남댁	쉰네가 뭣땀시 희롱을 헌다요? 가뭄 땀시 소출이 솔찬히 줄었고요, 거시기, 엊그지는 이 대감님네서 와서 싹 걷어가부는 바람에... (하는데)
마름	(냅다 배를 걷어차는)
귀남댁	(억! 쓰러지고)
업둥	아짐! (튀어 나가 감싸 안는) 아짐, 괜찮어라?
천복	(울컥) 저런 잡것을! (주먹을 불끈 쥐는데)
영춘	(팔 잡으며 나직이) 아서! 일만 커징당께.
천복	(이를 악무는데)
정도전	(E) 뭐 하는 짓이냐!

일동, 보면 노기 어린 표정의 정도전, 주민들을 헤집고 나타난다.

정도전	지주의 마름 노릇을 하는 자 같은데 왜 여기서 행패를 부리는 것이냐?
마름	(껄렁하게) 개경에서 귀양을 오신 분이 계시다더니... 나리십니까요?
정도전	묻는 말에 대답이나 하거라. 어찌하여 곡식을 빼앗는 것이냐?
마름	(느물대는) 빼앗다니요? 소인 놈은 지세를 걷으러 온 것입니다.
정도전	(어이없는) 뭐라? 지세?
마름	허니 잠자코 계십시오. 지금 나리께선 나랏일까지 방해하시는 겁니다요.
정도전	나랏일이라니... 그건 또 무슨 소리냐?
마름	우리가 지세를 거둬야 나라에 조세도 바칠 것 아닙니까요? 소작쟁

이들의 조세는 땅 주인이 지세를 거둬 대신 내는 것도 모르십니까?

정도전 허나 여기 소재동은 거평 부곡 안에 있는 마을이다.

마름 헌데요?

정도전 부곡은 예로부터 조정에서 직접 경영하는 나라 땅이거늘 니놈의 주인이 어찌 사사로이 지세를 걷는단 말이냐!

마름 (멈칫)

정도전 국유지를 경작한 소작인은 소출의 사분지일을 나라에 직접 바치는 것이 고려의 국법이 아니더냐!

마름 (머뭇) 아니... 여긴 분명히 우리 마님 땅입니다요!

정도전 닥쳐라! 물고를 내기 전에 당장 볏섬을 내려놓고 꺼지지 못하겠느냐!

마름, 끙! 하고는 장정에게 고갯짓하면 장정들, 곡식을 내리고 주민들, 안도하며 수레 주변으로 모여든다.

마름 (분한 표정으로) 오늘은 그냥 갑니다만 다시 뵙게 될 겝니다요. (장정들에게) 가자! (사라지는)

정도전 (보면서) 도적만도 못한 권문세가놈들... 이제는 나라 땅까지 자기들 땅이라 속여 백성들을 착취하는 것인가? (어두운 얼굴로 돌아서다 멈칫)

주민들 (감동한 표정으로 바라보는)

귀남댁 (울먹) 나리... 참말로... 겁나게 고맙고만이라.

정도전 (어색) 몸은... 괜찮은가?

귀남댁 예. 암시랑토 않어라.

정도전 (큼, 문득 업둥 보면)

업둥 (고마운 듯 보고) 나리...

정도전, 헛기침하고 자리를 뜬다. 천복과 영춘, 쭈뼛 길을 비켜준다. 멀어지는 정도전을 바라보는 업둥의 얼굴에 미소가 번진다.

16 _____ 마을 길 (낮)

돌탑이 군데군데 쌓여 있다. 업둥, 콧노래를 흥얼대며 걸어오다 범춘다. 알맞게 납작한 돌이 길가에 떨어져 있다. 옳거니 싶은 업둥, 얼른 집어 들고 가까운 돌탑으로 다가가 얹으려다 멈칫.

정도전   (E) 니가 이따위 짓이나 하고 있으니까 무당 팔자란 소릴 듣는 것이야!

F.B》6회 47씬의

정도전   돌맹이일 뿐이다. 바보 같은 짓 하지 마라.

현재》

업둥   (흉내 내듯) 돌맹이일 뿐이다. 바보 같은 짓 하지 마라... (픽 웃더니 이내 한숨 푹) 송구헙니다요... 이년은 이것빽이 헐 줄 아는 게 없고 만이라...

탑 위에 돌을 얹고 합장한 뒤 돌아서던 업둥, 앞을 보고 흠칫 놀란다. 박수, 비릿한 웃음을 물고 다가선다. 저도 모르게 한발 물러서는 업둥.

박수   그래, 황가는 아직도 생각이 아니 바뀐 것이냐?
업둥   박수 어른 다녀가신 뒤로 아무 야그도 없었응께 그러시겠지라.
박수   (혀 차는) 답답한 인사 같으니라구... (다가서며 은근히) 업둥아...

업둥	(쭈뼛 물러서며) 예?
박수	니 인생이니 니가 판단을 잘해야 되느니라. 이런 기회가 너한테 다시 올 성싶으냐?
업둥	솔직히 말씀드리자믄 지도 싫고만이라.
박수	어째서?
업둥	무당이 되고 잡은 맘이 없응께요.
박수	(피식 웃는) 녀석... 순진하기는...
업둥	예?
박수	(큼. 정색하고) 아니다. 아무튼 넌 팔자를 그리 타고난 아이니까 내 신딸만 되면, (하다가 어딘가 보고 흠칫!) 또 보자, 업둥아. (후다닥 가는)

의아한 업둥, 돌아보면 천복이 연장통을 들고 나타난다.

천복	(업둥 보고) 악아, 행길서 뭣허고 섰어?
업둥	이? 이, 암것도 아녀... 근디 고것은 뭐대?
천복	영춘이헌티 연장 빌려왔어. 뭣 잠 맹글어 볼라고.
업둥	뭣을 맹그는디?

17 _____ 황연의 집 마당 안 (낮)

헛간에서 막 만든 서안°을 갖고 나오는 천복. 멈칫 보면, 뒷짐을 진 채 생각에 잠겨 있는 정도전.

° 책을 펴 보거나 글씨를 쓰는 데 필요한 책상.

정도전	(E) 포은... 방심해선 아니 되네... 이인임은 결코 쉽게 쓰러트릴 수 있는 상대가 아니네.

정도전, 옅은 한숨 내쉬는데 천복, 들으라는 듯 헛기침한다.
정도전, 돌아보면 평상에 서안을 턱 하니 올리는 천복.

천복	맘에 드시믄 쓰씨요.
정도전	(다가서는) 서안이 아니냐? (왜 주냐는 듯 보면)
천복	거시기, 쩐에 불에 태워먹은 나리 서책 있잖어요. 우덜이 가진 게 읎어서 다시 사드리진 못 허겄고 이걸로 때웠으면 혀서...
정도전	(서안 보며) 알았다. 니 동생한테 이제 미안해하지 말라고 전하거라.
천복	(머리 긁적이는) 그 서책 실은 지가 태워먹은 것입니다.
정도전	(보는)
천복	죄송허게 됐습니다... (큼, 획 안방으로 들어가는)
정도전	...

18 _____ 행랑 부엌 안 + 앞 (낮)

업둥, 매운 연기를 마셔가며 장작을 아궁이에 집어넣고 있다.
열린 문 바깥에서 지켜보는 정도전...

F.B》6회 47씬의

업둥	그라믄 이년은 빌고 잡은 소원이 있음 워째야 되는디요? 절간에 시 주헐 재물도 없고, 나리처럼 글을 알어서 사당인가 허는 디서 제사 도 못 모시는디! 읎는 년은 소원도 빌지 말란 말여라!

현재》

정도전, 생각하는...

19 _____ 동 정도전의 방 안 (낮)

엎둥 앞에 턱 하니 놓이는 한지 뭉치. 서안 앞에 앉은 정도전을 보면.

정도전 전에 니가 내 서책을 태워먹었으니 대신 일을 좀 시켜야겠다.
엎둥 (주눅 들어) 무슨... 일인데요?
정도전 (불탄 맹자 책을 들어 보이는)
엎둥 ?

20 _____ 몽타주 (낮)

1) 황연의 집 마당 안 + 정도전의 방안 - (점프의 느낌으로) 대야에 부어지는 치자 물. 엎둥, 배접지를 덧붙인 표지를 치자 물에 담근다. 치자 물이 밴 표지를 꺼내 흡족한 듯 보는 엎둥. 빨랫줄에 표지를 널고 개운한 듯 손 털다가 정도전의 방을 보면 열린 문틈으로 서안 앞에서 글을 쓰는 정도전. 엎둥, 보는.
2) 정도전의 방 안 - 엎둥, 열심히 먹을 갈고, 정도전은 다 쓴 종이를 엎둥에게 건넨다. 엎둥, 얼른 받아서 옆에 놓으면 바닥에 가득 펼쳐진 종이들. 흡족해하는 엎둥을 보며 옅은 미소를 띠는 정도전.
3) 동 마당 안 - 평상에 마주 앉은 두 사람. 정도전, 책 등에 구멍을 뚫으면 잘라놓은 무명실을 건네는 엎둥. 정도전, 마지막 매듭을 묶어 양지에게 건네면 완성된 맹자. 엎둥, 신기한 듯 보다가 정도전

을 다시 보면 정도전, 고개를 끄덕여준다. 업둥, 미소.

21 _____ 야산 숲 속 일각 (낮)

정도전과 업둥, 관솔을 채집하고 있다.

업둥   궁께 요놈을 태우면 먹을 맹글 수 있다 요 말씀이지라?

정도전   (관솔을 찾으며) 오냐.

업둥   근디 나리... 쇤네헌티 서책 맹그는 것을 시킨 이유가 뭐다요?

정도전   머리가 나쁜 녀석이로구나. 니가 서책을 태워먹어서, (하는데)

업둥   (쓰읍) 참말로... 오라버니헌티 다 들었응께 거짓부렁 마씨요.

정도전   (멈추고 보는) 그래... 책을 만들어보니 어떻더냐?

업둥   음... 재밌던디요? 신기허기도 혔고요.

정도전   그뿐이냐? 그 안에 무슨 내용이 적혀 있을지 궁금하진 않았느냐?

업둥   나리도 참말로, (조금 창피한 듯) 까막눈이 궁금해봤자 워쩔 것이
             요? 흰 것은 종이고 검은 것은 글씨것지라.

정도전   내게 글을 배워보지 않겠느냐?

업둥   ...! (보는)

정도전   언제까지 여기 있을진 모르겠다만 글눈 정도는 틔워줄 수 있을 것
             이다.

업둥   시방... 진담이신게라?

정도전   배워라. 배우면... 너의 소원을 이루어주는 것은 돌탑이 아니라 너
             자신이라는 것을 깨닫게 될 것이다.

업둥   (감격) ... 나리.

정도전   (마주 보다가 어색한 듯 고개 돌리면 맞은편 야산 봉우리에서 연기
             가 피어오르는, 표정 굳는)

업둥   (따라서 보고) 음마, 쩌기서 워째 연기가 난대?

정도전   (튕기듯 뛰어가는)

업둥   ?

22 _____ 바다가 보이는 산 정상 (낮)

정도전, 정상으로 올라온다. 저 멀리 아스라한 수평선에 북상하는
선단이 보인다. 정도전, !! 뒤따라 헉헉대며 올라오는 업둥.

업둥   나리, 갑자기 왜 이러신다요? (흐미~ 숨 몰아쉬다가 바다의 선단
보고) ...? 저게 뭣이여? (헉!)

정도전   저놈들... 북쪽으로 가고 있어... (봉화를 보면)

봉화가 솟은 봉우리 뒤 먼 산에서 다시 연기가 솟고, 그 뒤 봉우리
에서 다시 연기. 정도전, 심각해지는.

23 _____ 빈청 외경 (밤)

최영   (E) 대체 뭣들을 하고 있는 것이야!

24 _____ 동 최영의 집무실 안 (밤)

최영, 증거품인 화살을 들고 서서 관원들을 호통치고 있다.

최영	이것을 만든 자를 찾아오라 영을 내린 것이 언젠데 아직까지 감감 무소식이냔 말일세!
관원	…
최영	(탁자 위 노리개를 집어 드는) 이리 귀한 노리개는 아무나 살 수 있는 것이 아니거늘 지금껏 이것을 판 상인조차 찾지 못하고 있으니 이러고도 자네들이 국록을 먹는 자들이라 할 수 있는가!
관원	…
임견미	(E) 애꿎은 관원 탓을 하시는 겝니까?

최영, 보면 임견미, 지윤, 장자온 등이 들어온다.

최영	그만 나가보게.
관원들	(나가고)
최영	(앉으며) 앉으시오.
임견미	할 말만 하고 가겠습니다. 수시중 대감의 죄상을 입증할 증좌가 나왔습니까?
최영	곧 나오게 될 것이오.
지윤	곧이라니! 그 소리가 벌써 몇 번짼지 아십니까!
장자온	자꾸 이리 차일피일 미루시기만 하면 곤란합니다, 대감.
최영	…
임견미	좋습니다. 며칠만 더 기다려 드리지요. 허나 우리 인내심에도 한계가 있음을 잊지 말아 주십시오.
최영	…

25 _____ 대궐 숭경전 처소 안 (밤)

최영과 태후, 정비, 앉아 있다.

최영 수시중을 하옥하라 명을 내려주시옵소서.
정비 ...! 이미 사가에 유폐한 자를 옥에 가두다니요?
최영 당여들을 수시로 불러들여 조사 방해를 지시하는 정황이 있사옵니
         다. 관원들 또한 수시중의 위세와 보복이 두려워 몸을 사리는 눈치
         이오니 수시중을 하옥하여 분위기를 일신하여야 하옵니다.
태후 그건 아니 될 말씀입니다.
최영 마마...
태후 지금도 권문세가들의 불만이 하늘을 찌르고 있어요. 증좌 없이 더
         이상의 강경책은 불가합니다.
최영 (이를 깨무는)

26 _____ 빈청 앞 (밤)

화살과 노리개를 챙겨 든 최영, 관원들을 대동하고 걸어 나온다.

최영 오늘부턴 내가 직접 탐문할 것이다. 따라나서라. (하다가 보면)

박상충, 염흥방, 이숭인, 권근, 이첨이 몰려와 막아선다.

염흥방 대감, 저희와 말씀 좀 하시지요.
최영   ...말해보게.
박상충 (따지듯) 대체 이인임에 대한 국문은 언제 열리는 것입니까?

최영	아직은 계획이 없으니 다들 돌아가게.
이첨	소생이 이인임을 탄핵한 게 언젠데 아직 계획조차 없다 하십니까?
최영	결정적인 증좌가 나와야 국문을 할 것이 아닌가? 지금 순위부의 관원을 총동원하여 샅샅이 조사를 하고 있으니, (하는데)
박상충	(못 참고) 그래가지고 어느 천년에 증좌가 나오겠습니까! 이인임이 저리 멀쩡히 버티고 있는데 어떤 놈이 제대로 조사를 한다구요!
염흥방	대감, 더 지체하셨다간 수시중에게 쇠상을 은폐할 시간만 벌어주게 될 것입니다. 국문이 어렵다면 최소한 옥에라도 가두어야 합니다.
최영	(답답한 듯 한숨) 그만 물러들 가게.
이첨	가타부타 대답을 해주셔야 물러가든 말든 할 것 아닙니까! 대체 수시중을 조사할 의지는 있는 것입니까!!
최영	(치욕스러운) 글쎄 물러들 가라지 않는가!!
이첨	아니요! 못 물러가겠습니다!!
최영	어허! (하는데)
경복흥	(E) 판삼사사!

일동, 보면 경복흥이 급히 뛰어온다.

경복흥	판삼사사, 왜구들이 서해바다를 북상하여 양광도°에 상륙했다 하오이다!
일동	!
해설(Na)	왜구...

° 지금의 경기도 남부, 충청, 강원 일부에 해당하는 행정구역.

27 _____ 해설 몽타주 (밤)

1) 해안가 수소守所 - 고려 병사 몇 명을 순식간에 해치우는 왜구들. 그 옆으로 살기등등해서 지나쳐가는 수많은 왜구.
2) 민가 곳곳 - 곳곳에 불타는 가옥들. 도망치는 백성들과 쫓아가 죽이는 왜구들로 아수라장이다. 곡식과 가축을 약탈하는 왜구들과 부모의 시체를 부여잡고 우는 아이들. 굴비처럼 엮여 끌려가는 백성들. 왜구들의 서슬 퍼런 모습 위로.

해설(Na) 　당시 한반도와 중국 연안에 창궐하던 일본인 해적들을 일컫는 말이다. 해적이라지만 많을 때는 수백 척의 함선을 타고 올 정도로 그 규모가 컸다. 연안마을을 습격하고, 조운선을 약탈하는가 하면, 강을 따라 내륙 깊숙한 곳까지 들어와 노략질을 하기도 하였다. 왜구는 우왕 대에 이르러 더욱 극성을 부리게 되는데 재위 14년간 무려 378회나 출몰하여 고려에 막대한 타격을 주었다.

28 _____ 이인임의 집 사랑채 안 (밤)

족자를 말아쥔 이인임, 뒷짐을 진 채 창밖을 바라본다. 박가, 서 있다.

이인임 　이제 때가 된 것 같구만... (박가에게 족자 건네며) 이것을 임견미 대감에게 전하거라.
박가 　예, 대감. (받아서 나가는)
이인임 　(다시 창밖 보는, 미소)

29 _____ 편전 안 (밤)

우왕, 발 뒤의 태후, 김실 등 내관들, 최영, 경복흥, 임견미, 지윤, 장자온 등 재상들이 앉아 있다.

경복흥   양광도를 침노한 왜구의 숫자가 수천에 이른다 하오니 지방의 주현군만으로는 중과부적일 것이옵니다. 서둘러 원군을 보내야 하옵니다.

태후   그래야지요. 도당에서 속히 중지를 모아주세요.

임견미   그 전에 처결할 일이 있사옵니다.

일동   (보는)

임견미   좀 전에 탄핵 상소가 하나 제출되었사옵니다.

우왕   (놀란) 상소가 또 올라왔다구요?

임견미   이번엔 수시중이 아니오라 수시중을 무고한 우헌납 이첨을 탄핵하는 맞상소이옵니다.

최영   !

태후   ...맞상소?

경복흥   그것을 쓴 자가 누구요?

임견미   우인열과 한리라는 자들입니다.

최영   그자들은 주상전하를 시위하는 응양군의 장수들이 아니오? 무부들이 어찌 이 일에 간여를 한단 말이오?

임견미   무부는 나랏일에 끼지 말라는 국법이라도 있습니까? 대감도 무부 출신이십니다.

지윤   아, 오죽 답답했으면 글도 서툰 무장들이 붓을 잡았겠습니까!

장자온   전하, 맞상소가 제기된 이상 이첨을 잡아들여야 하옵니다. 그리해야 사가에 유폐된 수시중과 형평이 맞지 않겠사옵니까?

우왕   (돌아보는) 할마마마...

태후	경들의 뜻은 잘 알겠으니, 양광도를 침노한 왜구부터 평정을 한 연후에 이 일을 처리하십시다.
장자온	뒤로 미루실 일이 아니라고 사료되옵니다. 집안의 내분을 수습하지 않고 어찌 바깥의 적을 이기겠사옵니까?
지윤	오래 걸리는 일도 아니옵니다! 이첨을 국문하여 수시중을 무고한 것인지, 아닌지만 밝혀내면 되는 것을요!
경복흥	(설득하듯) 허나 이첨은 평범한 관원이 아니라 간쟁을 소임으로 하는 간관이외다. 언로가 막히는 폐단을 막기 위해 간관은 가급적 처벌하지 않는 것이 관행임을 모르시오?
임견미	(티꺼운) 허면 간관은 죄 없는 사람을 무고해도 괜찮다는 말씀입니까?
경복흥	신중히 처결하자는 것이오이다. 일단은 양광도의 사정이 급박하니,
임견미	(말 끊는, 단호한) 아니오... 그렇게는 아니 되겠습니다.
경복흥	!
임견미	전하... 소신들은 이만 물러가겠사옵니다.
우왕	지문하부사...

임견미를 필두로 몰려 나가는 재상들. 우왕, 태후, 경복흥, 어쩔 줄을 몰라 하고 최영, 노기를 꾹 참는...

정몽주	(E) 반격이 시작됐습니다.

30 _____ 성균관 정록청 안 (밤)

박상충, 정몽주, 염흥방, 권근, 이숭인, 이첨, 침통하게 앉아 있다.

염흥방	(한숨) 이게 다 최영이 실기를 한 탓이네...
권근	정말 비열한 놈들이 아닙니까, 왜구가 쳐들어온 것을 악용하다니...
이숭인	허면 양광도로 보낼 원군은 이제 어찌 되는 것입니까?
정몽주	권문세가들이 사병을 내놓을 리 없으니 도성 안의 관군들을 추려야 할 터인데 그 수가 몇이나 되겠는가?
박상충	가겠다고 나서는 장수도 없다는군. (피식) 하긴 지금 나섰다간 이인임의 눈 밖에 날 것이 뻔한데 누가 그 짓을 하겠는가?
정몽주	...아닙니다. 한 분이 계세요.
일동	?

31 _____ 이성계의 집 사랑채 안 (밤)

최영과 이성계, 술상을 마주하고 앉아 있다.

최영	(간곡히) 이 장군이 맡아줘야겠네... 해주시겠는가?
이성계	...
최영	내 당장이라도 양광도로 달려가고 싶은 마음이네만 자네도 알다시피 그럴 수가 없는 처지이니... 이 장군이 가주시게.
이성계	수시중 대감의 조산 어케 돼가고 있슴메까?
최영	물증을 찾기가 쉽지가 않구만.
이성계	힘들어 보이십네다, 장군.
최영	권문세가와 사대부 양쪽 모두에게 두들겨 맞다 보니... 내가 좀 진이 빠진 모양일세.
이성계	기운 내시라요, 장군.
최영	내 어쩌다 보니 도당에 들어 재상입네 하고 앉아있네만은 이놈의 정치라는 게 도통 나하고는 맞질 않는 듯 허이.

이성계	...소생, 가겠습네다.
최영	미안하네... 그리고 고맙네, 이 장군.
이성계	...
최영	군사가 많이 부족할 것이네. 양광도로 내려가면서 백성들을 병사로 징발할 수 있도록 내 지방 수령들에게 기별을 해놓겠네.
이성계	놔두시라요. 없으면 없는 대로 가겠습네다.
최영	징발을 하지 않겠다는 것인가?
이성계	...

32 _____ 동 사랑채 앞 (밤)

강 씨, 문 앞에서 듣고 있다. 노기가 어리는.

33 _____ 동 안방 안 (밤)

강 씨, 이부자리 앞에 앉은 이성계 곁에 비스듬히 등 돌리고 앉아 있다.

강 씨	생각을 해보겠다, 말미를 달라, 에둘러 거절을 하셨어야 했습니다.
이성계	남의 말 엿듣는 건 나쁜 습과이라구 분맹히 얘기르 했지비. 이거르 혼쌀이 나야 되지 않겠슴!
강 씨	(쏘아보는)
이성계	(흠... 타이르듯) 왜구가 쳐둘어왔대는데 가겠다는 사람도, 갈만한 사람도 없다지 않습메...
강 씨	그러니까 흥정을 더 붙이셨어야지요.

이성계	그거이 뭔 소립메... 흥정이라니?
강 씨	오늘 거절을 하였다면 내일은 도당의 재상 자리를 하나 들고 왔을 것입니다. 그래도 답을 아니 하시면 이번엔 권문세가들이 더 높은 자리를 가져와서 출정을 말렸을 것임은 자명한 이치가 아닙니까?
이성계	봅소, 부인... (하는데)
강 씨	영감의 목숨이 겨우 고맙단 말 한마디 가치밖에 아니 되는 것입니까? 그토록 셈이 어두우시니 너도나도 영감을 업수이여기는 것입니다!
이성계	이봅소, 부인!
강 씨	(원망에 눈물 그렁해지는)
이성계	(안쓰러운, 손 잡는) ...미안하우다. 내사 언세이 높았소.
강 씨	(진정하듯 한숨 내쉬고) 정 가시려거든 최영 대감 말대로 부족한 병사를 징발하시어요... 그래야 소첩의 마음이 좀 놓이겠나이다.
이성계	...
강 씨	영감...
이성계	(강 씨의 잡은 손을 다독이고, 토로하듯) 부인... 이런 계울에는 말이우다.
강 씨	(보는)
이성계	징발을 하러 마울에 드가문 처움엔 아이들만 보입메다. 솔나무 껍지룰 뜯어 머갔는지 입가가 죄다 쐐카맣디요. 마당에 디가봐도 어른들은 없소. 다들 방 안에 있지비... 멜간 피죽으루 끼니를 때우고는 배 꺼질까 싶어 드러누워 천장만 보고 있디 뭐이겠소... 방서 아이들 아비를 꿀어내고 헛간 바닥에 쌀 한 톨까지 줏어다 수레에 싣고서 그 마울 어귀를 벗어날라 할 때문 온 동네 아낙네들, 아들 통곡 소리가 십 리 밖까정 따라옵메. 기러다 잠잠해지문 무시기 생각이 두눈지 아오? ...전쟁터로 끌려가눈 저 아비와 마울에 남겨진 저 아이둘 중에...... (쓸쓸한) 누가 먼저 죽을까...

강 씨	영감... (손을 쥐여주는)
이성계	누가... 먼저 죽을까...

34 _____ 황연의 집 외경 (낮)

업둥	(E) 아!!

35 _____ 동 마당 안 (낮)

나무꼬챙이를 쥐고 쪼그려 앉은 업둥, 아야~ 찡그리며 이마를 문지른다.
흙바닥에 '天地玄黃 宇宙천지현황 우주'까지 쓰고 '洪홍' 자에서 틀린다. 정도전, 쏘아본다.

정도전	까마귀 고기를 먹었을 리는 없으니 필경 복습을 게을리한 것이렷다.
업둥	그게 아니라 요 늠 생겨먹은 것이 하도 요상시러워서, (하는데)
정도전	(딱! 알밤 먹이고)
업둥	아!! (이마 잡고 주저앉는) 흐미...
정도전	한 번만 더 핑계를 대었다간 종아리를 칠 것이다. 다시 써 보거라.
업둥	(삐죽) 예... (다가앉고) 근디 이런다고 쉰네가 글을 알게 될랑가요? 워째 영 자신이 없고만이라.
정도전	맹자께서 말씀하시기를 불위야 비불능야不爲也, 比不能也라 하셨다.
업둥	?
정도전	하지 않는 것이지, 하지 못하는 것이 아니라는 뜻이니라.
업둥	하지 않는 것이지, 하지 못하는 것이 아니다...

정도전	세상 이치가 다 그런 것이다. 포기하고 체념하면 아무것도 이룰 수 없고, 하겠다고 작정하고 덤비면 뜻을 이룰 수 있는 것이야.
업둥	(수긍하듯) 듣고봉께 맞는 말 걷기도 허네요... 맹잔가 허는 그분, 나리만은 못 해도 솔찬히 배운 분인 갑소이?
정도전	뭐라...? (어이없는 듯 픽 웃는)
업둥	(히! 웃고 쓰는)

36 _____ 동 황연의 방 안 (낮)

황연, 천복, 업둥이 멀건 죽에 간장 종지 놓고 밥 먹는다.

천복	글씨 나부랭이 거 꼭 배워야 쓰것냐?
업둥	공부가 월매나 재밌는디그려... 오라버니도 나헌티 배워볼텨?
천복	싫으니 죽재, 됐어야.
업둥	(피~ 먹는)
황연	악아, 기왕에 허는 거 이름자 쓸 정도는 배워 놔아.
업둥	이름자뿐이간디요? 사시사철 부지런히 배우믄 겁나게 어려운 서책도 촬촬 읽게 될 것이고만요.
황연	그리 오래 기시지는 않을 것이구먼.
일동	!
업둥	...! 누구, 나리 말여라?
황연	조만간 도성으로 돌아가실 것잉께 기시는 동안 성심껏 잘 모셔.
업둥	아, 예... (밥술 뜨는데 왠지 허전해지는)

37 _____ 동 마당 안 (밤)

부엌에서 젖은 손을 닦고 호호 불며 나오는 업둥. 문득 보면 뒷짐을 진 채 밤하늘을 보고 있는 정도전. 업둥, 물끄러미 바라본다.

38 _____ 정도전의 집 안방 안 (밤)

삯바느질감 수북이 쌓여 있다. 최 씨, 바느질하는데.

득보   (E) 마님.
최 씨   ?

39 _____ 동 대청 + 마당 안 (밤)

최 씨, 대청에 수북이 쌓인 학관복들을 멍한 얼굴로 본다.
대청 앞에 득보와 나란히 선 정몽주, 손 탁탁 털며 밝게.

정몽주   쌀섬은 한사코 받지를 않으시니 일감을 가져왔습니다.
최 씨   (고마운) 포은 나리...
정몽주   미리 고마워하실 것 없습니다. (눙치듯) 바느질이 맘에 들지 않으면 품삯을 깎자 할 수도 있으니까요.
득보   그럴 일은 없을 겁니다요, 나리. 도성 안 오부방리에 바느질 솜씨는 우리 마님이 (엄지 치켜 보이며) 이겁니다요!
정몽주   (짐짓 놀란 척) 그 정도셨습니까? 이거 영광입니다, 부인...
최 씨   할아범이 그냥 하는 소리지요... 그나저나 이첨 나리는 괜찮으신 겁니까? 권문세가들이 이첨 나리 하옥하기 전엔 양광도에 원군을 아니 보낸다 하였다면서요...

정몽주 (애써 미소) 양광도엔 이성계 장군이 가기로 하였으니... 아무 일 없을 것입니다. 심려 마세요.

최 씨 ...

40 _____ 이인임의 사랑채 안 (밤)

이인임, 임견미와 마주 앉아 있다.

임견미 이성계 그 촌뜨기가 다 된 밥에 코를 빠뜨리려 하고 있습니다. 병사를 동원해서 막을 수는 없는 노릇이니 이를 어쩌면 좋겠습니까?

이인임 (흠...) 이제 그분에게 빚을 갚으라 할 때가 된 것 같소이다.

임견미 그분이라니요?

이인임 고려에서 이 사람에게 제일 큰 빚을 진 사람... 누구겠소이까?

임견미 ?

41 _____ 편전 안 (밤)

우왕, 긴장한 표정으로 임견미와 독대하고 있다.

임견미 수시중은 선왕을 시해한 홍륜의 무리를 처단하였으며 왕실의 반대를 무릅쓰고 전하를 보위에 올린 일등공신이옵니다. 그런 충신이 핍박과 고초를 겪고 있는 것을 어찌 보고만 계시는 것이옵니까?

우왕 ...과인도 안타깝기는 하나... 탄핵 상소가 올라와 판삼사사가 조사를,

임견미	(말 끊듯) 최영을 믿지 마시옵소서. 전하께서 보위에 오르시던 날, 탐라에서 돌아온 최영에게 당했던 치욕을 잊으셨사옵니까?
우왕	!

F.B》3회 46씬의

최영	허면 어디 소정에게 명을 내리보세요.
모니노	(기어드는 목소리로 간신히) 사, 살려주세요..

모니노의 도포 사이로 흘러나오는 오줌.

현재》

우왕	과인이 무엇을 하면 되는 것입니까?
임견미	(미소, 쥐고 있는 족자를 슬며시 밀어놓는) 이것이옵니다.
우왕	!

42 _____ 이성계의 집 앞 (낮)

갑옷에 칼을 찬 이지란, 식식대며 걸어온다. 서슬에 움찔하는 행인들.

이지란	이 종간나새끼둘... 걸리기만 걸리라우. 모다 배창시룰 꿰내 줄에 너레베리가서. (대문 앞에서 다다라, 쌍! 욕지기 뱉으며 들어가는)

43 _____ 동 대청 + 마당 안 (낮)

무기를 옆에 내려놓은 갑주 차림의 이성계. 강 씨가 지켜보는 가운데 불상 앞에 절을 하는데 이지란, '성니메!' 하며 들어온다. 이성계와 강 씨, 보면 대청에 털썩 걸터앉는다.

강 씨 군부사에 병사를 인솔하러 가신 분이 어찌 혼자 오십니까?

이지란 벵사구 뭐이구 간에, 일 없게 됐슴다.

강 씨 !

이성계 무신 일이네?

이지란 (투덜) 한두 번두 아이고 사람을 이래 벵신으루 맨두나? 아, 성니메. 우리 기냥 동북멘으루 가십세다!

이성계 내사 무신 일이냐고 묻지 않네.

44 _____ 대궐 숭경전 처소 안 (낮)

족자를 말아쥔 최영. 태후와 정비 앞에 엎드려 간하고 있다.

최영 마마! 어찌 이 같은 교서를 소신에게 내리실 수가 있사옵니까? 파병을 보류하고 이첨부터 잡아넣으라니요! 이는 권문세가들의 부당한 요구에 굴복하는 것이 아니옵니까!

태후 (차마 입을 떼지 못하는)

정비 마마께서도 오늘 아침에야 아신 일입니다. 간밤에 주상이 상의 없이 결정을 한 것이에요.

최영 전하께서 어찌! ...소신, 전하를 알현해야겠사옵니다. (일어나는데)

태후 주상은 지금 궐에 아니 계십니다.

최영	!
재상들	(E, 웃음소리)

45 _____ 이인임의 집 전각 안 (낮)

우왕, 이인임, 임견미, 장자온, 지윤 등 재상들과 산해진미를 차려 놓은 채 담소 중이다. 웃음소리 가시면.

이인임	전하...
일동	(잠잠해지는)
우왕	(조금 긴장) 예.
이인임	소신, 전하의 하해와 같은 성은을 평생 잊지 아니할 것이옵니다.
우왕	(안도의 미소) 수시중께서 기뻐하시니 과인도 기분이 좋습니다.

이인임, 미소를 짓는데 최영, '전하' 외치며 들어온다. 일동, 멈칫 보는...

최영	전하, 수시중은 탄핵에 연루되어 순위부의 조사를 받고 있는 몸이온데 어찌 이리로 거둥을 하신 것이옵니까?
지윤	(발끈 일어나) 무엄하오이다, 판삼사사 대감!! (하는데)
이인임	(손 낮게 들어 제지하는) 지윤 대감... (우왕에게 미소를 지어 보이는)
우왕	(용기를 내어보는) 수시중은 과인이 보위에 오르는 데 공을 세운 신합니다. 고초를 겪는 공신을 과인이 위로도 못 한단 말입니까?
최영	고초라니요... 당치 않으시옵니다...
우왕	이첨은 어찌 되었습니까? 과인이 추포하라 영을 내리지 않았습니까?

최영	(병한) 전하...
이인임	(일어나며) 판삼사사 대감.
최영	(보는)
이인임	전하께선 곧 환궁을 하셔야 하니 이 사람과 얘기를 하시지요. (미소)

46 _____ 동 사랑채 안 (낮)

노기 어린 최영, 맞은편에 앉아 있는 이인임을 노려본다.

이인임	내가 경고하지 않았습니까? 대감께선 이 사람을 이길 수 없다고...
최영	애초에 당신을 하옥하여 엄히 다스려야 했소... 후회막급이외다.
이인임	다 지난 일입니다. 어서 전하의 명대로 이첨을 추포하세요.
최영	그럴 수는 없소이다.
이인임	설마 대감께서 어명에 맞서시려는 것입니까? 정도전이 영접사를 거부했을 때 어명을 거역하는 충신은 없다고 하셨던 대감께서요?
최영	...
이인임	혹... 그새 사대부들에게 마음이 기울기라도 하신 겝니까?
최영	나는 누구의 편도 아니오.
이인임	대감이 내게 패배한 이유가 바로 그것입니다. 정치는 세력이거든요.
최영	세력 따위 관심도, 필요도 없소이다. 나는 내 길을 갈 뿐이오.
이인임	해서 지난 며칠간... 길이 보였습니까?
최영	(보는)
이인임	사대부에게 치이고, 권문세가에 밟히고, 전하에게 배신을 당했습니다. 길을 걸은 것이 아니라 길을 잃고 헤맨 것이지요. 앞으로도 다르진 않을 것입니다. 정치라는 전쟁터에 홀로 거닐 꽃길 같은 것은 없으니까요.

최영	(분한 듯 이를 악무는)
이인임	어명에 따르세요. 허면 대감은 털끝 하나 다치지 않을 것입니다. (미소)
최영	...

47 _____ 문하부 앞 (밤)

수심 어린 하륜, 서책 정도 들고 걸어오는데 '잡아라!' 하는 낭장의 목소리에 보면 박상충이 이첨을 이끌고 도주하고 있다. 뒤쫓는 나졸들. 하륜, 불길한 예감이 스친다.

48 _____ 이색의 집 안방 안 (밤)

이색, 정몽주, 염흥방, 권근, 이숭인이 앉아 있다.

이색	이첨이 피신하다니 그게 무슨 말이냐!
정몽주	전하께서 권문세가의 강압을 이기지 못하고 이첨을 추포하란 명을 내리셨다 합니다.
이색	(허! 하고) 이첨은 지금 어디 있는 것이냐?
권근	그것은 박상충 사형이 와봐야 알 수 있을 것입니다.
염흥방	제발 무사해야 할 터인데... 찬성사 지윤의 병사들이 혈안이 되어 찾고 있으니, 원...
이색	지윤이라니? 최영이 아니었더냐?
정몽주	최영 대감은 어명을 받은 뒤 사직 상소를 올렸다 합니다.
이색	!

49 _____ 빈청 앞 (밤)

빈청 건물을 만감이 교차하는 표정으로 바라보는 도포 차림의 최영. 옅은 한숨 내쉬더니 어둠 속으로 사라진다.

50 _____ 당산나무 앞 공터 (낮)

업둥이 뛰어와 멈춘다. 빈 수레 옆으로 주민들이 웅성대며 둘러서 있다. 업둥이 파고 들어가면 마름, 마주 선 정도전에게 불쑥 사패°를 내민다.

마름 똑똑히 보십시오. 나랏님께서 우리 대감님한테 소재동에서 지세를 거두라고 내려주신 사팹니다요.

정도전 ...! (사패 낚아채 보면 맞다, 놀라는)

마름 (약 올리듯) 이젠 지세를 거둬가도 되겠습죠? (장정들에게) 뭣들 하고 있는 게야! 이놈들 곳간에 있는 곡식을 죄다 꺼내 오너라!!

장정들, '예!' 하고 흩어지고 주민들, 탄식을 쏟으며 따라간다. 황연, 천복도 발걸음을 옮기고 업둥, 정도전을 보면 믿기지 않는 듯 사패를 본다.

51 _____ 회진현 관아 외경 (낮)

°　임금이 토지를 하사하면서 주는 공문서.

52 _____ 동 집무실 안 (낮)

정도전, 전과 달리 떨떠름한 기색의 현령과 마주 앉아 있다.

정도전 놈이 가진 사패는 모수 사패°가 틀림없소이다.

현령 모수 시패요?

정도전 박 대감이라는 자 말고도 소재동의 땅 주인을 자처하는 자들이 다섯이 더 있다고 하니... 그자들 모두 사패를 위조한 것이 분명합니다.

현령 에이 설마요... 아닐 겝니다.

정도전 권문세가들이 모수 사패를 내세워 양민들의 땅을 빼앗고, 곡식을 착복한 것이 어제오늘의 일이 아닙니다. 고을의 수령으로서 응당 조사를 해야 하지 않겠소이까?

현령 (큼) 뭐, 발고를 하셨으니 조사는 해야겠지요.

정도전 꼭 좀 부탁드리겠소이다, 현령 영감.

현령 (외면하듯 고개 조금 돌리는, 탐탁잖은)

53 _____ 황연의 집 앞 (낮)

정도전, 터벅터벅 걸어오다 어딘가 보고 멈춘다. 사립문 앞에 모여든 귀남댁과 영춘 등 마을 사람들이 하나같이 불안한 표정으로 집 안을 쳐다보고 있다. 정도전, 불길함이 엄습하는데.

업둥 (E) 아부지!!

정도전 (튕기듯이 뛰어가는)

° 위조 사패.

54 _____ 동 마당 안 (낮)

사람들을 헤치고 들어온 정도전, 흠칫 놀란다. 아전이 뒷짐을 지고 지켜보는 가운데 포졸들이 황연을 포박하고 있다. 얼굴이 퉁퉁 부은 천복은 양팔을 제압당한 채 무릎 꿇려 있고 발만 동동 구르던 업둥.

업둥   나리!

정도전   (아전에게 다가서는) 자넨 회진현의 아전이 아닌가! 이 사람에게 어찌 이러는 것인가?

아전   (티꺼운) 시방 몰라서 묻는 것이다요?

정도전   (굳는) 뭐라?

아전   유배인의 일거수일투족을 감시해야 헐 보수주인이란 늠이 유배인이 지멋대로 마을을 이탈혀서 관아를 헤집고 다니는디도 모르고 있었다면... 요것을 그냥 놔둬야 되겠어라?

정도전   (병한) ...뭐라?

아전   혀서... 국법을 어긴 요 죄인을 관아루다 압송을 허는 것이니께 쩌리 비키시오! (포졸에게) 뭣들 하는거! 여서 밤샐겨!

포졸들   (우악스럽게 황연을 묶고)

업둥   (발 동동 구르는) 아부지...

정도전   (분이 치미는) 이런 가증스러운 놈들... (멱살 잡는) 당장 멈추지 못할까!

포졸의 육모방망이가 정도전의 뒤통수를 가격한다. 일동, 헉!
정도전, 멍해져서 비틀 무릎을 꿇는다. 아전, 앞에 쪼그려 앉는.

아전   현령 어른께서 나리께 전하라는 말씀이 있는디요. 한 번만 더 요런 일이 생기믄 그땐 두 발로 못 걷게 맹글어 버린다네요.

정도전   이리 돌변을 한 것을 보니 필시 개경에서 무슨 일이 벌어진 것이겠
         구나... 무슨 일이냐?

아전   (피식)

정도전   (버럭) 무슨 일이냐니까!!

55 _____ 순군옥 형방 안 (낮)

형틀에 나란히 묶인 피투성이의 박상충과 이첨. 지윤이 지켜보는
가운데 주리를 틀리고 있다. 으아~ 찢어질 듯한 비명이 형방 안에
퍼진다.

56 _____ 이인임의 집 앞 + 황연의 마당 안 교차 (낮)

대문 앞 좌우로 길게 도열한 재상들과 신료, 병사들. 대문 활짝 열
리고 이인임, 모습을 드러낸다. 모두 허리 숙여 조아리는.

이인임   (깊이 숨을 들이마시고 호탕하게) 날씨 한번 좋구나!

임견미   복귀를 감축드리옵나이다!

일동   감축드리옵나이다.

이인임, 조아린 사람들을 굽어보며 위엄 있게 걸어온다.
그의 호방한 모습에서 엔딩!

8회

1 _____ 황연의 집 마당 안 (낮)

정도전   이리 돌변을 한 것을 보니 필시 개경에서 무슨 일이 벌어진 것이겠
구나... 무슨 일이냐?

아전   (피식)

정도전   (버럭) 무슨 일이냐니까!!

아전   (보다가 관졸들에게) 다 됐으믄 인능 가자! (나가는)

관졸들, 황연을 끌고 나간다. 업둥과 천복, 아부지~!! 따라간다. 홀
로 남은 정도전, 땅을 털썩 짚는다. 불안하다. 그 위로 비명.

2 _____ 순군옥 형방 안 (낮)

기진한 박상충, 양팔이 형틀에 묶인 채 매달려 있고 이첨, 지윤 앞
에서 압슬형을 당하고 있다. 돌이 올려진 무릎 아래로 피가 배어
나온다.

지윤   당장 이실직고하거라! 수시중 대감을 무고한 연유가 무엇이냐!

이첨   무고라니 당치 않소이다! 간관의 양심에 따라 진실을 고했을 뿐이
오!!

지윤   그래도 이놈이! (돌을 짓밟으면 이첨의 비명 낭자하고) 이래도 죄
를 토설하지 못하겠느냐!! 말해라, 어서!!

이첨   (으아아~ 비명을 지르다 끝내 실신하는)

지윤   (훅!) 내 오늘은 반드시 자복을 받아낼 것이다. 물을 퍼부어라!

형리1   예! (물동이를 집어 드는데)

박상충   (간신히) 이보시오...

지윤	(보면)
박상충	이첨은... 내가 시키는 대로 하였을 뿐이오.
지윤	(박상충에게 다가가 턱을 꼬나쥐고) 니놈이 사주한 것이라구?
박상충	그렇소. 이첨은 아무 죄도 없으니 더는 몸을 상하게 하지 마시오.
지윤	허면... 수시중 대감을 무고하였다는 것도 인정하겠느냐?
박상충	(실신한 이첨을 안타깝게 보는, 망설이는)

3 _____ 도당 안 (낮)

경복흥, 이인임, 임견미, 장자온 등 재상들이 앉아 있다.

이인임	양광도로 출정할 토벌군의 총지휘는 임견미 대감에게 맡길 것입니다.
경복흥	거긴 이성계가 가기로 되어 있지 않소이까?
장자온	가문의 영달을 위해 고려를 배신했던 부원배의 후손입니다. 그런 자에게 대병을 맡기는 것은 고양이에게 생선을 주는 격이지요.
이인임	이성계는 임 대감의 휘하에서 선봉을 맡게 될 것입니다.
경복흥	알겠소. 마마께 고하여 윤허를 받도록 하겠소.

그때 지윤, '수시중 대감!' 하며 급히 들어온다. 일동, 보면.

지윤	박상충으로부터 대감을 무고하였다는 자복을 받아냈습니다!
이인임	!
임견미	드디어 누명을 벗으셨습니다! 감축드립니다, 대감!
재상들	(일제히) 감축드립니다, 대감!
경복흥	(조금 당황스러운 듯 이인임을 보면)

| 이인임 | (천천히 미소, 살기를 띠는) |

4 _____ 대궐 숭경전 뜰 안 (밤)

궁문이 열리고 보검을 쥔 이인임, 당여 재상들과 갑주를 입은 무반들을 이끌고 들어온다. 무리들, 처소 앞에 도열해 선다. 숙위낭장, 인사하고 비켜서면 병사들 길을 터준다. 이인임, 들어간다.

5 _____ 동 처소 앞 복도 + 안 (밤)

이인임, 뚜벅뚜벅 걸어온다. 상궁 나인들, 두려운 듯 옆으로 비켜서며 부복한다. 문 앞에 다다르면 나인들, 떨면서 문을 연다. 서안 앞에 앉아 불경을 읽던 태후, 의아한 듯 본다. 보검을 들고 선 이인임의 모습에 안색이 굳어지는 태후. 이인임, 들어가 거만하게 태후를 굽어본다.

태후	(두려운, 애써 침착하게) 이게... 무슨 짓입니까?
이인임	박상충이 이첨을 시켜 소신을 무고하였다고 토설하였사옵니다.
태후	이미 들어서 알고 있습니다.
이인임	아시기만 하면... 끝나는 것이옵니까?
태후	!
이인임	최영에게 소신을 추포하라 영을 내리시구, 사가에 유폐시켰던 마마가 아니시옵니까?
태후	(버티듯) 해서... 분풀이라도 하러 온 것입니까?
이인임	책임을 지셔야겠사옵니다.

태후	(발끈) ...책임?
이인임	오늘 이후... 모든 나랏일은 도당에서 결정하게 될 것이옵니다. 마마께선 사후에 재가만 하시게 될 것이고, 거부하거나 수정을 요구할 권한은 드리지 않을 것이옵니다.
태후	(흥! 단호한) 내가 그것을 받아들일 것 같습니까?
이인임	거부하시면 수렴청정을 폐하고 주상전하께서 친정을 하시게 될 것이옵니다.
태후	(서안을 치며) 닥치시오!! 감히 누구를 겁박하려 드는 것이오!!
이인임	(스르르... 칼집에서 칼을 뽑는)
태후	!!
이인임	(태후의 서안 앞에 조금은 껄렁하게 쪼그려 앉는) 마마...
태후	(주춤, 질린 듯 바라보는)
이인임	(칼을 만지며) 이것을 들고 예까지 오는 동안 숙위병, 내관, 나인, 누구도 소신을 막지 아니하였사옵니다. 그 무지렁이들도 아는 것이지요. 누가 더 강한지... 헌데 마마께서만 그것을 모르시니... (칼날이 빛을 받아 번득이는) 발톱을 보여드릴 수밖에요.
태후	(부들부들 떨며 노려만 보는)
이인임	결정하시옵소서. 소신의 요구를 받아들일 것인지 아니면... 끝장을 보실 것인지...
태후	(이를 갈듯) 수시중...
이인임	...

6 _____ INS – 편전 앞 (밤)

사병들, 몰려들어 온다.

7 _____ 다시 숭경전 처소 안 (밤)

떨리는 태후, 노려본다. 이인임, 옅은 미소를 머금고 있다.
당혹감을 가누지 못하던 태후, 고개를 떨군다. 탄식 같은 한숨... 이
윽고.

태후   경의... 뜻대로 하겠소.

이인임   ...

태후   교지를 내려보낼 터이니... 이제 그만 물러가 주시겠소?

이인임   (일어나 칼을 칼집에 넣더니 갑자기 공손하게 서안 위에 올려놓는)
명나라에서 들어온 보검이옵니다. 선물로 가져온 것이니 받아주시
옵소서.

태후   (수치심이 밀려오는)

이인임   (나가다 멈칫 서는) 다시는...

태후   (보는)

이인임   도전하지 마십시오. (나가는)

태후   (막혔던 호흡이 한꺼번에 터지듯 신음과 함께 숨을 토하는... 참담한)

8 _____ 빈청 앞 (밤)

정몽주, 염흥방, 권근, 이숭인, 평교자를 탄 경복흥을 에워싸고 있다.

염흥방   권문세가의 사병들이 대궐을 겹겹이 에워싸고 있습니다! 헌데 문
하시중이란 분께서 퇴청이라뇨!

경복흥   (침통한, 가마꾼에게) 가자...

이숭인   (움직이는 가마를 막아서며) 시중 대감!

권근	(막아서며) 속히 순위부와 순군부의 병사들을 모아야 합니다! 수시중이 모반을 획책하는 것이 틀림없단 말입니다!
이인임	(E) 것 참 큰일이로군요.

일동, 보면 이인임, 당여들과 함께 걸어와 선다. 사대부들, 긴장한다.

이인임	(여유, 부드러운 어조로) 양광도의 왜구늘이 언제 진로를 바꿔 도성을 노릴지 모르오. 해서 궁궐의 경계를 강화하고자 취한 조치이니 구구한 억측은 삼가해주시오. (걸어가는데)
정몽주	수시중 대감.
이인임	(멈춰 보는)
정몽주	...

9 _____ 동 이인임의 집무실 안 (밤)

이인임과 정몽주, 마주 앉아 있다.

정몽주	박상충과 이첨을 어찌하실 작정이십니까?
이인임	일국의 재상을 무고하였으니 그에 합당한 처벌을 받게 되겠지요.
정몽주	중벌에 처하겠단 말씀이십니까?
이인임	(미소)
정몽주	선처해 주시리라 믿겠습니다.
이인임	어째서요?
정몽주	대감께서도 알고 계시니까요, 그들은 죄가 없습니다.
이인임	이젠 엄연한 사실조차 인정을 않으시는 게요? 박상충이 제 입으로 토설을 하였어요.

정몽주	사실과 진실은... 다른 것입니다.
이인임	(보는)
정몽주	(보는)
이인임	선처는 없소.
정몽주	허면 평화도 없을 것입니다.
이인임	(피식) 포은도 이제... 삼봉을 닮아가시는 게요?

정몽주, 흥! 일어나 나간다. 이인임, 생각에 잠기는데. 지윤, 들어온다.

지윤	대감... 박상충과 이첨에 대한 국문을 끝내겠습니다.
이인임	잠깐...
지윤	예?
이인임	(생각하는)

10 ＿＿＿＿ 순군옥 앞 (밤)

이성계와 이지란, 걸어간다.

이지란	(투덜대는) 임겐미라이... 어데 사람이 웁어서리 기딴 걸베이 발쑤개 겉은 눔을 상원수로 앉힌단 말이오!
이성계	말조심하라.
이지란	(쳇! 하고) 두구 보시라요. 재주눈 성님이 부레고 공운 그 간나가 다 채갈테니끼니...(하는데)

문 벌컥 열리는 소리에 보면 저만치 염흥방, 권근, 이숭인, 순군옥에서 다급히 나온다.

염흥방	어서 포은에게 가세! (권근, 이숭인을 대동하고 급히 사라지면)
이지란	(목 빼고 보며 중얼대는) 왜둘 저러는 기야?
이성계	...

11 _____ 성균관 정록청 안 (밤)

홀로 앉은 정몽주, 고심하고 있다.

12 _____ F.B(점프의 느낌으로) - 조금 전 정록청 안 (밤)

염흥방	박상충에 대한 국문이 재개되었네!
이숭인	무고를 사주한 진짜 배후를 캔다면서 노골적으로 포은 사형의 이름을 들먹이고 있다 합니다!
권근	좌장을 엮어 넣어 사대부 전체를 공격하겠다는 수작입니다!

13 _____ 현재 - 정록청 안 (밤)

정몽주, 깊은 한숨을 내쉬는데 이지란, 들어선다.

이지란	(호탕한) 기래가지구 땅바닥이 꺼지겠슴메?
정몽주	(놀라 일어나는) 이지란 장군이 아니십니까?
이지란	(다가서며) 이야~ 욕시 머레가 좋으니께니 멜 넨마에 봐두 쪽 알아보시누만기래. (툭 치며) 이거 반갑소, 종사관 선생!!

조금 벙한 정몽주. 그때 들어서는 사내, 이성계다.

정몽주 장군...

이성계 내사... 출정 인새를 두리러 왔습메다. (미소)

시간 경과》

인자한 표정의 이성계, 정몽주와 찻잔을 마주하고 앉아 있다.

이성계 안색이 좋지 않습메다.

정몽주 국청에서 박상충 사형이 고신을 당하고 있습니다. 소생의 이름을
대야 목숨을 건질 터인데 사형은 그러실 분이 아니니...

이성계 어카실 작정이십메까?

정몽주 구해내야 하는데... (씁쓸한 듯 피식) 방도가 떠오르질 않습니다.

이성계 ...

정몽주 (탄식조로 중얼대듯) 삼봉만 있었어도 이리 답답하지는 않았을 터
인데...

이성계 삼보이 누굽메까?

정몽주 정도전이라고 소생의 막역지웁니다. 북원 사신의 영접을 거부하다
귀양을 갔지요.

이성계 ...

F.B》5회 38씬의

정도전과 이성계, 서로를 지나쳐간다. 얼핏 둘의 시선이 마주친다.

현재》

이성계 ...

정몽주 삼봉이라면 이미 계책을 내어 이인임에 맞서 싸웠을 것이거늘...

이성계	...기다리시라요.
정몽주	(보는)
이성계	적이 강할 때눈 싸우디 말고 기다레야 함메다. 기다레다 보문 반드시 틈이 생깁메다.
정몽주	그 전에 사형이 죽을 것입니다.
이성계	구래두 기다리시라요. 전쟁터에 나간 장수는 냉정해야 함메다.
정몽주	그럴 순 없습니다, 장군. 만드시 살릴 것입니다.
이성계	전쟁터서 한 사람도 아이 죽이갔다는 것은... 오만입메다.
정몽주	(보는)
이성계	오만한 장수는 부하들을 몰살시키디요... 기다리시라요.
정몽주	...

14 _____ 이성계의 집 안방 안 (밤)

침의를 입은 이성계, 앉아 있다. 강 씨, 마주 앉는다.

강 씨	(조금 책망이 섞인) 성균관 대사성을 만나셨다는 게 사실입니까?
이성계	지라이 구 녀석... 기렇소.
강 씨	어쩌시려구요? 정몽주는 수시중의 정적입니다.
이성계	기냥 출정 인새를 드리고 왔습메.
강 씨	아무 득 될 게 없는 사람이니 가까이하지 마십시오.
이성계	기게 뭔 소립메? 내사... 존경하구 고마워하눈 사람 아니겠슴.
강 씨	예?
이성계	나룰 고려인으로 대해준 사람은... 최영 장군과 포은 선생이았소.
강 씨	...

15 _____ 빈청 앞 (낮)

기치와 창검이 즐비하다. 정연하게 도열한 병사들 앞에 갑주를 입은 이성계와 이지란이 서 있다. 몇 보 앞에 서 있던 임견미, 걸어가 부월을 든 이인임 앞에 무릎을 꿇는다. 장자온 등 당여들이 배석해 있다.

이인임	주상전하와 왕태후마마를 대신하여 그대를 양광도 상원수에 제수하고 이 부월을 내리노니... 받으시오. (건네는)
임견미	(받으며) 성은이 망극하옵니다!
이지란	(불만스러운) 하눈 꼴이래 영판 임금 아이오? 눈꼴 시레바서 체다보질 못하갔구만기래... (하다가 이인임 다가오면 흥! 입 다무는)
이인임	(이성계에게 다가서서) 임견미 장군을 잘 보필해 주시오.
이성계	알갔습메다.
이인임	헌데 어제... 성균관에 가셨다구요?
이지란	...! (이성계 보면)
이성계	...
이인임	(피식 웃고) 잘 다녀오시오. (가는)
이성계	(보는)

16 _____ 거리 (낮)

백성들, 좌우로 서 있고 말을 탄 임견미, 맨 앞에서 천천히 부대를 인솔해 간다. 이성계와 이지란, 임견미 뒤에서 말을 몰아간다. 이성계, 백성들을 굽어보는데 일각에 정몽주가 보인다. 정몽주, 반배하고 이성계, 미소로 답한다. 정몽주, 미소.

17 _____ 회진현 거리 일각 (낮)

정도전, 결연한 얼굴로 걸어온다.

18 _____ 동 관아 안 (낮)

현령, 대청 위에 거만하게 서 있고 아전과 관졸 앞에 선 천복과 업둥.

업둥 (털썩 엎드리며) 아이고, 나리... 지발 은혜를 베풀어 주십시오... 불쌍헌 울 아부지 잠 풀어주시오...

천복 한 번만 봐주시믄 다신 안 그런당께요! 예!

현령 (귀찮은 듯) 저것들을 끌어내라! (하는데)

대문 벌컥 열리고 정도전이 들어온다. 일동, 멈칫!

현령 아니 저자가?

업둥 나리!

정도전 (대청 앞에 다가서서) 황연을 풀어주시오. 유배지를 무단으로 이탈한 것은 전적으로 나의 책임이니 내가 죄를 받겠소이다.

현령 (기막힌 듯 허!, 하는)

정도전 개경에서 무슨 일이 벌어지고 있는지도 알아야겠소. 말씀해 주시오.

현령 (아전에게) 여봐라... 이자에게 두 번 다시 소재동 바깥으로 나오지 말라고 전하라 하였거늘 아니 전한 것이냐?

아전 아닙니다요. 토씨 하나 안 빼묵고 말씀허신 고대로 전달했고만이라.

현령 (괘씸한 듯 꼬나보는) 분명 그리 전했단 말이지...

정도전 (노려보는)

19 _____ 마을 어귀 (낮)

지게를 멘 영춘과 광주리를 든 귀남댁, 걸어온다.

귀남댁 올겨울엔 나리 덕에 쌀뜨물은 마시겄다 혔더니, 날 새부렀구마이...
영춘 시상이 싸그리 썩어부렀는디 나리 혼자 용쓴다고 되겄어라?
귀남댁 (어딘가 보고) 음마? 지게 뭐대?

저만치 천복, 수레를 끌고 온다. 하관이 피투성이가 된 정도전, 의식이 몽롱한 채로 실려 있다. 수레를 보고 달려오는 귀남댁과 영춘.

귀남댁 오매, 나리 아녀!
영춘 워쩌다 이리되신 거여?
천복 ...싸게 밀기나 혀.
영춘 이. 그려. (얼른 뒤에서 밀고)
귀남댁 아이고, 나리... 정신 잠 차려보시오, 흐미 이를 워찌스까이...
정도전 (퀭한 눈에 분노가 어른거리는)

20 _____ 관아 현령의 집무실 안 (낮)

현령 앞에 비단과 묵직한 보퉁이를 내미는 마름. 아전, 배석해 있다.

마름 우리 대감님께서 주시는 감사의 표십니다.
현령 (입이 귀에 걸린) 우리 사이에 새삼스럽게 뭐 이런 걸... (슬그머니 가져가며) 수고했네. 그만 가보게.
마름 허면... (나가는)

현령	어디 보자... (흡족한 표정으로 보퉁이에서 은병을 꺼내기 시작하는)
아전	정도전이를 손 봐줬으니께 황가놈은 인자 풀어줘도 되겠지라?
현령	그래가지고 내가 어느 세월에 이 촌구석을 뜨겠느냐?
아전	예?
현령	도성의 권문세가 어른들께 인사를 드리자면 여태 모아둔 것으론 어림도 없다... 행주건 걸레건 쥐어 짤 수 있는 건 모조리 쥐어 짜야지.

21 _____ 관아 안 (낮)

눈물 그렁한 업둥, 불안한 표정으로 아전을 바라본다.

업둥	척장 백 대요? 척장이 뭣인디요?
아전	죄인을 엎어놓고 이따만한 목봉으로 등짝을 패는 것이재.
업둥	(헉!) 등짝을... (부여잡는) 나리! 그라믄 울 아부지 죽는고만이라! 팔팔헌 장정도 아니고 나 많은 노인네가 그 매를 워찌 견디시겠소...! 나리!!
아전	(큼) 매를 안 맞고도 풀려날 방도가 있기는 헌디...
업둥	...! 고 방도가 뭡니까?
아전	나랏법에 보믄 말여. 엄청 중헌 죄를 저지른 죄인 말고는 속죄금을 내면 벌을 면허게 돼 있당께.
업둥	(어두워지는) 속죄금요?

22 _____ 주막 안 (낮)

박수와 국밥상 앞에 앉은 업둥, 수저도 들지 않고 애타게 박수만 본다.

박수	(꺼억 트림... 심드렁) 빌려주면 갚을 수는 있고?
업둥	예. 열심히 일혀서 이태 안에는 꼭 갚았습니다.
박수	(무슨 수로 갚느냐는 듯, 피식) 밥이나 먹고 가거라.
업둥	(다급한) 박수 어른. 속죄금을 못 내믄 올 아부지 송장 치워야 된당 께요... 지발 잠 도와주씨요. 지끔 믿을 디라곤 어른뺴이 없고만이라...
박수	맹추 같은 녀석... 지름길을 놔두고 왜 둘러 가려는 것이냐?
업둥	예?
박수	내 신딸로 들어오너라. 허면 속죄금은 거저 줄 것이다.
업둥	!

23 _____ 마을 어귀 (낮)

업둥, 비척비척 걸어온다.

박수	(E) 황가가 저리된 것도 다 니 탓이니라. 사람은 무릇 팔자대로 살아야 하거늘 니가 고집을 부리니 성신이 노하서서 액운을 내린 것이야.
업둥	(돌탑을 간절히 만져보는)
정도전	(E) 세상에 팔자 같은 것은 없다. 허니 무당이 될 팔자 또한 없다.
업둥	(꺼지듯 주저앉는, 한숨 푹) 나리... 쇤네는 인자 워쩌면 좋당가요?

24 _____ 황연의 집 정도전의 방 안 (밤)

병색의 정도전, 벽에 기대앉아 누런 액이 든 사발을 마신다. 욱, 구역질이 올라오지만 참고 마신다. 영춘, 찡그리고 천복, 덤덤하다.

25 _____ 동 마당 안 (밤)

영춘과 행랑을 나온 천복, 서 있던 귀남댁에게 사발을 건넨다.

귀남댁 (받으며) 오매, 싹 비워부렀고만?

영춘 독헙디다. 뭔지 뻔히 암시롱 입도 안 떼고 묵어불더랑께요.

귀남댁 아이고 잘 허셨네이~ 장독 다스리는 딘 똥물만 헌 것이 없는디.

천복 나는 관아에 잠 가볼라요. (걸음 떼는데)

업둥, 황연의 손을 잡고 들어선다.

천복 아부지!

귀남댁 오매! 이게 누구다야!

영춘 아재!

황연 여즉 집에들 안 갔었어?

천복 (다가서서 다그치듯) 시방 이게 워찌 된 일이다요?

황연 (행랑으로 쑥 들어가는)

천복 악아, 아부지 워찌 풀려났디야?

업둥 (둘러대는) 현령 나리께서 그냥 풀어주셨구먼.

천복 뭣이여, 그냥? (행랑 쪽 보는)

26 _____ 동 정도전의 방 안 (밤)

정도전, 힘겹게 앉아 있다. 황연, 마주 앉은.

황연   나리 덕분에 무사히 나온 거 겉습니다... 워쩌자고 그러셨습니까?
정도진   나 때문에 애꿎은 자네가 경을 칠 순 없는 노릇이 아닌가?
황연   (먹먹한) 참말로 감사헙니다...
정도전   관아에서 개경 소식은 들은 것이 없는가?
황연   예... 암말도 못 들었고만이라...
정도전   ...

27 _____ 동 황연의 방 안 (밤)

어둠 속. 황연과 천복, 코를 골며 깊이 잠들어 있다. 문가에 다소곳이 앉아 있던 업둥, 짠하게 바라보다 일어난다.

28 _____ 동 마당 안 (밤)

평상에 걸터앉는 업둥, 행랑을 먹먹하게 바라보는데.

업둥   나리께서 실망이 크실 것인디... (후~ 꺼질 듯한 한숨, 눈물 그렁해진다 싶더니 이내 소리 죽여 오열하는)

29 ____ 동 정도전의 방안 (밤)

정도전, 벽에 기대앉았다. 불안하고 답답하다.

30 ____ 이인임의 집 외경 (밤)

이인임   (E) 그래, 건강은 좀 어떠십니까?

31 ____ 동 사랑채 안 (밤)

이인임, 살가운 미소로 맞은편에 앉은 이색을 바라본다.

이색   (역시 부드러운 미소) 염려 덕분에 많이 좋아졌습니다.
이인임   종종 찾아뵙고 가르침을 청해야 하는 것인데 이 사람의 게으름을
        용서해 주십시오, 대감.
이색   용서는 제가 빌어야지요. 소생의 변변치 못한 제자들 때문에 고초
        가 많으시다 들었습니다.
이인임   대감의 매부와 제자들이 겪는 고초에 비하겠습니까?
이색   덜 여문 녀석들이 혈기가 왕성한 탓입니다. 이제 정신을 차렸을 터
        이니 그만 아량을 베풀어 주십시오.
이인임   아쉽지만 이 사람의 재량 밖입니다. 사직한 최영 대감 대신 찬성사
        지윤이 맡고 있으니 원하신다면 만남을 주선하겠습니다.
이색   (미소가 가시는)
이인임   (여전히 미소)
이색   (다시 미소) 만나봤자 서먹하기만 할 터이니 말씀이나 좀 전해주시

지요.

이인임　　그러겠습니다.

이색　　몽주가 표적이라면 뜻을 이루지 못할 것이라 전해주십시오.

이인임　　지윤이 왜냐고 물으면 뭐라 전하리이까?

이색　　박상충은 결코 몽주의 이름을 대지 않을 것이니 아까운 목숨만 빼앗는 처사가 될 것이라 선해주십시오.

이인임　　알겠습니다. (하는데)

이색　　(정색) 관즉득중寬則得衆°.

이인임　　(보는)

이색　　(감정이 묻어나는) 큰 정치를 하시려거든... 관대해져야 합니다.

이인임　　...

이색　　(이내 깎듯이) 그리 전해주십시오.

이인임　　(미소) 그러지요.

32 ＿＿＿ 순군옥 안 복도 (밤)

피범벅이 된 박상충, 좌우 형리의 어깨에 팔을 감은 채 끌려온다. 걸을 힘도 없어 바닥에 질질 끌리는 두 다리.

33 ＿＿＿ 성균관 정록청 안 (밤)

염흥방, 권근, 이숭인, 군은 표정의 정몽주에게 말한다.

°　　사람에게 관대하면 인심을 얻음.

염흥방	(울분 가득한) 박상충이 그 혹독한 고신을 끝끝내 버티고 있네.
이숭인	더 늦기 전에 국문을 중단시켜야 합니다.
권근	방법은 한 가지뿐입니다. 당상°부터 당하관°°에 이르기까지 전 사대부들이 연명 사직 상소를 내야 합니다.
염흥방	포은, 내일 당장 결행하세.
정몽주	...
이성계	(E) 오만한 장수는 부하들을 몰살시키디요... 기다리시라요.
정몽주	...안 됩니다. 승산이 없어요.
염흥방	포은!
정몽주	이기지 못할 싸움입니다. 모르십니까?
권근	패배가 두려웠다면 애초에 싸우지도 말았어야지요!
정몽주	(보는) 양촌!
권근	소생 혼자라도 결행할 것입니다. (박차고 일어나는데)
정몽주	(버럭) 안 된다 하지 않았느냐!!
권근	...! 사형...
정몽주	(좌중에게) 내 분명히... 안 된다 하였습니다. (나가는)

34 _____ 기와집 앞 (밤)

하륜, 술병을 나발 불며 비틀비틀 걸어온다. 문 앞에 다다라 인기척에 돌아보면 정몽주가 다가온다.

하륜	(취기가 싹 가시는) ...사형.
정몽주	부탁이 있어 왔네.

°   정3품 이상의 관리.
°°   정3품 이하 종9품까지의 관리.

35 _____ 순군옥 옥사 앞 (밤)

갓을 깊이 눌러쓴 정몽주. 하륜이 나졸에게 은병을 쥐어 준다.

하륜　　혹 뒤탈이 생기더라도 내가 다 막아줌세.

나졸　　징말입니까요?

하륜　　이 사람... 수시중 대감의 조카사위를 못 믿겠다는 것인가?

나졸　　(정몽주 흘끔 보고 자물쇠를 여는)

하륜　　(돌아보는) 들어가시지요.

정몽주　　... (걸음 떼는)

36 _____ 동 옥방 안 (밤)

이첨에게 안기듯 앉은 박상충의 손을 창살 틈으로 잡고 있는 정몽주.

정몽주　　(먹먹한) 어찌 이리 미련하십니까?

박상충　　(농 치듯) 이거 영 사람을 우습게 보는구만. 내가 이래 봬도 우리 처남, 목은 이색 대감하고 과거 동길세, 이 사람아.

정몽주　　바깥에서 걱정을 많이 하고 있습니다.

박상충　　내가 원래 사고뭉치 아닌가? (킬킬 웃는데)

정몽주　　이제 그만 소생의 이름을 대십시오.

박상충　　(굳는)

이첨　　(정몽주에게) 사형...

정몽주　　더 버티시다간 목숨을 잃게 되십니다.

박상충　　허튼소리 그만하게.

정몽주　　사형께서 아니 하시면 소생이 이인임을 찾아가 자복을 할 것입니다.

박상충	어허!! 말 같잖은 소리 하지 말라는 대두!! (기침 터지면서 검붉은 피를 울컥 토하는)
정몽주	(손등에 핏물이 튀는, 헉!!)
이첨	사형!
박상충	(기침 참으며 숨 몰아쉬는)
정몽주	(보는) ...사형...
박상충	(입 슥 닦는, 사례들린 목소리로) 봤는가? 나는 쿨려나 본늘 이제 죽은 목숨일세. 허니 자네는 딴생각 말고 동문들이나 잘 이끌게.
정몽주	(울컥) 소생... 사형을 이리 허무하게 보낼 수는 없습니다.
박상충	사람은 누구나 한번은 죽네. 간신배와 싸우다 죽는 것이니 사대부로서 이만큼 영광스런 죽음이 또 어디 있겠는가?
정몽주	사형...
박상충	(정몽주의 손을 꽉 잡으며) 언젠가 삼봉이 돌아오면... 둘이서 힘을 합쳐 이인임 그 역적놈을 몰아내주게... 그런 연후에 내 무덤에 술 한잔 뿌려준다면 나는 더 바랄 것이 없으이... 아시겠는가?
정몽주	(눈물 흐르는) 사형...
이첨	(오열하고)
박상충	(옅은 미소)

37 _____ 부곡 마을 길 (낮)

지팡이를 짚은 정도전, 서툴게 걷는다. 업둥, 쫄래쫄래 따라온다.

업둥	힘들어 뵈시는디 쉰네가 부축을 하겠습니다.
정도전	끄떡없다 하지 않았느냐. 한 바퀴 돌아볼 것이니 너는 가서 글공부할 준비나 해놓거라.

업둥	(따라오며) 아 글씨 조리를 더 하셔야 된당께요?
정도전	볼기 몇 대 맞았다고 방구들 신세만 져서야 어찌 대장부라 하겠느냐? 하루속히 기운을 차려 놈들을 혼내줄 것이다.
업둥	놈들이라니요?
정도전	사패를 위조하여 백성을 수탈하는 지주들... 그놈들과 결탁한 현령... 놈들에게 본때를 보여줘야지.
업둥	(어이없는) 소재동 배깥으로 나가지도 못 허시는 분이 워찌 본때를 보여준다 그러시오?
정도전	(멈춰보는) 내가 뭐라 가르쳤더냐? 하겠다고 작정하면 된다 하지 않았느냐. 중요한 것은 처지가 아니라 의지다.
업둥	그러다 또 뭔 봉변을 당허실라고요?
정도전	곤궁이통困窮以通°. 사정이 아무리 어려워도 살아날 길은 있느니라. 니 아비가 무사히 풀려난 것을 보면 모르겠느냐?
업둥	(침울해지는, 옅은 한숨)
정도전	세상의 도가 땅에 떨어졌다고는 하나 그래도 일말의 정의는 남아 있을 터... 결국엔 내가 이길 것이다. (걸음 떼다 지팡이 삐끗하면서 쓰러지는)
업둥	오매! (다가앉아 잡으며) 괜찮으신게라?
정도전	(고통을 꾹 참는, 후~)
업둥	(답답한) 안 되겠소. 끌고라도 갈라니께 순순히 따라오씨오.
정도전	(토로하듯) 분명... 개경에 변고가 생긴 것이다.
업둥	(보는)
정도전	벗들이 위기에 처해 있는데 내 어찌 방 안에 편히 있을 수 있겠느냐?
업둥	나리...
박수	(E) 업둥아?

° 몹시 어려운 지경에 처하더라도 살아날 길이 생겨남.

일동, 보면 박수가 비릿한 미소로 나타난다.

업둥   박수 어른...

정도전   ...

38 _____ 황연의 집 외경 (낮)

천복   (E) 악아 느... 시방 뭐라고 혔냐?

39 _____ 동 황연의 방 안 (낮)

박수와 업둥 앞에 벙한 표정으로 앉은 황연과 천복.

업둥   (천연덕스러운) 입 아프게 왜 자꾸 물어싸? 박수 어른 신딸로 간다 잖어.

천복   (허!)

황연   (내키지 않는) 악아...

업둥   걱정허실 거 겉어 말씀을 안 드렸었는디요. 지가 얼마 전서부터 귓 구녕에 요상헌 소리가 들리는 것이 암만해도 무병이 지대로 오는 갑소이.

천복   아, 씨잘떼기 없는 소리 하지 말어! 암튼 절띠 안 되니께 그리 알 어!

업둥   오라버닌 그람 동상이 무병 들어 콱 죽어부러야 속이 후련하겄능 가!

천복   (기가 차는) 뭐, 뭣이여?

박수	자, 자... 업둥이는 이미 마음을 굳힌 듯하니 식구들만 마음의 준비를 하면 되는 일일세. 내 시간은 넉넉히 줄 터이니...
천복	(벌떡 일어나는) 주둥이 못 닥쳐야!
업둥	오라버니!
천복	뭐, 신딸?! 우리 악아 델꼬 가서 소실 삼을라는 거 내가 모를 거 같어!!
황연	천복아!
천복	(에잇! 박차고 나가버리는)
업둥	오라버니!
황연	(침통한)

40 _____ 동 마당 안 (낮)

천복, 문이 부서져라 닫고 나와 식식대며 사립문을 나선다.
평상에 지팡이를 짚고 앉아 있는 정도전. 화가 난 듯 굳은 표정이다.
박수, 업둥과 함께 나온다.

박수	거 참... 사람을 뭘루 보구...
업둥	죄송헙니다, 박수 어른...
박수	(안방을 향해) 조만간 데리러 올 것이니 채비나 잘 해놓으시게. (부채 착 펴다가 다가선 정도전, 보고 흠칫)
업둥	나리...
정도전	결국 무당이 되기로 한 것이냐?
업둥	...그리 됐고만이라.
정도전	무당은 싫다 하지 않았더냐?
업둥	무병 들어 죽는 것도 무섭고요. 배곯는 것이 인자는 신물이 나서...

쉰네 그냥 팔자대로 살것습니다.

정도전   (끙. 행랑을 향해 돌아서는)

업둥   (얼른 부축하려 드는)

정도전   (홱 뿌리치는)

업둥   (보면)

정도전   너는... 밥버러지다.

업둥   ...나리...

박수   (티꺼운) 거 말씀이 좀 지나치십니다, 나리?

정도전   뭐라?

박수   이리 기세가 등등하신 걸 보니 아직 소식을 못 들으신 모양이지요?

정도전   (보는)

박수   새남굿을 해준 대감댁에서 귀동냥을 해본즉슨 개경에 나리 친구들
이 결딴이 나고 있다 하던뎁쇼.

정도전   (굳어지는) 결딴이 나다니...

박수   박상충하고 이첨이라는 자가 이인임 대감을 무고했다가 초죽음이
됐답니다요.

정도전   뭐라...

박수   (약 올리듯) 듣자 하니 성균관 대사성도 무사하진 못할 거라더군요.

정도전   !!!

41 _____ 최영의 집 마당 안 (낮)

정몽주, 걸어온다. 팔을 걷어붙인 최영, 장작을 패고 있다.

정몽주   집안일까지 손수 하십니까?

최영   (멈칫 보는)

정몽주	황금 보기를 돌같이 하신다는 얘긴 들었습니다만... 백성들이 존경하고 따르는 연유를 알 것 같습니다.
최영	(일어나) 여긴 어쩐 일이신가?
정몽주	이인임의 전횡이 도를 넘었습니다. 그만 칩거를 푸시고 조정으로 돌아와 주십시오.
최영	난 사직 상소를 내고 조정을 떠난 몸일세.
정몽주	왕태후마마의 재가가 나지 않았으니 아직은 판삼사사이십니다.
최영	(피식) 정치 따위 미련을 버린 지 오래네. 돌아가게. (자리를 뜨려는데)
정몽주	(급히 막아서며) 대감...
최영	어허...
정몽주	(간곡히) 부디 사직을 철회해 주십시오. 이인임이 막으려 들겠지만 저희 사대부들이 대감을 도울 것입니다.
최영	나는 평생... 한번 내린 결정을 번복한 적이 없네.
정몽주	평생 불의와 타협하신 적도 없지 않습니까?
최영	(보는)
정몽주	이인임의 독단을 방관하신다면 이는 불의와 타협하시는 것입니다. 부탁이오니 대감, 저희 사대부들과 함께해 주십시오.
최영	(조금 갈등하는, 이내 자리를 뜨는)
정몽주	(뒤에 대고) 대감~ 저희는 대감을 기다릴 것입니다!
최영	(걸어가는)
정몽주	...

42 _____ 활터 (낮)

과녁 홍심에 명중하는 화살. 활을 내리는 이인임, 흡족해한다.

관복을 입은 지윤과 장자온, 곁에 서 있다.

이인임   (화살을 통에서 꺼내며) 정몽주가 최영을 만났다...

장자온   조정에 복귀시키려는 저의가 틀림없습니다.

이인임   ...박상충은 아직입니까?

지윤   곧 죽어도 정몽주는 아니랍니다. 세상 없는 독종이에요.

이인임   다른 사대부늘의 농대는 어넣소?

장자온   잠잠합니다. 정몽주가 꼼짝도 하지 말라 엄명을 내렸다 합니다.

이인임   (화살을 장전하며) 움직이지 않겠다면 움직이게 만드는 수밖에.

지윤   무슨 계책이 있으신 겝니까?

사대를 향해 화살을 겨누는 이인임. 화살 끝에 과녁의 홍심이 선명하다.

이인임   (겨눈 채) 홍심을 맞출 것이오. 어디를 조준해야 합니까?

지윤   ...? 그야 당연히 홍심보다 높은 곳을 겨누어야지요.

이인임, 활을 조금 치켜들면 화살 끝이 홍심 위 하얀 과녁을 향한다.
시위를 놓으면 날아가 홍심에 꽂히는 화살.

이인임   정몽주의 위를 치시오... 지금 당장.

43 _____ 이색의 집 대청 + 마당 안 (낮)

노비, 서 있고 이색, 방에서 나온다.

이색	성균관에 갈 것이다. 채비를 하거라.
노비	예, 마님.

노비, 후다닥 가고 이색, 댓돌에 내려서는데 대문이 벌컥 열리고 나졸과 낭장들이 뛰어 들어온다. 노비, 기함해서 주저앉는다.

이색	뭐 하는 짓들이냐!
낭장	대감을 사가에 유폐하라는 도당의 결정이 내려졌소이다!
이색	!!

44 _____ 성균관 정록청 안 (낮)

사첩함과 직인이 가득 쌓여 있는 탁자. 탁자에 두 팔을 짚고 선 정몽주, 심각하다. 권근, 이숭인, 염흥방과 사대부들, 가득 들어차 있다.

정몽주	정녕... 이 많은 분들이 모두 사직을 하겠다는 것입니까?
권근	스승을 욕보인 자는 불구대천의 원수... 같은 하늘을 이고 살 수는 없습니다.
염흥방	이제 그만 고집을 꺾으시게, 포은.
정몽주	...
염흥방	포은!
정몽주	이인임이 원하는 것은 소생입니다. 소생이 국청으로 자진 출두할 것이니 다른 분들은 남아서 후일을 도모해 주십시오.
이숭인	불가합니다. 절대... 그럴 수는 없습니다.
정몽주	(답답한) 도은, 자네까지 왜 이러는 것이야?
이숭인	이것은 사형 혼자만의 싸움이 아니기 때문입니다. 대의를 지키고

자 하는 우리 모두의 싸움임을 알아주셨으면 합니다.

정몽주, 좌중을 보면 하나같이 결연하다. 정몽주, 숙고하는.

45 _____ 대궐 안 관부 (낮)

삼삼오오 서 있는 관원들, 웅성대며 어딘가를 바라보고 서 있다. 하륜, 건물에서 다급히 뛰어나온다. 보면, 정몽주를 필두로 염흥방, 이숭인, 권근 등 사대부들이 각각 사첩함을 받쳐 들고 걸어온다. 함 위에는 각자의 직인이 올려져 있다. 지나치는 사대부들을 보면서 망연자실한 하륜.

46 _____ 대궐 후원 일각 (낮)

우왕과 이인임, 투호를 하고 있다. 지윤, 장자온 등 일파 재상들과 나인들이 지켜본다. 우왕이 던진 화살이 아깝게 항아리에 부딪혀 떨어지면 아쉬운 탄성. 이인임, 화살을 던지고 항아리에 들어가면 우레와 같은 탄성과 박수가 터진다. 이인임, 미소 지으며 우왕에게 예를 표하는데 장 씨가 '전하!' 급히 달려온다. 일동, 보면.

장 씨   정몽주 등 사대부들이 연명으로 사직 상소를 냈다 하옵니다.
우왕   뭐라구? (놀라 이인임을 보는)
이인임   (옅은 미소)

47 _____ 숭경전 처소 안 (낮)

태후, 정비, 경복흥이 침통하게 앉아 있다.

태후   (탄식) 영민한 사람들이 어쩌자고 그런 무모한 짓을 했단 말인가...

정비   해서 도당에선 얘기가 어찌 되고 있습니까?

경복흥   왜구다 뭐다 해서 어수선한 시국이 아니옵니까? 엄벌에 치해야 한다는 것이 중론이옵니다.

정비   마마... 최영 대감도 없는 터에 사대부들마저 잃게 되면 왕실이 기댈 곳이 모두 사라지게 되옵니다. 어떻게든 사대부들을 지켜야 하옵니다.

태후   (뭔가 깊이 생각하는)

48 _____ 이인임의 집 마당 (밤)

무사들 앞에 나인들, 도열해 있다.

49 _____ 동 사랑채 안 (밤)

이인임, 상석의 태후 앞에 공손히 앉아 있다.

이인임   이 누추한 곳까지 납셔주시니 소신 황송하여 몸 둘 바를 모르겠나이다.

태후   (털어놓듯) 그동안 사대부들은 이 사람의 든든한 버팀목이었습니다.

이인임   엄벌에 처할 수밖에 없는 소신의 입장을 헤아려 주시옵소서.

태후	쥐도 궁지에 몰리면 고양이를 문다 합니다.
이인임	(보는)
태후	이 사람에게 비빌 언덕 하나쯤은 남겨주세요.
이인임	송구하오나 마마, (하는데)
태후	사대부들 얘기가 아닙니다.
이인임	!
태후	최영입니다.
이인임	...
태후	...
이인임	(결심한 듯) 최영은 고려의 국방을 위해 꼭 필요한 장수... 사대부를 포기하신다면 기꺼이 드리겠사옵니다.
태후	(비참한) ...고맙소.
이인임	허나... 이첨을 추포하란 어명을 거부하고 사직을 한 사람이옵니다. 복귀를 위해서는 먼저 전하에 대한 충심이 검증되어야 할 줄로 아옵니다.
태후	(의아한)

50 _____ 편전 앞 (밤)

최영, 걸어와 멈춘다. 편전을 일별하고 들어간다.

51 _____ 동 편전 안 (밤)

발 뒤에 앉은 태후와 최영, 독대 중이다. 태후, 침통한.

최영	(벙한) 마마... 지금 그것이 대체... 무슨 하명이시온지...
태후	면목이 없습니다. 허나... 그리해 주셔야 합니다.
최영	그럴 수는 없사옵니다! 소신이 무능하여 수시중의 죄상을 밝힐 증좌를 찾지는 못하였으나 사대부들이 근거 없는 무고를 한 것이 아님은 세상이 다 아는 일이옵니다! 헌데 소신더러 사대부들을 잡아들이라니요!
태후	그리하셔야 대감께서 도당에 복귀할 수 있습니다.
최영	소신, 결코... 그리할 수는 없사옵니다!
태후	(간곡히) 그리하셔야 합니다.
최영	소신 이만 물러가겠사옵니다. (일어나 나가려는데)
태후	(울컥) 판삼사사!!

발을 격하게 열어젖히는 태후! 발이 뜯겨 바닥에 떨어지고 돌아보는 최영, 충격!! 태후, 눈물이 그렁해서 걸어 나온다.

최영	마마!
태후	(최영 앞에 다가와 엎어지듯 주저앉는) 대감...
최영	(헉! 부복하며) 마마! 이 어인...
태후	나는 사대부들을 구할 힘이 없습니다. 그들이 축출되고 나면 수시중이 두려워하는 사람은 이제 대감뿐입니다... 대감마저 조정을 등진다면 누가 있어 왕실과 사직을 지켜주겠습니까?
최영	(먹먹한) 마마...
태후	(눈물 흐르는) 제발... 이 가련한 사람의 청을 외면하지 말아 주시오...
최영	(억장이 무너지는) 마마!!

52 _____ 민가 거리 (밤)

최 씨와 득보, 바느질거리가 든 짐꾸러미를 나눠 든 채 걸어온다.
최 씨, 서둘러 걷고 득보, 우물쭈물 뒤처진다.

최 씨 포은 나리께서 바느질한 걸 맘에 들어 하셔야 할 텐데... 괜찮겠지
요, 할아범? (옆에 보면 없다. 멈춰 놀아보고 마늑잖은) 뭐 하시우?
득보 가고 있습니다요, 마님.
최 씨 그렇게 굼떠서 오늘 안에 당도나 하겠습니까?
득보 아, 굼뜬 게 아니라 밤눈이 어두워서... 급한 일도 없는데 천천히 좀
갑시다요...
최 씨 으이구... 이럴 땐 누가 상전인지 모르겠다니까... 아, 어서 따라와요.
(가려다가 보면)

횃불을 든 순군들이 달려온다. 최 씨와 득보, 얼결에 곁으로 피하고
말을 탄 최영이 병사들과 지나쳐간다. 불안하게 지켜보던 최 씨.

최 씨 (보퉁이 던지고) 천천히 오시우... (냅다 뛰는)
득보 마님, 아, 마님!

53 _____ 정몽주의 집 앞 (밤)

백성들, 웅성대고 횃불을 든 나졸이 대문가를 지킨다. 최영, 문을
바라보고 침통하게 서 있다. 최 씨, 후다닥 뛰어와 서면 문이 벌컥
열리고 포박당한 정몽주가 끌려 나온다. 최 씨, 헉! 최영과 대면하
는 정몽주.

최영	가십시다.
정몽주	(차가운 미소) 대감... 실망입니다.
최영	(힘든) ...죄인을 끌고 가라.
병사들	(정몽주를 잡아채는데)
최 씨	(한 발짝 나서며) 포은 나리!
정몽주	(버티며 보는)
최 씨	대체 이게 어찌 된 일입니까...
정몽주	(미소) 삼봉에게 전해주십시오. 걱정도, 절망도 말고... 훗날을 기약하자고 말입니다. (끌려가는)
최 씨	(망연자실한)

54 _____ 몽타주 (밤)

1) 기와집 앞 - 염흥방, 끌려 나와 양팔을 제압당한 채 연행된다.
2) 저잣거리 - 바닥에 엎어져 포박을 당하는 이숭인과 권근.
3) 이색의 집 방 안 - 서안 앞 눈을 감고 좌정한 침통한 표정의 이색.
4) 순군옥 마당 안 - 정몽주, 염흥방, 이숭인, 권근을 비롯한 사대부들 수십 명이 머리를 풀어 헤친 채 무릎 꿇려 있다. 일각에 피투성이의 이첨, 거적 위에 웅크리듯 누워 숨을 몰아쉬는 박상충. 형리들, 형틀을 나르고 고문 도구를 준비한다. 침통한 최영, 정몽주를 바라본다.

55 _____ 황연의 집 정도전의 방 안 (밤)

정도전, 노기 어린 표정으로 앉아 있다.

박수   (E) 듣자 하니 성균관 대사성도 무사하진 못할 거라더군요.

정도전, 서안을 벽에 집어 던진다. 쾅! 하고 나동그라지는 서안.

56 _____ 동 행랑 부엌 안 (밤)

업둥, 아궁이에 타는 장작을 하염없이 바라본다.

F.B》40씬의
정도전   너는... 밥버러지다.

현재》
업둥, 눈물 그렁하다. 기분 털듯 후~, 한숨 내쉬고 일어나 나간다.

57 _____ 동 마당 안 (밤)

업둥, 불 켜진 행랑 앞에 선다.

업둥   나리... 잠깐 들어가도 되겠어라? (안에선 조용하고) 쇤네가 입이
열 개라도 할 말이 없는 것은 아는디요... 그래도 사죄는 드려야 헐
것 같어서요... 나리... (이내 체념하듯 옅은 한숨 내쉬고 물러나다가
멈칫 보는)

행랑 앞에 신발이 없다. 업둥, ...?

58 ＿＿＿ 동 정도전의 방 안 (밤)

불길한 표정으로 들어오는 업둥. 나동그라진 서안... 벼루 옆에 놓
인 종이 따위 보인다. 종이를 집어 호롱불에 대고 보는 업둥.

입둥   (떠듬떠듬) 점고... 지전... 필... 귀...? (헉!!)
정도전 (E) 다음 점고 전까지 반드시 돌아올 것이다.
업둥   (벌떡 일어나며 토하듯) 나리!

59 ＿＿＿＿ 마을 어귀 (밤)

봇짐을 메고 지팡이를 짚은 정도전, 허겁지겁 뛰어와 즐비한 돌탑
을 지나 마을을 빠져나간다. 그의 격앙된 표정과 업둥의 당혹스러
운 표정, 화면 분할되며 엔딩!

9회

1 _____ 마을 어귀 (밤)

서찰을 구겨 쥐고 안색이 하얗게 질려 뛰어오는 업둥의 모습 위로.

정도전   (E) 다음 점고 전까지 반드시 돌아올 것이다.

어귀에 다다른 업둥, 돌탑 주변을 두리번대며 '나리!', '나리!' 외친다.
없다 싶자, 곧장 마을 바깥으로 뛰어가는.

2 _____ 황연의 집 마당 안 (밤)

황연, 행랑 안을 착잡하게 바라보고 있다.
안방에서 눈을 비비며 나오는 천복.

천복   (다가서며) 아부지... (행랑 안 보는) 음마? 오밤중에 워딜 나갔디야?
황연   암만해도 소재동을 뜨신 거 겉다.
천복   에이 설마허니... 들키믄 현령헌티 맞아 죽을 틴디요.
황연   박수헌티 개경 야그 듣고 안절부절못허셨잖냐... 틀림없당게.
천복   (황연의 말이 맞다 싶은, 불안해지는) 이런 써글...

3 _____ 강 - 나루터 (밤)

나룻배 앞에 사람들, 줄지어 서 있다.

4 _____ 동 일각 헛간 앞 (밤)

수레에 쌓인 돗자리, 굴비, 베필 등 공물을 머슴들이 헛간으로 나르고 있다. 아전, 횃불을 든 관졸들 두엇 대동하고 감독한다.

아전   나랏님께 바칠 것들잉께 안 상허게 조심들 혀! (하다가 머슴이 들고 가는 청자 궤싹을 보고 퍽 잡아 세우는)

머슴   (움찔 서는)

아전   (큼, 궤짝에서 청자 하나 끄집어내고 관졸에게) 감시 잘 혀.

아전, 청자를 안고 자리를 뜬다. 맞은편에서 서찰을 쥔 땀범벅의 업둥, 두리번대며 다급히 오다가 아전과 부딪힌다. 낮은 비명과 함께 나동그라지는 두 사람. 업둥의 서찰 바닥에 떨어지고.

아전   (청자를 꼭 끌어안은 채 주저앉아) 흐미, 내 궁뎅이!

업둥   (얼른 다가서며) 괜찮으신게라? 지가 사람을 찾다 한눈을 팔았고만이라, (하다가 아전임을 확인하고 헉! 놀라는)

아전   (발끈 일어나며) 잡것이 눈을 어따 붙이고 댕기는겨! (하다가 업둥 알아보고 멈칫) 소재동 황가늠 딸년 아녀? 여서 누구를 찾는다는겨, 시방?

업둥   긍께 고것이... (둘러대듯) 박수 어른을 만나기로 혀서요.

아전   박수...? 니 애비 속죄금 내준 그 박수무당 말여?

업둥   (끄덕이는) 예!

아전   (미심쩍은 듯 보는)

업둥   (긴장)

아전   (알겠다는 듯 피식) 허긴 얌전헌 괭이가 부뚜막에도 먼저 오르는 법이니께... (가는)

업둥	(휴~ 안도하고 주위를 두리번대며 급히 가는)

헛간 뒤, 정도전이 어둠 속에 숨어 있다. 벙하다.

정도전	(E) 속죄금이라니... 황연이 그냥 풀려났던 것이 아니었단 말인가?

F.B》8회 40씬의

정도전	무당은 싫다 하지 않았더냐?
업둥	무병 들어 죽는 것도 무섭고요. 배곯는 것이 인자는 신물이 나서... 쇤네 그냥 팔자대로 살것습니다.

현재》

정도전	이런 바보 같은 녀석... (고민하다 뭔가 떠올리는)

F.B》8회 40씬의

박수	박상충하고 이첨이라는 자가 이인임 대감을 무고했다가 초죽음이 됐답니다요.
정도전	뭐라...
박수	(약 올리듯) 듣자 하니 성균관 대사성도 무사하진 못할 거라더군요.

현재》

갈등하던 정도전, 결심이 선 듯 이를 악물고 걸어간다.

5 _____ 강 - 나루터 (밤)

나룻배에 사람들 올라타고 있다. 사공이 나룻배와 연결된 줄을 푼다.

일각에서 급히 다가오는 정도전, 고개를 푹 숙이고 다가가는데...

업둥   (E) (착잡한) 나리...

정도전, 흠칫 보면 눈물 그렁한 업둥이 다가선다. 정도전, 조금 당혹스럽다.

업둥   (타이르듯) 워째 이래쌌소... 이라믄 큰일나잖여라...
정도전   (멀리 헛간의 관졸들 일별하고 낮게) 모른 척해다오.
업둥   (먹먹한) 나리...
정도전   (떠나기 직전의 나룻배를 초조하게 보고) 부탁하마. 내 둘도 없는 벗이 위험에 처해 있느니라.
업둥   (후~) ...가시오.
정도전   (조금 놀라는)
업둥   대신 들키덜 말고 점고 전꺼지 꼭 오셔야 헙니다... 아시것재라?
정도전   (갈등하듯 보다가 이 악물고 걸음 떼는데)
업둥   (한발 다가서며) 나리 돌아오시믄,
정도전   (멈칫)
업둥   쉰네는 여그 없을 것입니다.
정도전   (보는)
업둥   (애써 미소) 다신 못 뵙겠지만서도 나리께서 베풀어주신 은혜 평생 안 까묵것습니다. 참말로... 감사혔고만이라...

정도전, 작심한 듯 배에 올라탄다. 사공, 노를 저어간다.
멀어지는 나룻배를 바라보며 하염없이 눈물 흘리는 업둥.
정도전 역시 멀어지는 업둥에게서 눈을 떼지 못한다.

6 _____ 나루터 헛간 앞 (밤)

바닥에 떨어진 구겨진 서찰을 주워 드는 손... 아전이다.
의아한 아전, 서찰을 펼치면 곁의 관졸이 횃불을 가까이 대준다.

아전	다음 점고 진꺼지 돌아올 것이다... 점고...? (서찰 다시 보는, 감 잡는) 고 년 워째 수상타 했더니 정도전일 찾으러 왔었구마이!

7 _____ 당산나무 앞 공터 (새벽)

먼 산에서 동이 터오는. 업둥, 두 손 모아 기도하고 있다.
저만치 천복, 식식대며 걸어오고 황연이 따라와 잡는다.

황연	워째 이라냐!
천복	글씨, 말리지 말랑께요!
업둥	(돌아보는)
황연	관아에 발고허믄 나리 죽어야!
천복	발고를 안 혔다가 들키믄요! 아부지가 죽는단 말이요!
황연	천복아!
천복	아, 이것 잠 노랑께요!
업둥	(어느새 다가서는) 그게 뭔 소리여, 발고라니?
천복	(보는)
황연	악아, 나리 못 봤냐?
업둥	배 타고 잘 가셨고만이라...
천복	뭣이라고! 뻔히 보고도 보내줬단 말이여!
업둥	수선 피덜 말어! 점고 전꺼지 돌아온다고 허셨응께.

천복	느 시방 고것을 말이라고 허냐?
업둥	말이 아니믄? 우덜만 입 닫고 있음 관아에서 워째 알것어? (잡아끄는) 암 일도 없을 팅게 싸게 들어 가드라고.
천복	이거 놔! (뿌리치고 가는)
업둥	(따라가 잡아 세우고 두 팔 벌려 가로막는) 발고만 해보드라고... 혀 깨물고 칵 죽어불팅게.
천복	(기막힌) 참말로 느, (하는데)
황연	(어딘가 보고 심각하게) 다덜 입 닫어.

업둥, 천복, 보면 아전이 관졸들을 대동하고 걸어온다. 업둥, 헉!!

아전	(다가와서) 새벽겉이 나와서 뭣들 허는겨?
일동	(긴장)
아전	(업둥에게) 자주 보는구먼?
업둥	아, 예... 근디 이 시간에 여근 워쩐 일이시다요?
아전	정도전이 워딨냐?
일동	!
업둥	몸도 성찮은 분이 워딨긴 워딨것어라? 방서 주무시고 기시지요.
아전	아, 그냐? 방에 기시다고? (표변하며 업둥의 뺨을 갈기는) 이런 잡것이!
업둥	(헉! 주저앉는)
황연·천복	악아!
아전	오살헐 년이 워디서 거짓부렁이여.
업둥	(입술이 터진 채로 노려보는)

8 _____ 황연의 집 마당 안 + 행랑 안 (새벽)

관졸들에게 끌려와 마당에 패대기쳐지는 업둥, 천복, 황연.

아전 정도전이 없으믄 느들 다 뒤진 줄 알드라고. (행랑으로 향하는데)

천복 (일어나 소매 부여잡으며) 나리, 지 말 먼첨 들어보시오. 실은 말여
라, (하다가 아전의 발길질에 욱! 쓰러지는)

아전, '써글 늠' 뱉으며 행랑에 다가서는데 발이 걷히며 정도전이
나온다. 아전, 깜짝 놀라 뒷걸음질 치고 일동, 헉!

업둥 (저도 모르게 혼잣말처럼) 나리...

정도전 (차분한) 무슨 일인가?

아전 (당황) 아니... 그게...

정도전 이 집 사람들이 무슨 잘못을 한 것인가?

아전 (흥!) 고 전에 이늠이 먼첨 여쭤보겠습니다. (구겨진 서찰 내미는)

업둥 (헉!)

정도전 (받아서 서찰 펴서 보는, 담담한)

아전 나리께서 쓰신 것 맞지라? 점고 전꺼지 워딜 댕겨올라고 허셨다요?

정도전 자네가 이젠 생사람을 잡으려 드는 것인가?

아전 예?

정도전 회진현에 점고를 받는 자가 나 하나뿐이더냐? 더욱이 소재동에 글
을 아는 자가 어디 있다고 이런 서찰을 남기겠느냐?

아전 (말문 막히는)

정도전 썩 물러가거라.

아전 (큼) 실례가 많았고만이라... 가자! (관졸들과 나가면)

업둥 이게... 워찌된 일이다요?

정도전	(보는)
업둥	(불만스러운 듯 딱딱하게) 워찌 된 일이냐고 묻잖여라.
정도전	녀석... (미소 짓는가 싶더니 부들부들 떨리는)
업둥	(이상한 듯 다가서는) 나리... 워째 그요?
정도전	아무것도 아니다. 걱정할 것, (하다가 픽 쓰러지는데)
업둥	(얼른 안으며) 나리! ...나리!!
정도전	(기질한)

9 _____ 황연의 집 정도전의 방 안 (낮)

이마에 수건을 올린 정도전, 비몽사몽 앓아누워 있다.
지켜보는 업둥, 천복. 황연, 구석에 놓인 물에 젖은 의관을 만지며...

황연	강물에 뛰어드신 것 겉은디... 하마터면 장사치를 뺄헀다.
업둥	워째 도로 오셨을까요?
천복	(삐딱한) 가다 봉께 겁이 나던 모양이재. (훌쩍 나가는)
황연	(방바닥 만져보며) 아궁이 잠 살펴봐야겄다. 붙어 있어라이.
업둥	예.
황연	(나가고)
업둥	(먹먹한 시선으로 바라보다 손 꼭 잡는)
정도전	(눈 감은 채 숨만 몰아쉬고)
업둥	독헌 맘묵고 보내 드렸는디 워째 오셨다요. 박수 어른 따라가는 거... 나리헌티는 보여주기 싫었는디... 참말로 야속허요... 야속허고 만이라. (한숨)
정도전	...

10 _____ 순군옥 옥방 안 + 앞 복도 (낮)

처참한 몰골의 정몽주, 눈을 감고 좌정한다. 사경을 헤매는 듯 신음을 내는 박상충을 안고 있는 염흥방. 그 곁에 권근, 이숭인, 이첨.

염흥방 (울먹) 이보게. 상충이... 제발 정신을 좀 차려보게...
박상충 ...
이숭인 사형... 눈을 좀 떠보십시오...
권근·이첨 (탄식하는)

복도 일각에서 그 모습 지켜보던 최영, 침통한 표정으로 걸음을 옮긴다.

11 _____ 빈청 이인임의 집무실 안 (낮)

보던 장계°를 탁자에 내려놓는 이인임, 마주 앉은 최영을 본다.

이인임 사건을 종결하자 하셨습니까?
최영 더 이상의 국문은 의미가 없소. 박상충과 이첨은 무고죄로, 정몽주 등은 부당한 집단행동을 한 죄로 처벌할 것이니 국청을 파하도록 해주시오.
이인임 (생각하다 이내 흔쾌히) 그리하십시다. 그간 수고가 많으셨습니다.
최영 내... 이번에 겪은 치욕을 결코 잊지 않을 것이오.
이인임 (보는)

° 왕명으로 지방에 나가 있는 신하가 자기 관하의 중요한 일을 보고하는 문서.

최영	내가 정치에 서툰 것을 다행으로 여기시오. 조정이 아니라 전쟁터였다면 대감은 내 손에 목이 떨어졌을 것이외다.
이인임	이 사람이 전쟁에 서툰 것을 다행으로 여기세요. 내 휘하에 대감 같은 장수가 한 명이라도 있었다면... 대감께선 사대부들과 똑같은 신세가 되셨을 것입니다.
최영	(보는)
이인임	고려의 국방을 염려하여 대감을 지지 않은 것입니다. 허니 더 이상은 이 사람의 인내심을 건드리지 마세요.
최영	...양광도로 보내주시오.
이인임	(보는)
최영	임견미와 이성계가 가 있다 하나 왜구의 전력이 만만치 않소이다. 힘을 보태고 싶소.
이인임	그러실 필요가 없을 것 같습니다. (장계를 내미는) 임견미가 올린 장계인데... 왜구와 일전을 벌여 대승을 거뒀다는군요.
최영	!

12 _____ 개활지 (낮)

왜구의 시체가 즐비하다. 왜구들의 시체를 쌓는 고려군들. 먼지와 피범벅의 갑옷을 입은 이성계와 이지란, 병사들과 지켜본다.

이지란	칼집서 칼 한 번 아이 빼븐 놈이 장계에다가는 제 혼자 싸운 것처럼 적어놨다 하오. 걸배이 발쑤개보다 못한 종간나새끼...
이성계	(시체들을 보며 착잡한 듯 옅은 한숨)
이지란	성니메, 내사 무시기라 했슴메... 재주는 성님이 부래고 공운 임겐미가 다 채간다 했지 않았슴두?

이성계　시체가 산더미처럼 쌓여서... 공이니 뭐이니 그딴 소리 집어치아라.

　　　　그때 비장이 말을 달려와 멈춘다. 이성계와 이지란, 보면.

비장　상원수 장군께서 찾으십니다!
이성계　?

13 _____ 막사 안 (낮)

　　　　말끔한 갑옷 차림으로 앉아 부월을 만지작대는 임견미.
　　　　이성계와 이지란, 앞에 서 있고 임견미의 비장들이 둘러 서 있다.

이성계　(놀란 듯) 철군을 한다 하셨습메까?
임견미　적의 주력을 섬멸하였으니 철군은 당연하지 않소이까?
이성계　뿔뿔이 흩어진 왜구들이 또 어디메룰 약탈할디 모릅메다. 삼남 내
　　　　륙우로 통하는 길목을 차단해야 합메다.
임견미　기껏해야 패잔병들이오. 지금쯤 제 나라로 꽁지가 빠지게 도망가
　　　　고 있을 터... 노심초사하고 계실 주상전하께 이 승전의 부월을 바
　　　　치는 것이 더 시급한 일 아니겠소?
이성계　왜구는 보통 군대가 아이라 먹을 거이 없어 노략질울 하러 온 도적
　　　　떼입메다. 군대 같으문 퇴각을 했갔지만, 왜구는 다릅메다.
임견미　지금... 나를 가르치려 드는 것이오?
이성계　상원수 장군, 철군울 재고해 주시우다.
임견미　(발끈 노려보더니 빈정상한 표정으로 일어나는) 철군을 재고하라?
이성계　(보는)
임견미　(들고 있던 부월로 이성계의 목을 겨누는)

이성계	!
이지란	성니메!! (울컥 다가서며 칼에 손을 갖다 대는)
비장들	(일제히 칼집에 손을 갖다 대는)
이성계	(임견미를 노려본 채 손 뻗어 이지란을 말리는) 비켜라.
이지란	(분한, 뒤로 한 발 물러나는)
임견미	내 결정에 한 번만 더 토를 달면 그땐 항명죄로 다스릴 것이다.
이성계	(노기를 참는)
임견미	(피식, 부월을 거두고) 전군... 즉시 철군한다!
비장들	예, 장군!
임견미	(비장들과 막사를 빠져나가는)
이지란	(다가서는) 성니메! 일 없소?
이성계	(이를 악무는)

14 _____ 황연의 집 정도전의 방 안 (낮)

잠들어 있던 정도전, 눈을 뜬다. 몸을 일으킨다. 정신을 차리고 보면 곁에 웅크린 채 누워 잠든 업둥. 정도전, 짠하게 바라본다.

15 _____ 황연 집 앞 (낮)

황연, 천복, 영춘, 귀남댁, 울타리에 이엉을 이고 있다.

귀남댁	(천복 흘끔 보고 다가서는) 거시기... 악아가 박수 신딸로 간다는 소문이 들리던디,
천복	(버럭) 언 늠이 고딴 소릴 지껄이고 다닌답디여!!

귀남댁	흐미, 과부 애 떨어지겠네... 아, 엊그지 장터서 들었당께.
영춘	나도 들었구먼. 악아 지가 간다 그랬담서?
천복	(우쒸, 볏짚 패대기치는데)

정도전, 나온다.

황연	나리... (후다닥 다가서서 조금 낮은 어조로) 몸은 잠 괜찮으신게라?
정도전	어제 일은 면목이 없네.
황연	(미소) 다덜 무탈형께 됐습니다.
정도전	부탁 하나 하세. 만날 사람이 있네.
황연	?

16 _____ 동 정도전의 방 안 (낮)

14씬의 자세로 자는 업둥. 이불을 덮고 베개를 벤 상태다. 흠칫 깬다.

업둥	오매, 내 정신 잠 보드라고... (곁을 보면 정도전 없고) 나리... (하다 가 이불이 덮인 것에 조금 놀라는, 베개를 만져보는, 옅은 미소 떠 오르는)

17 _____ 동 마당 안 (낮)

황연의 방 앞에 짚신과 가죽신 한 켤레씩 놓였다. 황연과 천복, 초 조하게 서 있다. 행랑을 나온 업둥, 보고 다가선다.

업둥	(천복에게) 나리 워디 기셔?
천복	(다그치듯) 악아 느!
업둥	워째 이려?
천복	박수 따라갈라는 거... 아부지 속죄금 때문이란 게 사실이여!
업둥	(헉! 저도 모르게 황연을 보면)
황연	...
업능	아부지...
박수	(E) 글쎄 빌려준 것이 아니래두요!!
업둥	!

18 ＿＿＿ 동 황연의 방 안 (낮)

정도전, 박수 앞에 차용증을 놓고 앉아 있다.

박수	업둥이를 신딸 삼는 조건으로 그냥 준 것입니다!! 헌데 이제 와서 차용증을 받으라니 이런 법이 어뎄습니까!
정도전	재물의 대가로 사람을 취하는 것은 국법으로 금하는 일임을 모르는가?
박수	...! (말문 막히는)
정도전	아이는 포기하고 이것을 받게.
박수	(티꺼운) 그리는 못 합지요. 떼일 게 뻔한데 왜 이걸 받습니까?
정도전	갚을 것이네. 내가 보증함세.
박수	글쎄 나리 아니라 나라님이 보증을 서셔도 안 됩니다요! (벌떡 일어나는) 나리께서 상관하실 일이 아니니 잠자코 계십쇼!
정도전	내가 있는 한... 아이는 데려가지 못할 것이네.
박수	(흥! 나가는)

19 _____ 동 마당 안 (낮)

박수, 문을 벌컥 열고 신경질적으로 나온다. 황연, 천복, 업둥, 보면.

박수   업둥이 니가 맘이 변한 모양인데 너 이러는 거 아니다. 나 아니었
        옴 니 애비가 지금껏 숨이 붙어 있겠느냐?

천복   닥치지 못혀!

박수   말조심하거라, 이눔! 니놈은 위아래도 없느냐!

천복   (허! 하는)

황연   박수 어른, 일단 고정을 하시고... (하는데)

박수   이거 놓게! (홱 뿌리치고 안방에 대고) 국법?! 어디 누가 이기나 한
        번 해보십시다! (획 가는)

황연, 옅은 한숨 내쉬는데 정도전, 차용증을 소매에 넣으며 나온다.
마당을 내려서자마자 업둥, 작심한 듯 다가선다.

업둥   빚내는 것은 쉰네도 반대고만이라.

정도전   어째서?

업둥   갚을 수가 없응께요.

천복   느 참말로 왜 그냐!

황연   (조용하라는 듯 제지하는)

정도전   해서 이대로 박수를 따라가겠다는 것이냐?

업둥   그 방도뺀이 없잖여라.

정도전   빚을 사람으로 갚는 것은 국법이 금하는 범죄니라.

업둥   ...국법 겉은 말씀허덜 마시오.

정도전   (보는)

업둥   보리걷이, 가을걷이 허고 나믄 관아에서 질로 먼첨 거둬갑니다. 그

담엔 대감댁 마름들이 오는디 올해는 여섯 늠이 다녀갔고만이라. 죽어라 땅 파서 열 섬 거두믄 아홉 섬을 뺏어가는디... 고것은 나랏법에서 허라고 혀서 하는 것이다요?

정도전   ...

업둥   우덜은 나랏법 겉은 거 안 믿어라...

정도전   나랏법을 못 믿겠거든... 나를 믿어라.

업둥   (보는)

정도전   아무리 썩어빠진 세상이라도 티끌만 한 정의는 남아 있을 터... 내 너에게 그것을 보여줄 것이다. (들어가는)

업둥   ...

20 _____ 순군옥 근처 거리 (낮)

임견미를 필두로 이성계, 이지란, 말을 타고 병사들을 인솔해 온다. 거리엔 인적이 뜸하다.

임견미   (마뜩잖은) 대승을 거두고 돌아왔거늘 어째서 개미 새끼 하나 눈에 띄질 않는 것이야!

이지란   종간나새끼... 고 깨소금 맛이구만기래.

임견미   빌어먹을...

그때 저만치 앞에 한 무리의 백성들이 나타나 어디론가 몰려간다. 일동, 조금 의아한 듯 본다.

21 _____ 순군옥 앞 (낮)

모여든 백성들. 오라에 묶여 무릎 꿇린 정몽주와 사대부들. 하나같이 참담하고 초췌하다. 박상충은 염흥방에게 기대 가쁜 숨을 몰아쉬고 있다. 안타깝게 지켜보는 하륜, 최 씨, 득보. 대문 옆에는 형벌의 내용을 적시한 방문이 붙이 있고, 교지를 낭독하는 최영.

최영　죄인 이첨, 전백영, 박상진 등을 장류에 처하고 죄인 정몽주, 박상충, 염흥방, 이숭인, 김구용, 전녹생 등을 원지로 유배하며 이십오 세가 되지 않은 죄인 권근에 대해서는 형을 면제할 것이니 죄인들은 모두 어명을 받들도록 하라!

하륜　(탄식하는)

최 씨　대자대비하신 부처님... 저분들께 부디 자비를 베풀어 주십시오..

득보　여태 포은 나리만 믿고 있었는데 이제 우리 나리는 어찌 되는 겁니까?

최 씨　(합장하는) 나무 관세음보살...

22 _____ 다시 근처 거리 (낮)

잠시 말을 멈춰 지켜보는 임견미와 이성계.

임견미　(피식) 고삐 풀린 망아지처럼 설쳐대드니만... 가자!! (나아가는)

병사들 움직이고. 이지란, 간다. 이성계, 그대로 바라보고 있는.

23 _____ 다시 순군옥 앞 거리 (낮)

백성을 헤치고 최 씨와 득보 사이로 걸어 나오는 이성계. 최영을
비롯한 사람들의 시선이 이성계에게 향한다. 이성계, 정몽주 앞에
선다. 고개 숙이고 있던 정몽주, 고개를 든다.

정몽주	...상군.
이성계	(먹먹한, 한쪽 무릎을 꿇는)
형리	죄인에게서 썩 물러나시오!
최영	그냥 놔두게.
이성계	포은 선생...
정몽주	(옅은 미소) 장군의 충고를 지키지 못했습니다. 면목이 없습니다.
이성계	뭔가 깊은 뜻이 있었겠지요...
정몽주	거꾸로 선 세상을 바로 세우기에는 저희가 너무 나약하다는 것을 깨달았습니다. 강해지기 위해 패배를 선택하였습니다.
이성계	(끄덕이고) ...잘 다녀오시우다.
정몽주	장군이 계시기에 떠나는 소생의 마음이 한결 가볍습니다. 부디... 고려를 지켜주십시오.
이성계	... (옅은 미소)
최영	(외치는) 형을 집행하라!

관원들의 재촉 속에 힘겹게 일어서는 사대부들. 정몽주를 선두로
굴비처럼 엮인 사대부들이 뒤를 따른다. 관원에게 의지하여 가까
스로 걸어가는 박상충. 이를 바라보는 이성계, 최영, 하륜, 최 씨의
모습 위로.

해설(Na)   우왕 원년... 정몽주 등 신진사대부들은 이인임을 탄핵하려다 실패,

핵심 인물 대부분이 숙청당하는 참담한 패배를 겪게 된다. 이로써 이인임 일파의 장기 집권 시대가 열리게 되었으니...

24 _____ 이색의 집 마당 안 (낮)

관졸들이 대문을 막고 선... 일각에 하늘을 우러르며 한숨을 내쉬는 이색.

해설(Na)   고려의 운명은 더욱더 깊은 수렁으로 빠져들고 있었다.

25 _____ 대궐 편전 외경 (낮)

우왕   (E) 경이 고려를 구했습니다!

26 _____ 동 편전 안 (낮)

부월을 손에 쥔 우왕과 태후, 경복흥, 이인임, 임견미, 지윤이 있다.

우왕   그 많은 왜구를 단 한 번의 전투로 섬멸하였다니 과인은 장계를 보고도 믿어지지가 않았습니다!

임견미   소신, 주상전하와 고려를 지키겠다는 일념으로 신명을 다 바쳐 싸웠을 뿐이옵나이다.

지윤   승전을 거두고 돌아온 지문하부사에게 후한 상을 베푸셔야 하지 않겠사옵니까!

우왕	당연히 그래야지요! (보는) 할마마마!
태후	도당에서 논의하여 처결해 주세요.
경복흥	분부 받잡겠나이다.
임견미	성은이 망극하옵니다!
이인임	포상과는 별개로… 도성의 치안을 담당하는 순위부를 임견미 대감에게 맡기심이 가할 줄 아옵니다.
일동	!
태후	순위부라면 판삼사사 최영이 판사로 겸직하고 있지 않습니까?
이인임	노구에 업무가 너무 과중한 듯하옵니다. 임견미 대감의 용맹과 지략이라면 순위부의 중책을 능히 감당할 것이라 사료되옵니다. (미소)

27 _____ 빈청 최영의 집무실 안 (낮)

최영과 이성계, 마주 앉아 있다.

최영	(놀라) 양광도에 토벌대를 보내야 한다니… 그게 무슨 말인가?
이성계	왜구의 패잔뱅들이 다시 뭉챌 가능성이 높습메다.
최영	왜구들은 배를 타고 물러갔지 않은가? 임견미의 장계에 그리 적혀 있고 봉수대에서도 목격했다는 기별이 있었네.
이성계	그게 전부가 아입메다… 삼남 내륙우루 가눈 길목울 아이 막아서리…
최영	!
이성계	적어도 기백 명은 삼남으로 도주했을 것입메다.
최영	이런 낭패가 있나…

28 _____ 도당 안 (낮)

경복흥, 이인임, 임견미, 최영, 지윤 등 재상들이 앉아 있다.

임견미   (책상 팍 치며) 판삼사사 대감! 지금 무슨 말씀을 하시는 겝니까!

최영   양광도에 왜구의 패잔병들이 남아 있을지 모르니 도벌대를 보내자 는 것이오.

임견미   대체 왜요? ...이 사람이 죄다 도륙을 내고 왔거늘, 왜요!

최영   어허! 만약의 사태를 방비하자는 것인데 왜 이리 언성을 높이는가! 철군을 서두른 탓에 적정을 충분히 살피지 못한 것은 사실이지 않 은가!

임견미   지금... 순위부를 넘기지 않으려고 어거지를 부리시는 겝니까?

최영   (책상 팍 치며) 뭐라!!

경복흥   거 참 왜들 그러시오? 그만 고정들을 좀 하세요!

최영   (노려보는)

임견미   나 이거야 원! (외면하고)

이인임   (임견미를 쏘아보는)

29 _____ 빈청 이인임의 집무실 안 (낮)

이인임, 난을 닦고 있다. 임견미, 조금 난감한 기색으로 뒤에 서 있다.

임견미   이성계 그 촌뜨기가 최영을 꼬드긴 것이 분명합니다.

이인임   지금 중요한 것은 왜구가 남아 있느냐, 아니냐 하는 것입니다. 말해 보세요. 어느 쪽입니까?

임견미	대감께서도 저를 못 믿으시는 것입니까?
이인임	솔직히 대답하셔야 합니다.
임견미	(긴장)
이인임	남아 있습니까?
임견미	그럴 가능성은... 있습니다.

이인임, 화분을 옆으로 내친다. 퍽! 화분이 박살 나고 임견미, !!

이인임	(노려보는) 최영에게서 치안권을 뺏어올 절호의 기회였거늘...
임견미	(무릎 꿇는) 대감! 지금 당장 소인의 사병들을 끌고 가 한 놈도 남김없이 소탕하겠습니다!
이인임	논공행상까지 마친 판국에 군사를 다시 일으키면 대감은 물론 대감을 상원수로 천거한 이 사람까지 웃음거리가 되는 것이오. 순위부를 가져올 명분 또한 사라지는 것이구...... 똑똑히 들으시오.
임견미	예, 대감!
이인임	양광도에... 왜구는 없소.
임견미	!
이인임	만일 삼남에 왜구가 나타난다면 그들은 패잔병이 아니라 새로 침입한 왜구들인 것이오... 아시겠소?
임견미	허나 이성계가 상황을 다 알고 있지 않습니까?
이인임	...

30 _____ 이성계의 집 외경 (밤)

31 _____ 동 안방 안 (밤)

이성계 앞에 앉은 강 씨, 노기 어린 모습이다.

강 씨 도당에서 임견미에게 노비와 전답을 내리고 관작까지 주기로 하였 답니다. 헌네 영감께선 어찌 남의 일 보듯 하십니까?

이성계 지굼 노비와 전답우루 부족한 거이오?

강 씨 그래서겠사옵니까? 조정의 내직을 맡을 기회를 헛되이 잃을까 싶 어 드리는 말씀입니다.

이성계 봅소, 부인...

강 씨 (일어나며) 소첩과 수시중을 만나러 가시어요. 잠자코 웃고만 계시 면 나머진 소첩이 알아서 할 것입니다. 어서 일어나시어요.

이성계 (묵묵히 앉은)

강 씨 소첩의 비원을 끝내 외면하실 것입니까? 훗날 재상이 되어 도당과 조정을 호령하는 영감을 보고픈 소첩의 꿈이 지나친 것입니까?

이성계 ...미안하우다.

강 씨 (도로 앉는) 영감께서 정치를 두려워하시는 것 압니다. 암투와 모 략을 싫어하시는 것 또한 압니다. 허나 소첩이 곁에서 도울 것입니 다. 소첩을 믿어주시어요, 영감...

이성계 정치가 두레운 거이 아이우다...

강 씨 (보는)

이성계 ...

무학 (E) 임금이 될 운명을 타고났으나 지금은 왕씨의 나라이니... 시주 의 팔자도 참으로 기구합니다그려.

이성계 ...정치를 하눈 내가... 두레운 거우다.

강 씨 (의아한) 영감...

이성계 (옅은 한숨)

몸종	(E) 영감마님?
강 씨	...무슨 일이냐?
몸종	(E) 수시중 대감께서 영감님을 뵙자고 전갈이 왔습니다요.
강 씨	!
이성계	...

32 _____ 빈청 이인임의 집무실 안 (밤)

이인임, 마주 앉은 이성계를 빤히 보고 있다.

이인임	양광도에 토벌대를 보내자는 것은 이 부윤의 생각이지요?
이성계	그렇습메다.
이인임	논공행상에서 제외된 것이 억울하신 갬니까?
이성계	(보는)
이인임	상원수 임견미를 놔두고 어째서 판삼사사에게 보고를 하셨소?
이성계	도성의 치안을 맡은 부이니 알아야 할 필요가 있지 않습메까?
이인임	상원수의 전공을 폄훼했다는 이유로 처벌을 받을 수도 있소이다.
이성계	...
이인임	허나 불문에 부칠 터이니 부윤께선 그만 동북면으로 돌아가세요.
이성계	소장의 말울 믿으셔야 합메다. 왜구눈 분멩 남아 있습메다.
이인임	(노려보는)
이성계	군사룰 일우키는 거이 부담돼서 기러시눈 거이문 소장이 동북멘에 있눈 사뱅둘울 꿀구 가서 토벌하갔습메다.
이인임	지금 고려에 왜구는 없소.
이성계	대감!
이인임	내일 안으로 개경을 뜨지 않으면 내 마음이 변할지도 모릅니다. 가

보시오. (일어나는데)

이성계 (앉은 채로) ...왜 이카십메까?

이인임 (보는)

이성계 왜구가 있을 가능서이 열에 하나래도 있으문, 가갔다는 장수가 있으문 보내야디요, 왜 아이 보내는 겁메까!

이인임 이 부윤!

이성계 심 없는 백성의 목심을 지키는 거이 니라가 할 일 이입메까!!

이인임 (미간 꿈틀, 고개를 젖혔다 세우는)

이성계 (후~, 천천히 일어나는, 이인임을 일별하고 나가려는데)

이인임 순군옥 앞에서 정몽주와 대면하셨다던데... 그 처참한 몰골을 보니 어떠십디까?

이성계 (보는)

이인임 그리되고 싶지 않다면... 지금 그 자리에 무릎을 꿇으세요.

이성계 !

이인임 (미소) 어서요.

둘의 뜨거운 시선이 부딪치는데 이내 피식 조소를 머금는 이성계.
그 순간 장자온, '대감!' 외치며 들어온다. 이인임, 보면.

장자온 전라도에 왜구가 출몰했다 합니다!

이인임 !

이성계 대감... 소장울 보내주오다.

이인임 (이를 악무는)

33 _____ 산길 (밤)

남루한 행색의 수많은 왜구가 창검을 번득이며 달려간다.

34 _____ 황연의 집 외경 (낮)

황연 (E) 박수가 잠잠헝께 되레 불안허네요.

35 _____ 황연의 집 정도전의 방 안 (낮)

정도전, 다 쓴 서찰을 접는다. 황연, 곁에 앉아 있다.

황연 쉽게 포기할 사람이 아닌디...

정도전 (봉투에 넣는) 글쎄 걱정할 것 없다지 않는가.

황연 살믄서 하도 요상시런 꼴을 많이 봐놔서 긍가 이번 일도 워째 잘될 거 겉은 생각이 안 듭니다.

정도전 (봉투 봉하며) 평생 당하고만 살아서 생긴 두렴증일세. 가서 천복이나 불러다 주게.

황연 일이 잘못돼서 신딸로 갈 거라믄 미운털이나 덜 박히게 허는 것이 맞다 싶기도 헌디...

정도전 (봉투 서안에 탁 놓고) 아비로서 최악의 상황을 염려하는 마음은 알겠네만, 지금은 약해질 때가 아닐세. 알겠는가?

황연 (보다가 애써 미소) 이늠이 씨잘데기 없는 소릴 혔고만이라. 감사헙니다, 나리.

정도전 (옅은 미소)

36 _____ 마을 어귀 (낮)

빨래 광주리를 든 업둥, 귀남댁, 아낙들, 줄지어 들어온다.

귀남댁   (칡뿌리 손에 쥐고) 하이고~ 소피 보다가 요런 왕건이를 캘 줄 누가 알았디야? 역시 굶어 죽으란 법은 없는 거여... 안 그냐, 익아?

업둥   (옅은 미소) 그렇지라이...

귀남댁   기분도 삼삼헌디 노래나 한 자락 뽑아봐야 쓰겄다. (큼) 에롱~대롱 ~ 지화자 좋네~

아낙들   에롱~ 대롱~ 지화자 좋네~

귀남댁   풍년새 운다네. 풍년새 울어~

아낙들   에롱~ 대롱~ 지화자 좋네~

업둥   (웃다가 뒤돌아보고 헉! 멈추는)

귀남댁   금년년도에 풍년새, (하다가 멈춰선 업둥 보고) 워째 그냐?

일동, 돌아보면 징발관과 한 무리의 관군들 달려와 멈춘다.

징발관   사내란 사내는 모조리 끌고 나와라! 알겠느냐!

관군들   예!

업둥   !

37 _____ 황연의 집 마당 안 (낮)

정도전, 황연, 괴나리봇짐을 멘 천복과 영춘, 서 있다.

정도전   (천복에게 서찰을 내밀며) 개경으로 가서 성균관 대사성에게 전하면 빚을 융통해줄 것이다. 혹... 대사성의 신변에 이상이 있다면 밀직제학 염흥방 어른을 찾아가거라.

천복　(받아 넣고) 영춘아, 가자.

영춘　댕겨오겠습니요. (하는데)

사색이 된 업둥, '오라버니!' 외치며 들이닥친다.

천복　워째 그냐?

업둥　징발, 징발 나왔구먼!

영춘　뭣이여!

천복　(황연의 손을 잡고 냅다 뛰쳐나가는)

정도전　(업둥에게) 징발이라니? 대체 그게 무슨 소리냐? (하는데)

징발관, 관군들 몇과 들이닥친다. 업둥, 헉! 놀라는.

징발관　(정도전을 보고) 이자를 끌고 가라!

정도전　!

업둥　(막아서며) 이분은 양민이 아니라 귀양 오신 선비님이십니다!!

징발관　(흘끔 보는)

정도전　(벌컥) 대체 무슨 일이오!

징발관　전라도에 왜구가 쳐들어와 장정과 군량을 징발하려는 것이오이다!

정도전　!

징발관　(관군에게) 샅샅이 뒤져라!

관군, '예!' 하고 안방, 헛간 등 뒤지고 징발관, 나간다. 정도전, 병하다. 관군들, 마당에 있던 닭을 안고 나간다. 업둥, 발을 동동 구르는.

38 _____ 마을 안 (낮)

도망치는 사내들과 쫓는 관군들, 울부짖는 아낙과 아이들이 어지럽게 뒤섞인다. 병한 표정의 정도전, 업둥과 나타난다. 저만치 머리채를 잡힌 채 악을 쓰며 끌려가는 영춘이 보인다. 곳곳에서 끌려가는 사내들 중에는 앳된 소년과 노인들도 섞여 있다. 저항하는 아낙들을 뿌리치며 곡식과 개 따위를 가져 나오는 관군들도 있다. 업둥, 오열하고. 아수라장의 모습, 서서히 느려지면 정도전, 이를 악문다.

39 _____ 황연의 집 마당 안 (밤)

평상에 멍하니 앉아 있는 정도전. 황연, 천복, 업둥, 귀남댁, 바닥에 퍼질러 앉아 있다.

귀남댁　(훌쩍이는) 영춘이 불쌍혀서 워쩐대?

업둥　너무 걱정마씨오. 꼭 살아 돌아올 것이고만이라...

귀남댁　써글... 힘들어서 고려 백성 못 해 먹것다. (획 나가는)

천복　아짐은 아직꺼지 하고 있었나베? 나는 진즉에 때려쳤는디...

정도전　(피식, 헛웃음 나는데)

아전　(E) 어따... 용케덜 안 끌려갔네이?

일동, 보면 아전, 뒷짐지고 들어온다. 황연, 업둥, 일어나는.

황연　워쩐 일이십니까?

아전	이. 송사°가 들어와서 말여.
황연	송사요?
아전	박수무당이 자네 딸헌티 사기를 당했다고 발고를 혔구먼?
업둥	!
아전	(업둥에게) 느... 결송°°을 받아야 됭께 글피에 관아에 나와라이.
업둥	(두려운) 결송요?
정도전	예상했던 일이다. 걱정할 것 없느니라. (아전에게) 이보게.
아전	(티꺼운) 예?
정도전	조만간 재물을 구해 박수에게 돌려줄 것이네. 허니 한 달만 결송을 미뤄주게.
아전	미루면 수가 나는 게라? 워디 금송아지라도 숨겨노셨다요?
천복	나리께서 개경 친구분헌티 융통을 허실 것이고만요!
아전	개경...? (정도전 보고 피식 웃는)
정도전	...
아전	(뒷짐진 손에 쥐고 있던 서찰 내미는) 개경서 온 서찰이고만이라.
정도전	...! (낚아채는)

40 _____ 동 정도전의 방 안 (밤)

등잔불 아래 서찰을 읽고 있는 정도전, 서찰을 쥔 손이 부르르 떨린다.

정도전	(탄식) 이럴 수가... 이럴 수가...
최 씨	(E) 포은 나리가 끌려갈 때 서방님께 전해달라 하였습니다. 걱정

° 백성들끼리 분쟁이 있을 때 관부에 호소하여 판결을 구하던 일.
°° 백성들 사이에 일어난 소송 사건을 판결하여 처리하는 일.

도, 절망도 하지 말고 훗날을 기약하자구요. 소첩이 지금 서방님께 드리고 싶은 말씀도 이것입니다...... 그리고 서방님... 슬픈 소식이 하나 더 있습니다.

정도전 (눈이 커지는) ...!!

41 _____ 회상 - 길 (낮)

호송 관원들 사이로 말잔등에 엎드린 채 귀양을 가는 사내, 박상충이다. 기력이 쇠한 듯 초점 없는 눈. 어느 순간 말에서 맥없이 툭 떨어지고... 호송 관원들, 깜짝 놀라 다가간다.

42 _____ 다시 정도전의 방 안 (밤)

정도전, 큭, 큭... 터져 나오는 울음을 가까스로 참는다. 어느 순간.

정도전 (절규하듯) 사형~~!!

43 _____ 몽타주

1) 41씬의 길 (낮) - 말 옆 땅바닥에 떨어져 웅크린 채 절명한 박상충. 관원들, 둘러서서 바라본다.
2) 4회 3씬 - 정도전과 정몽주 사이에 어깨동무하고 술 한잔하자는 박상충.
3) 성균관 대문 앞 (낮) - 박상충의 환하게 웃는 얼굴에서.

해설(Na)　박상충... 목은 이색의 매제로 정도전, 정몽주와 함께 가장 강경한
　　　　　이인임의 반대자였던 그는 귀양길에서 고문 후유증으로 세상을 뜨
　　　　　고 만다. 이때 그의 나이 44세... 고려사는 그에 대하여 강개하고 뜻
　　　　　이 컸으며 의롭지 못한 부귀는 아무것도 아닌 것으로 여겼다고 전
　　　　　하고 있다. 본관은 반남, 자는 성부, 시호는 문정이다.

44 _____ 다시 정도전의 방 안 (밤)

벽에 기대 멍하니 허공을 바라보는 정도전. 넋이 나갔다.

45 _____ 동 마당 안 (밤)

천복, 업둥, 말없이 앉아 있다. 황연, 깊은 생각에 잠겨 있다.

황연　(결심한 듯) 악아.

업둥　예?

황연　인자 그만 박수헌티 가야겠다.

업둥　!

천복　아부지!

황연　결송을 받아봤자 현령이 우리 편 들어주겠냐? 사기죄꺼지 덮어쓰
　　　　기 전에 그리 혀.

천복　박수 그늠 속셈을 몰라서 근다요? 악아 소실 삼을라는 거랑께요!

황연　신딸이건 소실이건 가라잖냐!

천복　아부지 미쳤소!!

황연　(짝! 뺨을 때리는)

천복	!
업둥	...! 아부지...
황연	느그 아부지 멀쩡헝게 아부지 말대로 혀....
정도전	(E) 아비란 말이 부끄럽지도 않은가?

일동, 보면 정도전, 터벅터벅 길어 나온다.

정도전	어떻게든 빚을 갚을 방도를 찾는 것이 우선이거늘...
황연	(눈물 그렁) 빚을 워디서 내며 고것은 또 워째 갚겄습니까? 빚잔치 잘못허서 노비로 팔려 가는 거 숱허게 봤습니다.
정도전	다시 생각하게... 아비라면 이럴 수는 없는 것이네. 금수도 지 새끼는 내치지 않는, (하는데)
황연	(버럭) 지발 그만 잠 하시오!
정도전	!
황연	워디서 뭣을 허건... 지끔보단 낫것재라...
정도전	황연!
황연	소재동서 여태 보셨잖어라... 이게 사람 사는 것입니까? 개, 돼지도 이렇게는 안 사는고만요... 나리, 우리가 사람이긴 헌 것입니까?
정도전	...
업둥	(우는) 아부지...
황연	아부지가 돼가꼬 워째 이러냐고요? (울컥) 아부징께 이랍니다... (주저앉는) 아부징께 이라는 거라고요... (악쓰는) 내가!!! ...야 아부징께 이 지랄을 하는 거란 말여라!!
천복	(허... 주저앉는)
업둥	(끌어안는) 아부지~~
황연	(오열하며 끌어안는) 아이구 이늠아~~!! 이 불쌍헌 늠아~~

정도전, 질린 듯 물러서다 비틀 무릎 꿇는다. 탄식 같은 한숨을 내쉰다. 참혹한 무력감이 엄습한다. 고개 떨군 정도전의 모습에서 길게 F.O

46 _____ 황연의 집 앞 (낮)

마을 사람들, 모여서 집안을 들여다보고 있다.

47 _____ 동 마당 안 (낮)

연신 눈물을 찍어내는 귀남댁과 시무룩하게 서 있는 천복 옆으로 박수가 싱글벙글 웃고 있다.

박수　　살다 보면 다시 만날 날이 있을 터이니 너무 섭섭해하지 말거라.
천복　　…

박수, 피식 웃는데 짐보따리를 든 황연과 곱게 차려입은 업둥, 나온다.

박수　　(반색) 아이구 어디서 양귀비가 나타났나 했더니 우리 업둥이였구나!
업둥　　…
황연　　(천복에게 보따리 넘기고) 우리 악아 잘 좀 부탁드리겠습니다.
박수　　글쎄 걱정 붙들어 매라지 않는가. 내 밥도 배불리 먹여주고 따뜻한 데서 자게 해줌세.
황연　　어른만 믿겠습니다.

귀남댁	악아, 워찌케든 잘 살아야 되야, 알었재?
업둥	예, 아짐도 건강허시오... 오라버니?
천복	(눈물 그렁한)
업둥	아따 워디 초상났대? ...내 걱정은 말고 아부지만 잘 모셔, 알었재?
천복	(씨... 고개 돌리고 눈물 닦는)
황연	나리헌테도 인사 드려야재.
귀남댁	나리 아까 나가시던디?
업둥	...

48 _____ 당산나무 공터 (낮)

정도전, 나무 주변에 걸터앉아 허공을 응시하고 있다.
곱게 차려입은 업둥, 나타나 슬그머니 곁에 앉는다. 정도전, 쓸쓸해
진다.

업둥	(짐짓 밝게) 위째 쪼까 섭한디요? 지가 명색이 소재동서 하나빽이 없는 제자였는디 마지막 가는 모습도 안 볼라 그러셨소?
정도전	...
업둥	에이~ 풀이 죽어계싱께 영 나리 겉지 않고만이라... 나리는 버럭버 럭허실 때가 멋있는디... 이런 밥버러지 같은 것! (킥 웃는)
정도전	(쓸쓸한 듯 피식) 나를... 원망하지 않느냐?
업둥	쇤네가 뭣땀시 원망을 헌다요?
정도전	내가 없었다면 이런 일도 없었을 테니 말이다.
업둥	나리가 없었다면... (돌탑 보며) 쇤네 아직도 돌멩이만 쌓고 있었겠 지라...
정도전	(보는)

업둥	나리 덕에 쉰네도 맘만 먹으믄 뭐든 할 수 있는 사람이라는 것을 알게 됐고만이라... 혀서 지금 한나도 무섭지가 않어라.
정도전	그래... 그런 마음이면 어디서든 잘살 수 있을 것이다.
업둥	그라고 나리, 청이 하나 있는디요.
정도전	말하거라.
업둥	쉰네... 이름을 갖고 싶고만이라.
정도전	(보는)
업둥	나리가 지어주시오.
정도전	...너에게 어울리는 이름이 있느니라.
업둥	뭔디요?
정도전	사람이 태어날 때부터 갖는 착한 심성, ...그것을 양지라고 부른다.
업둥	양...지?
정도전	이제부터 너는 양지다.
업둥	양지... 양지... (미소 떠오르는) 나리...
정도전	잘 가거라... 양지야.

먹먹한 시선으로 서로를 바라보는 두 사람의 모습에서.

49 _____ 마을 어귀 (낮)

박수와 양지를 따라가는 황연, 천복, 귀남댁 등 마을 사람들.
박수, 멈춘다. 일동, 걸음을 멈추면.

박수	자! 그럼 우린 이만 가보겠네!
천복	(그제야 울음 터지는) 아이구, 악아!
황연	건강혀야 써, 알았지야?

양지	(애써 밝게) 예! (주민들에게) 다들 잘덜 계시오!
일동	(잘 가라고 한마디씩 하고)
박수	거 참 대충들 좀 하지 거... 이러다 해 떨어지겠다. 어여 가자.
양지	예... (정작 발이 떨어지지 않는) ...아부지...
박수	(역정 섞인) 아 어여 가자니까... 아, 어여! (업둥의 손을 잡아끄는데)

어디선가 날아온 화살이 박수의 심장에 꽂힌다. 일동, 헉해서 보면.
활을 든 왜장과 달려오는 왜구들.

귀남댁	왜... 왜,
천복	왜구다!!

50 _____ 당산나무 공터 (낮)

발걸음을 돌려 집으로 향하던 정도전, 고개 돌려 어귀 쪽을 본다.

51 _____ 마을 어귀 (낮)

사람들, 비명을 지르며 흩어지고 양지, 박수의 시체를 보며 얼어붙은. 황연과 천복, '악아!' 외치며 양지를 끌고 가는데 황연의 등에 화살이 박힌다. 헉!

천복	아부지...
양지	(멍한... 어느 순간 터져 나오는 절규) 아부지~~!!!

달려 나오는 정도전, 그 모습 보고 경악하는 모습에서 엔딩.

10회

1 _____ 마을 어귀 (낮)

사람들, 비명을 지르며 흩어지고 양지, 박수의 시체를 보며 얼어붙은. 황연과 천복, '악아!' 외치며 양지를 끌고 가는데 황연의 등에 화살이 박힌다. 헉!

천복 아부지...

양지 (멍한... 어느 순간 터져 나오는 절규) 아부지~~!!!

달려 나오는 정도전, 헉...! 양지 일행 너머로 득달같이 달려오는 왜구들!
천복, 황연을 둘러업는다.

황연 (힘없이 밀어내는) 안 돼야... 도망쳐...

천복 가만히 계쇼! (뛰는)

양지 (울며 밀며 따르는) 아부지~ 악! (뒤돌아보다 엎어지는)

천복 (돌아보는) 악아!

다리가 풀린 양지를 거칠게 일으켜 세우는 손. 정도전이다.

양지 나리!

정도전, 양지의 손을 잡고 뛴다. 마을 어귀로 들이닥치는 왜구들!

2 _____ 몽타주 (낮)

1) 마을 길 곳곳 - 정도전, 양지를 데리고 도주한다. 주민들, 심지어 아이들까지 무참히 살육하는 왜구들. 왜구1에게 머리채를 잡혀 민가로 끌려 들어가는 귀남댁.

2) 민가 안 - 귀남댁을 끌고 들어와 방문을 열어젖히는 왜구. 방안으로 집어넣으려는 실랑이. 귀남댁, 왜구의 손을 깨물고 달아난다. 그 앞을 막아서는 왜구2. 멈칫하는 귀남댁의 등을 찌르는 왜구. 귀남댁, 헉! 쓰러진다.

3) 당산나무 앞 공터 - 불타는 당산나무. 칼을 맞고 돌탑에 부딪히며 쓰러지는 주민. 무너진 돌탑과 널브러진 시체들. 노략질한 물건과 주민들을 끌고 가는 왜구들. 울며 끌려가는 천복의 모습도 보인다.

3 _____ 야산 산길 (낮)

필사적으로 도망치는 정도전과 눈물범벅의 양지. 뒤를 쫓는 세 명의 왜구들.

4 _____ 산길 (낮)

양지, 비명과 함께 엎어진다. 으~ 발목을 부여잡는.

정도전 (잡아끌며) 일어나라, 어서!
양지 먼첨 가시오! 이라단 나리꺼지 죽소!

정도전　　　(억지로 일으키며) 어서 일어나라니까!

정도전, 절뚝이는 양지와 뛴다. '토마레!(섯거라!)', '쯔까마에!(잡아라!)', '고로세!(죽여라!)' 외치며 쫓는 왜구들.

5 _____ 갈림길 (낮)

갈림길에 다다른 정도전과 양지.

정도전　　　(좌우 보더니) 이쪽이다. (양지 잡아끄는데)
양지　　　　(뿌리치고 독하게) 혼자 가시오!
정도전　　　양지야!

'쯔까마에!' 왜구의 목소리가 들려오고. 정도전의 눈에 은신하기 알맞은 수풀이 눈에 들어온다. 양지를 거칠게 밀어 넣는다.

정도전　　　꼼짝 말고 숨어 있거라. 알겠느냐!
양지　　　　(애써 겁을 참으며) 예.

정도전, 차마 발이 떨어지지 않는데 왜구들의 욕지기와 발소리 들린다.
이를 악무는 정도전, 일부러 소리를 지르며 양지와 반대편 길로 달린다. 정도전을 얼핏 본 왜구들, '아찌라!(저쪽이다!)' 외치며 쫓아간다.

6 _____ 벼랑 끝 (낮)

정도전의 지척까지 따라붙은 왜구들. 뒤를 흘끔 돌아보며 달리던 정도전, 멈춘다. 앞으로 깎아지른 절벽. 그 아래로 흐르는 강물. 왜구들, 고함을 지르며 달려든다. 정도전도 '으아아~' 외치며 달려든다. 한 명을 쓰러뜨리지만 다른 왜구의 발길질에 나가떨어지는 정도전. 왜구3, 칼을 치켜든다. 정도전, 죽음을 각오한 듯 노려본다. 순간 왜구3의 가슴을 꿰뚫는 화살! 컥! 힘없이 정도전 위로 쓰러지는 왜구3. 정도전과 왜구들 보면, 저 멀리 고려군의 선두, 말을 탄 이성계가 다시 화살을 쏜다. 뒤이어 이지란의 화살이 날아가고 왜구들, 쓰러진다.

이지란　　나도 한 놈 잡았수다!

이성계, 보면 저 멀리 왜구3의 시체를 밀어내고 일어나는 정도전.

이성계　　날래 마을로 가자우. (군사를 이끌고 사라지는)
정도전　　(멍한 듯 보다가 정신을 차리고 어디론가 뛰어가는)

7 _____ (5씬의) 갈림길 (낮)

정도전, '양지야!' 뛰어와 양지가 숨어 있던 수풀을 헤친다.

정도전　　이제 나오너라, 양지, (하는데 텅 비어 있는) ...!!

8 _____ 마을 일각 (낮)

귀남댁의 시체 주변으로 병사들이 분주히 뛰어다니고 이성계, 어린아이의 시체 앞에서 한쪽 무릎을 굽히고 앉아 있다. 참담한데 이지란, 비장과 급히 뛰어온다.

이지란 놈둘이 발써 마울울 빠져나갔소.
이성계 내사 용서치 안가서... 날래 따라잡자우. (일어나는)
비장 (소라를 부는)

9 _____ 황연의 집 앞 (낮)

시체가 즐비한. 넋이 반쯤 나간 듯한 정도전, '양지야!'를 외치며 시체를 뒤집어보거나 뛰어다니다가 맥이 풀린 듯 멈춘다. 정도전의 시선이 꽂힌 곳에 황연의 시체가 보인다. 주춤 다가선다.

정도전 황연... (억장이 무너지는) 황연...

이성계와 이지란, 군사들을 대동하고 그 앞을 지나쳐간다. 뒤에서 들려오는 정도전의 절규 소리. '으아아~!!' 멈칫 말을 세우고 돌아보는 이성계. 허공을 향해 악을 쓰던 정도전, 숨을 몰아쉰다. 이성계, 바라본다.

F.B》5회 38씬의
정도전과 이성계, 서로를 지나쳐간다. 얼핏 둘의 시선이 마주친다.

정몽주 (E) 정도전이라고 소생의 막역지웁니다. 북원 사신의 영접을 거부하다 귀양을 갔지요.

현재》
이성계의 시선. 다시 악을 써대는 정도전.

이지란 저 간나레 실성울 한 거 아이오?

헉헉, 숨을 몰아쉬던 정도전, 무릎을 털썩 꿇는. 이성계, 이내 말을 몰아간다. 병사들, 빠져나가고. 정도전의 참담한 모습에서 길게 F.O

10 ____ 개경 거리 (밤)

〈자막〉 서기 1380년(우왕 6년) 개경

모든 상점이 철시하고 거지들과 부랑자만 길가에 즐비한 거리. 그 뒤로 빛바랜 방문이 붙어 있다. '戒嚴계엄' 두 글자가 적혀 있다. 병사들과 함께 말을 타고 달려가는 두 사람. 갑옷을 입은 최영과 경복흥이다.

11 ____ 조창 앞 (밤)

백성과 관군의 시체를 치우고, 경계를 서는 군사들. 약탈을 당해 폐

허가 된 조창°. 최영과 경복흥, 침통한 표정으로 둘러본다.

최영   이런 죽일 놈들...

경복흥   도성의 턱 밑까지 들어와 관군이 지키는 조창을 약탈하다니... 왜구들이 갈수록 대담해지고 있소이다.

최영, 심각한데 말발굽 소리 들린다. 내관이 말에서 내려 급히 다가온다.

내관   두 분 대감께선 속히 입궐을 하셔야겠습니다.

경복흥·최영   (심각해지는)

12 _____ 숭경전 앞뜰 (밤)

나인들, 도열해 있다. 중앙으로 이인임, 걸어온다.
쉽게 범접할 수 없는 경륜과 위압감을 풍긴다.

13 _____ 동 처소 안 (밤)

병석의 태후, 가늘게 숨 쉬며 누웠다. 눈물 그렁한 정비를 본다. 조금 떨어진 곳에 경복흥, 이인임, 최영, 침통하게 서 있다.

정비   마마... (소리죽여 오열하는)

°   나라에 조세로 바치는 곡식을 보관하고 수송하기 위한 곳집.

태후	(옅은 미소, 부복한 재상들 바라보다) ...수시중...
이인임	(고개 들어보는)
태후	(가까이 오라 손짓)
이인임	(공손히 다가앉는) 마마...
태후	(보는)
이인임	소신... 매일 같이 부처님께 마마의 쾌유를 빌고 있사옵니다. 곧 병석에서 일어나실 것이옵니다.
태후	(희미한 미소) 이미 틀렸습니다...
이인임	만고풍상을 헤쳐오신 마마가 아니시옵니까? 약해지시면 아니 되옵니다.
태후	수시중...
이인임	말씀하시옵소서.
태후	이 사람... 모두 내려놓고 갈 것입니다... 수시중에 대한 원한까지도 말이오.
이인임	(보는)
태후	부디... 주상과 이 나라를 지켜주시오... 그리해주실 수 있겠소?
이인임	소신... 그리하겠사옵니다...
태후	...고맙소... 수시중...
이인임	(만감이 교차하는 표정으로 보는데)
우왕	(E) 할마마마!!

성인이 된 우왕, 근비와 함께 하얗게 질린 안색으로 들어온다.
이인임, 일어나 뒤로 물러나면 우왕, 태후의 손을 부여잡고 앉는다.

우왕	할마마마...
근비	마마...
태후	주상... (감정이 북받친 듯 허! 숨을 몰아쉬는)

우왕	(헉! 밖을 향해) 어의는 어디 있는 게야! 어서 어의를 불러라, 어서!!
태후	...고정하시고 이 사람의 말을 들으세요...
우왕	(보는)
태후	나라의 큰일은 수시중 이인임과 경복흥, 최영의 말을 들으세요... 아시겠소, 주상?
우왕	소손... 명심하겠사옵니다...
태후	우리 주상 우시는 모습이... 선왕의 어릴 적을 꼭 빼닮았습니다그려...
우왕	...할마마마...
태후	내가 어리석었어요. 저자에 떠도는 풍문에 현혹되어 주상에게 곁을 주지 않았습니다... (우왕의 용안을 만지는, 북받치는) 이렇듯 선왕을 빼닮았거늘... 왕씨의 혈육이 분명하였거늘! (어윽!! 가쁘게 숨 몰아쉬는)
우왕	할마마마!
정비·근비	(다가가는) 마마!!
태후	(마지막 힘을 짜내어) 이 못난 할미를 용서해 주시오... 부디 성군이 되시어... 오백 년 왕씨의 나라를 천년, 만년, (숨이 턱 막히는) 천년... 만년!
우왕	(헉!)
태후	(절명하는)
우왕	할마마마~!!
정비·근비	마마!!
경복흥	(토하듯) 마마... (털썩 무릎을 꿇는)
최영	(통절한) 왕~ 태후~ 마마~~!! (통곡하며 부복하는)

이인임을 제외한 일동, 통곡하는 모습 위로.

해설(Na) 명덕태후의 죽음은 고려 왕실의 몰락을 상징하는 사건이었다. 얼마 후 왕실의 외척이던 경복흥마저 '술을 즐기고 정사를 돌보지 않는다'는 이유로 탄핵되어 귀양을 가 죽으니... 고려 왕실은 정치적 영향력을 상실한 채 빈 껍데기만 남게 된다.

14 _____ 빈청 외경 (낮)

임견미 (E) 차제에 최영도 제거하시지요.

15 _____ 동 이인임의 집무실 안 (낮)

이인임, 찻잔을 마주한 임견미를 바라본다.

임견미 이제 대감의 정적이라 할 만한 자는 최영뿐이지 않습니까?

이인임 최영이 사라지면 삼남 지방에 창궐하고 있는 왜구들이 가장 기뻐하지 않겠습니까?

임견미 허나 언젠가는 대감께 반기를 들 것입니다. 육 년 전 최영에게 추포 당했던 수모를 잊으시면 아니 됩니다.

이인임 최영을 제거해도 정적은 또 나타나게 되어 있습니다. 밖에서든... 안에서든.

임견미 (조금 당황) ...예?

이인임 정치란 게 그런 겁니다. 최영보다는 사대부들을 유심히 지켜보세요.

임견미 사대부들이라면 심려하실 것 없습니다. 천방지축이던 놈들이 귀양을 갔다 온 이후론 아주 고분고분해졌습니다. 이제야 세상 무서운 것을 알은 게지요.

이인임	(무언가 생각하다가 갑자기 피식 웃는)
임견미	왜 그러십니까, 대감.
이인임	천방지축 얘길 들으니... 떠오르는 사람이 있어서요.
임견미	누구... 말씀입니까?
이인임	...
정도전	(E) 내 꿈은 이미 정해져 있습니다.

F.B》5회 39씬의

이인임	그것이 무엇이오?
정도전	선왕의 유지를 조작하여 대통을 어지럽힌 자, 김의를 사주하여 명나라 사신을 죽인 자, 북원과 내통하여 전쟁 위기를 조장한 자... 그 자를 때려잡는 것이오.
이인임	(능청) 저런... 그런 자가 있었소이까?
정도전	바로 당신.
이인임	(굳는)
정도전	밥버러지만도 못한 개자식...

현재》

이인임	...

16 _____ 이색의 집 안방 안 (낮)

이색, 정몽주, 권근, 이숭인, 앉아 있다.

이색	도전이에 대한 탄원서를 돌리겠다구?
정몽주	삼봉이 유배를 떠난 지도 벌써 육 년쨉니다. 영주로 옮겨진 뒤에는

건강마저 좋지 않다 하니 더는 방관할 수 없습니다, 스승님.

이색 허나 도전이가 돌아오지 못하는 것은 이인임이 막고 있기 때문이다. 탄원서로 해결이 되겠느냐?

정몽주 관직에 등용하자는 것이 아니라 인도적인 견지에서 종편만 허락해 달라 할 것입니다. 학당을 하든, 농사를 짓든 식솔들 건사는 해야 하지 않겠습니까?

이색 …

이숭인 허나 얼마나 동참할지 의문입니다. 다들 이인임의 눈치를 보고 있어요.

권근 오늘도 보십시오. 동문 전체에게 통문°을 돌렸는데 고작 도은 사형과 저만 참석하지 않았습니까?

정몽주 (옅은 한숨)

17 _____ 성균관 앞 (낮)

구걸하는 거지들 옆에 초췌한 행색의 최 씨가 서 있다.
일각에서 하륜, 학관들을 대동하고 등청한다.

하륜 유생들의 기개가 예전만 못하다는 소리가 들립니다. 일과를 파하면 모두 사대에 나가 활을 쏘게 하고 그 결과를, (하는데)

최 씨 (하륜에게 다가가며) 나리!

거지로 오인한 학관들, 막아서며 '비켜라!', '썩 물렀거라' 제지한다.

° 여러 사람에게 기별을 보내어 알린 문서.

최 씨	잠깐만요... 잠깐만... (애타게) 호정 나리!
하륜	(멈칫 돌아보는, 낯이 익은) 다들 비켜서시게.
학관들	(비켜서면)
최 씨	(다가서는) 나리... 소첩을 기억하시겠습니까?
하륜	(보는) ...!

18 _____ 동 정록청 안 (낮)

하륜, 최 씨를 측은하게 바라보고 있다. 관원이 들어와 은병이 든 자루를 주고 나간다.

하륜	(내밀며) 급하게 마련하느라 변변치는 않습니다. 가지고 가서서 자제분들에게 따뜻한 국에 쌀밥이라도 먹이세요.
최 씨	(도로 내밀며) 마음만 받겠습니다. 집안의 가장이 고초를 겪고 있는데 쌀밥에 국물인들 목구멍으로 넘어가겠습니까?
하륜	(딱한)
최 씨	나리... 저희 서방님을 좀 도와주십시오. 나리께선 수시중 대감의 조카사위가 아니십니까... 서방님을 풀어달라 대감께 말씀을 넣어주십시오.
하륜	삼봉 사형의 일은 소생도 안타깝기 그지없으나 소생의 힘으로는...
최 씨	(울먹, 무릎 꿇으며) 나리...
하륜	(당황) 아니, 저기...
최 씨	(울먹이며) 벼슬은 바라지도 않습니다. 그저 온 식구가 함께 살 수 있게만 해주십시오. 막내 놈은 이제 아비의 얼굴조차 기억을 못 합니다... 나리... 도와주십시오.
하륜	...

19 _____ 이인임의 집 사랑채 안 (밤)

이인임, 하륜과 앉아 있다.

하륜 이제 그만 삼봉을 풀어주시지요.

이인임 ...

하륜 이제는 잊혀진, 아무 힘 없는 사람이잖습니까?

이인임 돌아오면 기억하게 될 테고 힘도 생기게 되겠지.

하륜 (답답한) 어찌 삼봉에 대해서만 이리 가혹한 것입니까? 다른 사대
부들은 모두 조정에 복귀시키지 않으셨습니까?

이인임 오래전 이 사람이 했던 말을 기억하는가? 정치하는 사람에겐 적과
도구, 단 두 부류의 사람만 있을 뿐이라고 했던.

하륜 기억합니다. 그때 삼봉을 가리켜 도구라 하셨었습니다.

이인임 내가 잘못 봤던 것일세. 삼봉은 도구가 아니라... 적이네.

하륜 (보는)

이인임 가혹한 것이 아니라... 경계하는 것일세. (차 마시는)

20 _____ 대궐 정전 외경 (낮)

최영 (E) 전하~ 원자°마마의 탄생을 경하드리옵나이다!

° 아직 왕세자에 책봉되지 아니한 임금의 맏아들.

21_____ 정전 안 (낮)

백관들, 일제히 '경하드리옵나이다~'를 외치며 용상의 우왕에게 허리를 숙인다. (갑옷을 입은) 최영, 이인임, 임견미, 염흥방, 정몽주, 하륜, 이숭인, 권근 등 백관들 도열해 있다.

최영　원자마마의 생산은 왕실뿐 아니라 나라의 경사이옵니다! 백성들과 이 기쁨을 함께 나누심이 가할 줄로 아옵니다.

우왕　경의 말씀이 지당하나 나라의 곳간이 빈 지 오래이니 구휼미를 나눠줄 수도 없고... 수시중, 무슨 좋은 방법이 없겠습니까?

이인임　예로부터 나라에 경사가 있으면 죄인을 사면하는 관행이 있사옵니다. 옥에 갇힌 자들 중 참형의 죄를 제외한 나머지 죄인들을 방면하시옵소서.

정몽주　...! (뭔가 떠오르는)

이인임　허면 만백성이 전하의 성덕을 칭송하게 될 것이옵니다.

정몽주　수시중의 의견에 전적으로 찬동하옵나이다!

일동　(보는)

정몽주　(앞으로 나서며) 신 판도판서 정몽주 아뢰겠나이다. 옥사의 죄수들뿐 아니라 원지에 유배되어 식솔과 생이별한 자들까지 풀어주신다면 수시중이 아뢴 바와 같이 만백성이 전하의 성덕을 더더욱 칭송하게 될 것이옵니다.

이인임　(굳어지는)

정몽주　바라옵건대 수시중과 소신의 주청을 가납하여 주시옵소서~

우왕　수시중의 의견에 판도판서까지 찬동하고 나오니 과인이 마다할 이유가 없을 것 같습니다.

이인임　(당했다 싶은 시선으로 정몽주 보는)

정몽주　(회심의 미소 짓는데)

염흥방	(E) 신 문하평리 염흥방 아뢰옵나이다!

정몽주, 보면 염흥방, 걸어 나와 허리를 숙인다.

염흥방	죄인을 사면하여 관용과 화합의 기운을 고취시키는 것은 바람직한 일이오나 그 대상은 신중히 선별해야 하옵니다. 판도판서의 주청대로 유배인들을 사면 대상에 포함하되... 국기를 문란케 한 국사범은 제외해야 마땅할 것이옵니다!
정몽주	?!
최영	유배 중인 자들 가운데 아직도 그런 자가 있단 말이오?
염흥방	육 년 전 북원 사신을 영접하라는 어명을 거부했던 삼봉 정도전이 지금 영주에 있습니다.
정몽주	(헉!)
이인임	(미소)

22 _____ 정전 앞 (낮)

걸어가는 염흥방을 막아서는 권근과 이숭인. 염흥방, 태연하게 보면 정몽주, 노기 띤 얼굴로 다가선다.

정몽주	어찌 이러실 수 있습니까?
염흥방	무슨 말인가?
권근	무슨 말이냐니요! 삼봉 사형을 구할 절호의 기회를 막으셨잖습니까!
염흥방	어허! 어디서 언성을 높이는 것이야!
이숭인	아무리 수시중의 측근이 되셨기루 이러실 순 없는 것입니다!

염흥방	(피식 웃고 가는데)
정몽주	사형.
염흥방	(멈칫 보는)
정몽주	대체 어쩌다 이 지경이 되셨습니까? 지조와 절개를 목숨처럼 여겼던 사형이 아니십니까?
염흥방	(피식) 어쩔 수 없잖은가... 바람이 불어오니 나무야 흔들릴 수밖에...
정몽주	지금의 모습이 부끄럽지도 않으십니까?
염흥방	(보는) 나는... 박상충이나 삼봉처럼 미련하게 살진 않을 것이네. (가는)
정몽주	(안타까운)

23 _____ 바다 (낮)

〈자막〉서해 진포 앞바다

평온한 바다. 갑자기 물살을 가르며 나타나는 대장선. 그 뒤로 수백 척의 왜선들이 뒤따른다. 유유히 북상하는 왜구들의 함대 C.G.

24 _____ 도당 안 (낮)

이인임, 두 눈을 질끈 감고 앉아 있다. 최영, 임견미, 염흥방 등 재상들, 심각한 얼굴로 앉아 있다.

최영	왜구들이 진포에 닻을 내리고 연안마을과 배를 오가며 약탈을 하

고 있다 하는데 왜선의 수만... 오백 척이라 하외다!

임견미 (뜨악한) 오백 척?!

염흥방 삼남에 웅거한 왜구들을 소탕하기도 버거운 판국에 오백 척이라니...

최영 한 척에 사십 명만 잡아도 최소 이만! 왜구가 고려 땅을 밟은 이래 이런 대병은 없었소이다! 허나... 이번이 왜구를 박멸할 절호의 기회요!

일동 ?

이인임 (눈을 뜨고) 무슨 계책이 있으신 겝니까?

최영 수군을 보낼 것이외다.

이인임 !

최영 수군으로 바다를 막고 육지에서 압박하는 양동 작전을 펼 것이니 동의해 주시오.

염흥방 우리 수군은 고작 백여 척에 해전의 경험도 없다시피 한데 승산이 있다고 보십니까?

최영 최무선의 화통도감°에서 만든 화포를 배에다 설치할 것이외다.

이인임 (생각하는)

염흥방 화포의 위력이 대단하다고는 하나 바다 위에선 한 번도 사용한 적이 없지 않습니까?

임견미 우리 수군이 패하는 날엔 놈들이 목표를 바꿔 예성강까지 올라올 수도 있습니다. 도성이 위험해진다는 말입니다!

최영 나를 믿어보시오. 이길 수 있소이다.

이인임 좋습니다. 수군을 보내세요.

임견미 대감, (하는데)

이인임 (단호히) 이제 모험을 해볼 때도 됐습니다.

° 최무선의 건의에 의해 설치된 화약 및 화기의 제조를 맡아보던 임시 관아.

임견미	(끙...)
이인임	(최영에게) 단, 패전하면... 오판에 대한 책임을 물을 것입니다.
최영	여부가 있겠소이까.
이인임	...

25 _____ 편전 안 (낮)

두려운 표정의 우왕, 마주 앉은 이인임을 바라보고 있다.

우왕	정말... 아무 일 없겠지요?
이인임	심려 마시옵소서. 도적 떼들에게 당할 고려가 아니옵니다.
우왕	(불안이 가시지 않는) 바다는 그렇다 치구 육지에 왜구들을 토벌하려면 최영을 보내야 하지 않겠습니까?
이인임	어느덧 나이 일흔을 바라보는 노장... 하루에도 수백 리를 달려야 하는 토벌대의 수장으론 적절치 않다 사료되옵니다. 삼남 지방 곳곳에서 왜구를 토벌해온 배극렴 등 아홉 명의 장수가 능히 해낼 것이옵니다.
우왕	...이성계를 부르면 아니 되겠습니까?
이인임	(노기 어린 듯 보는)
우왕	아, 아닙니다. 과인은 수시중만 믿겠습니다.
이인임	...

26 _____ 함주 - 마을 일각 (낮)

〈자막〉고려 동북면 함주(지금의 함경남도 함흥)

모닥불 피워져 있고 노루 정도 구워지고 있다. 보리피리를 연습하는 아이들과 둘러앉은 이성계. 곁에 앉은 아이는 바람 소리만 내고 있다.

이성계　(보고) 줘 보라.

아이　(보릿대 건네주면)

이성계　입술을 대는 것도 아이구 베는 것두 아이구 슬쩍 걸치라 하디 않았네... 보라... (후~ 불면 영롱한 소리가 나는)

아이　(신기한 듯 보는)

이성계　(건네주는) 다시 해보라.

아이, 받아서 불면 소리 제대로 나고 신기한 듯 웃는다. 이성계, 쓰다듬는데 이지란, '성니메!' 하며 허겁지겁 달려온다.

이지란　성니메!

이성계　무시기가?

이지란　개경에서 사람이 왔는데... 둘째 행수가 중뱅에 걸렸답메다!

이성계　!

27 _____ 이성계의 집 앞 (밤)

이성계, 말을 달려와 급히 내린다. 곧장 뛰어 들어간다.

28 _____ 동 안방 안 (밤)

'부인!' 하며 들어오던 이성계, 멈칫한다. 소복을 입고 꼿꼿이 앉아 있던 강 씨, 이성계를 보더니 일어나 다소곳이 절한다.

강 씨   오셨습니까, 영감.

이성계   ...부인.

강 씨   앉으시어요.

이성계   (멍한)

강 씨   이리라도 해야 도성으로 납실 듯하여 거짓을 고하였습니다. 용서 해 주시어요.

이성계   (앉는) 어째 이러신 겁메까?

강 씨   (앉는) 지금 영감께서 계셔야 할 곳은 동북면이 아니라 여기 도성 이기 때문입니다.

이성계   (보는)

강 씨   진포의 왜구가 이만이고 삼남에 웅거한 왜구가 또한 수천이라 합 니다. 언제 무슨 사태가 벌어질지 모르오니 여기 계시어요. 필경 나 라에서 영감을 부를 일이 생길 것이구, 전공을 세워 조정의 요직을 맡으실 수 있을 것입니다.

이성계   (딱한 듯 보다가) 동북면을 비울 수 없는 처지란 걸 잘 아시잖습메 까?

강 씨   영감께서 이미 평정한 곳입니다. 외적의 그림자도 보이지 않는 곳 에서 무엇을 하시려구요.

이성계   건강하신 걸 봤으니 이만 가갔소. (일어나는데)

강 씨   영감!

이성계   (멈칫)

강 씨   제발... 진포에서 승패가 갈릴 때까지만이라도 계셔주시어요. 소첩의 소원입니다.

이성계   ...

29 _____ 빈청 이인임의 집무실 안 (밤)

이인임에게 장계를 바치는 낭장.

낭장   진포로 출정한 상원수 나세가 보낸 장계이옵니다!

이인임   (받아서 펼치는) ...!

30 _____ 빈청 최영의 집무실 안 (밤)

최영, 이성계와 마주 앉아 있다.

최영   (반가운) 이 사람... 이게 얼마 만인가그래?

이성계   그간 강령하셨습메까?

최영   (웃는) 강령은 무슨... 바람 잘 날 없는 조정에서 노심초사하다 보니
            쭈그렁 할아범이 돼버렸다네. 그래 개경엔 어쩐 일이신가?

이성계   (조금 난처한) 개경의 처가 몸이 좀 불편해서리...

최영   저런... 많이 편찮으신 겐가?

이성계   그런 것은 아이고... (말 돌리듯) 진포의 사정은 좀 어떻습메까? (하
            는데)

이인임, '도통사' 하며 들어온다. 이성계를 보고 멈칫하는.

최영	수시중 대감...
이성계	(일어나 인사하는)
이인임	(날카로운) 화령부윤께서... 어찌 도성에 계신 것입니까?
이성계	...
최영	부인께서 몸져누우셨다 하오이다.
이인임	(미심쩍게 보는)
최영	헌데 대감께서 예는 어쩐 일이시오?
이인임	진포에서 연통이 왔습니다.
최영	...! 어찌 됐소이까!
이인임	(미소) 대승입니다.
최영	대승?!
이인임	진포에 정박한 오백 척의 적선을 한 척도 남김없이 깨부셨다 합니다.
최영	(주먹을 불끈 쥐는) 됐어! ...이제 육지의 잔당들만 쓸어버리면 되는 것이야!
이성계	감축드리우다, 장군!
최영	(북받치는) 하늘이 우리 고려를 버리지 않으셨어, 하늘이...
이성계	(흐뭇하게 보는데)
이인임	(이성계에게) 이거 조금 아쉽게 됐습니다.
이성계	무슨 말씀이십메까?
이인임	기왕에 이리 오셨는데 딱히 시킬 일이 없을 것 같아 말이오.
이성계	...
이인임	(미소)

31 _____ 해설 몽타주 (낮)

1) 산길과 역로 곳곳 - 필사적으로 도주하는 왜구들. 질주하는 배

극렴, 배언, 박수경의 군사들의 모습이 2)의 지도와 교차된다.

2) 삼남 지방 지도 – 진포에서 영동, 상주, 경산, 함양으로 이어지는 왜구의 도주 경로와 전라도 광주, 화순, 순천, 섬진강 유역에서 치고 올라가는 고려군의 진격로가 그려지고. 함양으로 남하한 왜구들의 진격 경로와 고려군의 아홉 개 진격로가 함양에서 만난다.

해설(Na) 진포대첩에서 참패한 왜구늘은 삼남 지방에 수눈해 있던 잔당들과 합세한 뒤 경상도 해안을 향해 도주했다. 한편, 배극렴 등 아홉 명의 장수가 이끄는 고려군은 각각 전라, 경상, 양광도에서 왜구를 압박해 들어갔다. 낙동강을 넘지 못하고 남하하던 왜구들은 마침내 사근내역, 지금의 함양 땅에서 고려군에게 겹겹이 포위되고 마는데...

32 _____ 산과 인접한 개활지 (낮)

〈자막〉 **사근내역**(지금의 경남 함양)

왜구들과 고려군, 진을 갖춘 채 평원을 사이에 두고 대치 중이다. 말을 탄 고려군의 아홉 장수가 늘어서 있다. 그 중간에 배극렴, 박수경, 배언이다.

배극렴 쥐새끼처럼 잘도 빠져나가더니 결국 독 안에 든 쥐가 되고 말았구나!

박수경 다시는 우리 고려를 넘보지 못하게 해야 하오. 한 놈도 살려둬선 아니 될 것이외다!

배극렴 여부가 있겠소이까! (칼을 뽑고 일갈하는) 전군~ 돌격!!

와~ 하는 함성과 함께 기병을 앞세우고 돌격하는 고려군.
고려군의 우세 속에 치열한 격전이 펼쳐진다.

배극렴　　(왜장을 베어 죽이고) 적들의 기세가 꺾였다! 죽여라! (하고 어딘가 보면)

산등성이에 가면 같은 호오아테를 쓴 칠갑옷의 왜장, 아지발도가 백마를 타고 홀연히 나타난다. 배극렴, 불길한 예감이 스치는데 뒤이어 왜구들의 중기병들이 모습을 드러낸다.

박수경　　아니 저건...! (배극렴 쪽을 향해) 우리가 함정에 빠진 것 같소이다!!

아지발도, 장창을 치켜들면 함성과 함께 달려오는 왜구의 기병대.

배극렴　　당황하지 마라!! 전열을 갖춰라!!

배후를 파고드는 왜구의 기병들. 당황하는 고려군들을 사정없이 난자하고. 아지발도의 장창에 속절없이 나가떨어지는 고려군들. 보다 못한 배언, 칼을 치켜들고 달려가고, 박수경이 뒤를 따른다. 아지발도, 달려온다. 순식간에 배언의 가슴이 뚫린다. 격분한 박수경, 함성을 지르며 달려든다. 그러나 몇 합도 겨루지 못하고 아지발도의 공격에 낙마한다. 고려군들, 크게 당황하는데 아지발도, 말을 타고 박수경에게 다가선다.

박수경　　네 이놈~!

바라보던 아지발도, 말고삐를 당긴다. '히이잉!' 백마의 말발굽이 허공에서 춤춘다 싶더니 그대로 박수경의 가슴팍을 짓밟는다. 박수경, 피를 뿜으며 절명하고 겁에 질리는 고려군들.

아지발도　(일본어) 포로는 필요 없다. 움직이는 것은 모두 베어라...! (창을 치켜들고) 돌격!!

사기가 오른 왜구들, 돌격한다. 추풍낙엽처럼 쓰러지는 고려군들.

배극렴　(일그러지는) 퇴각하라! ...퇴각하라!!

그러나 들리지 않는 듯 속절없이 쓰러져가는 병사들.
아수라장 같은 전장 위로 배극렴의 목소리가 울려 퍼진다.

배극렴　(E) 전군~ 퇴각하라!

33 _____ 도당 앞 (밤)

최영, 족자를 들고 심각한 얼굴로 들어간다.

34 _____ 도당 안 (밤)

이인임, 심각하다. 임견미와 염흥방 등 재상들, 있다.

임견미　왜구가 삼천의 중무장한 기병을 숨기고 있었다 합니다. 잔당들의 숫자도 우리가 예측했던 것보다 몇 곱은 많았구요!

염흥방   우리 군사들이 남원산성으로 패주하였는데 왜구들이 쫓아와 공성
전을 벌이고 있다 합니다. 전라도가 위험합니다!

최영   (E) 전라도만이 아니외다!

일동, 보면 최영, 들어와 족자를 턱 놓는다.

최영   왜장 아지발도가 주상전하께 보낸 것이오.

이인임   (펼쳐보면)

35 ＿＿ 왜구 막사 안 (밤)

투구를 곁에 벗어놓은 아지발도, 대장석에 좌정해 있고 그 앞에 장
수들 왜식으로 부복해 앉아 있다. 그 모습 위로.

아지발도   (E) (일본어) 귀국의 도성으로 진격할 것이다. 목숨이라도 부지하
고 싶거든 길을 열고 나와 머리를 조아려라.

36 ＿＿ 다시 도당 안 (밤)

이인임   (족자 홱 내려놓으며) 기만책입니다. 우리가 북쪽을 막으면 경계가
소홀해진 남쪽으로 내려가 왜국으로 돌아갈 속셈이에요.

최영   내 생각도 같소. 허나 이 정도의 지략을 가진 자가 일만이 넘는 대
병을 거느리고 있다는 것은 고려 전체가 절체절명의 위기에 처했
다는 뜻이외다. 속히 원군을 보내야 하오.

이인임	관군은 물론 권문세가의 사병들까지 전부... 동원 가능한 병력은 모두 끌어모으세요.
최영	지휘관은 누구를 보내실 것이오이까?
이인임	앉으세요. 의논을 해보십시다.
최영	이성계가 개경에 있지 않소.
이인임	(굳는)
임견미	대감!
최영	(무시하고 이인임에게) 이성계만큼 왜구와 기병전에 정통한 장수는 없소이다! 그를 보내야 합니다!
염흥방	불가합니다!
최영	(보면)
염흥방	배극렴을 비롯하여 남원에 있는 장수들 모두 명망과 용맹을 겸비한 자들입니다. 변방에서 부윤이나 하던 자를 지휘관으로 내려보내면 사기가 어떻게 되겠습니까!
최영	이성계는 나 최영이 인정하고 온 백성이 따르는 맹장 중의 맹장이외다!
염흥방	그래봤자 동북면에서 천한 야인들과 뒤섞여 사는 촌뜨기일 뿐입니다. 싸움질 좀 잘한다고 고려 귀족들의 머리 위에 앉힐 순 없지요.
최영	(벌떡 일어서며) 말을 가려 하시오! 촌뜨기라니!!
염흥방	(흥! 외면하는)
이인임	...대감.
최영	(보는)
이인임	이 사람과 얘기 좀 하십시다. (일어나는)

37 _____ 빈청 이인임의 집무실 안 (밤)

이인임과 최영, 마주 앉아 있다.

이인임   (진지한) 이성계는 위험한 잡니다. 다른 사람을 천거해 주세요.

최영   (답답한) 그의 집안 내력 때문에 그런 걱정을 하는 사람들이 많소
이다만, 다 이 장군의 됨됨이를 몰라서 그러는 깃이외다!

이인임   그자의 후덕한 성품은 이 사람도 인정합니다. 다만 장수에게 가장
중요한 충성심을 확신할 수 없다는 것이 문제지요.

최영   고려에 귀화해서 지금까지 이십여 년을 고려를 위해 싸운 장수요.
혈통도 순수한 고려인이고... 충심을 의심할 하등의 이유가 없소
이다.

이인임   이 사람이나 대감에게 고려는 태어날 때부터 주어진 숙명이지만,
그자에게 고려는 나이 스무 살에 선택한 수단이었습니다. 숙명과
선택의 차이는 아주 큰 것입니다.

최영   지금 말씀은 이성계가 역심을 품을 수도 있다는 뜻이오이까?

이인임   그자에게 너무 많은 힘을 주는 것은 위험하다는 얘깁니다.

최영   (간곡한 어조로) 수시중 대감...

이인임   (보는)

최영   고려가 누란의 위기에 처해 있소이다. 또한 이 사람은... 이성계야
말로 하늘이 고려를 위해 내려준 장수라고 믿고 있소.

이인임   도통사...

최영   (자르듯) 허나 만에 하나라도 이성계가 딴마음을 품는다면... 내 손
으로 직접... 그의 목을 자를 것이오.

이인임   (보는)

최영   이성계를 보내주시오.

이인임   ...

38 _____ 편전 안 (밤)

우왕, 최영, 이인임, 임견미, 염흥방 등 재상들, 앉아 있다. 중앙에 이성계, 앉아 있다. 밀직 이숭인이 교지를 읽어 내려가고 흐뭇한 최영, 마뜩잖은 임견미, 염흥방.

이숭인 (읽는) 화령부윤 이성계를 종이품 문하찬성사 겸 양광전라경상도 도순찰사에 제수하노니 군사와 더불어 남원으로 출정하여 신성한 고려의 영토를 범한 왜적을 격멸하라...

결연한 이성계. 날카롭게 주시하는 이인임.

39 _____ 이성계의 집 대청 안 (밤)

강 씨, 눈물 그렁한 채 달을 우러르고 있다. 이성계, 나온다.

이성계 바람이 차우다, 부인.
강 씨 (눈물 숨기며) 날이 밝으면 출정을 하실 몸입니다. 어서 주무시어요.
이성계 (다가서는) 어째... 기뻐하시는 것 같지가 않습구만.
강 씨 (애써 미소) 기쁩니다. 평생의 숙원을 이루었는데 소첩이 어찌 아니 기쁘겠습니까? ... (안색이 어두워지며) 기쁩니다.
이성계 (보는) 부인...
강 씨 (쓸쓸한 듯 피식) 헌데 사람의 마음이 참으로 간사하지 않습니까? 대감께서 전장에서 겪으실 고초와 위험이 이제야 몸서리치게 느껴집니다...
이성계 걱정하지 마우다.

강 씨	(북받치는) 아지발도라는 적장의 용맹이 하늘을 찌르고 왜구의 숫자가 셀 수도 없다 하더이다. 사지나 다름없는 곳인데... 무간의 불지옥보다 더 무서운 곳인데... 소첩의 욕심이 대감을 그리로 밀었습니다...
이성계	(따뜻한 미소) 내 부인께 한마디만 하겠소.
강 씨	(눈물 그렁해서 보는)
이성계	...고맙소.
강 씨	...대감.

이성계, 강 씨를 끌어당겨 안는다. 강 씨, 참았던 눈물을 터뜨린다.
포옹한 두 사람의 모습에서 F.O

40 _____ 이인임의 사랑채 안 (낮)

이인임, 임견미, 염흥방, 조찬을 하고 있다.

염흥방	동북면에 있던 이성계의 사병 천오백이 남경에서 이성계와 합류하여 남원으로 향하고 있다 합니다.
임견미	이제 이성계가 마음만 먹으면 나라도 뒤집을 수 있습니다.
염흥방	대감과 고려 조정에 한이 많은 자입니다. 대비를 하셔야 됩니다.
임견미	조전원수° 명목으로 우리 사람을 보내 일거수일투족을 감시하는 것이 어떻겠습니까?
이인임	...
염흥방	하명만 하시면 제가 가겠습니다.

° 도원수·상원수·원수·부원수 등 주장(主將)을 돕는 장수.

이인임	적임자가 있습니다.
임견미	누굽니까?
이인임	충심을 믿을 수 없는 장수를 보냈으니 가장 충심이 깊은 사람을 붙여야지요... 정몽줍니다.
염흥방	포은을요?
이인임	정몽주에 대한 이성계의 신뢰와 존경은 절대적입니다. 정몽주가 곁에 있는 한 이성계는 딴마음을 품지 못합니다.

41 _____ 빈청 외경 (낮)

정몽주	(E) 소인은 적임자가 아닙니다.

42 _____ 동 이인임의 집무실 안 (낮)

이인임과 정몽주, 마주 앉아 있다.

이인임	어째서요? 이성계 장군과도 아주 막역한 사이잖소.
정몽주	판도사에 처리해야 할 조세 업무가 산더미처럼 쌓여 있는 데다 무엇보다 왜구와의 전투에는 참전해본 경험이 없습니다.
이인임	왜국에 사신으로 다녀오신 경험이 있지 않습니까?
정몽주	전장에선 아무런 도움도 되지 못할 것입니다.
이인임	갈 만한 분이 포은밖엔 없습니다. 어명이니 뭐니 복잡한 절차를 밟느니 자원해서 가시는 것이 모양새가 좋지 않겠습니까?
정몽주	...
이인임	...

정몽주	삼봉을 풀어주신다면 그리하겠습니다.
이인임	이보시오, 포은.
정몽주	경외종편°.
이인임	(보는)
정몽주	개경 아닌 다른 곳에서 가족과 함께 살 수 있게만 해주십시오. 정치를 삶의 목표로 하는 사대부가 도성 땅을 밟지 못한다면 어차피 귀양살이나 다름없지 않습니까? 부탁드립니다.
이인임	...

43 _____ 민가 거리 (낮)

정몽주, 밝은 얼굴로 걸음을 재촉해 온다. 저만치 최 씨가 뛰어온다. 뒤이어 득보, '마님!' 하며 따라온다.

정몽주	(환한) 부인!
최 씨	(멈칫 멍해서 보는)
정몽주	(다가서) 안 그래도 댁으로 가던 참입니다. 좋은 소식이, (하는데)
최 씨	(부여잡는, 넋이 나간 듯) 나리! 이를 어쩌면 좋습니까, 나리!!
정몽주	...무슨 일입니까?
최 씨	할아범이 영주를 다녀왔는데... 서방님이...
정몽주	...! 삼봉이 왜요?
최 씨	서방님이... 영주에 없답니다!
정몽주	예에?! (득보를 보면)
득보	몇 달 전에 왜구가 쳐들어와서 쑥대밭을 만드는 바람에 태반이 죽

° 유배된 죄인을 풀어주되 서울 밖이면 뜻대로 살 수 있도록 함을 이르는 말.

고 산 사람은 죄다 피난을 갔답니다요!

정몽주	...!! (벙한)
최 씨	저희 서방님 아무 일 없겠지요? 서방님 살아계시겠지요!
정몽주	우선 고정부터 하세요, 부인.
최 씨	서방님... 서방님...! (하다가 까무룩 혼절하는)
정몽주	(부여잡으며) 부인...!! (당혹감을 감추지 못하는)

44 ＿＿＿ 산성 앞 (낮)

〈자막〉 남원산성

화살이 비 오듯 쏟아진다. 고려군과 왜구들의 공방전이 한창이다. 사력을 다해 방어하는 고려군들. 망루의 배극렴, '화살을 쏴라', '물러서지 마라!' 정도 외치며 분전한다. 성에서 조금 떨어진 곳에 자리한 왜구의 본진에선 아지발도가 전황을 주시하고 있다. 곁에선 제관들이 기괴한 소리를 내며 제사를 지낸다. 제단 앞엔 소녀가 무릎 꿇려져 있다.

아지발도	(일본어) 오늘은 반드시 저 성을 취할 것이다.

공성기로 성문을 부수고, 성벽을 기어오르는 왜구들. 필사적으로 방어하는 고려군들. 아비규환의 참상 앞에 미소 짓는 아지발도에게 왜장 하나가 달려와 고한다.

왜장	(일본어) 고려의 원군이 오고 있습니다!
아지발도	!

45 ___ 길 (낮)

이성계, 이지란, 변안열, 군사를 이끌고 맹렬하게 말을 달려온다.

46 ___ 다시 산성 앞 (낮)

잠시 생각에 잠기는 아지발도.

아지발도 (일본어) 퇴각하여 협곡으로 유인한다.
왜장 (일본어, 병사를 향해 외치는) 퇴각하라!

퇴각 깃발이 펄럭이고, 북소리 둥둥 퍼진다.

47 ___ 협곡 앞 평원 (낮)

산성을 빠져나와 급히 협곡 속으로 퇴각하는 왜구들. 막 당도한 이성계의 군대, 왜구들을 발견한다.

이지란 왜구들이 뺑소이질 치고 있습메다!
변안열 패퇴한 것이 분명합니다. 쫓아가 끝장을 냅시다, 장군!
이성계 대열이 흐트러지지 않았습메다. 패한 거이 아이라 유인하눈 것입메다.
변안열 장군! (하는데)

소녀를 한쪽 팔에 안은 아지발도가 저만치 나타난다. 이성계, 주시하는.

변안열　저자가 적장, 아지발도 같습니다!

이성계를 주시하던 아지발도, 소녀를 툭 내던지더니 창으로 찌른다.
일동, 헉! 피를 토하며 죽는 소녀.

이지란　저 쌍간나쌔끼!
변안열　장군! 돌격 명령을 내려주시오!
이성계　흥분하지 마시우다... 쫓아가단 매복에 걸려 다 죽습메다.

변안열, 분통을 터뜨리는데 아지발도, 이성계를 지목하더니 목을
그어 보이고 사라진다. 이성계, 이를 악문다.

48 _____ 산성 앞 (낮)

배극렴과 장수들, 조금은 티꺼운 표정으로 도열해 있다.

배극렴　빌어먹을... 새파란 부원배의 자식 따위에게 허리를 숙여야 되다니...

저만치 이성계, 이지란, 변안열이 군사를 이끌고 다가온다.
배극렴, 헛기침하고 자세 잡는데 갑자기 군사를 멈추는 이성계.
배극렴과 장수들, 다소 의아하게 보면 말에서 내려 걸어오는 이성계.
말에 탔던 사람들 모두 따라 내리고, 조금 당황스러운 분위기 속에
몇 보 앞으로 다가선 이성계, 먼저 허리를 숙인다. 배극렴 등 뜨악
해서 얼른 맞절하고. 이성계, 허리를 펴면.

배극렴	순찰사 장군. 어찌 이러십니까?
이성계	(다가와) 다들 고생들이 많으셨습메다.
배극렴	아, 예... (저도 모르게 공손해진) 어서 막사로 드시지요. 전황 보고를 드리겠습니다.
이성계	아입메다. 해 떨어지기 전에 적진을 한번 살펴보는 게 좋을 것 같수다.
배극렴	그러십시오, 소장이 안내하겠습니다!

49 _____ 정산봉 (낮)

산을 병풍처럼 두르고 자리 잡은 왜구의 본진이 보인다.

〈자막〉 인월역 - 왜구들의 본진

이성계, 이지란, 배극렴, 왜구들의 진영을 살펴보고 있다.

배극렴	(가리키며) 진영 남쪽으론 지리산, 서북쪽에는 황산, 동북쪽으로는 성산이 막고 있어서 공격하기가 쉽지 않습니다.
이지란	잘못 들어갔다가누 매복에 걸려 몰살당하겠슴.
이성계	(어딘가 가리키며) 저 산 이름이 뭐라 하셨습메까?
배극렴	아... 황산이라고 합니다.
이성계	(유심히 바라보는)
이지란	저기래 뭐가 있습메까?
이성계	오솔길이 이서. 우리가 본진을 쳐들어가문 놈들이 저기로 내래와서 배후를 칠 거이야.
일동	!

이성계   싸움터는 저기가 되갔구만... 황산.

50 _____ 산성 망루 + 앞 (낮)

변안열과 비장1, 망루에 서 있다.

변안열   아지발도 그놈의 목을 베었어야 하는 것인데... 이성계의 담력이 고
            작 그 정도였다니... (분한 듯 보면)

            어두운 안색의 정몽주, 말을 타고 와서 멈춘다.

변안열   누구냐?
정몽주   조전원수 정몽주라고 하오.

51 _____ 산성 안 (낮)

여기저기 부상병들이 신음하고 병사들, 바삐 움직인다. 정몽주, 비
장1의 안내를 받아 걸어온다.

정몽주   도순찰사 장군은 어디 계신가?
비장1   순문사 배극렴 장군과 정찰을 나갔습니다.

            정몽주, 문득 보면 일각에 남루한 행색의 사내들이 병사들의 감시
            속에 어디론가 끌려가고 있다.

정몽주 저들은 누군가?

비장1 피난민들이온데 며칠 전에 군량 창고를 털다가 잡힌 놈들입니다. 죽일 수도 없구 해서 노역이나 시키고 있습니다.

정몽주, 일별하고는 비장1과 지휘소가 있는 전각으로 들어간다. 끌려가는 사내들 중 누군가의 품에서 책이 툭 떨어진다. 낡고 빛이 바랜 맹자다. 집어 드는 손. 그보다 먼저 집어 드는 변안열.

변안열 맹...자? (마주 선 사람을 향해) 니놈 것이냐?

카메라 팬° 하면, 초췌하고 어딘가 음울해진 듯한 느낌의 정도전.

정도전 그렇소.

변안열 도둑놈 주제에 서책이라니... (툭 건네주고)

정도전 (받아 품에 넣는)

변안열 혹시... 유학하는 분이시오?

정도전 ...거짓말만 배우고 가르친... 밥버러지일 뿐이오.

정도전의 시니컬한 눈빛에서 엔딩.

°　　일정한 높이에서 카메라 헤드를 좌우 수평으로 움직이는 기법.

KBS 대하드라마

정도전 1

초판 1쇄 발행 2024년 1월 1일

지은이 정현민
펴낸이 김선준

편집본부장 서선행
책임편집 이주영 **편집1팀** 임나리, 배윤주 **디자인** 엄재선, 김예은 **본문 디자인** 김혜림
본문 일러스트 최광렬
마케팅팀 권두리, 이진규, 신동빈
홍보팀 한보라, 이은정, 유채원, 권희, 유준상, 박지훈
경영지원 송현주, 권송이

펴낸곳 ㈜콘텐츠그룹 포레스트 **출판등록** 2021년 4월 16일 제2021-000079호
주소 서울시 영등포구 여의대로 108 파크원타워1 28층
전화 02) 332-5855 **팩스** 070) 4170-4865
홈페이지 www.forestbooks.co.kr
종이 ㈜월드페이퍼 **출력·인쇄·후가공·제본** 한영문화사

ⓒ 정현민, 2024
ISBN 979-11-92625-96-6 (04810)
     979-11-92625-94-2 (세트)

㈜콘텐츠그룹 포레스트는 독자 여러분의 책에 관한 아이디어와 원고 투고를 기다리고 있습니다. 책 출간을 원하시는 분은 이메일 writer@forestbooks.co.kr로 간단한 개요와 취지, 연락처 등을 보내주세요. '독자의 꿈이 이뤄지는 숲, 포레스트'에서 작가의 꿈을 이루세요.